BOOK & BOX ORIGINAL DESIGN by VEIA

第四話 撫子・咒蛇

第五話 翼・魅貓

第四話 撫子・咒蛇

SENGOKU NADEKO

001

千石撫子曾經是我妹妹的同學。我有兩個妹妹，而千石撫子則是小妹的朋友。小學時候的我和現在這副沒出息的德性不同，是一個還算有點朋友的普通小孩，不過該怎麼說呢，那時候的我很喜歡和大家玩在一塊；但卻不喜歡和特定的人混在一塊，下課時間會和班上的人打成一片，但放學後卻鮮少跟大家一起玩耍。真是個令人討厭的小孩。無論是說起來還是回想起來，都是一個討人厭的小孩。我不想多談，也不願去回想。哎呀，這就叫三歲定八十，還是說恰好相反呢，總之我只是單純地想告訴各位：自己從以前開始就是那種人罷了。因此，小時候我沒特別在學什麼才藝，但還是常常一放學就馬上回家，而常來我們家玩的人就是千石撫子。現在我那兩個妹妹總是孟不離焦、焦不離孟，三不五時膩在一起，感情好到身為哥哥的我與其說是擔心，倒不如說是覺得噁心的境界；但她們在小學時，比較常分開行動，我的大妹是徹頭徹尾的室外派；小妹則是室內派，每三天就會帶學校的朋友回家裡玩。千石撫子也不是和小妹特別要好，感覺像是小妹的眾多朋友之一吧。這裡用「吧」讓句尾變成了不確定語氣，老實說這是因為我不太記得那時候的事情；話雖如此，若突然要我回想的話，小妹帶回家裡的朋友當中，我對千石撫子還算有印象。這是因為，放學後沒跟朋友去玩、總是直接回家的我，常被迫要去參與妹妹她們的遊戲(當時兩個妹妹和我同寢室。我升上國中之後，雙親才讓我單獨一個房間)，大致上都是叫我去湊人數，玩桌上遊戲喧鬧一番，然而小妹和千石撫子一同玩樂時，出聲叫我的機率卻異常之高。簡單來說，我兩個妹妹的友人眾多（這點至今不變，可說是兩人的共通點，她們很擅長站在人群的中心。這點讓我這作哥哥的羨慕至極），而兩人帶回家的同學當中，千石撫子是單獨行動型的少女，這點可說是十分稀奇。說明白一點，在我眼中妹妹的朋友看起來都是一個樣，但我會記得她的名字卻是很必然的，因為她總是單獨來訪，沒有和別人三五成群地跑來。

但是，也只有名字而已。

其他部分我還是記不太清楚。

因此我下面這句話的語尾也會變得曖昧不清，實在是抱歉之至——在我印象中，千石撫子是一位內向不多話、總是低著頭的少女……的樣子。但也僅只於印象，實際如何我並不清楚。那可能是妹妹其他朋友們的特徵也說不定，也或許是我當時某位朋友的特徵吧。追根究柢來說，我在小學的時候，覺得妹妹帶朋友回家是一件讓我非常困擾及厭惡的事情。更何況我是被迫去當玩伴，對她們當然不可能有好印象。現在回想起來，妹妹那些朋友反而覺得比較困擾吧，因為她們必須要和朋友的哥哥一起玩。不管怎麼說那些事情都已經過去，只不過是當時我身為小學生的直觀罷了，希望各位能夠理解。實際上，我升上國中以後，小妹也很少帶朋友回家裡玩，就算有也不會找我一塊同樂。我們不同房或許也有關係，但應該有更多其他的理由吧。就是這樣。況且，我兩個妹妹國中都讀私立學校，人際關係也幾乎在她們小學畢業時就重新洗牌了。千石撫子是小妹的同學這點，是小學時候的事情，現在早就已經不是了。她們現在不同校。因此我最後一次見到千石撫子，就算我再怎麼保守估計至少也都是兩年前，而實際上恐怕已經是六年前的事情了吧。

六年。

這段時間已經足夠改變一個人。

至少我認為自己已經完全變了個樣。就算我從以前就是這副德性，但現在和以前還是有段差距。小學的畢業紀念冊讓現在的我感到十分痛心，目不忍睹。我剛才還說了小學生的感性這類無聊話語；但仔細想想，我不覺得現在的自己比以前優異，或是勝過往日的自己。人們說回憶總是會被美化——不過，沒錯，讓人十分痛心、無法久觀的不是小學時代的我；而是小學時代的我看到現在的我這樣，才會如此認為吧。不，假如此時此刻，我在路上巧遇小學時代的我，我倆可能都不會發現站在眼前的這個人就是自己吧。

這是好是壞我不知道。

我無法向過去的自己誇耀現在。

但是，上述的情況還是偶爾會有。

不管是誰都一樣也說不定。

因此，我再次遇見千石撫子時，剛開始也不知道她是誰。我稍微花了一點時間，才想起她的事情。要是我能馬上，不是馬上也好，只要能早一步注意到那個人是她——注意到她被蛇纏上的話，這個故事或許就不會迎接那樣的結局吧，我一想到這點就會覺得悲愁難解，但這股後悔對她抑或對怪異來說，肯定毫無意義。這次的故事，倘若要我直接從結局開始說起的話，千石撫子這個人對我而言，已經從印象模糊的妹妹朋友，升格成一個我這輩子都無法忘記的人，似乎就是這樣。

002

「阿良良木學長，抱歉讓你久等了。」

六月十一日，禮拜天。

應該說真不愧是體育系吧，上午十點五十五分，比約定時間早了五分鐘，在約好碰頭的地方——我倆就讀的直江津高中正門前，小我一屆的學妹、前籃球社王牌・神原駿河朝我狂奔而來，結果因為速度過猛而蹬腳一躍，輕鬆從我頭上越過，隨後她落地轉身，將右手放在胸前，露出爽朗的笑容開口說道……以一個高中三年級生來說，我的身高雖然不算高，但應該也不是那種會被比自己還要嬌小的女性，從正面飛越頭頂的身高才對，看來這個認知我有必要重新修正的樣子。

「不會，我也才剛到。也沒等多久。」

「沒想到……阿良良木學長這麼明顯地在顧慮我，怕對我的心情造成多餘的負擔，學長果真是一個性情高尚的人物啊。與生俱來的度量就是和其他人不一樣。如果不退三步抬頭仰望的話，像我這種人根本無法看清楚阿良良木學長的全貌。我們才見面幾秒鐘，我的心就已經如此被打動，學長的器量之大，真是叫我驚訝萬分啊。看來我光是為了阿良良木學長，就必須用光我這輩子所有的尊敬啊。這太驚人了，實在是讓我感到悔恨啊。」

「…………」

這傢伙還是老樣子。

還有，別說什麼我很明顯地在顧慮妳好嗎？

這邊妳應該裝作若無其事，假裝沒注意到我的溫柔才對吧。

「我是真的才剛到。而且，就算不是這樣，妳也比約定時間還要早到，所以沒必要向我道歉啦。」

「不行，這點我不能遵從。不管阿良良木學長怎麼說，沒能比學長先到，就已經構成我道歉的理由了。我覺得浪費長輩的時間，是一個無法被原諒的罪惡。」

「我不算長輩吧？」

「你是大我一歲的學長，所以是長輩。」

「是這樣說沒錯啦……」

那單純只是年齡上的問題。

或者是身高上的（物理性質上的長輩）。

可是，那身高也是她輕鬆一跳就可以越過的高度。

神原駿河，直江津高中二年級生。

到上個月為止，她還是籃球社的王牌選手，全校第一的名人和明星，是一位眾所皆知的人物。她加入私立升學高中的弱小運動社團一年，就帶領隊伍進軍全國大賽，這不管她本人願不願意，都會變成校內名人和明星吧。我這種高不成、低不就的吊車尾三年級生，照理是不可能和她說到話，對我而言她應該是一個高不可攀的可畏學妹。前陣子，她以左手受傷為由，將隊長的位子讓給了學妹，提前退出了籃球社。這項消息不知在校內造成了多大的震撼，我至今記憶猶新。恐怕這記憶永遠不會凋零吧。

神原的左手，

現在依舊纏著繃帶。

「沒錯。」

神原平靜地說。

「我現在已經退出籃球社了。只有籃球這項優點的我，已經無法對學校做出任何的貢獻。所以，我希望學長能夠用平常的方式對待我。」

「對待妳……妳對任何事情都很有自信，有時候卻有點看輕自己啊。別說那種話啦。妳以前對籃球社所做的貢獻，不會因為妳提早退出就灰飛煙滅啊。」

提早退出的事情讓她很在意——我想不是這樣吧。老實說，發生了那種事情，要她維持原本的自己反而沒有道理吧。但是站在我的立場來看，我還是不希望神原把那種妄自菲薄的話語掛在嘴巴上。

「謝謝阿良良木學長。學長的掛心讓我不勝惶恐。你的心意我就收下了。」

「我說的話妳也要聽進去。唉呀，那我們走吧。」

「嗯。」

神原說完快速繞到我的左側，以相當自然的動作，用自己的右手牽了我空無一物的左手。與其說是「牽」，感覺不如說是「手指糾纏在一塊」。她的五根手指和我十指相扣。隨後她直接把自己的身體，宛如在抱東西一樣，朝我的手腕緊貼而來。因為我倆身高的差距，神原的胸部剛好來到了我的手肘旁，一種類似馬鈴薯泥的觸感，朝我那神經集中的敏感部位傳遞而來。

「不對，阿良良木學長。要比喻的話，應該是類似棉花糖的觸感才對吧。」

「咦！我有把剛才那段像白痴一樣的獨白唸出聲來嗎？」

「啊，沒有、沒有。學長請放心，你只是透過心電感應傳了過來而已。」

「妳這樣說反而更有問題吧！這不就等於這附近的街坊鄰居全都聽到了！」

「呵呵呵！就炫耀給他們聽有什麼關係。反正我早就不怕會有流言蜚語了啊。」

「妳這學妹，不要笑容滿面地說得好像妳在跟我交往一樣！我正在交往的人不是妳，是妳尊敬的學姊吧！」

戰場原黑儀。

我同班同學。

同時也是我的女朋友。

也是……神原駿河仰慕的學姊。

校內第一的名人和明星，和我這個從古到今都毫無長處的平凡學生會扯上關係，就是因為她——戰場原黑儀的存在。神原和戰場原國中就是學姊學妹的關係，途中雖然出了一些狀況，發生了一點事情，但現在神原和戰場原依舊以聖殿組合的身分，維持著良好的關係。神原過去把我當作「尊敬的學姊所交往的對象」，有段時間還曾經跟蹤過我。

「而且妳原本就不在乎什麼謠言吧。喂！離我遠一點。」

「我不要。書上有寫到，約會的時候本來就是要手牽手。」

「約會？我什麼時候說過要約會啊！」

「嗚？」

神原看似十分意外，歪頭不解。

「這麼說的話，學長好像沒說過耶。學長光是開口約我就讓我心花怒放了，所以我沒仔細聽學長在說什麼。」

「是啊……妳之後的回答一直都很含糊……」

「可是，阿良良木學長。我覺得這樣不太妥當喔。我的性觀念還算開放，也很想盡可能配合學長的意思，可是我們連個約會都沒有就突然做那檔事，實在讓我無法苟同。這樣我會擔心學長你的將來。」

「我不會對妳做那檔事，妳也沒必要擔心我的將來！一個高中二年級生，不要說什麼自己性觀念開放啦！」

「唉呀，事到如今也沒辦法。雖然我很不願意啦，可是現在都已經上了賊船了。」

「我看妳根本就是幹勁十足！」

我不經意地看了看神原的穿著。

牛仔褲和T恤，配上一件長袖外套。一雙看起來很高檔的帆布鞋。或許是因為最近陽光變強的關係，她頭上還戴了一頂棒球帽，這身衣著和這位運動少女十分搭配，不過這些還算好——

「要妳穿長袖長褲過來這一點，妳似乎有遵守啦……」

不過，

她那件牛仔褲太過新潮，上頭到處破了好幾個洞；T恤的衣襬過短，將神原的蠻腰毫不吝嗇地暴露在外。這不知道該算是尺度超過，還是算什麼……當然，禮拜天要穿什麼衣服，都是個人的自由啦……

「……妳真的什麼都沒聽進去呢。」

「什麼東西沒聽進去？」

「我們等一下要去山上。」

「山上？要去山上做那檔事嗎？」

「並不是。」

「嗯，充滿野性還不錯嘛。阿良良木學長實在是一個正港的男子漢。要霸王硬上弓我也不排斥喔。」

「就跟妳說不會了！學長在說妳有沒有在聽啊！」

要她穿長袖長褲過來，是為了防範山中的蚊蟲或蛇類，這點我應該已經仔細說明過了……然而，她穿這身「漏洞百出」的衣服來，實在沒什麼意義……

「算了，沒關係。只要是阿良良木學長要去的地方，不管哪裡我都會跟隨學長的。就算學長不讓我跟也一樣。就算是去火中、水中、木中、金中或土中，我都不在乎。」

「去『金中』那個，聽起來好像不怎麼痛苦的樣子……」

反而很爽。

不過昨天，我打電話到神原家時，與其說她是回答含糊，倒不如說她是一直將那種話掛在嘴邊（「要去哪裡我無須過問。對我來說阿良良木學長要去的方向，永遠都是我的指針」之類的），完全不打算聽我說話……這傢伙想法激進的程度，甚至有讓我感到折服之處。她的激進和羽川是不同種類的。與其說她的視野狹窄，不如說她只看得見正前方的東西吧。

「反正我們不是要去約會？」

「是喔，不是要約會嗎……我以為我們肯定是要去約會，還鼓起了幹勁的說。」

「幹勁？」

「嗯。畢竟這是我出生到現在，第一次和異性約會嘛。」

「這樣啊，妳以為這次會是妳第一次約會嗎。」

「和異性」這三個字我直接無視。

因為太難吐槽了。

「要說我多有幹勁的話，我至今活了十七年都堅持個人主義，發誓絕對不帶手機在身上，為了今天我還特地破戒去買了說。」

「…………」

……好沉重！

「萬一要是和阿良良木學長走散無法取得聯絡的話，那可就糟透了。公共電話大量減少的現代，手機是約會必備的工具吧。」

「也、也對……妳說得沒錯。哈、哈哈，不過這一帶是鄉下地方，所以公共電話還滿多的啦……」

「而且，我四點就起床做便當了。我準備了兩份，阿良良木學長和我的。因為我們是約十一點，所以我想說會和學長一起吃中飯。」

神原說完，包著繃帶的左手拿起一個包袱向我示意……嗯，剛開始我沒注意到，不過那個高度加上長方體的形狀，很明顯是多層飯盒之類的東西……

我覺得更沉重了……

因為多層飯盒，讓我覺得更沉重了……！

我也知道待會就要中午了，所以我原本打算辦完事情後，以學長的身分請她到速食餐廳之類的地方去吃頓飯的說，然而這位學妹思考的次元卻不是那麼地簡單。

居然來手製便當這一招。

好一個讓我意想不到的攻擊。

「我原本以為可以和自己敬愛的阿良良木學長約會，心裡期待得不得了，結果昨天晚上沒睡好，然後一大早就醒來了，所以做便當剛好成了一個不錯的消遣。」

「嗄……消遣嗎？不過那些全都是便當嗎？量還滿多的耶……先說好喔，我可吃不下那麼多。」

「基本上是我們一人一半，不用擔心，學長吃不下的份，我來吃就可以了。我最不喜歡浪費食物了，所以我做這些份量是經過仔細計算的。」

「嗯——」

我看了神原裸露在外的肚臍附近。

她的體脂肪大概才十%左右吧？

感覺是一個纖細少女。

駿河很纖細。

總覺得唸起來很像回文……

雖然完全不是。

「神原，妳該不會是那種吃不胖的人吧？」

「嗯——應該說我是那種不拚命吃的話，就會一直變瘦的人吧。」

「有那種類型的人嗎!?」

那肯定會讓女生們超羨慕的吧……應該說，那種體質就連我這個男生都很羨慕了！

「要怎麼做才能變成那種體質啊？」

「很簡單。首先每天早上衝刺十公里，跑兩趟。」

「我知道了，妳不用說了。」

沒錯。

這傢伙的基本運動量，本來就和別人不一樣。

看來神原駿河退出籃球社後，也一直持續在做自我練習。真是了不起。她雖然是以左手受傷為由退出，然而真相卻完全不是如此，所以她會繼續練習也是當然的。

「唉！」

說到這，神原誇張地嘆了一口氣。

「可是我所做的一切全都白費了……原來不是要約會啊。我還很期待的說。一個人在那邊興奮，簡直跟笨蛋一樣。真是丟臉丟到家了。這場美夢真是和我的身分不合啊。高貴的阿良良木學長不可能和我這種愚蠢之輩約會，這點我只要動腦就會知道的說，實在是得意忘形過頭了……我個人的誤解給學長添麻煩了，實在很抱歉。既然這樣，手機和飯盒會變成累贅，我先在這附近把它們丟掉再走吧。阿良良木學長，請稍等一下，我馬上回去換運動服。」

「是約會沒錯！」

我輸了。

我太弱了……

「今天我是要和妳約會沒錯！神原！我現在想起來了，啊啊！我也一樣好期待、好期待啊！太棒了，可以跟自己憧憬的神原同學約會！所以啊！妳就把手機和飯盒拿在手邊吧！也不用回去換衣服了！」

「真的嗎？」

神原瞬間露出燦爛的表情。

慘了，超可愛的。

「我好高興。阿良良木學長好溫柔喔。」

「是啊……不過我有強烈的感覺，這股溫柔總有一天會招來殺身之禍……」

…………

我居然拋下女友戰場原，先和她的學妹神原約會了……戰場原對神原溺愛有加——以那個傲嬌女來說，這算很稀奇的事情——所以我這樣應該不會被她當作劈腿論處吧，不過意志薄弱這個指責我是避免不了的吧……

值得一提的是，我們在這段談話當中，手還是一直牽著，十指也緊扣不離。我試著想若無其事地甩開她的手，然而她就像挽著我的臂膀般和我糾結在一塊，文風不動。總覺得這種感覺就像在玩益智環，或者說是被關節技鎖住一樣。

就像被蛇纏住了一般。

「不過，神原。妳先把外套扣起來吧。跑到山上露出肚臍有點糟糕吧。那條破洞的牛仔褲嘛……唉呀，那種程度只要小心一點應該沒關係吧。」

「嗯。那我就照學長的吩咐做吧。」

神原照我說的，扣起上衣的扣子。看不見纖細的蠻腰讓我覺得有點可惜，但我不應該對女友的學妹抱持這種邪念。

「那我們走吧。」

「對了，阿良良木學長，我們今天是徒步嗎？」

「對啊。因為我們要去山上嘛。我不知道那邊哪裡有地方停車。要是我唯一僅存的腳踏車被偷走的話，那可麻煩了。」

因為外出用的越野腳踏車變成一團廢鐵了……拜某人的「左手」所賜。唉呀，這挖苦人的話可不能說出口，所以我沒有把它掛在嘴邊。

「而且，我們沒有要去很遠的地方。妳看，從這邊看得見吧？就是那座山——」

我說話的同時，突然想到一件事。上個月，我剛和神原聊天沒過多久的時候，神原因為太過戀慕戰場原，而討厭和她的男友有身體上的接觸，拒絕坐上我腳踏車的後座，而選擇了從常識來看會讓人感到驚訝的方式——用跑的跟在我腳踏車旁邊……那樣的她現在卻和我手牽手，十指相扣，胸部還不停擠了上來……

「呵呵呵！」

神原露出天真無邪的靦腆微笑，腳步輕快地跳躍著。

「阿良良木學長，阿良良木學長，阿良良木學長，阿良良木學長，阿良良木學長，阿良良木學長～～～」

「………………」

她完全跟我混熟了，喂！

還一邊哼歌嗎！

「對了，妳……神原。之前我就想跟妳說了，那個，可以不要叫我阿良良木學長嗎？」

「誒？」

神原有如聽到出乎意料的話語般，整個人呆若木雞。

「為什麼？阿良良木學長就是阿良良木學長吧。我想不到『阿良良木學長』以外的稱呼來叫學長了。」

「除了那個以外還有很多種叫法吧。」

「例如氣仙沼學長之類的嗎？」

「不要把我的姓改掉。」

我說的不是那裡。

氣仙沼是誰啊。

「我說的是『學長』這個稱呼。妳不覺得聽起來感覺很畢恭畢敬嗎？」

「學長別這麼說。因為我是真的很畢恭畢敬。」

「嗯——我是妳學長沒錯啦。不過總覺得那種叫法有點嚴肅。『阿良良木學長』也比我的全名還要長。」

我的全名是阿良良木曆（ARARAGI KOYOMI）。

阿良良木曆。

七個字。

「阿良良木學長」是八個字。

「嗯——那就把稱呼改成『阿良良木哥哥』怎麼樣？」

「要變成那樣嗎？不過我們才差一歲，所以我想沒必要那麼客氣吧。那些叫法都很死板吧？而且，『哥哥』這種叫法感覺讓我渾身不對勁。我認識一個小學生就是那樣叫我，不過那傢伙的用詞遣字整個就是禮貌過了頭，所以那樣聽起來還算可以啦。」

不過她的個性很差。

啊！這麼說來，最近都沒看到八九寺那傢伙呢。

…………

我覺得稍微有點寂寞呢。

「我們之間因為戰場原發生了很多事情，不過我個人是希望可以和妳站在稍微對等一點的關係上啊，神原。」

「原來如此。學長這話讓我好高興。」

「唉呀！妳是校內第一明星，應該是我這邊比較不對等吧。」

「怎麼會，沒那種事情。能夠像這樣待在阿良良木學長身邊，我覺得這份幸福是無可取代的。能夠認識學長，就跟能夠和戰場原學姊和好一樣棒。如果要說我對學長有什麼不滿的話只有一個地方，那就是學長為什麼不早一點和我相遇。」

「……是嗎？」

這傢伙真的很妄自菲薄。

不過，想想上個月聽到的那些話，我也不是不能理解。

因為這傢伙也經歷過許多事情。

「那麼，照阿良良木學長的說法，我可以用稍微親密一點的叫法來稱呼學長嗎？」

「可以啊。隨便妳怎麼叫吧。」

「那麼，曆。」（註1）

「……………」

……………

那樣叫我的人只有我爸媽而已。

「曆也可以叫我駿河喔。」

「就跟妳說不要搞得好像妳在跟我交往一樣！為什麼我要和女朋友的學妹迎接那麼重要的事件！連戰場原都還只叫我『阿良良木』而已耶！哪有人跳那麼多級的啦！」

「曆的吐槽好激烈啊。剛才那個稱呼方式當然是我故意裝傻的啊，曆。」

1　在日本直呼名字是很親密的事情。

「但是妳的稱呼方式還是一樣沒改喔，駿河！」

「『極速飛奔的迅雷騎士』曆。」

「不要隨便在我爺爺取的名字前面冠上宣傳文句啦！我沒有極速飛奔，也不是迅雷，更不是騎士！而且那種叫法是我全名的兩倍長吧！別忘記妳原本的目的了！」

「『本世紀最後的英雄』曆。」

「本世紀最後！這結論也太快了吧！」

「唉呀，不管怎麼說，我對比自己大的學長沒辦法直呼名諱。所以『曆』這個稱呼方式也駁回。當然，『阿良良木』也不行。」

神原說。

「所以我們想一個非宣傳文句的暱稱，學長你看怎麼樣？」

「暱稱嗎……」

神原的品味實在有點脫序啊……

該說脫序，還是完全出軌呢。

我想她恐怕取不出什麼像樣的暱稱吧，不過呢，凡事就是要勇於嘗試。「那妳就先想個外號來聽聽吧。」我對神原說。

「嗯！」

神原稍微閉上眼，做出思考的動作。接著過了幾秒後，她猛然抬起頭來——

「我想到了。」

「喔喔！還真快。說來聽聽吧。」

「拉吉（ＲＡＧＩ）。」

「出乎我意料還挺帥的！帥得離譜！」

況且，太帥反而名不符實，總覺得她好像在嘲諷我……或許是我太過乖僻了，不過那不是日本的高中三年級生該取的暱稱啊……

「我拿『阿良良木』下面兩個字，取作良木。」

「這我知道……不過現在是暱稱，取可愛一點的不是比較好嗎？」

「說的也對。那就從『阿良良木曆』的正中間取幾個字……」

「取幾個字？」

「良木子（ＲＡＧＩＫＯ）。」

「妳那很明顯是在玩我吧！」

「別說那種話嘛，小良木子。」

「妳滾回去！妳這傢伙沒利用價值了！」

「小良木子欺負我……呵呵呵，可是我並不討厭被欺負耶。」

「嗚！破口大罵對被虐狂沒用！難道這傢伙是最強的嗎？」

很愉快的對話。

有點愉快過頭了。

讓我差點忘了自己現在要做什麼。

「我這麼說可能有點不太好……神原。雖然這話和妳剛才說的有些出入啦，不過我要是和戰場原交往之前遇到妳的話，我想自己搞不好會跟妳交往吧……」

「嗯。其實我剛才也在想一樣的事情——要是我在被戰場原學姊吸引之前，先遇到阿良良木學長的話，之類的。我很難得會對異性會有這種感覺。」

「是嗎……」

不過沒有戰場原，我和神原也就不會認識，這點對神原來說也是一樣，所以那是一個不可能實現的假設。

「怎麼樣？阿良良木學長。乾脆我們兩個把那個礙事的女人宰了埋掉吧。」

「不要把那種恐怖的事情掛在嘴巴上！」

我跟妳聊了這麼多，就是一直捉摸不透妳的性格！實在摸不著邊！妳到底是多麼深不可測的傢伙啊，神原駿河！

「戰場原也是妳尊敬的學姊吧……拜託，妳這個人意外地還挺『腹黑』的嘛。」

「學長不要太誇獎我。我會害羞。」

「誰在誇獎妳啊。」

「因為阿良良木學長不管對我說什麼，我都會很高興。」

「妳這個被虐女……」

「被虐女。好棒啊。再多說一點。」

「………」

國中時代以戰場原為偶像的她，要是知道現在戰場原的本性，兩人的友情還會順利存在嗎——這點我之前私底下很擔心，不過只要她有被虐的特質，我似乎就沒必要操那個心。

不管怎麼說，神原駿河，

她其實是百合（女同性戀）。

從至今的對話也可看出端倪，她不只把戰場原黑儀當成學姊尊敬，還打從心底深愛著她。真要點破的話，沒錯，神原和我其實是情敵關係——然而，現在她卻和我挽著手走在路上，實在讓我搞不懂。這大概是因為上個月底的事情，讓她覺得自己虧欠於我，抑或是讓她感覺我有恩於她吧……

以一個學長來說，學弟妹和自己混熟感覺其實也不錯，但如果那是基於誤會而產生的情感，會讓我感覺不太舒服。

假如借用忍野的說法，神原和戰場原一樣。

她也是自己救自己的啊——

「…………」

不過，也對。

恩惠和誤解之類的先不管，或許我有必要調整一下我在神原心中過度被美化的形象。我要讓那形象垮臺才行……要是我的形象好過頭，以後萬一出了什麼狀況，反而會使她更加失望。

於是，我決定進行「阿良良木曆形象醜化計畫」。

計畫一。

金錢觀念不檢點的男人。

「神原，我忘了帶錢包出門。妳可以借一點錢給我嗎？我很快就會還妳。」

「好。三萬日幣夠嗎?」

她好凱!

嗯——那換成時間觀念不檢點的男人……可是今天是我先來赴約的,既然如此這說法就沒有說服力了……

阿良良木曆形象醜化計畫之二。

非常豬哥的男人。

「神原,我最近對女生的內衣褲很有興趣呢。」

「哇!還真巧,我也是耶。我覺得女性的內衣褲是藝術品。什麼嘛,原來我們臭味相投啊,阿良良木學長。」

居然臭味相投了!

對喔,要比豬哥我根本贏不了神原吧……不對,等一下!普通的豬哥或許贏不了,可是如果是比較特殊一點的豬哥方式,我肯定會有勝算……!

「我特別喜歡小學生的內衣褲!」

「我們又更加臭味相投了!不愧是阿良良木學長!完全不在意世俗的眼光,這種生活方式實在太棒了!」

「我的評價居然上升了!」

為什麼啊。

那我再想想,好,阿良良木曆形象醜化計畫之三(因為變得很好玩了,所以我早忘了當初的目的)。

滿口誇張夢想的男人。

「神原，我將來會變成一個大人物喔！」

「學長不用說我也知道。應該說，阿良良木學長已經是一個非常了不起的大人物了。要是學長又變得更偉大的話，在身旁服侍的我也會很辛苦呢。」

「嗚……！」

沒關係，這點程度還在我的計算之內！

我還有後著！

「我要變成音樂家！」

「這樣啊，那我就變成樂器吧。」

「妳的話雖然莫名其妙，但是卻很酷！」

可是為什麼啊。

「阿良良木學長，你從剛才開始就在說什麼啊？學長不用刻意說那些話給我聽，我也已經十分敬愛學長了。」

「是嗎，看來跟妳說什麼都沒用了……」

就跟我不管說什麼她都會很高興這點一樣——不管我是哪一種人，神原都打算敬愛我的樣子。

「可是我不懂。為什麼妳會那麼高估我啊？」

「我還以為學長要說什麼呢。」

神原笑答。

「我一直以為愚問（GUMON）這兩個字是『Good morning』的縮寫呢，原來那是指這種愚蠢的問題啊。」

「……………」

一瞬間我覺得這話聽起來還挺帥的，不過仔細一聽，那不過是普通的耍白痴而已。

「因為我已經發誓要把這一生獻給阿良良木學長了。這不是因為學長幫我和戰場原學姊重修舊好的關係。因為學長值得我這麼做，所以我才發誓的。」

「發誓嗎……」

「對啊。我原本想向那顆總是普照著人們、賜予我們恩惠的太陽發誓，結果那個時候剛好是晚上，所以我就姑且在附近找了一根路燈發誓。」

「實在有夠隨便！」

「路燈不也是一樣總是普照著人們、給予我們恩惠嗎？沒有路燈的話可是很辛苦的喔？」

「是沒錯啦……」

至少妳也跟月亮發誓吧。

難道當時烏雲蔽月？

「不過，要把一生奉獻給阿良良木學長這個想法，真是太狂妄了，對我來說可能有點『大才小用』啊。」

「這句話到現在還是常有人用錯，讓我都不太好意思去指正別人，可是連字都寫錯的例子算是很少吧……」

嗯——

阿良良木曆形象惡化計畫，觸礁！

「……呼。」

阿良良木曆。

神原駿河。

這麼說來，這兩個人除了戰場原的事情以外，還有一個共通點。

那就是兩個人都不是人類。

話雖如此，當然大致上的部位都是人類。只是——

阿良良木是血液。

神原駿河是左腕。

皆不是人類所有之物。

我的血液中混有不少鬼的血液；而神原的左手整隻都是猿猴之手。就跟我將髮際留長，想要藏住脖子上的吸血鬼齒痕一樣，神原也用繃帶藏住了猿猴的左腕。神原原本是球場上耀眼的王牌選手，卻必須提早退出社團活動的真正理由，就在於此。這很自然，因為左手是猿猴之手，根本不可能打籃球。

我和神原都是和怪異扯上關係的人。

……說到怪異，我的女友也就是神原的學姊——戰場原黑儀，也一樣和怪異有所牽扯。

我是鬼。

神原是猿猴。

戰場原則是螃蟹。

不過，戰場原和我們兩人有著決定性的差異——戰場原和怪異對抗持續了兩年，才終於將怪異驅走，變回了人類。而我和神原雖然將怪異驅除，但體內卻殘留著非人類的部分。我們的情況說明白一點，其實本身就跟怪異差不多——因為和怪異扯上關係，所以變成了怪異。

這一點，

是我們無可奈何的共通點。

「嗯？怎麼了？阿良良木學長。」

「誒……不，沒什麼。」

「學長要是露出那麼陰沉的表情，我們難得的約會可就泡湯了。」

「約會……算了，已經沒差了。」

「對了，阿良良木學長。我剛才沒機會問學長，我們到山上之後要做什麼啊？去山上除了做那檔事以外，還有別的事情可以做嗎？」

「妳這句話如果是當真的話，那妳千萬不能參加山岳活動社……話說，妳以前不常到山上去嗎？」

「國中的時候，我有模仿跑山運動，把山中衝刺編入社團活動的訓練中。結果有人扭到腳，最後那個訓練就被迫中止了。」

「是喔。」

對妳而言，山也是訓練的舞臺嗎？

這傢伙能夠搶下籃球社王牌的寶座，技術等方面還是其次，最重要的是因為她有能夠輕鬆飛越我頭頂的壓倒性腳力。

「那阿良良木學長呢，以前很常去山上嗎？」

「也不是很常去啦……」

「可是男生小的時候，都會去山上抓獨角仙或鹿角鍬形蟲之類的昆蟲吧。」

「鹿角鍬形蟲嗎？」

「嗯。還有去撿黑色輪胎。」

「輪胎本來就是黑色的吧……」

而且那種東西在山上哪撿得到。

那種已經算是非法棄置了吧。

「不管怎麼說，應該都不是約會會去的地方吧。現在還是這種季節。昨天我應該有跟妳大致上說明過吧，就是忍野給我們的工作啊。」

「忍野？啊，忍野先生嗎？」

神原反問完後，露出複雜的表情。以這學妹來說這反應倒算稀奇，不過我想會這樣也很正常吧。

忍野咩咩。

無論是我、神原或戰場原——都是被這男人所救。不對，被他所救這種說法，忍野應該不會認同吧。到頭來也只能說，是我們自己救自己的而已。

他是對付怪異的專家，也是一個居無定所的漂泊人。

穿著一件品味差勁的夏威夷衫，個性輕浮。

他絕對不是一個值得尊敬的大人，然而我們受到他的幫助這點，卻是不動如山的事實。

「沒錯。那座山上有一個現在已經沒人參拜的小神社，他要我們去那個神社的本殿，貼上一張符咒。」

「……那是什麼意思？」

神原一臉不可思議地反問說。

「雖然符咒的部分也讓我無法理解，可是這種事情忍野先生自己來貼不就好了？那個人基本上很閒吧？」

「我的想法跟妳一樣，不過這是『工作』嘛。因為我受到他幫助的時候，欠了一筆為數可觀的債務……妳也一樣吧？神原。」

「咦？」

「妳那次最後雖然變得不了了之，不過別看他那副德性，人家可是個無庸置疑的專家呢。他不會天真到白白助人一臂之力。受到他幫助的份，我們要用勞力回報才行。」

「喔喔，所以學長才——」

神原有如完全認同一般，點頭回應。

「沒錯，」我接著神原的話繼續說。「所以我才會找妳出來。這是昨天我去餵血給忍喝的時候，忍野拜託我的。他還說要我帶妳一起去。」

「這麼說來，所以忍野先生才會那麼堅持『助妳一臂之力』這個說法啊……嗯──原來如此，這表示受到幫助就必須要回報他才行嗎？」

「沒錯。」

「我知道了。既然這樣那也沒辦法。」

神原更加用力地抱住了我的手臂。這行為的含意很複雜，讓我無法推量，看來這是表示她下定了決心，要去做某件事情的意思。從這層意義來看，神原駿河在恩義人情的事情方面，個性上非常不喜歡虧欠於人。

「可是，那座山我去過那附近好幾次了，都不知道那邊有神社呢。」

「我也不知道……就算說已經沒人去參拜，不過我應該也會知道那邊有神社才對。為啥那傢伙會知道那種連當地人都不知道的地方啊。現在那傢伙定居的補習班廢墟也一樣。」

要說忍野精通怪異，倒不如說他對廢墟比較精通吧。可是剛才說的公共電話也是，那種神社和舊補習班的廢墟，居然沒有變成奇怪傢伙們的聚集地，這裡實在是一個超級鄉下的城鎮啊，我心想……不過補習班那邊，從忍野和忍定居在那裡開始，已經可以算是變成怪人的聚集地了吧……

「不過這樣說的話，戰場原學姊今天應該也要一起來才對吧？阿良良木學長。學姊也受過忍野先生的──」

「戰場原對錢可不馬虎啊，她已經把欠款還完了。那時候，我當著妳的面把十萬塊交給了忍野對吧？就是那個。」

「啊，聽學長這麼一說，你們當時好像有提到過。原來是這個意思啊……嗯。真不愧是戰場原學姊。」

「與其說她不喜歡虧欠於人，不如說不想欠對方人情。因為她就像一個獨行俠嘛。」

「阿良良木學長，今天的事戰場原學姊有說什麼嗎？」

「嗯——？沒說什麼啊。她連叫我小心一點都沒有。」

真的沒有。

名目上我必須帶戰場原的學妹出來，所以在約神原之前我有事先知會她一聲，可是那個女人真的很冷淡。她當時的反應彷彿在說「不用因為那種小事來煩我」。就是因為妳那樣，才害我落得要先和妳學妹約會的下場——我把自己的意志薄弱束之高閣，不由得想要出聲埋怨幾句。

「神原，她有跟妳說什麼嗎？」

「嗯，學姊要我去讓學長好好地疼愛一番。」

「…………」

那傢伙真的對神原寵愛有加啊。

她說自己是傲嬌，為什麼不是對男朋友傲嬌，而是對學妹呢。

「她還說，『要是阿良良木對妳做了什麼輕率的舉動，妳要逐一跟我報告不要隱瞞。看他是想被埋在山上，還是要沉到海裡，我會讓他選擇自己最討厭的死法來料理他。』」

「居然要我選擇自己最討厭的死法！」

實在毫不姑息啊。

唉呀，不過——

那種說法對戰場原黑儀來說，絕對不是一個壞現象。她在高中入學前和怪異扯上關係，看似捨棄、放棄了一切的事物，對她而言那反而是一種恢復原狀的象徵。那個有如自己獨活一樣的傢伙……學會和他人接觸這一點，絕對不會是壞事。

我個人也是如此希望。

人類的她，只要那樣就好。

「啊，對了，神原。說到戰場原我才想到，那傢伙的生日快要到了吧。」

「嗯。七月七號。」

「……妳果然知道得很理所當然一樣。」

「因為學姊是我深愛的對象嘛。」

「關於她生日，我有件事情想拜託妳。」

「學長儘管說。我這個身體本來就是阿良良木學長的東西，學長可以隨心所欲地使用我，不用一一請示我沒關係。」

「呃，也沒那麼誇張啦，就是那個啊，生日算是個紀念日，所以我想要幫她慶生。不過我已經很久沒參與那種活動了，搞不清楚該怎麼準備，所以我才想要找妳幫忙。」

「原來如此。那我只要脫衣服就行了吧？」

「好歹我也知道生日不是那種活動！妳想要把我女朋友最重要的生日變成什麼日子啊！」

「嗚，我太得意忘形了嗎？」

「不管妳再怎麼等，都不會有讓妳脫衣服的機會，給我一輩子縮到一邊去吧。所以說，如果妳可以幫我做一些佈置或是規劃之類的東西，我會很高興的。雖然妳們之間有段空白期，不過戰場原的事情還是妳比較清楚吧，就是這樣。」

「嗯——可是啊，阿良良木學長，這是你們交往後的第一個生日，學長應該要營造氣氛，兩個人單獨過生日吧？我想在這種情況下，我只會幫倒忙而已。」

「只會幫倒忙？」

「對。一個小小的親切會變成大雞婆，或許應該說只會替你們造成困擾。」

「啊——妳說的我也有想過，不過我覺得第一次慶生，熱鬧一點會比較好。我想要找忍野和忍，還有我認識的小學生之類的，能找多少就找多少，幫戰場原辦一個簡單的生日派對。」

這個點子的問題點就在於戰場原討厭忍野、忍和八九寺，不過這點也只能靠努力去克服了。我必須處心積慮，營造出一個就算她討厭也無法說出口的情境。

「唉呀——阿良良木學長覺得好的話，我是沒關係啦。」

「什麼啊，這回答真不乾脆。」

「不是，要我說的話，我是覺得學長的想法和顧慮很好，不過我想學姊應該想要和學長兩個人過吧。」

「她有那麼好嗎？那傢伙。」

她現在連跟我約會都不肯喔。

我已經很露骨地在約她了說。

雖然前陣子因為神原，還有之後實力測驗的事情，讓我們無心去約會啦。

那傢伙可是很矜持的呢。

「話說，妳倒是很平靜地為了我和她的事情著想嘛。戰場原的事情方面，我和妳明明是情敵的說。」

「學長說的確實沒錯……不過，現在的我喜歡和學長交往的戰場原學姊……也一樣喜歡學姊的男朋友，也就是學長你。」

「……」

剛才，她是不是若無其事地向我告白了？

慘了，我稍微有點心跳加速。

心臟的鼓動，彷彿通過手臂傳達了過來。

我怎麼這麼頭腦簡單。

「……妳受到戰場原的影響太深了喔。我不管妳是對太陽還是對路燈發誓啦，可是妳不用因為我是她的男朋友，就對我抱持那麼大的好感。戰場原喜歡的人，妳沒必要也跟著去喜歡——」

「不是的。不是因為那樣的。」

神原非常明確地說道。

那氣勢洶洶的模樣，讓我稍微被震懾住。

她不論對方是是學長姊還是長輩，該說的事情就是會說清楚。

「那妳該不會是因為上個月的事情還在內疚吧？那件事情我完全沒放在心上啊……人家不是常說嗎，『對事不對馬嘴』——」

「也不是……那個問題。」

神原說。

她很爽快地無視了我說錯的部分。

「阿良良木學長那種用水都能切開的個性，對我來說是一種救贖，可是不是學長說的那樣。」

「用水都能切開的個性……」（註2）

看起來很單薄的感覺。

可是感覺又好像沒說錯。

而且簡單明瞭。

「阿良良木學長，你仔細聽我說。我可是跟蹤過阿良良木學長的喔。」

「…………」

別說得那麼光明正大。

也不要說得妳好像在開導我一樣。

「所以……我想，我很清楚阿良良木學長是一個什麼樣的人。我是真心認為學長值得我這麼做。就算學長不是戰場原學姊的男朋友，就算沒有上個月的事，不管我在什麼情況下遇到學長——我都會把學長當作一個值得尊敬的人物。這點我可以賭上自己

2　日文當中有「把竹子切開的個性」這種說法，意指對方的性格很爽快乾脆。

的雙腳來保證。」

「……是嗎？」

所以說，

要去探索我和神原以其他方式相遇的可能性這點，本身就是一件很愚蠢，也絕無可能的假設……

即使如此。

「妳都賭上雙腳了……那我也沒轍了。」

「對……就算學長以忍野先生拜託我們工作當藉口，把我帶到前不著村、後不著店的山中，硬是把自己的獸慾施加在我的身上，我也可以用笑容來原諒學長，我對學長就是如此地尊敬。」

「我不需要那種尊敬！」

而且「藉口」是什麼意思！

妳根本完全不信任我嘛！

「咦……？奇怪，難道阿良良木學長，真的沒打算要做那檔事嗎？」

「妳那一臉意外的反應是什麼意思！」

「還是說，阿良良木學長希望女性自己主動來誘惑你？啊哈！然後學長就可以跟戰場原學姊主張說『是對方來誘惑我的，我沒有花心』。是嗎？」

「我懂了，原來神原妳是打那種如意算盤，想要用那種方法害我和戰場原的關係破局吧！好一種捨身式的妨礙作戰啊！」

「穿幫了嗎？」

「不要吐舌頭故作調皮樣！亂可愛一把的，混帳東西！」

這傢伙真的很「腹黑」。

不過，唉呀，那是開玩笑的吧。

……應該是開玩笑吧？

「不過，說到生日，阿良良木學長。我之前聽說學姊被螃蟹附身的時候，覺得稍微有一點暗示性的意思在。」

「被附身這個說法可能有點奇怪啦……嗯？暗示性？螃蟹哪裡有暗示性了？那和生日沒有關係吧。」

「學長你想想，學姊是巨蟹座的吧？」

「呃？」

七月七號。

是嗎。

「妳在說什麼啊。七月七號是雙子座吧。」

「咦？那個……我想不對吧。」

「嗯？那是我搞錯了嗎？我聽到她是七月七號生的時候，馬上就心想這傢伙是雙子座的說……」

那時候我覺得她的個性也很像雙子座，感覺很討厭，所以我記得很清楚。

「唉呀，星座詳細的畫分日期，我也不是記得很清楚……不對，可是巨蟹座我記得是從七月二十三號開始的不是嗎？」

「啊！」

神原似乎注意到了什麼。

「……阿良良木學長，在這邊我有一個謎題。」

「什麼啊？」

「十二月一號生的人是什麼座？」

「嗄？」

那是什麼問題。

根本不算謎題吧。

「那種程度的事情我知道。是蛇夫座吧？」

「噗哈！」

神原駿河開懷大笑。

「哈……哈哈哈哈，啊哈哈！」

看來我似乎點到她的笑穴，讓她笑到膝蓋顫抖，站也站不住腳，幾乎已經整個人摟住我不放了。原本她的胸部壓在我的手肘上，現在變成彷彿用胸溝夾住了我的上臂一樣，但神原的笑聲卻讓我非常不舒服，讓我無福消受這從天而降般的幸福。

「有、有什麼好笑的……我做了什麼無法挽回的錯誤嗎？」

「蛇、蛇夫座……噗、噗哈哈哈，現在這個時代，蛇夫座……啊哈哈，十三星座，學長是用十三星座在思考……」

「……………」

啊！

原來是這樣啊。

那我明白了，在十二星座當中，七月七號是巨蟹座啊……

「啊——笑死我了，笑死我了。我一口氣笑了五年份了。」

神原總算抬起頭來，眼中泛著淚光。她的心情我不是不明白，但實在是笑過頭了。

「好了，我們走吧，小良木子。」

「那種叫法實在太隨便了！對學長的尊敬都不知道跑哪去了！妳這樣子我會反而比較受傷！」

「啊！是嗎，我叫錯了。阿良良木學長。」

「妳剛才笑得那麼過分，好歹也給我一個臺階下吧。」

「就算學長這麼說……剛才學長說得那麼名正言順，我實在找不到臺階讓你下啊。話說回來，學長為什麼是用十三星座啊？」

「妳問這個問題……不是很久以前就從十二星座改成十三星座了嗎？」

「是改了，不過後來沒有普及，十三星座就沒人在用了。阿良良木學長這麼厲害的人物，怎麼會不知道這件事情呢？」

「嗯……從那時候開始，我就對星座占卜不感興趣了，應該吧……」

原來……

後來沒有普及嗎……

「這就跟怪異一樣。不管是多麼可怕的魑魅魍魎，如果不膾炙人口的話，那打從一開始就不會存在了。」

「不，我想問題沒那麼深遠吧……」

「說到底，蛇夫座究竟是什麼樣的星座啊？」

「蛇夫座是夏季星座，α星是Rasalhague（註3）。在那星座裡頭含有恆星當中，自行運動最快的巴納德星，因此相當有名。」

「不，不是星體本身的事……我是想問蛇夫座的由來是什麼。是弄蛇人的星座嗎？」

「我記得蛇夫座好像是象徵希臘神話中，一位叫作『阿斯克勒庇俄斯』的神醫。因為那個阿斯克勒庇俄斯手上握著蛇，所以是蛇夫座。」

「哇——」

我點頭。

我以前完全不知道。

「不過，神原妳不管是對星體，還是對星座的由來都很懂呢。妳該不會對星體之類的很有研究吧？」

「我看起來不像嗎？」

「老實說，不像。」

「嗯——我不能說是很有研究沒錯，不過我很喜歡眺望夜空。我還有一個簡易的天文望遠鏡呢。每年我還會去參加其他縣的天文臺舉辦的天體觀測活動呢。」

3　Rasalhague是阿拉伯文，為「抓蛇人的頭」之意。

「哇。原來妳不是去天文館啊。感覺妳是實踐重於知識呢。」

「我也喜歡去天文館，可是在那裡看不到流星吧？恆星和星座是很不錯，不過我更喜歡稍縱即逝的流星。」

「原來如此。妳真是羅曼蒂克啊。」

「嗯！要是地球有一天也能變成流星就好了。」

「那時候妳想我們人類會平安無事嗎？」

這傢伙的想法還真是要不得。

那和羅曼蒂克差遠了。

根本已經是災難片了。

「……我們東扯西扯之間，已經走到目的地了。照忍野說的，那附近好像有一個樓梯——啊，有了有了……不過，那看起來滿像普通的小路——」

這座山位於馬路旁。

名字我並不清楚。忍野說他也不知道。

應該說是馬路穿過山間建造而成的比較適當吧，人行道的旁邊，有座通往山頂的階梯——至少那裡看起來以前有座階梯。不，現在姑且還稱得上是階梯。不過，我聽說我們學校的運動社團，有慢跑來到這附近（這和神原先前說的那個無關），不過看起來似乎沒有爬上這座樓梯，進到山裡的樣子。因為樓梯口雜草叢生，如果沒事先聽說的話，我根本不會發現這裡有座階梯。就算這裡以前有座階梯，我也料想不到吧。小路。

嗯?不對……仔細一看,雜草有被踐踏過的痕跡。是足跡。原來,這座階梯並不是完全無人使用啊。倘若如此,這又是誰的足跡呢?忍野說他從沒靠近過那座神社,所以這足跡不會是他的。他還說過那間神社早已荒廢,故也不會是神社的相關人士吧……

那邊已經變成了奇怪傢伙們的聚集地——

這點應該不可能吧。

「…………」

我往黏在我左手上的神原看去。

這傢伙看起來非常沒有防備,又是一個嬌小可愛的女生……這樣沒問題吧。要是照字面一樣,真的出現了奇怪的傢伙們……我一個人能做的事情有限。就算我的體內殘留著鬼的血液,但那些血液基本上只能提升我的新陳代謝和恢復能力而已。

「『原神』學妹。」

「什麼事?小良木子。」

「妳的左手……感覺怎麼樣?」

「嗯?那是什麼意思?」

「沒什麼,我只是想問問妳的手有沒有什麼不對勁的地方。」

「沒有什麼特別奇怪的地方。」

沒有特別奇怪的地方……嗎。

唉呀,畢竟她一直用左手拿著那個看似很重的包袱,完全沒有換過手……

那我就不用擔心了吧……原本的基礎體力，再加上猿猴的左手——如果這是神原的預設狀態的話……

「沒錯。我現在左手的力氣，要把阿良良木學長壓倒在床上是綽綽有餘呢。」

「妳壓倒我的地方好像沒必要選在床鋪上吧。」

「那，要用一隻左手把學長公主抱，還綽綽有餘呢。」

「用單手就不是公主抱了，反而比較像是山賊搶村姑吧……算了，那就好。」

「呵呵呵！」

隨後，神原發出了感覺有些猥瑣的笑聲。

她看起來很高興。

「阿良良木學長真的很溫柔呢……居然真的擔心起我來了。啊啊！我感覺自己可以放心地把身心全都託付阿良良木學長呢……」

「不要紅著臉說得好像很感慨一樣。妳是妖怪覺嗎（註4）？我要生火了喔，妳這傢伙。居然隨便就讀出我心裡在想什麼……」

「別看我這樣，我可是前籃球社的王牌選手。我只要看對方的眼睛，大概就能知道對方在想什麼了。何況是我尊敬的阿良良木學長的想法。以我這個忠實的使徒來說，可說是『操控自如』呢（註5）。」

4　覺是能夠讀出對方心思的妖怪。在覺的故事當中，有一名旅人在山中生火時遇到了覺，覺威脅說要讀出他的心思，結果剛好火堆中有一顆樹果因高熱而彈飛，恰好擊中覺的眼睛而嚇跑了他。

5　日文中「操控自如」和「十分清楚」音近。

「操控自如還得了，妳其實是一個心機女吧。嗯……看眼睛嗎，真的假的？那樣就跟心電感應一樣了……那好，神原妳猜猜看我現在在想什麼。」

「學長應該是在想，『這女人，如果拜託她把胸罩脫掉的話，她會不會聽我的啊。』」

「妳到底是用什麼眼光在看我啊！」

「要我脫掉嗎？」

「嗚，哼……不需要！」

失策，我居然瞬間猶豫了一下。

「是嗎。」神原微頷首，還是一樣抱著我的手沒有其他反應……她無視了我那瞬間的猶豫，沒有對我吐槽，彷彿像在強調自己的母性光輝充滿包容力，能夠寬容男人的不良居心一樣，實在讓我覺得很不爽……

追根究柢來說，是妳先開口說那種話的吧。

為啥要裝得一副好像姊弟戀當中的大姊姊一樣。

「走吧……啊啊！真是，還沒爬山之前我就累了。」

「嗯。」

「多注意腳邊。被蟲咬的話倒是還好，這座山上好像有很多蛇類出沒的樣子。」

「蛇嗎？」

神原竊笑。

她大概又想起了剛才蛇夫座的事情。

我毫不在意，繼續說道：「不過，好像都是沒有毒的啦。可是蛇的牙齒都很長，在這種地方被咬很不值得吧。」

「……阿良良木學長被咬的是脖子吧。」

「是啊。不過這是被吸血鬼咬的，不是蛇。」

我們一面爬上山中的階梯，一面聊著上述的話題。現在的座標和剛才相比，沒有什麼極端的改變，然而一進入山中，周圍的濕氣似乎急遽上升，變得非常悶熱。據忍野所言，這階梯應該是直通那間神社，但我沒有問他神社的高度有多少。我想應該不會在山頂吧……唉呀，那也沒關係吧。反正這座山也不是很高。

「我的左手，」

神原開口說。

「照忍野先生說的，好像二十歲前就會恢復了。」

「咦？真的嗎？」

「嗯。不過啊，他還加了一句，如果維持現狀什麼都不做的話。」

「那真是太好了。就是說妳二十歲後，又可以繼續打籃球囉？」

「這個嘛。當然，要是我的身體鈍掉，繼續打籃球的希望也會落空，所以我才會持續做自主訓練。」神原說著。

然後，她開口問：

「阿良良木學長……會怎麼樣啊？」

「咦？我？」

「阿良良木學長……一輩子都會是吸血鬼嗎？」

「……我嘛，」

一輩子。

一輩子……都是吸血鬼。

類人。

非人。

「我覺得那樣也無妨啦。畢竟……我的狀況和妳的左手不一樣，現在也沒有什麼不方便的地方。而且我完全不怕太陽、十字架和大蒜。哈哈！受了傷也可以馬上恢復，反而是好處多多吧？」

「我想要聽的不是逞強的話。阿良良木學長。忍野先生告訴我……學長是為了救那位叫作忍的少女，才會自願當吸血鬼的呢。」

忍。

那是先前襲擊我的吸血鬼，現在的名字。

金髮的吸血鬼。

她現在和忍野，一起住在那棟廢棄補習班。

「…………」

話說回來，那傢伙還真是大嘴巴。

他該不會也跟戰場原說了吧……他大概因為對方是「左手」化成怪異的神原，所以才會把我的事情當作值得參考的前例，刻意告訴她的吧，所以是不要緊啦……

「沒那種事情啊。這只是普通的後遺症。忍的事情……唉呀，算是我的責任吧。什麼救不救的，沒那麼嚴重啦。別看我這樣，我有找一個妥協點，很守分寸在做的。我不要緊啦……我不是前籃球社的王牌，看對方的眼睛也不知道人家在想什麼啦，不過神原，妳在擔心我吧？」

「……是啊。」

「我不要緊。妳不用擔心啦……當然，我也不會對妳做那檔事。」

最後我開玩笑似地說完，結束了這個話題。神原似乎還有話想說卻轉為沉默，她大概覺得那不是自己該說的話吧。該說的事情會清楚說出口；但自己想說的事情卻會加以克制。這樣的好女孩，摟著我的手真是可惜了。

「啊！」

「喔？」

談話中斷後，在這時間點恰巧有一個人影，從樓梯上方跑了下來。對方踏著不穩的步伐，自這座老舊的階梯小跑步而下。

人影是一個年紀約國中左右的女孩。

身上全副武裝，穿著長袖長褲。

腰上掛著腰包。

頭上戴著一頂帽子，帽沿拉得很低。

因此讓人不確定她是否看得見前方，就算看得見，感覺也只是看著腳邊不停往下奔跑，要是一不小心，可能就和我們撞在一塊了吧。我和神原湊巧結束談話真是太好了，因為這樣我倆才能比平常更早一步注意到女孩，各自往靠樓梯的兩旁迴避開來。

在交錯的剎那間。

女孩看了我倆一眼……彷彿當下才注意到我們一樣，大驚失色的瞬間，更是加快了腳步，跑下樓梯。轉眼間，她的背影已經消失不見。她到馬路之前肯定會跌倒個兩次——女孩飛快的腳步，讓我有如此的聯想。

「…………？」

嗯嗯？

總覺得剛才那個女孩……

好像似曾相識的樣子。

「怎麼了？阿良良木學長。」

「嗯，沒事……」

「話說回來，能在這種山路和人擦身而過，真是意料之外啊。剛才當著阿良良木學長的面我沒能說出口，我原本以為這個樓梯是死路的說。而且，那個女孩還挺可愛的。學長說這間神社已經沒人在用了，不過搞不好會來參拜的人還是會來參拜吧？」

「可是，對方是那種年紀的女孩喔。」

「年齡和信仰是沒關係的。」

「話是這樣講沒錯啦。」

「就跟年齡和戀愛是沒關係的一樣。」

「這個補充是多餘的吧。」

我說話的同時，試著回想先前曾在哪裡看過她，然而最後還是想不到。不對，追根究柢來說，或許我根本就不認識那樣的女孩，可能只是既視感而已，我下定結論。

「好了，我們繼續爬吧。」我對神原說。「有人從上面下來，就表示上面一定有什麼東西吧。我剛才一直在想可能是忍野故意要惡整我，看來這個可能性消失了。」

「嗯。阿良良木學長在騙我的可能性，也變低了。」

「妳真的以為有那種可能性，而且還不是完全消失啊……」

「我會笑著原諒學長的。」

「閉嘴，慾求不滿的傢伙。」

「就算這是個錯誤也沒關係。我不想變成一個囉嗦的女人。」

「妳已經夠囉嗦了。」

「這樣啊。那你看這樣如何，阿良良木學長。乾脆學長來滿足我的慾求不滿，我想這樣我就會變安靜下來了喔。要讓發情期的動物安靜，這是最簡單的方法吧。」

「我還是第一次聽到有人把自己比喻成發情期的動物……」

「會覺得不好意思也只有一開始而已，阿良良木學長。這種事情要趕快處理掉才不會留下禍根。」

「我先走了。」

「原來如此，放置ＰＬＡＹ嗎？（註６）」

「妳滾回家！」

「阿良良木學長對我的誘惑還真冷淡啊。學長不喜歡女生太積極嗎？既然這樣，看

６　ＳＭ遊戲的一種，將處於慾求不滿狀態的奴隸放著不管，以此手法讓對方達到性興奮。

來我要假裝有一點討厭學長可能會比較好的樣子。」

「隨妳高興。」

「學長你想像一下吧。現在我是不情不願和學長牽手……因為學長有我的把柄，我被暴力脅迫，學長命令我硬是強迫我牽手……這時候，我戰戰兢兢地開口說了一句話：『這、這樣可以了嗎……』」

「嗚……這樣一想實在勾起了我的慾望……才怪！」

絕對不會。

完全沒有勾起。

「嗯——阿良良木學長真是矜持啊。與其說是冷淡，倒不如說是無動於衷。被這樣草率應付，我對自己身為女生的魅力，變得越來越沒自信了。阿良良木學長難道不在乎我會變成什麼樣子嗎？」

「不是，我沒有不在乎。只是，我現在有戰場原這個女朋友，不無動於衷才會有問題吧。」

「可是，照我的觀察，學長和學姊是柏拉圖式愛情的樣子。既然這樣，我覺得必須要有個地方，讓學長發洩多餘的性慾吧。」

「沒必要！妳不要自願當那種角色！」

「精神方面有戰場原學姊照顧，肉體方面由我來輔助。看吧，這就是一個漂亮的黃金三角形。」

「不對，妳才要看清楚，那根本是一種剪不斷、理還亂的三角關係！我絕對不要，那種讓人尷尬的《古靈精怪》（註7）關係。」

「嘴巴上這麼說，阿良良木學長的視線似乎一直停留在我的胸部上。看來男人不管嘴巴怎麼說，身體的反應都是誠實的。」

「妳在說什麼鬼話啊！」

「這次是番外篇，所以我負責當旁白啊。」

「為什麼是妳在當旁白！」

而且，

不管是哪種番外篇，我想妳都不可能當上旁白。

因為作品會被認定為十八禁。

「嗚。看來沒有這麼順利的樣子，我原本以為只要用我的肉體，就可以輕鬆把阿良良木學長變成我的俘虜說。」

「原來妳在打那種歪主意嗎!?」

柏拉圖式的愛情嗎……

冷淡、連跟我約個會都不肯的女朋友，話真是要看人怎麼說啊。不過，這種事情果然一看就會明白了。我以前在看漫畫的時候，每次看到應該已經成對的情侶一直分分合合，就會想要從旁插嘴要他們趕快衝向終點，不過和戰場原交往之後，我才知道：嗯，原來漫畫上的那些都是真實的。

沒辦法、沒辦法。

7　《古靈精怪》也譯為《橙路》，是一部描寫三角關係的漫畫。

終點沒有那麼簡單就到得了。

「說我矜持的話，那傢伙才更矜持吧。」

「那樣不也很好嗎，阿良良木學長。只要想想戰場原學姊的過去，就能明白原因了，而且把學姊當作是一個羞答答、未經世故的女朋友，也是一個萌點吧。」

「羞答答嗎……如果萌點可以意識到的話，我想那就已經不是萌點，而是賣點了。」

「是賣點的話，買下來豈有不對的道理。」

「那倒也是。」

我們爬上樓梯。

剛才在入口處我發現草有被踐踏過，那些足跡是那女孩的嗎？我一邊想著事情，走到神社已經是五分鐘後的事情了……那間神社的外觀也和階梯一樣整個都荒廢了，如果不是事前聽說，根本不會覺得那是一間神社。看來我擔心這裡會變成奇怪傢伙們的聚集地一點，是完全沒有意義的。不管這裡是鄉下還是哪裡，不管是正常人還是怪人都一樣，只要是人就不會想在這種地方多待上一秒吧。因為眼前有一個鳥居，才能勉強看得出這裡是神社的遺址，而建築物方面，則無法判斷哪裡是神殿。看來只能從位置關係來判斷了。

剛才那位女孩，也有來過這裡嗎。

但是，是為了什麼？

這間神社很明顯已經沒有神明了。

應該就連神明也都逃走了。

照忍野流的說法，神明是無所不在……的樣子，可是我覺得唯獨不會存在於此地。算了……反正趕快先把工作做好吧。只要貼上符咒即可，這和至今忍野拜託我的工作相比，算是比較輕鬆簡單的了。我從口袋中拿出忍野交給我的符咒。

就在此時，

「唔──！」

神原忽然從我的手腕上離開。

本來一直感覺到的可喜觸感，從手肘上消失。

「怎麼了？神原。」

「……我好像，稍微有點累。」

「有點累？」

什麼？

因為那種程度的階梯嗎？

階梯的階數是稍微多了點沒錯，但我想體育系的神原不會因為那樣就累垮吧。老實說，就連我也是稍微有點喘而已。

但是，神原似乎是真的累了，或許是心理作用，她的臉色看起來也很差。我第一次看到神原變成這樣。

「嗯……那我們找個地方休息吧？我看看……話是這麼說沒錯，不過能坐的地方……也只有石頭上而已……可是，要是隨便坐神社的石頭，總感覺好像會遭天譴……」

這間神社有無會懲罰人的神明姑且不論，我的心裡就是有那種不祥的預感。從我至今的經驗來看，每當我心中有那種感覺時，最好還是別輕舉妄動來得好。

可是，該怎麼辦才好？

我正在煩惱時，

「對了，阿良良木學長要不要先吃個東西？」

神原對我提議說。

「吃東西？」

「嗯。由我這個晚輩提議要吃飯可能有失禮數，不太禮貌，可是我身體不舒服的時候，基本上只要把肚子吃飽飽就會好了。」

「……………」

這傢伙就跟漫畫裡頭的人物一樣。

就連身體不舒服的時候，她也是一個很好玩的學妹。

「不過，忍野要我在貼符咒之前，什麼東西都不要吃呢……說什麼要淨身之類的。隨便啦，那神原，妳去找一個可以把那個多層飯盒擺開的地方吧。在荒廢的神社前吃午飯也不會很可怕啦，可是還是要考慮到氣氛的問題。在那段時間，我先去把這個符咒貼好。」

「嗯。也好，就這麼辦吧。抱歉，工作方面就交給阿良良木學長了。」

「待會見。」

我說完背對神原，用腳踹開草叢往建築物的方向前進。忍野要我把東西貼在本殿，但是我不太清楚該貼在本殿的哪裡……要貼在裡頭，還是貼在門窗上好呢？我會不知如何是好，講白一點就是忍野的指示不夠清楚的緣故，沒關係，反正他的指示每次都不清不楚。或許他是要我自己去想吧。

我先將建築物整個看過一遍，同時一邊想著剛才和我們擦身而過的女孩。怎麼回事，我竟會如此在意……不對，要說是在意——

倒不如說她很眼熟。

或是似曾相識。

最重要的是——我好像有感覺到什麼。

雖然我不是很清楚……那種感覺是什麼。

「不過，我一定有見過她……是在哪裡遇見的來著。要和國中生認識的機會，本來就不是……」

要是我兩個妹妹的話倒還好……

妹妹？

「嗯……到底是怎麼回事呢。」

最後，我把符咒貼在一棟看似本殿的建築物門上。應該說，我有預感要是把那扇門打開，整棟建築物可能就會倒塌，所以我除了貼在門上以外，沒有其他選擇。

我放輕腳步離開建築物，回到鳥居的地方。神原還沒回來。我拿出手機……這才發覺到，神原還沒把她的手機號碼告訴我。對了，我也還沒把號碼告訴神原。

這樣手機根本沒有意義吧。

「喂——！神原——！」

因此，我放聲呼喊。
不過，她沒有回應。
「神原！」
我試著更大聲去呼喊，但結果還是一樣。
此時，我感覺到不安。
要是她在這附近，沒理由聽不見我的聲音。如果是戰場原的話姑且不談，神原絕對不可能把我扔下自己先回去吧。在這種廢墟看不見她的人影，就表示——
「神原！」
我在搞不清楚狀況下，開始起步奔跑。
她剛才說身體不舒服。該不會她在找地方吃飯時，在某處昏倒了……會是這樣嗎？我的腦中閃過最壞的情況。在那情況下，我該如何處理，該怎麼辦才好。她要是出了什麼事，我也沒臉去見戰場原了。
然而幸運的是，那個最壞的情況，沒有以最壞的形式前來造訪。因為我在巴掌大的神社院內四處奔跑之間，看見了神原的背影。
多層飯盒就放在她的身旁。
她有如呆滯一般，佇立在那裡。
「神原！」
我出聲叫她，把手放在她的肩膀上。
「呀！」

神原顫抖了一下，轉過頭來。

「啊、啊啊……原來是阿良良木學長啊。」

「喂喂，這算什麼回答方式啊。」

「啊……對不起。我怎麼這麼不小心，居然用了這種無法想像的措辭，跟對我有大恩的阿良良木學長說話。我一個不注意就驚慌失措了……因為學長突然摸我的肉。」

「別用肉這個字。」

是肩膀。

「失言的代價，請讓我用身體來彌補。我可能會做出抵抗的動作，不過那是為了炒熱氣氛而做出來的演技。」

「妳還能開這種玩笑，看來妳的精神狀況很正常嘛，我鬆了一口氣了，神原。啊！我知道妳是在開玩笑。好，這個話題結束。真是的，妳的尖叫聲還挺可愛的嘛。」

她的臉色……還是一樣很差。

或許應該說，感覺變得更糟了。

看來這氣氛，我沒辦法嘲笑她剛才那出人意料的尖叫聲。

「妳幹麼啊，不要緊吧？如果妳身體那麼不舒服的話……對了，剛才那個本殿的外廊只要稍微掃一下，應該就可以躺吧。我揹妳過去，妳去躺一下吧。如果妳怕髒的話，這個嘛，只要把我外套鋪在下面就好——」

「不是……阿良良木學長。我不是身體不舒服，」

神原她……指著正前方。

「你看那個。」

「咦？」

我照她的指示，朝神原手指的方向看去。

稍微遠離院內的山林中。

其中一棵粗壯的樹木。

在那棵樹木的根部……有一條被切碎的蛇。

那條被人宰殺的蛇，長而蜿蜒的屍體各節，被利刃剁成了五等分。

五等分。

被人宰殺。

但是，牠的頭部宛如還活著一般。

舌頭還在微微抽動，嘴巴張得斗大。

看起來像是在——

痛苦呻吟著。

「…………嗚！」

當我啞口無言，看著眼前的光景時——

我突然想起了那孩子的名字。

剛才和我們擦身而過的女孩。

沒錯。

女孩的名字叫作……千石撫子。

003

「這本……還有這本吧。啊！那本書可能派不上什麼用場。這麼說可能對寫書的老師很抱歉，不過那本書到頭來只是在建議我們死背而已。如果要講求效率的話，我想那邊的書會比較好。」

羽川翼說完……接連從書架上拿出好幾本參考書，交到我的手上。一本、兩本、三本、四本，總共五本。

我們現在位於，距離直江津高中不遠的大型書店。

時間是六月十二號，禮拜一。

時段是放學後。

文化祭迫近眉梢，將在本週末的禮拜五、六舉辦，今天班長羽川和副班長我，終於結束了討論和準備的工作，在回家的路上順道去了書店一趟。應該說，是我拜託羽川陪我來的。

麻花辮、眼鏡。

班長中的班長。

超級優等生，羽川翼。

「抱歉，羽川……我差不多快超出預算了。」

「咦？預算是？」

「一萬日幣。回家拿的話應該有一點，不過我現在身上只有那麼多錢。」

「啊。因為參考書還滿貴的。如果考慮到內容，貴一點也是沒辦法的事情。那我看這樣吧，除了參考書的好壞以外，也把成本效益列入考慮吧。這本書放回去，換成這一本。」

羽川翼——

她也曾經和怪異扯上關係。但是跟我、神原或戰場原比起來，她的情況應該算是特殊案例——因為，她完全喪失了和怪異相關的記憶。她已經徹底忘記了黃金週的惡夢(那足以和我的春假地獄匹敵)。

我是鬼。

神原是猿猴。

戰場原是螃蟹。

然後，羽川是……貓。

「不過，」

羽川突然開口說。

「我稍微有點高興呢。」

「……高興什麼?」

「阿良良木居然會希望我幫你選參考書。如果你願意認真讀書的話，那我的努力也不算白費了啊。」

「……………………」

不對。

妳的努力沒什麼太大的關係。

這傢伙似乎一直誤會我是不良少年，硬是把我提拔為副班長，想讓我改過自新……她完全搞錯了，或許應該說她幾乎走火入魔了。

「嗯——也不是要認真讀書啦……我想自己差不多也該考慮一下未來的出路了。」

「出路？」

「或者應該說升學的事情吧……之前，戰場原有跟我談過這個話題。然後，我就問她想要考哪間學校……」

「啊。戰場原同學要去讀這裡的國立大學吧？她應該可以靠推薦入學進去。」

「……妳真是無所不知呢。」

「我不是無所不知，只是剛好知道而已。」

稀鬆平常的對話。

應該說，羽川一直以來都比我還要更擔心戰場原的事情，因此身為一個班長，這點小事她會知道或許也是理所當然的吧。說起來，很難得戰場原對於羽川這種過度熱心的個性，沒有流露出超常的厭惡感。如果是羽川的話，邀請她來參加正在計畫中的戰場原生日派對，應該不會讓戰場原火冒三丈才是。

可是，開個生日派對，居然還要顧慮女友會不會發飆……

「咦？那阿良良木你該不會想和戰場原同學考同一間大學吧？」

「妳先別跟她說喔。我不想讓她抱有奇怪的期望。」

我下意識拿起手邊的一本參考書，啪搭啪搭地隨意翻閱。這個舉動不是因為我想要遮羞。

「應該說，她會對我說一些很冷淡的話吧。」

「冷淡嗎……你們是男女朋友吧？」

「是沒錯啦。不過，她給人一種對親友也會很冷漠的感覺啊……」

「嗯嗯？啊，原來是這樣啊。你把『對親友也要有禮數』的禮數，換成冰冷淡漠的冷漠，變成了一語雙關的俏皮話嗎？啊哈哈！阿良良木真有趣。」（註8）

「不要解釋得這麼明白！」

還有別說這是俏皮話。

也別說這很有趣。

「啊哈哈！阿良良木你肯定是在說『她會對我說一些很冷淡的話吧』的時候，就已經想到那個俏皮話了吧？這樣說起來，你也預料到我會說『你們是男女朋友吧』這句話了吧。真是的，你想得還真是周到呢。」

「不要把對話的構造拿出來分解！」

總覺得我已經一絲不掛了。

我把話題拉回。

「我也沒有什麼具體的目標啦，上次的實力測驗，我考的分數比自己想得還要高。我原本想說不要不及格就好……我和戰場原比起來還差得遠啦，不過我隔了好久難得認真看書，所以考的分數還不錯。」

8　日文中，禮數和冷漠發音相近。

「上次好像是戰場原同學一對一教你功課的吧？」

「對。」

值得一提的是，那位戰場原教我這種吊車尾的人，還能輕鬆地考出學年第七名的總成績。這不知該用厲害還是用變態來形容，到了那種境界，我也只有五體投地的份了。

再附帶一提，總成績第一名的是羽川。

這點自然不在話下。

她考出全科目第一名的成績。

每一科幾乎都是滿分。

另外，我除了數學以外其他都不是可以上榜的成績，但從至今的實力測驗來看，我的成績有了顯著的進步。

進步到會讓我稍微抱持一點夢想。

現在是六月。

接下來的半年，假如我好好讀書的話——

我的腦中甚至浮現出這種想法。

「總覺得戰場原教我功課，讓我闊別已久地又掌握了讀書的方法……應該說，她讓我回想起國中時候的感覺。因為我在一年級剛入學的時候，就已經放棄課業了。」

「嗯——我覺得這是一個好現象。雖然你是因為想要和女朋友讀同一所大學，動機有點不純，不過學問之門永遠都是敞開的。嗯，既然這樣，那我也會全面地協助你的。」

「…………………」

戰場原的教導方式很可怕，妳也不遑多讓啊……

不過這話我不會說出口。

而且，我要考上大學，不管怎麼想羽川翼的協助都不可或缺吧。

「所以，要是我的預測順利的話，我打算從暑假開始上補習班，妳知道哪一家比較好嗎？」

「嗯——那個我不知道。因為我沒有上過補習班。」

「是嗎……」

妳這該死的天才。

「不過，我會幫你問一下我朋友。」

「妳實在是樂於助人啊。幫了我一個大忙。唉呀！不過實際情況來看，今年要考上可能有點困難，我估計如果重考一年的話，應該可以考上吧。」

「還沒做之前，志向就這麼低怎麼行呢。既然要考就一次合格……那戰場原同學那邊，你打算什麼時候告訴她啊？」

「所以說，要等我安排到一定的程度吧……畢竟她的幫助也是必須的。戰場原要考的國立大學，好像有很多種考試的方式，總之我就選擇重視數學的考試方式……」

「原來是這樣啊。」

啪一聲，羽川又把一本參考書放到我的手上。

「來。這樣剛好一萬。」

「……咦？真的假的。妳把錢算得這麼剛好嗎？妳做得到這麼巧妙的事情嗎？」

「這只是普通的加法而已吧。」

「…………」

這麼說確實沒錯……可是數字基本上都是四位數，還要用心算，而且妳還一邊和我講話耶……我原本以為自己很擅長數學……其實我從小學程度的數學開始，就已經不是羽川的對手了嗎？

這讓我有點受挫，或者該說是讓我意志消沉吧……

感覺自己剛鼓起幹勁，就被人狠狠潑了一桶冷水。

未來半年，我必須要跟戰場原黑儀和羽川翼帶給我的，無法斗量的自卑感一塊奮鬥嗎……

唉呀。

不過我也只能努力了。

「對了，阿良良木。」

「幹麼啊，突然這麼正經。」

「剛才說我們聊的那個，你們在荒廢的神社發現被切成五等分的蛇屍體……然後接下來呢？」

「誒……啊，妳是說那個啊。」

放學後，我和羽川在準備文化祭時聊到了那件事。本來我只是想告訴她忍野的近況而已，不過畢竟昨天的事情讓我留下深刻的印象，於是我告訴了她。小動物被殺害分屍的話題，會讓人聽起來不太舒服，所以我馬上就打住了，看來羽川她也很在意的樣子。

「也沒怎麼樣。總之我和神原兩個人，挖洞把那條蛇埋了……不過在那之後，我們在附近閒逛的時候，發現四周都是蛇的屍體。」

「都是……蛇的屍體？」

「對。全都是被切得七零八落的蛇屍體。」

有五、六條左右。

我數到一半就停止了。

也放棄要讓牠們入土為安。

因為神原當時看起來真的很不舒服。

「最後，我們馬上就下山……然後在那附近的公園，吃神原做的那個便當。因為實在太好了，讓我嚇了一跳，結果我一問之下才知道那是她請她奶奶幫忙做的。應該說是相反，是神原她奶奶在做，她在旁邊幫忙的感覺。因為我問她：『妳做了什麼？』她說：『我有幫忙準備菜刀、燒開水、還有看著鍋子不讓煮沸的水溢出來，不過最後還是溢出來了啦。』之類的。話說回來，她的運動能力已經高得離譜，要是還很擅長料理的話，那就有點太過貪心了。」

「或許你說得沒錯吧。不過神原同學真的好可惜喔。要是她的手沒受傷，現在應該下場比賽了吧。」

「…………」

好險。

那方面的事情，我要瞞著其他人才對。

剛才我差點就說溜嘴了。

知道神原駿河引退真相的人，在直江津高中裡頭只有我和戰場原而已。我倆知道就夠了，不能再讓其他人知道。

好笑的是我們吃完便當後，神原的身體狀況真的恢復了。那個運動少女，能量的吸收效率似乎非比尋常地好。

「唉呀……阿良良木你還真是辛苦呢。」

「是啊。蛇被人那樣殺害，我總覺得好像有人在做什麼儀式一樣。感覺有點讓人毛骨悚然。地點是舊神社也讓我有點在意。啊，羽川妳該不會早就知道那邊以前有一間神社了吧？」

「嗯。」

羽川很乾脆地點頭。

彷彿理所當然。

「那邊是北白蛇神社吧。」

「……蛇嗎。這就表示——」

「對。那邊好像是信仰蛇神的吧。我也不是很清楚啦。因為我是本地人，所以剛好知道而已。」

「那種事情，我想通常就是因為是本地人所以才會不知道吧……而且我覺得妳知道的已經夠多了。不過，這樣啊……在信仰蛇神的地方殺蛇嗎……那果然很像某種儀式。我先向忍野報告一下……會比較妥當吧。」

怪異。

如果是我想太多就好了。

可是……還有千石的事情。

千石撫子。

「……………………」

……不過，這對話的方向不太妙呢。

羽川已經遺忘了和怪異有關的記憶。雖然她記得自己曾經受過忍野的照顧，然而她已經忘了自己被貓魅惑，最後發生了什麼事情。不完全因為這個緣故，總之我就是不希望羽川和怪異扯上關係。戰場原、神原或者是八九寺的事情，羽川都沒必要去知道——至今是如此，未來也是一樣。

我如此心想。

因為這傢伙實在是個好人。

「可是啊，阿良良木。」

話說回來，現在想這些只是在杞人憂天而已。

「我想說的不是那個。我是說神原同學的事情，讓你很辛苦吧。」

「…………」

反而，我要擔心自己才對。

「神・原・同・學・的・事・情。讓你很辛苦吧，我想說的是這個。」

她一字一句，斷句分明地對我說。

臉上還帶著笑容。

那笑容反而讓人背脊發涼……

「對、對啊……沒錯，因為她突然身體不舒服，我還以為她怎麼了……不過，沒什麼大礙真是太好了。」

「我不是說那個。」

羽川的口吻嚴肅。

不對，這傢伙的口吻基本上都很嚴肅，但是這次特別嚴肅。

「阿良良木，你和自己女朋友的學妹走那麼近不會有問題嗎？讓戰場原和神原同學重修舊好的人是你，你們會有某種程度的友好，我想也無可厚非。不過手勾手不太好吧。」

「我也沒辦法吧。因為那傢伙很平易近人嘛。」

「你覺得那可以當作藉口嗎？」

「這……」

沒辦法吧。

不管我怎麼思考。

「唉呀，你大概是第一次有學妹吧，所以我也不是不能體會啦。你國中的時候也沒參加社團吧？有可愛的學妹，會讓人很高興呢。還是說你單純只是因為神原同學的胸部，感覺起來很舒服的關係？阿良良木你好猥褻喔。」

「嗚……」

很微妙地，我無法反駁。

她說的不正確，但就算我去否認，聽起來也像是在說謊。

「我想，神原同學也是因為退出社團的關係，心情有點不穩定，不過阿良良木，你現在應該要好好地畫清兩人之間的界線吧？」

「嗯——」

「難得你讓聖殿組合重修舊好，要是因為你的關係又害她們解散了，不就沒意義了嗎？」

「妳說得沒錯啦。」

我意志薄弱。

應該說我是一個軟弱、容易受人左右的傢伙。

「唉呀，這樣看來，神原同學看起來好像也不擅長和男生相處吧。我這麼說可能很奇怪，不過她一直被當成明星看待，所以反而沒那種機會吧。」

「也對啦。」

畢竟她是百合。

又愛戰場原。

這些也是祕密。

「阿良良木你也很不擅長那種交際方式呢。不過，有些東西不擅長可以被原諒，有些則不行。」

「可是啊，戰場原她說要我好好照顧神原，還說什麼『要是你對我的學妹失了禮數，我可不會饒過你』之類的話。感覺我們之間，好像有什麼作用關係一樣。如果是三角關係的話，就是不合情理的等腰三角形。戰場原好像也叫神原可以多來麻煩我。」

沒錯。

這種情況下，讓人搞不清楚的是戰場原的心理。

那傢伙到底在想什麼？

「那是，這個嘛，是這種感覺吧？」

語畢，

羽川將雙手輕輕伸向我。接著，用雙手從左右兩旁觸碰我的頭，將其固定住。我雙手抱著一堆參考書，無法揮開她的手。

「誒？咦，怎麼了？」

「來，請吧。」

羽川用雙手調整我頭部的角度，自己抬頭看我，讓我倆剛好可以正視彼此的臉龐。我們四目對望。瞬間，羽川閉上雙眼。眼鏡後方閉起的眼眸，睫毛似乎在顫抖著。同樣閉起的唇瓣，很自然地，像是在對我述說著什麼——

「誒？誒？誒？」

這、這狀況是怎麼回事？

應該說這發展是怎樣？

可是羽川是班長，她和忍野一樣是我的恩人，不對，她絕對比忍野還要更有恩於我

——

可、可是我好像必須要親才行？

她剛才都說請了……

雖然她的眼鏡有點礙事……不對。

應該說在這種狀況下，我什麼都不做才……！

「……就是這種感覺。」

說完，

羽川突然放開了手。

臉上浮現出調皮的笑容。

「還差一秒的感覺對吧？阿良良木。」

「哪、哪有……妳在說什麼啊。」

我的聲音很明顯高了八度。

「你在說什麼啊」這句話是說我自己才對。

「所以說。阿良良木你很軟弱，容易受人左右。」

「……………」

這句話從別人口中說出來特別響亮啊。

而且我無法反駁。

我想應該沒有差一秒那麼誇張，但我內心有所猶豫是無法否定的事實。

「阿良良木你對誰都很溫柔吧？這樣站在戰場原同學的角度來看，她應該會很不安吧。戰場原同學只有你一個人——可是講極端一點，你的感覺好像不管對方是誰都沒關係的樣子。」

「……不安嗎？」

她是那種情緒豐富的人嗎。

不過呢，沒錯，我是想要改正戰場原那種冷漠的個性，才會居中讓她和神原重修舊好。這麼一來，戰場原也想要改掉我軟弱、容易受人左右的個性，所以才……是嗎？不對，那不可能。完全稱不上是理由。

「你容易被氣氛牽著鼻子走，又不想要傷害到別人。溫柔一般來說是很好啦，不過有時候對對方是沒有好處的。以戰場原同學的立場來說，她可能不希望你和神原同學的感情太好吧？可是她卻說不出口，反而說了反話——不是嗎？她可能覺得你們親近一點也無妨，或者她是真心希望你們感情好一點，不過她希望你能夠好好地畫清界線……應該說，她希望你在比較過她和神原同學兩個人之後，依舊能夠選擇她。」

「什麼鬼。聽起來莫名其妙。」

「戰場原同學也是進退兩難吧？畢竟你是她最重要的男朋友，神原是她最重要的學妹。」

「嗯。」

而且神原還是百合。

這點戰場原已經知道了。

如此來思考的話，這是一串非常複雜的人際關係。

「唉呀，因為戰場原同學是傲嬌嘛。」

有如在總結對話一般，羽川說。

「她的行動原理，我們不能用一面倒的方式去理解。必須要時常觀察她的內心變化才行。如果你也覺得戰場原同學很重要的話，就不可以因為一點小小的誘惑就動搖了。因為對任何人都很溫柔，實在有點不負責任呢。」

「嗯……妳說的我感同身受。」

剛才的實際演練很有效果。

我似乎能夠體會自己的意志有多麼地薄弱。

……可是，用一句「因為是傲嬌」來總結真的好嗎……話說回來，原來羽川翼也知道傲嬌這個詞的意思啊……

這傢伙真的無所不知呢。

戰場原在教室總是戴著貓的面具裝乖，羽川可能早就看透她面具底下的真面目了吧。

畢竟，貓是羽川的專業領域嘛。

「對了，羽川妳大學要讀哪啊？應該是東大吧？還是說，在全國模擬考能考第一名的人，都會去讀國外的大學？」

「誒？我不升學啊。」

「………咦？」

這勁爆的發言是怎麼回事。

我真的瞠目結舌。

「妳不……升學嗎？」

「嗯。」

「是錢的問題嗎？可是，妳的話應該可以推薦入學……」

應該會變成各校爭奪的第一指名啊。

就算要她一面領薪水，一面讀大學也不奇怪。

「不是那個問題。我也不是很想去讀大學……這個嘛，先跟阿良良木你說應該沒關係吧。我畢業之後，想要出外旅行一趟。」

「旅、旅行？」

「我想花個兩年左右的時間，去世界各地看看。因為世界上有很多現在不看，以後就看不到的世界遺產。我一直都在依賴知識，所以想要出外去累積各式各樣的經驗。如果想讀大學的話，旅行完再去也不遲啊。」

「…………」

她一時興起說出這種白日夢——

看來並不是這樣吧……

羽川的成績沒有糟到必須要逃避現實，不去參加聯考戰爭。就算明天是升學考試，憑她的實力也能夠充分應對。就算此時此刻開始考試，不管是哪所大學她應該都能不費吹灰之力地輕鬆考上。因為羽川是這樣的人，所以恐怕她的旅行計畫也已經籌備到一個階段，無法變更了吧……

「老師那邊你先幫我保密喔。要是告訴他們的話，他們一定會嚇一跳吧。」

「嗯……是啊。」

「我打算找個時間跟他們說。」

「這樣啊……妳不管什麼時候說，我想他們都不是嚇一跳就可以了事的……」

肯定會造成舉校譁然的大騷動吧。

升學高中的狀元居然對自己的未來做出這樣的選擇，若此例一開，學校的傳統校風恐怕會受到影響。而且做出這種決定的人，還是將來備受期望的羽川。當然，她本人肯定也十分清楚吧……

「拜託你囉。相對地我也會把這次的事情，神原同學的事情，幫你保密不告訴戰場原同學。」

「我又沒做什麼虧心事……」

「我也不覺得心裡有愧疚啊。可是呢……」

「嗯。好，我知道了。」

嗯——

這該不會是忍野……的影響吧。

羽川對那無根浮萍的某些地方，是非常尊敬的。至少他的影響力不容忽視。倘若真是這樣，我覺得忍野的罪孽會很深重……那傢伙真的是一個麻煩人物。

原來……原來是這樣嗎。我一直以為羽川高中畢業後，還會繼續擔任某種班長，一直以為這是被神選上的班長的宿命，不過她隻身去旅行的話，就不會身居班長或任何職務了。

我現在的心情，很想嘆一口氣。

真是人算不如天算。

吊車尾的我，事到如今才準備要考大學。

優等生羽川翼，立志跳脫社會的既成框架去行動。

神原駿河提早退出籃球社。

就連八九寺真宵，也無法回到過去。

能恢復原狀的人——

只有戰場原黑儀一個人而已。

「……好痛！」

此時。

羽川突然用右手抵住自己的頭。

有如在支撐一般。

「嗯？怎麼了？」

「沒事，只是突然……頭有點痛。」

「頭痛？」

我想起神原昨天在神社突然身體不適的事情，不由得焦急了起來。不過，「啊！不要緊、不要緊。」羽川馬上抬頭說。

「從前陣子開始，我就偶爾會這樣突然開始頭痛。」

「喂喂……這樣哪裡不要緊了。」

「嗯——可是痛一下就會好了。我不知道原因啦……不過大概是因為最近忙著準備文化祭，都沒有讀書的關係吧。」

「妳不讀書就會頭痛嗎？」

那是什麼體質。

她頭上戴著孫悟空的金箍嗎？

她認真的程度，已經到了登堂入室的境界。

或許已經深入骨髓了吧。

「那我送妳回家吧？」

「沒關係，不用。我家那邊——」

「啊……對喔。」

失態。

我太多嘴了。

「不過，不好意思。我要先回去了。阿良良木你再多選一下參考書吧。你手上的是我推薦的沒錯，不過這種東西到頭來還是要看個人的喜好。」

「好。那就——」

「嗯。」

說完，羽川飛也似地離開了書店。

不管怎麼說，我都應該送她到家裡附近才對，但別看羽川那樣，她其實還挺固執的，或許應該說她不喜歡讓別人看見她軟弱的一面。既然她本人都說不打緊，我也不應該多加干涉吧。

可是。

頭痛嗎……

這讓我稍微有點在意。

羽川的話，她的頭痛就表示……

「…………」

羽川對戰場原的螃蟹、八九寺的蝸牛、神原的猿猴，以及自己的貓等事情，至今一概不知。

可是，她知道我的鬼的事情。

雖然這不能代表什麼。

可是羽川對我有恩，這是一個不動如山的事實。不光是因為怪異的事情——單憑是她說的話，一字一句就不知道為我帶來多大的救贖了。

今天也是。

所以我很希望自己能夠幫上她的忙……

唉！我真想多關心她一下。

「……先到別區去看一下吧。」

我順從羽川的忠告，繼續挑選參考書，然而做不慣的事情就是做不慣，每本參考書在我眼中看起來都一樣，最後我決定暫時先買羽川推薦的這幾本（最後總共買了六本。我也花了時間慢慢算了一下，結果真的剛好一萬塊。太強啦），隨後離開了參考書區。由於預算剛好用盡，我無法再多買什麼，不過呢，好在看書是免錢的。雖然檢閱最新一期的漫畫雜誌時，手上抱著一堆參考書還挺蠢的，可是只要抱著參考書，就讓我覺得自己似乎變聰明了些，就這樣打發時間其實也不壞……不過，我覺得會有這種想法就已經夠蠢了……

「……嗯？」

我想要往別區移動時，瞬間駐足在原地。眼前出現一個不可能的事物，讓我不由得僵在那裡。手上抱著的參考書差點掉落在地。

不對。

這並不是不可能。

住在同一個城鎮的人，會在鎮上最大的書店相遇的可能性絕對不算低吧——至少比在通往廢棄神社、猛然一看還找不到的階梯上，碰巧擦身而過的可能性還要高很多才對。

但上述的情況，以機率來看也不是零。

所以……就算連續兩天碰到面，

也不是，不可思議的事情。

「……千石。」

站在參考書區旁的咒術・超自然區中，拿著一本厚重的書籍正在閱讀的人，正是千石——小妹以前的朋友，千石撫子。

她似乎全神貫注地在閱讀，完全沒注意到我的存在。我無法繞到她的正面，所以只能窺視到她的側臉……但我依舊能看出她昔日的容貌。她就是小學的時候，常來我們家玩的……應該說是被帶來我們家玩的千石。她的名字——千石撫子很獨特，所以我記得她的全名。特別是「撫子」兩個字。妳那個漢字是唸「ＮＡＤＥＳＨＩＫＯ」才對吧，為什麼會少一個音啊——小學時候的我總是感到不解……（註９）

她和小妹同年。

就表示她現在是……國中二年級嗎。

她應該是讀我畢業的那所公立國中吧，雖然她現在穿便服我看不出來。在這一帶鮮少有人會像我兩個妹妹一樣，選擇就讀私立國中。

「……………」

我是想起了千石的事情沒錯。

不過她還記得我嗎？

昨天我們擦身而過時，她露出了驚訝的表情，不過那或許只是因為在那種山中，居然會有自己以外的人從下面爬上來，讓她感到訝異罷了。畢竟朋友的哥哥這種小事，平常根本不會有人記得吧……倘若如此，我在這邊冒然向她搭話也滿奇怪的。

9　千石撫子的撫子，唸法為：「ＮＡＤＥＫＯ」

可是。

蛇。

沒錯，蛇——

我還在思考時，千石把閱讀的書放回書架上，準備要離開這裡。我立刻躲起來，免得被她發現。我沒有躲躲藏藏的理由，但卻反射性地做出動作，讓我在此完全失去了出聲叫她的機會。我以書架為牆迂迴地繞了一圈，確認看不到千石的身影後，往她剛才站的地方走去。

因為她剛才看的那本書，讓我很在意。

我確認那本書的書名。

「等等……這是——」

那本書是一萬兩千塊的硬殼書。

不是國二生買得起的東西。就連高中三年級的我，現在手頭的錢也無法帶它回家。買下它的話，我就不能買參考書了。

所以，她才會在店裡把它看完吧。

然而——這些都不重要。

問題是那本書的書名。

我從深處的書區走出，在店內尋找千石的身影，但已經看不到她了。或許她跑到別的書區去了，但眼下她已經離開書店才是正確答案吧。而且，她那套便服……長袖長褲。

深戴的帽子和腰包。

如果我沒猜錯的話……她八成是要去那裡吧。

「該死……沒辦法了。」

我決定先到櫃檯買下參考書。櫃檯排著許多等候結帳的客人，但我還是耐心等待。焦急沒有好事。我應該先冷靜下來才對。我一邊思考接下來該怎麼辦，同時將萬元鈔票放在托盤上。櫃檯的店員似乎因為剛好是一萬元而嚇了一跳，不過那不是我的功勞，所以怎麼樣都無所謂。

不對。

就算我們以前認識……我一個人還是有點勉強吧。

一個人能做的事情有限。

既然這樣，照這個發展來看……我也只能請那傢伙幫忙了吧。對這一類的事情，那傢伙應該特別厲害吧……雖然羽川才剛叮嚀過我，可是現在的情況也莫可奈何。

店員幫我把參考書放入手提袋後，我左手提著袋子，走到店外後拿出手機，撥打昨天在那之後，那傢伙給我的電話號碼。前天打電話到她家去的時候也是一樣，第一次撥打的電話號碼，總是會讓我覺得緊張。

電話響了五聲左右。

「我是神原駿河。」

電話一接通，她馬上就報出全名。這情況實在很少見，讓我稍微吃了一驚。（註10）

10　日本人接電話時一般都是報自己的姓，對方如果較親密就會報名字，通常不會報上全名。

「神原駿河。得意的招式是二段跳。」

「騙肖耶。那種東西人類哪做得到啊。」

「嗯？這個聲音還有吐槽的方式，是阿良良木學長吧。」

「……是我沒錯啦。」

居然用聲音和吐槽的方式來判斷對方是誰。

昨天我不是告訴妳我的號碼了嗎。妳沒把我的號碼記在電話簿裡嗎？這還真讓我傷心……啊，或許她還沒摸熟手機這種工具的使用方式吧。畢竟她看起來對機械很不擅長的樣子。

「神原，妳有空的話，我想請妳幫我一個忙……妳現在在幹麼？」

「呵呵！」

神原發出無畏的笑聲。

「不管有沒有空，只要阿良良木學長希望，不管要去哪裡我都奉陪。我沒必要聽理由，學長只要把地點告訴我，我馬上就會過去。」

「妳這樣說是很好啦……如果妳沒空的話，不用勉強也沒關係啊。昨天我才硬把妳叫出來過而已，現在找妳我心裡也很過意不去。神原，現在妳在哪？在做什麼啊？」

「那個……問我在做什麼的話……」

「幹麼啊，真不乾脆。妳真的有空嗎？這樣的話——」

「不是，那個……嗯。」

神原有如下定決心般說。

「我還是無法隱瞞學長啊。現在我在自己的房間裡，正在看A書，沉溺在猥褻的妄想當中。」

「……………………」

我不該逼問她的。

搞得我自己變成了性騷擾狂一樣。

「啊！可是有一點請千萬不要誤會，阿良良木學長。我是在看A書沒錯，不過全部都是BL的。」

「拜託！唯獨這點請妳讓我誤會吧！」

「因為今天是新刊的發售日，包含在考試中沒辦法買的那些，我一共買了二十本左右。」

「是喔……這就是所謂的大人式購物吧。」

「嘖嘖嘖。在這種情況下，希望學長能用少女式購物這種說法啊。」

「妳少囉嗦！」

這麼說來，神原在放學後也有來這間書店嗎……這附近就連BL書籍也很齊全的書店，論規模來看也只有這裡而已，所以八成是吧。可是，這樣一來這城鎮真的很小……如果這是美少女遊戲的話，我已經完成了一堆必要的條件了。

「也就是說，妳很閒吧。」

「唉呀，學長這麼說也沒錯啦。我正在思考學長和忍野先生纏綿情節，所以不能說很忙啦。」

「那就是妳的猥褻妄想嗎！」

「對了，我該去哪裡才好？」

「不要轉移話題，不對，不要把話題拉回去！神原，妳快告訴我誰是攻、誰是受！我如果是受的話可饒不了妳！」

腦殘的對話。

每次和神原講話都是這樣。

「唉唉……我偶爾也想和妳聊一些比較有知性的話題……妳的頭腦應該不錯吧？」

「嗯。我的『成積』算很好喔。」

「從妳的用字來看，妳的成績似乎很差的樣子……」

總之，我說。

在這一來一往的腦殘對話當中，千石正逐漸在遠離這間書店……不過就算她離得再遠——我也知道她的目的地是哪裡。

穿著便服的千石撫子。

品味有些樸素，不過那不是重點。

重點是長袖長褲。

彷彿她等會要去山上一樣。

「昨天我們去的那間神社。待會在階梯前面的人行道碰頭。從位置上來看嘛，妳那邊雖然比較近，不過我是騎腳踏車，所以我應該會先到那邊等妳吧。」

「這可傷腦筋啦，阿良良木學長。學長覺得我會連續兩天都讓學長等嗎？如果是的話，我的信用也掃地了啊。既然學長都這麼說，那我也不能悶不吭聲了，我要趁這個機會洗刷汙名，挽回我的名譽。今天我一定會先到的。」

「妳堅持的地方好奇怪，真讓我傷腦筋啊……不過麻煩妳盡量快一點吧。啊！別忘了穿長袖長褲喔。」

我從學校正要返家，身上還穿著制服。最近才剛換季，制服是短袖的，但這也沒辦法。下半身是西裝褲，只能湊合一下了。而且，我稍微被蟲螫蛇咬也不會怎麼樣——這就是所謂吸血鬼的後遺症。

「我知道了。那就照阿良良木學長的吩咐。」

「那麻煩妳了。」

我說完掛掉電話，走到書店後方的停車場，打開腳踏車的鎖。千石離開書店已經超過十分鐘了……我不知道她的移動方式，不過昨天在階梯的入口附近，沒有腳踏車之類的東西放在那裡，所以她似乎是徒步……不管怎麼說，假如她的目的地是那間神社，在距離上我已經追不上她了吧。

話說回來，神原那傢伙，真的沒問我叫她出來的理由呢……

她的忠誠心真是可怕。

當然對神原來說，戰場原的命令系統大概是更上位的東西吧，不過那樣能力高超的人，居然這麼勤快地為我盡心盡力，老實說我與其說是高興，倒不如說是有點害怕啊……

可是，我無法醜化神原對我的印象，如此一來我在她面前，不由得就會想扮演一個符合她理想的學長，或者應該說我不想背叛她那過度的期待。

唉呀，這也不是壞事啦。

「戰場原她是怎麼做的呢？」

國中時代，正是聖殿組合的蜜月期吧，那時候的兩人，感覺到底是怎麼樣呢。

當我在想這些事情時，已經抵達了目的地。

來到那座不知名的山前，通往神社的入口處。

不愧是腳踏車，真快。

我這麼想的瞬間，發現神原已經在入口處了。

「……………」

這傢伙的腳上有裝車輪嗎？

飛毛腿也要有個限度……如果是電動腳踏車之類的東西，這學妹恐怕可以輕鬆超車，把它甩開吧。要是人類可以和這傢伙一樣用相同速度奔跑的話，汽車大概就不會被發明出來吧。怎麼說呢，就算她在掛掉電話後馬上準備出門……不過她真的有照我說的穿長袖長褲來呢（而且還記取昨天的教訓，褲子沒有破洞，襯衫也沒露出肚臍來）……

「唉呀唉呀，阿良良木學長。因為我換衣服也沒花多少時間。我夏天在家都只穿內衣褲而已。」

「神原……我單純是因為擔心妳才這麼說的，妳要是再刺激我的慾望，我可不能保證妳的貞操平安無事喔……？」

「我已經有所覺悟了。」

「我沒有那種覺悟啊！」

「我相信阿良良木學長的理性。」

「我可沒有那麼相信自己！」

「這真叫我意外啊，原來對阿良良木學長來說，在家裡只穿內衣褲是一種很棒的萌點嗎？」

「就算妳穿成貓耳女僕的樣子，我也不會萌上妳！」

「原來如此。那反過來說，這就表示只要對象不是我，學長就會萌上貓耳女僕啊。」

「慘了，原來妳是想套我的話！」

總之，我先把腳踏車停好。

雖然違法停車讓我有罪惡感，不過只是暫停一下，就麻煩法外開恩吧。要是被人拖吊，到時候我也只有認命的份了。畢竟一點小犧牲是無可避免的。

「不過，扣掉換衣服的時間，妳的腳程真的很快耶……如果妳稍微努力一下，應該可以參加奧運吧？」

「奧運不是腳程快就可以參加的……而且田徑項目本來就不適合我。」

「是嗎。」

戰場原在國中時代是田徑社。當時她聽說籃球社的王牌腳程很快，所以親自跑去找神原，那是兩人第一次相遇——之類的。

「不過，要我說的話，我覺得妳跑步的速度已經超越人類的極限了。」

「嗯——超越人類的極限……是什麼意思呢，代表我是兩棲類嗎？」

「兩棲類跑步哪裡快了！」

「啊，的確是。」

「話說，神原，妳把自己比喻成兩棲類對妳有什麼好處？」

「這不是有沒有好處的問題。如果阿良良木學長要那樣叫我的話，我會很樂意地說自己是兩棲類的。」

「這，什麼叫很樂意……」

「阿良良木學長，來，快點對我說：『妳這隻低賤的寵物！』」

「如果一句話有兩個很重要的地方需要吐槽，整句話就會變得很長，要一口氣吐槽不吃螺絲是一件很難的事情，所以通常都會直接無視，不過神原，我非常喜歡妳，所以我會好好吐槽妳的！第一我不會把兩棲類當作寵物養，第二妳剛才那句話已經是另一種類型的愉快了！」

順帶一提，我腦中想像的動物是獵豹。

不過，那也不能拿來當寵物啦。

啊——真是的，我剛才跟她告白，說我非常喜歡她。

我們果然是兩情相悅。

「別說那麼冷淡的話嘛，阿良良木學長，拜託你。請你對我說：『妳這隻低賤的寵物！』學長只要試一次就好。這樣學長一定會了解我的心情。」

「妳幹麼那麼拚命！」

「嗚……為什麼大家都不了解我的心情呢……戰場原學姊也說她不要……」

「就連那傢伙也說不要嗎！」

話說回來。

會拒絕很正常吧。

因為如果只是說出口也就算了，她還想要用那句話來自娛。

「對了，阿良良木學長。我該做什麼才好？」

「啊，對喔。現在不是快樂聊天的時候。」

「我只要脫光就行了吧。」

「為什麼妳就這麼喜歡脫衣服啊！」

「當然，如果學長要讓我脫，我也不介意。」

「這不是主動或被動的問題吧！妳是我國一時候的妄想具體化的樣子嗎!?」

「我是開朗的色情追求者。」

「誰管妳的主張主義怎麼樣啊……」

「那我換個說法吧。我是追求性愛的開朗妖精。」

「怎麼會這樣！妳只是把色情換成性愛，者換成妖精而已，聽起來卻好像變得很崇高一樣……個屁！」

就算對方是男生也會構成性騷擾，這點我該怎麼教導這女人才好呢。這會是一個小小的課題。

「那我該做什麼好？學長不用客氣，直接告訴我吧。我是一個粗人，學長不說我是不懂的。拐彎抹角只會拉拉拖拖浪費時間……拉拖……拉拖拉……」

「是拖拖拉拉吧，喂！」

「抱歉。我有點『倫無語次』了。」

「的確很語無倫次！」

「那是什麼事情呢？」

「也沒什麼……我以前的一個朋友，」

我手指著樓梯。

「現在大概在上面吧。」

「嗯？」

「妳記得昨天我們爬樓梯的時候，和我們擦身而過的女孩子嗎？」

「嗯。是一個很嬌小可愛的女孩。」

「我覺得妳的記憶方式有點……」

「照阿良良木學長流的說法，就是腰部的形狀很 pretty（可愛）的女孩子。」

「我哪會用 pretty 這個字眼啊！」

算了。

畢竟她是百合。

總比她不記得還好，這樣也比較好說明，

「那時候我一直在想好像有在哪裡見過她……其實之後我有想起來啦。可是昨天沒辦法肯定，不過我剛才在書店看到她，整個就弄清楚了。她好像是我小妹以前的朋友。」

「唉呀！」

神原聽到這句話，露出了吃驚的表情。

「那還真巧啊……真叫我驚訝。」

「是啊。我也嚇了一跳呢。」

「對啊。上次讓我這麼驚訝，是在今天早上起床發現鬧鐘停住的時候。」

「時間上未免也太近了吧！而且那也不是什麼了不起的驚訝！太過普通了吧！」

「嗯——那我更正一下吧。這個嘛，上次讓我這麼驚訝，是在寒武紀大爆發的時候。」（註11）

「這次變得太過古老，而且哪有這麼了不起啊！不要把在小鎮上偶然和以前的朋友再會這點小事，拿來和地球史上最偉大的事件做比較！仔細想想，這樣妳給人的感覺其實根本就不驚訝吧！」

「阿良良木學長的要求實在很高啊——然後，那個女孩今天也來這裡的神社了？」

「沒錯。大概吧。」

從神原的反應來看，就連神速的她，似乎也沒比千石還要早來到這裡。不過，我有某種程度的肯定，千石在離開書店後會來這裡，但說到底那只是我個人的推測，她不在這裡當然是最好的。

不過……千石在書店看的那本書。

11 寒武紀大爆發，是指在距今五點三億年前的寒武紀時期，短短兩百萬年間，生命進化出現飛躍式發展的情形。幾乎所有動物的「門」都在這一時期出現了。

那才是問題所在。

「看的那本書……？」

「嗯。我待會再告訴妳吧。總之我想拜託妳的事情就是……那個，就算我以前認識她，現在我也不太敢出聲叫她。而且，對方大概不記得我了吧，這樣會變得好像我在跟她搭訕一樣。畢竟剛進入思春期的女生，防衛的本能還滿可怕的。」

「學長的說法聽起來好像很有經驗呢。」

「唉呀，也不是沒有啦。」

大家都說我對任何人都很溫柔，當然，我有時也會因為溫柔而嘗到一些苦頭。唉呀，我不覺得苦頭會帶給我什麼損失，但如果因為那樣，而害我不能幫助到原本可以幫助的人，那可就不好玩了。

「等一下到那邊之後，神原，妳很擅長應付年紀比妳小的女生吧。畢竟妳是校內第一的明星。」

「現在我已經不是了，而且我也不覺得自己以前是，不過原來如此。我明白阿良良木學長的意思了。學長獨具慧眼，真讓我感到佩服。沒錯，我的確很擅長應付年紀比我小的女生。」

「我想也是。把妳找來是正確答案。」

而且，神原看起來也很會照顧人，雖然她不是羽川。

她連續在國、高中都擔任隊長的職務。

這點和現在的戰場原可說是完全相反……不，或許應該說是承繼了戰場原在國中時代的個性吧。

「具體來說，只要對方年紀比我小，我都有自信在十秒以內把對方攻陷。」

「把妳找來是我這輩子最大的錯誤！」

我不需要妳強到那種地步！

我可不想讓一個少女的人生就此錯亂！

「該不會籃球社對妳來說只是一個後宮吧……」

「我沒說到那種地步。」

「那妳打算說到哪種地步！」

「『只』這個字要拿掉。」

「根本沒什麼差吧！」

「嗯？小妹以前的朋友嗎……也就是說阿良良木學長有妹妹……而且至少有兩個以上。」

「…………嗚！」

糗了！

我把自己妹妹的情報，告訴一個百合女了。

「呼呼呼……這樣啊，阿良良木學長的妹妹嗎……呼、呼呼、呼呼呼。長什麼樣子呢，跟學長很像嗎——」

「妳不准動歪腦筋……喂，妳那種我之前從來沒看過的詭異笑容是怎麼回事！那是以克己奉公為賣點的妳，對我這個侍奉對象該露出的笑容嗎!?」

附帶一提，

她們兩個跟我長得滿像的。

「討厭啦，我當然不會對阿良良木學長的妹妹出手啊。不管是誰的妹妹，要攻陷一、兩個年紀比我小的女生，對我來說根本是手到擒來的事情，比呼吸還簡單啊。只要學長你對我好的話，我沒理由做出那種勾當的。」

「王八蛋，妳拐彎抹角地在威脅我……」

「威脅？唉呀呀，這種說法很難聽呢。我最敬愛的阿良良木學長說這話讓我好震驚，懦弱的我整個亂了分寸，連我都不知道自己會做出什麼事情來呢。我說學長，你應該有其他的話要對我說才對吧？」

「唔、唔喔……」

她被影響了……

這個學妹，確實開始受到「現在」的戰場原的影響……！

這絕對是個不好的影響。

「唉呦！我用跑的過來，胸部有點酸痛呢。有沒有人可以幫我揉一下啊。」

「幫妳揉胸部我沒什麼損失吧！」

「玩笑先說到這裡。」神原用嚴肅的口吻說。「既然學長這麼說，我當然也會全力協助——不過，這當然也包括昨天的那個吧？」

「嗯……沒錯。」

「那……就是那種事情對吧。」

「……嗯。」

「唉呀呀。」

神原聳聳肩，一臉無可奈何。她用包著繃帶的左手想要搔頭時，突然停住換成了右手做動作。

「看來戰場原學姊說得沒錯，學長對任何人都很溫柔。這件事情我在跟蹤學長的時候，就已經充分體會過了——可是像這樣親眼看到的話，給人的印象還是不一樣呢。」

「神原……」

「對他抱有恩情會讓自己感到空虛，這是戰場原學姊說的。」

「…………」

「這些話不重要。是我在自言自語。不，我失言了。那我們走吧，阿良良木學長。不快點的話，她可能已經把事情辦完了。」

來到荒廢的神社裡頭，辦事情。

「嗯……妳說得對。」

我倆並肩踏上昨天也爬過的那座階梯。

今天……神原沒有過來牽我的手。

「我說，神原。」

「怎麼了？」

「妳有考慮過未來出路之類的問題嗎？」

「未來的出路……我在左手變成這樣之前，原本想要靠運動保送進大學的，現在手變成這樣已經沒辦法了。所以我打算直接參加考試，然後升學。」

「這樣啊。」

她的左手雖然會好，但那也是在二十歲前的某一天。對現在才十七歲的神原來說，長則三年的光陰實在太過漫長、太過沉重了吧。

「我還沒有決定要讀哪一所大學，不過還是籃球強一點的大學比較好——這樣去想的話，我應該會選體育系的大學吧。」

「妳沒想過要和戰場原讀同一所大學嗎？」

「原來阿良良木學長有那個打算啊？」

「老實說，」

這件事情妳要對戰場原保密喔，我說。

嗯，神原點頭。

這學妹真是率直得可愛。雖然我很不甘心，不過這點確實和羽川說的一樣……光是有一個可愛的學妹，就會讓人很高興。

「以妳的成績，要和戰場原考同一所大學也是……有可能的吧？」

「這個嘛。我是努力型的人啊，光是要維持現在的偏差值，我就已經很拚了。」

「對喔。可是——」

「而且，」

神原接著說。

「一直追尋戰場原學姊的腳步，也不是辦法。」

「…………」

這是……哪一種心境的變化呢。

這不像神原會說的話……不，這可能是我的預測太過天真，或者是我錯估神原了吧。不過，上個月我剛認識神原的時候，她應該是個一心只想追尋戰場原黑儀腳步的女孩啊——

透過怪異，

她有什麼地方改變了呢？

怪異——不完全都是有害的。

追根究柢來說，怪異沒有好壞之分。

「不過啊，不管未來選擇哪一種出路，我都希望畢業之後還能跟學姊和學長保持聯絡。可以的話，我希望能夠三個人聚在一塊，跟你們小倆口拍一張紀念照來迎接最終回。」

「最終回……」

「或者是我抬頭仰望黃昏的天空，看著映照在半空中的兩人身影，來迎接最終回……」

「照妳這種說法，我和戰場原不就掛了嗎？」

討人厭的最終回。

應該說，這是個討人厭的說法。

「我班上有一個叫作羽川的人。」

「嗯。」

「妳知道她嗎？」

「沒有，我不認識她。」

「畢竟學年不一樣嘛……不過，她在三年級可是很有名的喔。因為她的成績是學年第一。她從一年級的時候開始，就沒有把第一名的寶座讓出來過，是一個典型的優等生。那種角色設定根本就是在開玩笑了吧，她就是那種人。之前我有請她教我功課過，要說第一的話，她不只是在校內，就連在全國模擬考也拿過第一名。她跟妳還有戰場原，應該是同一所國中畢業的。」

「真的嗎？原來還有那麼厲害的人物啊……」

「不過那個厲害的人物，不打算讀大學的樣子。」

「……是嗎？」

「她說她想要去旅行，去見識一下各式各樣的東西。我不是說她的想法不好，不過總覺得她的話讓我想了很多……啊，這算是祕密喔。學校要是知道的話，肯定會鬧得滿城風雨吧。」

「我知道了……不過，這番話的確發人省思呢。直江津高中在體制上，除了升學以外，幾乎可以說是沒有其他的選擇——沒想到那位學姊居然很乾脆地，選擇了沒有道路的道路。」

「乾不乾脆我是不知道啦。不過她似乎沒有迷惘的樣子。」

或許是昨天走過已經認識路的關係吧，我和神原比昨天還要快爬上樓梯，來到了神社。

當然，這裡猶如昨日，還是一間荒廢的神社。

我看見遠方——貼在本殿上的那張符咒。禮拜六我才剛餵忍喝過血，視力也獲得了提升，因此就連符咒上用硃筆寫的文字也能一目了然。

和昨天不同的，只有那張符咒。

「…………」

這時，我偶然發現神原的臉色很差。剛才她不是這樣的——我們很稀鬆平常地在聊天，然而她現在卻明顯地面露疲態。

這點也跟昨天一樣。

不對，比昨天還要……更嚴重。

這不是因為爬階梯的關係。

也不是她身體不舒服。

而是在踏進神社的瞬間——穿過鳥居的瞬間。

「……喂，神原。」

「不要緊。我沒關係……我們走快一點吧。」

但是，神原卻一副從容不迫的樣子，催促我繼續往前走，不要停下腳步。她看起來很明顯是在勉強自己。我原本打算說些什麼，但最後我還是順從了神原的建議。在這情況下，趕緊把事情處理完才是第一要件吧。

這間神社裡頭，

有某種東西。

有某種東西讓神原的身體出現了異狀。

這原本是……忍野拜託的工作。

輕鬆的工作——在忍野的請託當中，是絕對不存在的。

「……千石！」

我一看見穿著長袖長褲、帽子深戴、繫著腰包的她，蹲在神社角落的一顆大石頭旁，不由自主地大聲呼喊了。這樣專程麻煩神原過來，就沒有意義了。

可是，我無法不大聲怒吼。

因為千石的左手，掐著一條蛇的頭部。

而她的右手，正拿著一把雕刻刀。

她將蛇壓在石頭上——

那條蛇還活生生的。

不過，現在似乎隨時都會被殺死。

「快住手，千石！」

「啊……」

千石……看向我。

她用雕刻刀的前端，推起深戴的帽沿。

千石撫子……慢慢地看向我。

「曆哥哥……」

妳。

妳還願意那樣稱呼我嗎——

我覺得自己現在就像一個原本走在正義的道路上，卻因為一個錯誤的判斷而誤入歧途，隨後走過會讓人淚乾腸斷的艱辛路程後，變成了黑暗組織幹部，在反覆做了許多讓人不堪入目、不堪言狀的惡事後，一位昔日的正義夥伴突然現身，並用過去的名字稱呼我的黑暗主角一樣，這正是我此刻的感受。

004

「蛇切繩。」

忍野他……稍微思考了一下後，用十分沉重的口吻，表情看似很厭惡般說出這個名字。以平常說話多用輕浮、不然就是諷刺口吻的他來說，這是一個不太常見的語調。

「照你說的八成是蛇切繩沒錯吧，阿良良木老弟。我可以斷言，除此之外沒別的了。蛇切、蛇繩、蛇切繩，也有人直接稱呼他為口繩（註12）——」

「口繩，就是蛇嗎？」

「對。」

12　口繩：日文中蛇的別名。

忍野重申。

「就是蛇。」

蛇。

爬蟲綱、有鱗目、蛇亞目的無足爬蟲類的總稱。

圓筒形的細長身體，以及布滿全身的鱗片是其特徵。

脊椎骨有數百個，能夠自由扭動身軀。

鬼、貓、螃蟹、蝸牛、猿猴……再來是蛇嗎？

把鬼當作例外來看——蛇在這當中，給人的印象實在不是很好。感覺就是一個不吉利的象徵。牠帶來的驚恐感，不是貓、螃蟹、蝸牛和猿猴能夠匹敵的。

「哈哈——！」這時忍野半強迫自己改變沉重的口吻，一如往昔地露出了似是而非的爽朗笑容。

「唉呀！你的印象沒有錯啦，阿良良木老弟。蛇從以前就常被當成那種東西。畢竟和蛇有關的怪異也很多嘛。牠們是肉食性動物，還有人說『一寸蛇能吞人』。而且，有些蛇還有致死性的劇毒……所以這也是沒辦法的事情。在日本，說到毒蛇大概就是腹蛇、赤練蛇、飯匙倩之類的。不過，反過來說也有人把蛇當作神聖的東西，信仰蛇神的也不在少數——這點在世界的各區域幾乎是共通的。同時具有正邪兩面的象徵，那就是蛇。」

「那間神社……也是信仰蛇神的吧？」

「嗯？奇怪，我沒跟你說，你怎麼會知道？啊！原來如此，你問班長妹的吧？」

「……你很清楚嘛。」

「阿良良木老弟身旁會知道那種事情的人大概也只有班長妹啦。哈哈！早知道貼符咒的工作，我應該拜託班長妹比較好的樣子喔？因為老弟你去外面走，總是會帶來一些麻煩的事情回來啊。這樣的話，班長妹看起來比較可靠呢。」

「她已經……不欠你了吧。」

「是這樣嗎。」

忍野裝傻說。

反應一如以往。

「不過，我這種人一說到蛇，腦中只有邪惡的印象而已。你說的蛇神信仰，我實在搞不太懂。沒有邪惡印象的蛇類，頂多只有野槌蛇吧。」

「野槌蛇（註13）嗎？好懷念啊。我以前想要拿獎金，還很拚命地去尋找牠的蹤跡呢。可是最後還是沒找到。」

「以一個專家來說那實在有點遜啊……而且還沒找到啊……還有，對了，那個不是怪異嗎？一種叫作銜尾蛇的東西。牠吃自己的尾巴，變成一個圓環……」

「啊，那個啊。那不是牠自己的尾巴，要說那個的話，阿良良木老弟，也有蛇會吃蛇的喔？好像是眼鏡王蛇吧。蛇吞蛇的景象，照片上看起來還挺壯烈無比的。」

「嗯……唉呀，要我說的話，蛇這種動物不是理論上怎麼樣，而是生理上讓我覺得

13　日本的一種未確認生物（UMA），有許多人目擊過，但一直沒人實際捕捉到。日本兵庫縣曾經開價懸賞，金額高達兩億日幣。

很恐怖。我光是看到就會全身僵硬。」

「因為那種形狀的陸上生物很少見的關係吧。就跟魚在陸地上游泳一樣，要說特殊也很特殊，人類會對牠抱持異樣的眼光也無可厚非吧。第一次吃海參的人很偉大——就像那種感覺一樣。哈哈！而且蛇的生命力還異常地高喔，要殺死牠不太容易。不管你怎麼殺、怎麼殺啊。有一句話叫作『蛇的半死不活』，那句話反過來說，就是在表示蛇的ＨＰ很高的意思。以那種大小的生命體來看，蛇的能力很明顯已經達到上限值了吧。不過，蛇對人類來說也不是害獸。腹蛇酒和飯匙倩酒之類的東西，阿良良木老弟也聽過吧。」

「我可沒喝過喔。」

「那你有吃過嗎？我以前在沖繩曾經一口飯匙倩酒，一口海蛇料理呢。因為蛇是一種會讓人長壽的食材。」

「吃蛇我實在無法想像……雖然那應該沒有海參誇張啦。」

「你的心胸真是狹窄啊。應該說是沒有骨氣吧。區區一條蛇就讓你受不了啦。中國大陸那邊還有一些地方會吃汪汪耶？」

「我一點也不想否定他們的飲食文化，但是在說食材的時候你不要用『汪汪』這兩個字！」

稀鬆平常的對話。

但是，

我總覺得忍野的表情有一點陰沉。這或許只是我的錯覺吧。

舊補習班的廢棄大樓。

在四樓。

我正和一個叼著菸沒點火的怪人——不對，是恩人，同時也是一個輕浮的夏威夷衫混蛋，即忍野咩咩，面對面站在一起。

只有我一個人。

神原駿河和千石撫子那邊，我請她們在某處待機。要說詳細地點的話——就是在阿良良木家，我的房間。升上國中的同時，父母給我的那個房間。父母那邊先不管，我兩個妹妹有時會隨便進我房間，不過只要把房門上鎖，要撐幾個小時應該不是問題……在沒有任何監視的情況下，讓那種性格、又是百合的神原駿河，跟千石以及我兩個妹妹處在同一個屋簷下，老實說我也覺得有那麼一點危險，不過最後我還是決定相信我的學妹。

而且，

最重要的是，我有不想帶她們兩人……來這個地方的理由。我不想讓忍野見到她們

在那之後。

我和神原帶著千石，往我家出發。我讓千石坐在腳踏車的後座。神原宛如很自然地，在一旁陪跑。我們下山之後，神原的身體就康復了，這應該算在預料之中的事情吧。昨天，她吃完午餐身體就復原的事情，看來似乎是我的誤解。

好在我家沒半個人。

兩個妹妹似乎都外出了（兩人有回過家的痕跡）。要騙過她們兩人的眼睛進到家裡是最麻煩的一件事情，然而我卻完全漫無計畫，只是聽天由命地跑回家裡，所以她們不在家真的是幫了我一個大忙。特別是我的小妹……先不管她記不記得小學時代的朋友，要是讓她看到肯定會想起來吧。自己的哥哥帶著自己以前的朋友回家，她一定會覺得事有蹊蹺。

我們直接進到我的房間。

「曆哥哥……」

千石用有氣無力的聲音說。

她低著頭，聲音聽起來若有似無。

「你的房間……換了呢。」

「對啊。我現在自己一個房間。我妹她們的房間還是以前那間……她們應該待會就會回來吧，妳要去找她們嗎？」

千石無力地搖頭說不。

她的聲音很小，反應也一樣。

或許是心理作用，她的體型看起來也很嬌小。

過了六年，她應該有成長才對——然而她現在看起來，卻比我們以前玩在一塊的時候還要更加地嬌小。這只是一個相對性的問題，或許是因為我在這六年當中也有長大的緣故。

我不由得……陷入了沉默。

這時，

「喔?‧這裡就是阿良良木學長的房間啊。」

神原用她那充滿活力的聲音，不經意地打破了房內尷尬沉悶的氣氛，同時環視我的房間。

「比我想像的還要整齊耶。」

「還好啦。跟妳的房間比起來的話……」

「呵呵呵！這是我第一次進男生的房間。」

「啊……」

聽她這麼一說我才注意到。

這麼說來，我也是第一次讓家人以外的女性進到房間裡來。因為戰場原還沒來過我家。邀請女生來自己的房間，對我這個年齡的男生來說，應該是一種會讓人心跳加速的人生階段之一吧；可是我卻先讓女朋友的學妹進到房間裡來了……這樣好嗎?繼上次的約會之後，感覺我這次又做了蠢事……算了，反正小妹以前的朋友也一起來了，而且現在又是緊急狀況。

在那間神社，千石細若蚊聲——

說了這麼一句話。

「撫子會說出理由的，所以希望你們帶我去一個不會被別人看到的室內。」

理由。

什麼理由?

殺蛇……的理由。

再把牠分屍的理由。

我最先想到的是神原家，不過早在神原開口前，我在心中就已經否定了這個選項。因為正如前述，神原房內零亂的程度，可說是一個無法地帶，不，要說是一個交戰區域也不為過。我不能讓一個純潔的國中生看到那種房間。既然這樣，很必然的選項就只剩下我家了。要是帶千石去她不熟悉的地方，她也會很不安，這樣想的話，她以前來我家玩過好幾次了，算是一個最好的選擇。

「好，那我們來找A書吧。」

「那是男生到男生家去玩的時候，才會發生的事件吧！夠了，妳給我坐在那邊就好！」

「可是早一步掌握阿良良木學長的喜好，對我來說也有好處。」

「什麼有好處，對我來說根本就是有害啦！」

「是嗎，那我就來找有害圖書……」

「妳就是活生生有害圖書！神原妳現在要嘛坐在那裡，要嘛就從窗戶跳下去，二選一！」

「唉呦！我當然是開玩笑的，阿良良木學長。學長的喜好我在之前跟蹤你的時候，就已經調查得一清二楚了。最近學長買過什麼A書，我可是瞭若指掌。」

「蝦密！那怎麼可能！那時候店裡應該沒有其他人才對！我可是仔細確認過了！」

「學長的喜好還挺特殊的嘛。」

「現在只剩下一個選擇了，妳馬上從窗戶給我跳下去！」

「要是有人逼你玩那種性愛遊戲，大多數的女生就算跳窗也都會逃走吧。呵呵！但是當然，對我來說那種遊戲一點都不費功夫，我可以掌握自如。」

「妳自豪個屁啊！」

我轉頭一看。

千石壓低聲音，正在竊笑。

看來我和神原的對話，似乎逗得她發笑。

NO，真讓我覺得尷尬。

來到這裡的路上也是一樣，我不太清楚該用什麼距離，和以前的朋友說話才好。

而且……千石整個人就是很文靜。

她寡言，看起來很害羞，開口說沒兩句話。

最近這些日子，我認識的都是一些像忍、忍野、羽川、戰場原、八九寺和神原這類的人物，先不管他們各自的傾向如何（忍→自大傲慢、忍野→輕浮諷刺、羽川→說教指導、戰場原→毒舌謾罵、八九寺→有禮無體、神原→甜言褒舌），總之都是一群辯才流利、能言善道的傢伙，因此這種無口系的角色，對我來說算是新鮮。話說變成小孩子模樣的忍，也一樣很沉默寡言就是了……

千石的這份文靜，和小時候完全一樣吧。我記得她以前好像也是常低著頭。老實說那麼瑣碎的地方，我記不太清楚。

我想不起來。

她內向，話少，總是低著頭——

不過，

她似乎記得我的樣子。

曆哥哥。

對，千石撫子以前……是那樣稱呼我的。我是怎麼叫她的——這點我已經忘了。我想應該是撫子妹妹之類的吧。不管是什麼，我現在已經無法那麼叫她了。

千石……就是千石。

「曆哥哥……還有神原姊姊。」

終於，千石開口說。

語氣依舊十分文靜。

「可以請兩位……稍微向後轉一下嗎？」

「…………」

我不發一語，照著她的話做。

背向千石，面對牆壁。

剛才唱雙簧的時候我雖然叫神原從窗戶跳出去，不過我現在還是很慶幸自己有請她過來。實際上，剛才我在神社出聲叫了千石後，她整個人僵在那裡，我完全不知道該怎麼去應對，而巧妙地打開千石心扉的人，就是我身旁的神原。幾乎都是她的功勞。她宣稱能在十秒以內攻陷年紀比自己小的女生這點，果然不是蓋的。說明白點，那種狀況下要是只有我一個曆哥哥的話，肯定是束手無策吧。我充其量只有慌張徬徨的份。回想當時的情況，千石被我叫住後，宛如好像世界末日了一樣，整個人就像顆洩了氣的皮球，神情恍惚。要把她從那個狀態拉回來，憑我的器量大概是不可能的吧。

「阿良良木學長。」

跟我一樣面向牆壁的神原，壓低聲音對我說。她這麼做大概是顧慮到千石，不想讓她聽見，所以我也用同樣的音量回應。

「幹麼？」

我說。

「學長你可能不太喜歡這樣啦，不過這邊還是讓我稍微把氣氛炒熱一點吧。」

「嗄？這是什麼意思？」

「我想學長應該也發現了，那個孩子，千石……在精神上相當不穩定的樣子。不管是年長還是年幼，我至今看過很多這種女生了。她的情況很嚴重。只要稍微一點小打擊，她隨時都有可能會自殘。」

「自殘……」

雕刻刀。

我忘記……把它沒收了。

刀子現在放在她的腰包裡。從三角刀到平口刀，一盒五支，一應俱全。

我不覺得神原說得太誇張。

實際上來說，

當時如果神原的反應太慢，我在出聲叫千石的時候——她就算拿刀自殘，我想也一點都不奇怪。

這點程度的事情，連我都知道。

「阿良良木學長很溫柔，所以在消沉的人面前可能沒辦法開心喧鬧吧，可是和對方一起消沉，在這種情況下只會帶來反效果。這不是馬克斯威爾的惡魔的理論啦(註14)，但是我們必須盡量裝得開朗一點，讓千石妹妹的心情變好。」

「……嗯。」

原來如此，剛才A書的話題也是這個流程的一環嗎。嗯，看來我似乎太小看神原了。我剛才聽到她的發言，還懷疑她是一個不會看氣氛的白目，看來我似乎太過武斷了。神原駿河，出人意表地其實很細心。

「我知道了。既然這樣妳就放手去做吧。我也一起來吧。」

「好。我怕等一下如果我太HIGH了可能會推倒學長，到時候希望學長可以原諒我。」

「最好是能原諒妳啦！妳到底想要把氣氛往哪個方向炒啊！」

我做到了小聲吶喊的吃力工作。

「不行了，我的心情『盪』下來了……稍微一點小打擊，我隨時都有可能會自殘。」

「不要自暴自棄，阿良良木學長。大家不是常常這麼說嗎，冬天到來冰河期就會隨

14　馬克斯威爾的惡魔：科學家馬克斯威爾建構出的一種熱力學裝置，理論為：拿一個封閉的盒子，中間用木板隔成左與右兩個區域，左邊放入一堆處於較低溫、右邊則放入溫度較高的氣體分子。如果將隔板抽掉，讓兩邊的氣體混在一起，平衡後的溫度會介於原先的高低兩溫度之間。

之而來，黑夜到來黑暗的世紀就會一同降臨。」

「最好是很常說啦！那是哪一種美國意思啊！」

「意思就是說，不管是哪種困境，到頭來都是現在的情況最好。」

「妳的話乍聽之下好像很正面，可是最後卻消極到不行！」

「降雨都會造成洪水。」

「錯！也有不會造成洪水的雨！」

「呵呵呵！看吧，阿良良木學長變得有精神了。」

「啊！妳算計我嗎!?」

突然，我聽見身後傳來竊笑聲。

那聲音感覺像是拚命在忍耐，以免發出聲音的樣子。

是千石。

看來她多少有聽到我們的對話。

要是連這點都照著神原的計畫走——

那她就太厲害了。

「已經可以了。請兩位轉過頭來。」

千石說。

我們轉頭一看，看到全裸的千石撫子……一臉害臊地低著頭，站在床鋪上。

不對，她沒有全裸。

當然她連帽子和襪子都脫掉了，不過下半身還穿著一件燈籠褲。除此之外……她一絲不掛，用雙手掌心，適度地遮住了自己的胸部。

「……耶，燈籠褲？」

奇怪？

千石和我預料的一樣，讀的是我畢業的那所國中；不過那所學校在我入學時就已經廢止了燈籠褲，換成了短褲才對。

「啊！阿良良木學長，我『剛好』帶了一件燈籠褲在身上，所以就借給她穿了。」

「哦？神原學妹，原來妳有時候會『剛好』帶一件燈籠褲在身上啊？」

「以一個淑女來說，這是應該要準備的東西。」

「不對，妳的企圖和變態沒兩樣。」

「因為我怕會有這種狀況，所以事先準備好的。」

「妳以為會有什麼狀況。妳以為我是為了什麼目的才叫妳出來的啊？我對自己的可信度感到懷疑了。而且，燈籠褲這種東西妳是怎麼拿到手的？用以前的漫畫風格來說，燈籠褲這種東西是『怎麼可能！那個種族已經絕種了啊！』的感覺。」

「嗯。這就表示我看起來雖然這樣，還是有先見之明的。我早就預料到燈籠褲文化遲早會滅亡，所以我事先保存了一百五十件左右的褲子。」

「妳那叫濫捕，不叫保存吧。」

是妳讓燈籠褲滅亡的吧。

「……………」

一個高三男生和高二女生，讓一個幾近全裸的國中女生聳立在床鋪上，然後對她身上的燈籠褲品頭論足。從別的角度來看，也可以將其解讀成一種相當嚴重的霸凌場面。

千石藏在帽子下的瀏海比我想像中的還要長，蓋住了她的眼睛。不，或許她是因為害羞故意弄成那樣的。角質層散發光芒的鮮豔黑髮，脫下的衣服似乎藏在棉被底下。照神原的指示穿上燈籠褲也好，連胸罩都脫掉這一點也罷，看來這位舊識的少女，似乎覺得讓人家看到內衣褲，比自己的肌膚被人看光還要來得丟臉。只穿一件燈籠褲的模樣，不管怎麼想，很明顯都比她本人想像的還要來得煽情，國中女生的感覺我實在搞不懂……

然而。

應該說……很可惜嗎？

現在的情況和性感兩字完全不搭調。

「那是……什麼東西。」

事到如今，我才對千石撫子的皮膚，發出了驚訝聲。

她的皮膚上……刻有鱗片的痕跡。

從她的雙腳腳尖，直到鎖骨附近。

布滿了清晰的鱗片痕跡。

瞬間，我誤以為是她身體長出了鱗片，但仔細一看卻不是如此。鱗片就像版畫按壓在她身上一樣……在皮膚表面留下形狀的感覺。

「這很像緊縛後留下的痕跡。」

神原說。

沒錯，那似乎全身都在內出血，看了會讓人心痛的痕跡，就像被繩子束縛過後留下的痕跡一樣——為什麼神原駿河會對緊縛痕這麼清楚？現在要是觸及到這點似乎會很麻煩，所以我暫且不提。

不對……要說是緊縛痕……

不如說，好像有某種東西——

從腳尖順著雙腳來到身體，纏住她一樣。

某種肉眼看不見的東西。

那東西全身布滿鱗片的痕跡。

纏附的千石。

纏附——宛如附在她身上一樣。

沒有鱗痕的地方頂多只剩下雙手，以及頭部以上的部分。燈籠褲遮掩住的腰部和下腹部，不用特別去看也能知道結果吧。

鱗片。

說到鱗片……是魚類嗎？

不對，這種情況不是魚類，而是爬蟲類——

蛇。

是蛇……口繩。

「曆哥哥。」千石說。

她的聲音依舊有氣無力。

不停顫抖著。

「曆哥哥已經是大人了……所以看到撫子的裸體，不會有色色的想法吧？」

「誒？不、不會啊。那還用說。對吧，神原。」

「嗯？那個……是這樣……嗎？」

「妳要附和我啦！妳平常的忠誠心跑哪去了！」

「硬要我說的話，千石妹妹，正因為是大人，才會對少女的裸體產生色色的想法，這一點為了妳的將來，還是早點知道比較好喔。」

「妳背叛我！到目前為止我們的感情明明都很好的說！」

「可是該怎麼說呢，阿良良木學長，我覺得在這種情況下對少女的裸體完全不感興趣，以一個男生來說反而很噁心，或者應該說對女生很失禮吧。」

這句話和剛才相比，感覺起來比較正經八百。

她這麼說也沒錯啦。

就算這狀況和性感兩字完全不搭調，而且她全身還布滿了蛇鱗，但我也不能因為這樣，就說我對女生的裸體沒有任何的感覺，這樣實在太沒禮貌了。戰場原好像也說過，這種時候要說一些感想才是禮貌的行為。

我重新面向千石。

然後，盡可能用嚴肅的口吻對她說：

「我更正一下吧。我對千石的裸體稍微有一點色色的念頭。」

「……嗚！」

千石壓抑住聲音，雙肩顫動。

「嗚、嗚嗚嗚嗚……嗚嗚嗚！」

她的淚珠一顆接著一顆滴下，開始哭了起來。

「喂，神原！我照妳說的做，結果害一個國中女生哭了啦！對方可是國中女生耶！怎麼會這樣，我完蛋了！妳要怎麼賠我！」

「誰知道學長會說得那麼直接……」

神原用十分傻眼的表情看著我。

看來她不是故意要挖洞給我跳。

「撫子，」

千石整個人癱坐在床鋪上，洩氣地低下頭，有如在呢喃般，用若有似無的聲音——

但是，

卻十分清楚地說。

「撫子，討厭……這種身體。」

「……千石。」

「我討厭這樣……救救我，曆哥哥。」

她聲淚俱下，如此說道。

005

於是——

在那之後，過了一個小時。

自禮拜六的訪問只間隔了一天，我又來到忍野和忍的住處——舊補習班的廢棄大樓。

忍野咩咩。

「你好慢啊。我都等得不耐煩了。」

忍野用了一句似乎看透一切的話語來迎接我。

處理怪異的行家。

專家，泰斗。

在春假時，我被吸血鬼襲擊（這種事情在現代來說實在是過時了），而變成了吸血鬼，就是他把我從那夜幕中拯救出來的——他是我的恩人。

是一個年齡不詳的，夏威夷衫大叔。

居無定所，四處旅行的差勁大人。

被貓魅惑的羽川翼，

遇到螃蟹的戰場原，

迷路蝸牛的八九寺真宵，

以及向猿猴許願的神原駿河。

她們都受過忍野的幫助。

他的大恩，大概是報也報不盡吧；但是說明白一點，如果他不是恩人，忍野這種人絕對不是會讓人想深交的類型。

他的個性很差，絕對算不上是一個友善的人，有如善變一詞的化身。我從春假開始和他認識了一段滿長的時間，但他的性格還是有很多地方讓我無法理解。

忍野盤腿坐在簡易的床鋪上。床鋪是將過去在此勤學的學生們所用的書桌，以塑膠繩綁起做成的東西。他聽完我說的原委後，用沉重的聲音，表情厭惡地開口說：

「蛇切繩。」

「蛇切繩嗎……這怪異我沒聽過呢。」

「這還滿有名的。好像是蛇神使的一種吧。」

「蛇神使？不是蛇夫嗎？」（註15）

「蛇夫是希臘神話吧。蛇神使是日本的。像蛇神憑依之類的……唉呀，那方面就算跟老弟你說也沒用吧。可是，蛇切繩嗎……嗯——那個女生……是老弟的學妹嗎？」

「我們年紀差太多，感覺不太像學妹吧。所以說，她是我妹的朋友啊。」

「喔喔。像妹妹一樣的存在嗎？」

「不要把我認識的人隨便亂歸類。」

「因為你是曆哥哥嘛。」

「…………」

15　日文中，蛇夫的漢字是「蛇使」，兩者只差一個字。

連一些多餘的事情我都說了。

我為人還真是正直啊。

我不擅長說謊……

不，應該說我只是不太擅長隱瞞別人吧。

「那位曆哥哥，到了今天也變成了小良木子嗎……真是光陰似箭，歲月如梭啊。」

「沒有人叫我小良木子好嗎！那是神原開的玩笑！」

「不過，我覺得那個叫法還挺適合你的說。」

「關你屁事！」

「對了，我都用傲嬌妹稱呼傲嬌妹，用班長妹稱呼班長妹，唯獨叫阿良良木老弟的時候是用阿良良木，我正好覺得有點不公平呢。以後我要公平一點，就用小良木子來稱呼你吧。」

「拜託千萬不要！」

「可是，我總覺得那個叫法已經定型了說。」

對話進行到這裡時，「叫法就先不管吧。」忍野說。

「雖然發生了一些事情，不過你還是順利完成工作了。辛苦你了，阿良良木老弟。」

「呃……還好啦。」

沒想到忍野居然會對我說出這種慰勞的話，我不禁驚慌失措，回應的方式也變得有些奇怪。

「那件事情我自己實在是辦不到啊。你記得幫我跟那位小姐也說聲謝謝。那個，嗯

——」

忍野在此沉思。

那位小姐當然是指神原吧……啊，原來，他是在猶豫該怎麼稱呼神原嗎。這麼說來，神原的稱呼方式還沒有決定。羽川是班長妹，戰場原是傲嬌妹，八九寺是迷路小妹……神原嘛，照目前來看應該是運動少女妹吧？

「那個小色妹。」

「…………」

看來在忍野的心中，神原的好色性格似乎大於運動性格。

這點我能理解。

我也覺得這個稱呼正中了紅心。

「你用百合妹稱呼她就好了吧……那傢伙雖然那樣，不過好歹也是一個女生……」

「嗯？是嗎？那用百合妹也可以。總之，這樣一來她和我就兩不相欠了。麻煩你幫我跟她說一聲吧。」

「兩不……相欠嗎？」

「對。」

「忍野。我想要先問你一個問題……可以嗎？」

「什麼問題？」

「我們走近那間神社之後，神原就突然覺得身體不舒服……那是為什麼？」

我想趁神原不在場的時候，向忍野確認這個問題，所以我才會請她在我家等我。

「嗯——」忍野斜眼看我。

「阿良良木老弟……你有怎麼樣嗎？」

「咦？」

「身體的狀況。你有覺得身體不舒服嗎？」

「沒有，我是還好。」

「是嗎。因為你前天才剛餵血給小忍嘛，大概是因為那樣的關係吧。這算是運氣好吧。」

「你說運氣……」

「我剛才有說過吧？那件事情我自己實在辦不到。那間神社啊，是在這個城鎮的中心點。」

「城鎮的中心點？是嗎？從位置上來看應該——」

「不是位置上的問題啦。反正那間神社很久以前就已經沒落了，大家都忘了它的存在，原本那邊應該沒有任何東西才對。可是小忍——」

「忍怎麼了？」

「小忍她不是閒逛到這個城鎮來嗎？她是傳說中的吸血鬼，有貴族的血統。是怪異之王，吸血鬼。好像是因為她的影響所以才會開始活性化的樣子。有一些髒東西……開始聚集在那個地方。」

「那個地方……是指那間神社嗎？」

連主神都不存在的，那間神社。

髒東西。

「嗯。剛好就像一個氣袋（註16），應該說像聚集地比較貼切——那種用中心點來稱呼的地方，是確實存在的。小忍的事情處理完後，我還一直待在這裡，其中一個原因就是為了找那個聚集地——當然蒐集怪異是我第一個目標啦。哈哈，也因為這樣啦，我才會認識班長妹和傲嬌妹，還滿快樂的。」

「你說的髒東西……具體來說是什麼？」

「各式各樣。無法一言蔽之……應該說，那些東西目前連名字都沒有。現在他們還稱不上是怪異。」

那間神社——

已經變成了……奇怪傢伙們的聚集地。

只不過那些傢伙……不是人類。

正如字面上寫的一樣，真的是一群奇怪的傢伙。

「神原的身體會不舒服……是因為他們的關係嗎？」

「沒錯。因為百合妹的左手，現在還是猴掌啊。所以她很容易受到髒東西的強烈影響。阿良良木老弟也一樣，不過和小姐的猿猴比起來，老弟的小忍在怪異的排名上有著壓倒性的差距。也就是說，小姐現在對那種事物和現象失去了抵抗力；而老弟對髒東西卻有相當的抗性。」

「……忍野，你早就知道了嗎？你早就知道神原會……變成那樣。」

16 Air Pocket。又稱晴空亂流，意指兩種速度不同的氣流所交會的地方。

「不要用那種可怕的眼神看我嘛。阿良良木老弟總是很有精神呢，是不是發生了什麼好事啦？百合妹也沒有真的出什麼事情啊。而且……那是她欠我的。她不稍微吃點苦的話，我不划算啊。特別是那個百合妹。對吧？」

「…………」

或許——他說得沒錯。

我沒辦法用那麼苛刻的方式去思考……那對神原來說，或許是她應得的痛苦吧。至少，神原本人就算得知這件事，也不會向忍野抱怨吧。她就是那種人。

「唉呀，接下來就要看百合妹自己了。那隻左手會變成什麼樣子，是她自己的問題。二十歲之前如果平安度過的話——她就會從怪異的手中得到解放。」

「那就……就太好了。」

「喔。阿良良木老弟真是一個好人呢。你還是老樣子——」

「什麼啊。你說話的方式好像話中有話的樣子。」

「沒有啊。我只是想說你不會羨慕……或是忌妒嗎？你們同樣是非人類，結果先變回人類的卻是百合妹。」

「……不會啊。因為我已經可以接受自己的身體了。我的心情已經整理好了。你別說那種會蠱惑人心的話，忍野。也麻煩你不要對神原多嘴。我不希望讓她覺得自己虧欠於我。」

「是嗎，抱歉。你把符咒貼在本殿的門上來著？以工作來說那樣算有點偷懶啦，不過算了。這樣一來，髒東西也會有某種程度的消散吧。」

「某種程度……」

「外行人貼的符咒，不會替現狀帶來什麼戲劇性改變的。而且，要是有戲劇性改變那可就糟了。我只是把大自然的流動稍微做一點扭曲而已——不然在其他地方不知道會發生什麼事情。在這層意義上，你選擇偷懶的方式把符咒貼在門上，我想也不壞。」

「……為什麼你自己會辦不到？不管對方是怪異，還是變成怪異前的髒東西……那些都是你的專業領域吧。還是說你是為了不想讓神原欠你，才勉強找一個工作來給她做的？」

「這點也不能說沒有啦，可是對我來說很困難是真的喔。你看，正如你所見，我的身體這麼瘦弱，哪有體力爬山啊。」

「這不是到處流浪的人說的話吧。」

「哈哈。被你發現啦？也對啦，剛才我是開玩笑的。不是體力方面的問題——而是比較心理層面的問題，就像阿良良木老弟和百合妹是怪異一樣，我是一個專家，我去的話反而容易刺激到那些髒東西。他們要是攻擊過來的話，我就不得不反擊，這樣一來，那塊聚集地就會產生一個絕妙的真空地帶。下次會跑來什麼東西，我就不知道了——最糟的情況下，就是小忍類型的怪異再現。」

「我聽不太懂……不過感覺就是人類不能因為自己的方便，去左右自然界的平衡對吧？所以和力量強大的忍野比起來，我和神原這種程度的人過去，那些東西就會比較沒有戒心是嗎……」

「嗯，你就那樣解釋就好。」

忍野輕鬆地說。

當然有更加複雜或者是完全不同的理由吧，但是這個話題再深入問下去，似乎也沒用。

這樣神原就不欠忍野了。

我只要弄清楚這點即可。

「不只是百合妹喔。」

忍野一副悠然的模樣說道。

「阿良良木老弟欠我的，這次也扯平了。」

「……誒？」

這出乎意料的話語，讓我藏不住驚訝的神色。

「我欠你的……是五百萬日幣沒錯吧。」

「金額上來看啦。這次的工作有那個價值。因為，你防範了妖怪大戰於未然嘛。」

「有、有那麼嚴重嗎……」

這種事情，真希望你事先告訴我。

不過仔細想想，神原的事情那麼嚴重，這次的工作都可以將其一筆勾銷；那我欠的部分應該也會有相對且相當份量的扣除，這一點我在事前應該可以預料到才對。我沒把自己納入考慮——這種說法聽起來好像滿好聽的，不過老實說，我現在這樣感覺就像是一頭蠢驢……

「何止是抵銷，我還想要找零給你呢。好啦，那個女孩——那個像你妹妹一樣的小姐，我們來聊聊她的事情吧。畢竟就我聽到的部分來看，現在的狀況還挺急迫的。」

「是嗎？」

「她沒事的地方只有雙手和脖子以上吧？那很不妙喔。蛇切繩要是來到臉部，一切就玩完了。蛇切繩是用來取人性命的怪異。這一點你要先搞清楚。這次的事情……可不是開玩笑的。」

「…………………」

這點我早就猜到了。那些鱗痕，讓我有一種不祥的預感。然而，從忍野這個專家口中聽到這一點，給人的重量完全不同。

不是讓人自然死亡的怪異。

而是……用來取人性命的怪異。

「因為──蛇毒會殺人嘛。有神經毒、出血毒、溶血毒……等等，各式各樣。處理的時候不準備好血清的話，連我們都會跟著遭殃。蛇是……很難對付的。」

不過以食材來說的話，聽說有毒的反而好吃呢，忍野說。

「忍野……蛇切繩是哪種類型的怪異？」

「在這之前，老弟你先告訴我那位小姐在書店看的那本書，書名叫什麼吧。你那時候說晚一點會說，結果到頭來你還是沒告訴百合妹吧？那個女孩到底看了什麼書？老弟好像是看到那本書，才確信她有什麼地方不對勁的吧。」

「是啊……就跟你說得差不多。那本書的書名叫作『蛇咒全集』，是一萬兩千塊的硬殼本。」

「……這名字聽起來是最近的書呢。感覺不像二次世界大戰或江戶時代以前的書。」

「大概吧。因為封面還滿新的。」

但是那個書名，已經足夠讓我聯想到，前天看到的那隻被分屍成五等分的死蛇。說到底的話，我在禮拜天看到蛇屍的時候，就已經對先前和我們擦身而過的千石，抱有某種程度的懷疑……但是一直等到我看到那個書名的瞬間，心中的懷疑才轉為確信。

長袖長褲。

不過，千石的那件長褲……與其說是爬山的穿著，毋寧說她是為了不讓別人看見，清楚刻印在她腳上的蛇鱗痕吧。

不，我的猜想是正確的吧。

這種身體。

撫子討厭這種身體——她曾說過這句話。

神原一定非常理解千石的心情吧。那傢伙在左手纏上繃帶，也是為了藏住猴掌。仔細想想，這和我用髮際想要藏住咬痕的等級完全不同。這麼說來，神原讓我看她繃帶下的左手時，就是因為不想讓其他人看見，才會找我去她家的。

在這層意思上，她們兩人的境遇雷同。

那兩個人。

現在……在聊什麼呢。

……………

那個百合妹，應該沒有攻陷她吧。

我相信妳喔……我可是很相信妳的……

「我孤陋寡聞，不知道那本書是一本什麼樣的書……不過呢，那本書裡頭一定有寫蛇切繩的事情吧。因為說到蛇神使，『蛇咒』是一個代表性的例子。」

「蛇神使和犬神使是一樣的東西嗎？」

「嗯，對。他們很明顯、很明確地，是人為的惡意所操控的怪異，不是自然產生的……唉呀，也未必是惡意啦。可是，如果是驅使蛇切繩的話，肯定就是惡意的。」

「嗯……關於這一點，我也有問過她。」

「嗯？是嗎？」

「是啊。」

千石沒有說出對方的名字。

她那畏首畏尾的態度，不讓人有逼問的空間，所以我也無法打破砂鍋問到底——總之，千石就是堅持不肯透露姓名。

犯人的姓名。

不過……她有告訴我，對方和她同年級。

似乎是同班的……朋友。

在千石被下咒的今天，我想應該用過去式「曾經是朋友」來稱呼比較適當吧。

「反正，就像是國中生的咒語一樣的東西，那種東西現在似乎很流行的樣子，一個和超自然有關，稍微艱深一點的咒文……當然那種東西幾乎都不會成功，感覺就好像是千石倒楣才會中咒的。」

「倒楣……嗎。」

忍野意義深遠地說。

「用咒語來詛咒人嗎？唉呀，都有一個咒字吧。不過阿良良木老弟，照你說的，下咒的人或許是外行人，可能還是個天字第一號大外行的國中生……不過，蛇切繩應該不是外行人可以操控的怪異喔。」

「槍法再爛多開幾槍還是會打中的，也有瞎貓碰上死耗子的時候。」

「是這樣的嗎。嗯──那為什麼那個同班的朋友，會想要對小姐下咒？」

「從她斷斷續續的話來推測，好像是感情糾紛吧。你愛我、我愛你的那種事情。有一個男生跟千石告白，千石不知道那個朋友喜歡她，結果就拒絕了對方──然後那個朋友就反過來憎恨她之類的。」

「嗯──還挺普通的嘛。」

「唉呀，畢竟是國中生的戀愛。」

到高中三年級才和女生交往的我，這樣說似乎欠缺了說服力。

「不過，假如是在不知情的情況下和對方交往也就算了，拒絕對方的話應該沒什麼關係吧。」

「這個部分就是情緒上的問題了。照我的推測，對方大概是覺得自己喜歡的男生居然被千石那樣糟蹋，而氣憤難平吧？」

這是神原的推測，我卻說得好像是我自己的看法一樣。我不可能會懂國中女生的心理。神原如果這麼想的話八成不會錯吧，我心中就是有這種想法。

「嗯。總之，理由怎麼樣不是重點。人類要憎恨一個人是不需要理由的。友情這種東西還真是空虛啊。所以我才不交朋友的。」

「……是嗎。」

他這句話讓我很想吐槽。

這種地方要是我一一吐槽的話，恐怕我和忍野聊到天亮也聊不完……這邊我要當一個忍耐的小孩。因為也不能讓神原她們一直等下去啊。

「她讀『蛇咒全集』是為了找解咒的方法。她不是今天第一次看那本書，從很久以前開始，她每天都有跑去看書，已經持續看一陣子了，一邊確認解咒儀式、驅邪方法和驅除附身物之類的方法，然後自己依樣畫葫蘆的樣子。」

據說方法就是——

把蛇分屍。

何止是類似……那根本就是一個儀式。剛開始我覺得她用雕刻刀實在太異常了，不過那單純只是因為千石沒有其他的刀刃而已。從國中女生這一點來思考，雕刻刀或許是離她最近的刀刃吧。

「殺蛇就可以解開蛇咒——這實在太詭異了。而且，她說開始殺蛇以後，狀況反而更加惡化——」

「不對，阿良良木老弟。把蛇分屍，的確是擊退蛇切繩的方法沒錯。應該說是正確的方法啦。那本『蛇咒全集』大概把擊退方法和蛇切繩一起寫進去了吧……不過，那位小姐居然敢自己抓蛇殺蛇，膽量還滿大的嘛。了不起。阿良良木老弟說她是一個文靜、話不多的女生；不過從她的行為舉止來看，我實在無法那麼認為啊。」

「這附近怎麼說都是鄉下嘛。就算有女生敢用手抓蛇也不奇怪吧。」

「身為 City Boy 的我實在難以置信啊。」

「你是哪門子的 City Boy 啊。」

哎呀。千石已經被詛咒——蛇切繩逼到必須不得不那麼做的地步，或許應該用這個角度來解讀才是正確的吧。

她哭了。

說她有膽量實在是不合道理。

她反而是一個纖細過頭的人。

「我不是說殺蛇解咒的解釋正確，要把蛇分屍這點——才是最重要的地方喔，阿良良木老弟。在這個地方，蛇是繩子的隱喻。蛇切繩，就是繩子啊。不管他緊縛得再緊，只要把繩子本身切斷，就能夠得到解脫。」

「緊縛——」

緊縛痕。

被蛇給……束縛住。

繩子……嗎。

「有句話說一朝被蛇咬十年怕草繩，在這個情況下，蛇和繩子是畫上等號的。蛇、切掉、繩子，就是蛇切繩。繩子就是因為可以切斷，所以才叫作繩子。」

「……可是忍野，這樣一來不是很奇怪嗎？千石說她在那間神社已經殺了十幾條蛇了喔?結果詛咒沒有解開,情況反而——」

情況反而更加惡化。

千石說越是殺蛇,蛇鱗的速度就越是加快,從腳尖有如纏繞而上一般爬了上來。這點肯定是咒術越演越烈的證據吧。

「所以我不是常常在說嗎?這種事情要照順序來啊。像你妹妹一樣的小姐,也是外行到不行的天字第一號大外行……對吧?基本上,解咒比下咒還難,要是照著一知半解的知識依樣畫葫蘆,狀況會更加惡化也是很正常的。被蛇憑依的時候還去殺蛇,蛇當然會生氣吧。這點就跟老弟你說得一樣。」

「…………」

「不過,我們聊過之後,我知道為什麼同樣是大外行的國中女生所下的咒,會成功的理由了。一開始我是茫茫然地以為,大概是女生的感情怨恨很可怕的關係,不過好像不是喔。真的是……倒楣啊。」

「什麼意思?」

「我想那個小姐在咒術生效前,就已經知道自己被下咒了吧。從她很清楚犯人是誰這一點來推測,大概是犯人親口告訴她的吧。像是『我對妳下咒了』之類的吧。所以她就開始不安了,跑到書店去調查驅除的方法,為了把蛇分屍……而跑到傳聞有很多蛇類棲息的山中。神社應該是她碰巧發現的吧……不過也可能她早就知道了。然後,小姐就拚命在殺蛇。」

「你說的哪裡有『倒楣』的地方啊?」

「就是地點啊。我不是說過那邊是……氣袋的聚集地嗎？」

「啊！」

那邊聚集著髒東西。

因為忍的存在而活性化的髒東西。

「那個地方……讓咒術增強了嗎？」

「何止增強，如果不是那邊的話，咒術根本不會發動吧。小姐跟阿良良木老弟和百合妹不一樣，應該只是普通的身體吧——雖然她的身體沒有感到不適，不過髒東西的影響，卻很明顯地出現在蛇切繩身上了。」

沒有抵抗力，也沒有抗性。

天字第一號大外行。

「這樣感覺好像是她自己讓傷口加深的。」

「就像自殘一樣啊，用狠一點的說法來說啦。要是她什麼都不做的話，大概什麼事情都不會發生的說。說到底，那本『蛇咒全集』上面的內容，搞不好本身就是虎頭蛇尾。我不想批評自己沒看過的書啦，不過我想這個可能性很高。然後，又在那種地方，進行外行人自以為是的解咒儀式。然後在那裡，髒東西又讓咒術往不好的方向發展了吧。」

「那樣不就越陷越深嗎？」

「是越陷越深啊。」

這不光是倒楣兩字可以帶過的。

倒楣……也要有個限度。

「唉呀，她在快出事之前和阿良良木老弟你再會，應該算是不幸中的大幸吧——老弟你當然會想辦法幫她吧？」

「……不好嗎。」

「沒什麼不好啊。見義不為非勇也嘛。不過我就有點不懂了。我知道你覺得她很可憐，可是為什麼你可以設身處地為她做到這種地步呢？因為她是你妹以前的朋友？還是說因為她姓『千石』，讓你聯想到自己的女朋友『戰場原』小姐啊？」（註17）

「嗄？啊，戰國時代啊。原來如此。不過那種事情我想都沒想過。現在聽你說我才第一次發現到勒。我只是……看到她那麼無助，會想要去幫她一把……是很正常的事情吧。」

「你真是一個好人啊。」

忍野說。

這感覺真討厭。

「有人在江戶時代中期，整理出一本叫作《蛇咒集》的書，是一本專門收集有關於蛇類怪異的異本。蛇切繩第一次出現就是在那本書裡。還附圖呢。」

「圖？什麼圖？」

「一個男人被大蛇纏住的圖啊。蛇的尾巴畫成了粗草繩的樣子；蛇的頭部呢……鑽進了那個男人的口中。男人的下顎被硬撐到最開，感覺就像……蛇一樣。蛇可以把一

17　石音同但，是日本古代量米的單位，過去的諸侯武將是以米為俸祿。

隻雞直接吞下肚嘛。」

「被纏住——」

「被纏附住。」

「………………」

「簡單來說，阿良良木老弟。那位小姐的身體……現在也被那種大蛇纏附著啊。蛇纏附著小姐，把她整個人勒住。緊緊地……毫不留情。」

「不對……她說她不會痛啊。」

「那當然是騙你的。她一直在忍耐。信任是很重要的，這一點我也常常掛在嘴邊吧？對方如果是一個沉默寡言的女生，我們就必須去讀她的心才行。你要看著對方的眼睛——」

「看著……眼睛。」

這麼說來，千石說她自己不會痛的時候，神原似乎欲言又止的樣子……原來是因為這樣啊。該說的事情她會清楚說出口；但自己想說的事情卻會加以克制。這的確很像神原的作風。

「蛇在吞食獵物的時候有一個習性，牠會先纏住對方擠碎他的骨頭，讓獵物比較容易吞食之後再把他吃下肚。牠要是纏上的話，不會輕易離開的。」

「這樣啊……也對，因為牠是怪異，所以才可以無視衣服啊。」

千石只有皮膚上有痕跡，姑且不論燈籠褲，她似乎可以自由穿脫衣物，所以我很自然地不會認為怪異現在也纏附在她的身體上，原來，那只是因為……我看不見而已。

「繩子……嗎。你剛才說緊縛來著。那她身上的那些蛇鱗痕，與其說是痕跡……倒不如說是有一條看不見的蛇，正在緊緊勒住她的體內嗎？」

我和神原，當然還有千石都看不見那條大蛇——蛇切繩，只看得見那個怪異殘留在千石皮膚上的透明勒痕。

「那個痕跡，我想正因為老弟你和百合妹是類似半人半妖的存在，所以才看得見吧。被纏附的小姐本人當然也看得見。恐怕除了你們三個以外——像傲嬌妹、班長妹她們應該連痕跡都看不到吧。她們看起來大概像內出血那樣吧——」

小姐沒必要用長褲遮住那些痕跡。

也不用對那種身體感到羞愧。

忍野如此說道。

但是，我想不是那種問題。理論上忍野或許是對的，這次千石湊巧被我和神原撞見，對她來說或許也算是一件倒楣的事情吧；然而，光是她本人看得到蛇鱗，就已經有足夠的理由，把這件事情立案處理了。

「大概吧。嗯，或許是這樣沒錯。」

「搞屁啊，你承認得還挺乾脆的嘛。」

「我偶爾也要老實一點。因為我很閒啊。」

「你只有在很閒的時候，才會老實一點嗎……」

「對了，這段時間她可以穿長袖長褲便服沒錯，不過學校那邊勒？阿良良木老弟畢業的國中，女生的制服不是裙子嗎？」

「該說是裙子嗎，唉呀，就是連身裙的制服啦。整個 All in one 這樣。你在四處調查的時候沒看過嗎？」

「啊，有看過。原來那是老弟母校的制服啊。很可愛耶——不過到頭來她還是把腳露出來了不是？」

「所以千石那傢伙，自從痕跡出現之後，她就請假沒去上學啦。前陣子用襪子還藏得住的時候，她似乎還可以忍受——那忍野，反過來說，我們有辦法看得到那個蛇切繩的本體嗎？如果是你的話。」

「沒辦法喔，我是人類嘛。」

你這個專家說得還挺乾脆的嘛。

這句話等於瀆職喔。

「不只是我，這次的案例來看，被憑依的本人看不見的東西，其他人要看見我想基本上是很困難的。就算阿良良木老弟以前是吸血鬼也一樣啊。我先補充說明一點，能看見蛇切繩的人，不是被憑依的本人，而是送那條蛇過來的人吧——不過因為這次是偶發的事件，我想肯定連送蛇過來的人都看不到吧。所以那個朋友，應該連咒術成功的事情都沒發現到吧。要是她發現的話教室內就會亂成一……不對，搞不好那個朋友看到了只是沒作聲而已。如果我說對了，那她就是真正帶有惡意……可是，不管怎麼想應該都不是這樣吧。如果她真的有惡意，那小姐應該早就被殺掉了才對。唉，現在聊這些可能性的話題也於事無補。瞎猜也要有個限度。啊，不過——對了，如果阿良良木老弟的話，雖然看不到，不過或許可以摸得到喔。」

「嗯……就像先前某一次你做的那樣嗎？」

「唉呦，是哪一次啊。」

忍野裝糊塗說。

我搞不懂這邊他裝傻的意義何在。

「如果摸得到牠，應該也可以把牠扒下來啦……可是，還是不要這樣比較好。因為蛇是一種脾氣暴躁的動物啊。要是你這樣做的話，蛇切繩肯定會襲擊老弟你。就算你想辦法躲開了，待會那條蛇就會回去找那個下咒的班上同學。」

「那是……咒術反彈嗎？」

「害人害己啊。唉呀，那個女生應該不是真的要殺小姐啦，搞不好她完全不相信詛咒這回事吧。其實她只是想說說『我對妳下咒了』，故意惡整小姐一下吧。嗯。不過，抱著那種心情亂碰超自然界的東西，會讓人很傷腦筋……像我這樣的怪人會沒飯吃啊。生意都沒了。」

「總覺得你這句話很有道理，又好像有一點不對。」

「哈哈。唉呀……不過算啦。」

忍野說完，從簡易的床鋪上下來。接著，他邁開腳步打算離開教室。「喂，你要去哪啊？」我連忙對著忍野的背影說。

「嗯──你在這邊等我一下。」

他丟下這句話後，真的離開教室了。

那樣要說他善變，倒不如說他是任性比較貼切。

傷腦筋……要我等的話，我想趁機去看一下忍，不過要是因此和忍野交錯而過，感覺也滿蠢的……對了，忍在哪間教室啊？很難得她和忍野不在同一間教室。她又因為Mister Donut的事情和忍野吵架了嗎？

沒辦法，我先做中間報告吧。

我拿出手機，打算撥電話給神原。附帶一提，千石很像一個鄉下國中的二年級生，現在還沒有手機。神原的話，就算她被我爸媽看見，應該也可以巧妙地化解狀況吧……只要她是一個正牌百合和大色魔的事情沒有露出馬腳，她的外型看起來就像一個文武雙全的模範生。

不過，正當我打開電話簿的瞬間，

「久等了。」

忍野回來了。

好快。

宛如預料到我的行動一樣。

這傢伙好像真的看透了一切。

「喔？那個文明利器是怎麼回事。你要打電話給誰啊？」

「就是……我想要先聯絡一下神原和千石。因為這件事看起來，好像會比我想像的還要花時間。」

「那你不用打電話了。因為我的話已經說完了。來，這個給你。」

忍野說完，在門口直接把右手拿著的東西朝我丟了過來。突如其來的動作，讓我稍微慌了手腳，不過我還是成功接住了它，沒有失手。

那東西是一個護身符。

形狀普通——但是卻沒有任何花紋。

上頭沒有「交通安全」或「子寶祈願」的字樣。

沒有花紋圖樣。

「這是什麼啊？」

「用這個可以趕走他，蛇切繩。」

「…………」

「裡頭放有符咒。就是護符啦。這跟我請老弟你去貼的那個護符不一樣……那個符袋本身沒有什麼意義。那是刀鞘。因為那個符咒稍微強力了一點，所以需要一個安全裝置。或者說是限制器比較貼切吧。可是你不要誤會喔，這不是像僵屍一樣把符咒貼在小姐的額頭上就可以的。相反地，你千萬不可以把符咒從裡頭拿出來。那是安全裝置，限制器。拿出來沒人知道會發生什麼事情。就這樣，等一下我會說明正式的步驟，你努力記下來然後回去吧。要我直接出馬也可以啦，但是不要比較好吧。畢竟，老弟和百合妹似乎已經和小姐建立好信賴關係了。看來十秒以內就能攻陷對方這點，不是誇大不實的廣告呢。好棒啊，我真羨慕。哈哈，而且，老弟雖然你不記得了，不過對小姐來說，她和你的回憶應該挺美好的吧？不然，她也不會突然在男生的房間裡頭脫光衣服吧，曆哥哥。」

「…………」

老實說這點我不太清楚。

如果千石和戰場原、神原、羽川和八九寺一樣，說話滔滔不絕的話，那我多少可以從話語中推測出她內心的想法——不管她說的是真心話還是假話——但如果是沉默寡言我就很難應付了。她的個性靦腆，沒有自信，動不動就會低下頭來——

可是仔細想想，那樣的千石居然會果斷地拒絕男生的告白，這還挺令人意外的。像她那種類型的人，被人拜託的話應該不會拒絕對方，而會莫名其妙、糊里糊塗地和對方變成男女朋友才對……可是，不管怎麼想，我還是不夠格談論戀愛的話題啊。

「我覺得這就跟在醫生面前裸體，不會覺得害羞一樣吧。那就是信賴關係。啊，對了，蛇夫座的阿斯克勒庇俄斯，好像是神醫來著吧。這也是一種暗示嗎？」

「可是，忍野……沒問題嗎？」

「什麼東西沒問題啊？」

「你這麼……輕鬆簡單地把驅除的方法告訴我。你平常應該會更裝模作樣一點，說一些雜七雜八、零零碎碎的東西，或者說是一些乖僻的話。是我的心理作用嗎，這次博引旁證的雜學講座好像比較少喔。你該不會是因為和我兩不相欠了，所以才隨便打發我吧？」

「啊——真是的，老弟你這是在無理取鬧啊。雜學講座要是太多，你明明也會抱怨。拜託，我開始覺得傲嬌的人是老弟你，而不是傲嬌妹了喔。你真的是很有精神耶，是不是發生了什麼好事啦？我可不是因為壞心眼才說那些東西的。那是因為班長妹、傲嬌妹、迷路小妹、百合妹，當然還有阿良良木老弟你，你們全部都是自己去干涉怪異的吧?」

「啊……那是——」

那是——

「真要說的話,你們全都是加害者。是不是故意的先不管,你們和怪異是屬於共犯關係。弄髒雙手的人要金盆洗手,一定的步驟是……不可少的。可是這次的事情不一樣吧。千石撫子很明顯只是一個可憐的被害者。她沒有任何的錯。就連被下蛇切繩的理由也很薄弱。怪異的出現都會有一個適當的理由——但是這次的理由卻和小姐完全無關。因為她殺了十條蛇?她是殺了沒錯,可是那只是一種自我防衛的方法。她只是倒楣,運氣不好而已。我不會連這種因為某人的惡意而被盯上的被害者,都要他們承擔責任的,我沒那麼神經病。這種人必須要好好地幫助他才行。」

「…………」

原來是這樣。

抱歉,我一直以為你出於壞心眼才會說那些的……

難怪,一開始忍野說出蛇切繩之名時,語氣才會那麼沉重,原來是因為這樣啊……那不是針對蛇切繩。只是單純因為,忍野是站在被害者——千石撫子的角度在思考。

「贖罪是必不可少的;但是不能因為一個對方沒有犯下的罪,而去審判他。遇到有困難的人就要去幫助他嘛。我的個性確實不算好啦,可是對那樣的人,我還是有一點人情味在的。不過,可不是免費當義工喔——我也是做生意的嘛。」

「你說的也沒錯啦。」

「不過沒關係。老弟你和百合妹幫我工作，這次就算是我找零給你們吧。像你妹妹一樣的小姐，她不必特別做什麼。」

「……這樣啊。」

就算有被害者、加害者的問題在，

但我總感覺忍野這樣有點偏心。

該不會他喜歡國中生吧。

「不過啊，阿良良木老弟。我給你一個忠告就好——害人害己。我再告訴你一次，你要把這句話記好，先仔細想想這句話的含意吧。」

「嗯……可是，沒必要去記或是去思考吧，這句話不是很常聽到嗎，只要活在世上，很自然就會學到的。就算事情和怪異沒有關係，還是會有很多機會去體驗那句話吧。」

「你這話說得沒錯啦——不過呢，阿良良木老弟。我不知道你是怎麼想的，可是我啊，不會一直住在這裡喔。」

忍野維持輕浮的語氣，如此說道。

「因為蒐集和調查總有一天會結束的。實際上，我擔心的事情，或者應該說我待在這裡的最大一個目的，阿良良木老弟和百合妹已經幫我處理好了啊。總有一天我會離開這個城鎮。到時候，我就不能指點老弟你了喔。」

而且……我們也已經兩不相欠了。

忍野接著說：

「我流浪了很長一段時間，也是第一次和一個人聊這麼多事情啦。阿良良木老弟一直和怪異扯上關係這點也有關啦——可是，老弟你滿怪的，你會想要一一去處理那些怪異。和怪異扯上關係後，會變得容易被怪異吸引。這點是真的沒錯，可是通常遇過怪異的人，之後都會想要去避開怪異才對。」

「………………」

「這樣才能取得平衡啊。我這麼說跟剛才說你傲嬌沒有關係啦，不過老弟你說了很多女生的事情，什麼雞婆啦、愛照顧人之類的，可是其實那些都是你的特質——唉呀，這一點是沒差啦。我也很羡慕老弟你這樣的個性，所以才會說一些惹人厭的話，我覺得你這樣很好啦。可是呢……我要是不在的話，你以後打算怎麼辦？」

「那個……關於這一點——」

我從來沒想過這個問題。

當然，我不用想也知道，忍野不可能一直待在這個城鎮裡——可是，忍野不在以後該怎麼辦的問題，對我來說太過唐突了。

我們現在一定要聊這個嗎？

「怪異的存在是很理所當然的，不應該刻意去和他扯上關係。因為不管原因如何，那樣都有可能會變成加害者。我覺得老弟你太過操心了。太過度去保護別人。就連一些不用去管的事情，你都會想要去插手。」

「可是……」

話雖如此。

「我既然知道的話……也沒辦法吧。我很無奈，已經知道那些東西的存在了，所以我沒辦法視而不見，也不能假裝自己不知道啊。」

「哈哈，還是說你乾脆像班長妹那樣，全部都忘掉比較好？對老弟你這種人來說，或許那樣比較好吧。把小忍的事情之類的……全部都忘掉。」

「要我忘掉——」

那種事情，肯定是沒辦法的。

我不能變得像羽川一樣。

「對，小忍的事情……也是一樣。嗯。我如果不在的話，阿良良木老弟就要一個人照顧小忍了。這是老弟你選擇的答案——當然，要不管小忍還是怎麼樣，都是你個人的自由。」

「那個……忍野——」

「你要多提防她喔。因為小忍不是人類。你不應該對她抱有奇怪的感情。她是吸血鬼。就算變成那副德性，這點還是一樣啊。」

「…………」

「我說的太壞心了嗎？唉呀你放心啦，我們已經這麼熟了，我不會某天一聲不響就突然消失的。我也是個大人嘛，這點道理我懂的。不過，如果你要思想高中畢業後的出路——我覺得你也可以順便想一下我剛才說的話。」

「你是想說我隨便看到人就幫，是一種不負責任的行為嗎？對誰都很溫柔是一種不負責任的行為——羽川也對我說過這句話。可是，忍野。我沒辦法變得像你一樣。你說得沒錯，因為我有十分之一左右是吸血鬼……本身就是一個怪異。所以我沒辦法變成驅除怪異的人。」

倘若真的變成那種人，那我第一個要驅除的就是我自己。

然後是忍。

這……我沒辦法。

我做不到。

「我想不用那樣吧。驅除這種事情，需要的只不過是知識和技巧。半人半妖的驅魔人就像漫畫的角色一樣，還滿帥的啊。」

「唉呀……既然都有穿夏威夷衫的專家了，就算有那種人也不奇怪吧……」

「還有，」忍野說。「只要阿良良木老弟想的話隨時都可以……只要不去管小忍，你隨時都可以變回一個完全的人類——我個人希望你不要忘了這點。」

006

地點是那間神社遺址。

山上的荒廢神社。

當我們在做準備的時候，時間已經到了深夜。

我也有想過明天再處理，但只怕再過一天，鱗痕——蛇切繩的纏附痕就會到達頸部

（要是真變成那樣可就藏不住了。總不能在這個季節還用圍巾吧——就算那些鱗痕普

通人看不見），現在分秒必爭，我才會決定在深夜進行驅除儀式。我家對我是採取放任主義，神原當然也不用說；但是千石現在是國中生，回家的時間方面可能會有一點問題，不過她拜託學校的朋友幫忙製造不在場證明（例如要住在同學家之類的），所以避開了這個麻煩。千石除了對她下咒的那個朋友以外，似乎還有其他的朋友，這很理所當然。

朋友多一點真的不錯呢。

我心想。

老實說，在事發原因的神社遺址舉行驅邪儀式這點，剛開始讓我有點不安；但是，忍野掛保證說沒問題。他會那麼說，我原以為是因為貼了符咒的關係，然而卻不是，只是因為步驟的問題。就算對方是髒東西，只要讓他們站在我們這邊就好。他說正因為是那種地方，蛇切繩的存在才會變得很醒目，比較容易觸摸到之類的。

老實說我聽不太懂。

唉呀，這是專家說的話。就相信他吧。

我跟在三樓教室裡的忍稍微打過招呼後（她果然因為 Mister Donut 的事情又和忍野吵架了。忍野好像又把她愛吃的甜甜圈全都吃光了。忍野咩咩，要說他沒有大人樣，倒不如說他是幼稚比較貼切），離開了廢棄補習班，直接回到了家裡。神原真的沒對共處一室的千石和我兩個已經回家的妹妹出手。

「妳做得太好了，神原！妳竟然忍住了。」

「嗯……聽到阿良良木學長這麼認真地在誇獎我，我開始後悔自己至今在學長面前開的玩笑，可能開得太過頭了……」

神原有些消沉。

她不僅沒有攻陷千石，還很認真地在陪她聊天。反而是畏首畏尾的千石看不下去，出聲幫神原說話。

「曆哥哥，神原姊姊對撫子很親切喔。」

「而且她還借撫子燈籠褲。」

「那不能當作判斷親不親切的標準吧。」

這是我對千石的初次吐槽，值得紀念。

總而言之，千石和其他人不一樣，我在和她的談話當中，幾乎找不到能夠穿插玩笑的地方，所以對我來說很痛苦。都是那群傢伙的關係，讓我變成了一個無法進行普通對話的人。抱歉了千石，以後可能要請妳也用那種方式和我打交道了。

接著，我請她們趁我牽制住兩個妹妹時趁機離開我家，隨後我大搖大擺地走出家門。妹妹們似乎覺得很奇怪（特別是小妹，她的第六感很敏銳），最後我硬是甩掉她們，到事先約好的地方和神原兩人碰頭。我們在經營到很晚的雜貨店（不是便利商店），購入必要的工具（畢竟事出突然，神原和千石身上都沒什麼錢，所以這裡由我全額支付），接著我們朝那座山出發。三人都採徒步的方式。

「千石。」

「啊！怎麼了……曆哥哥。」

千石的反應有些心驚。

或許她以為我要責罵她。

她真是一個像玻璃工藝般纖細的女孩。

「聽說妳身上的那個痕跡……其實很痛吧。不要緊吧？」

「啊……」

千石的臉色瞬間鐵青。

「那、那個……你不要生氣，曆哥哥。」

「……不是，我沒有要罵妳的意思。」

千石可能以為我在責怪她不老實吧。這應該說是個性軟弱呢，還是被害意識過於強烈呢……每當我在漫畫之類的東西裡頭看到這種角色，都會覺得這種人要是出現在現實當中，想必會很惹人厭吧；不過，這樣實際感受一下之後，我想其實也不壞吧……先不管我人好不好，老實說千石已經刺激到我的保護慾了。唉呀，她的年紀比我小很多這點，或許也有關係吧。

「我只是在想妳不要緊吧？」

「那、那個，」

千石重新將帽子緊緊地深戴。

為了遮住臉蛋。

似乎不想讓我看見一般。

「感覺好像被勒住一樣，會痛沒錯……可是還不到無法忍受的地步。」

把獵物的骨頭弄碎，便於吞食。

這是蛇的習性。

「……為什麼妳要忍耐，這樣很奇怪吧。痛的時候，妳老實說出來就行了。」

「沒錯。」神原在一旁打岔說。「只是被束縛住倒是還好，如果被一直綁住的話，對肉體的負擔出乎意料地大呢。不管是蛇還是繩子。」

「我不懂『只是被束縛住倒還好』的理由，也搞不懂為何妳會不經意地忽略掉精神上的負擔，神原。」

她根本一點都沒在後悔。

千石聽到我們的對話，在一旁竊笑。

她雖然個性軟弱，不過出乎意料還挺愛笑的。如果真是如此，那我絕對不能在千石面前提起十三星座的話題，因為連神原都笑成那副德性了，她搞不好會笑死也說不定。

在入山之前，我們互相噴了在雜貨店買的防蟲噴霧。時值深夜，早一步出現在眼前的敵人是蚊蟲，而不是怪異。我們三人大致上都穿長袖長褲，有完全的防備；不過我和神原為了安全起見，而千石則是為了待會做準備，所以還是用了噴霧。

噴完之後，我們走進山中。

不用多說，山中一片漆黑。

我們各拿了一支同樣在雜貨店買的手電筒照著前方，同時爬上階梯。野生動物和蟲鳴聲非常地吵雜。白天根本不會這樣，現在好像是在冒險或探險似的。有一種彷彿自己在叢林中迷路的錯覺。

「對了，千石。」

「怎麼了？」

「我有件事情很在意，為什麼妳要拒絕那個男生的告白啊？妳完全不知道妳朋友喜歡那個男生吧？既然這樣，我想妳應該沒有拒絕的理由才對啊。」

「那是因為……」

她沉默不語。

這點程度的問題就讓她陷入沉默，我更搞不懂她為什麼能明確地回絕對方了……

「對、對不起。」

她向我道歉。

沒有原因理由。

「那個，妳不用跟我道歉吧……」

「啊，也、也對。對、對不起。撫子……那個……對不起。」

一個括號裡頭，接連道了兩次歉。

總共三次。

她道歉得太過頭了。

「千石，我不是那個意思……」

「阿良良木學長，你的問題有點太粗線條了。這樣一點都不像學長的個性，不太體貼了。」

「啊……是嗎？」

「對啊。拒絕對方的理由要多少有多少。況且，千石沒必要和自己不喜歡的人交往吧。」

「嗚嗚……」

十分正確的見解。

我發現自己聽到神原說出這種正確的見解，居然會感到驚訝。

「我也是因為喜歡阿良良木學長……」

「我們沒有交往吧！」

「咦……真的嗎？曆哥哥。」

千石一臉意外。

「你和神原姊姊不是男女朋友嗎？」

「沒有！」

「這、這樣啊……我看你們感情很好……還以為你們一定在交往呢。」

「感情很好這一點，好吧，我承認。」

八九寺和神原兩人，我跟哪一個感情比較好呢。

唉呀，神原和八九寺不一樣，就算我說這種話，她也不會對我惡言相向……這樣看來，神原或許略勝一籌吧。

……不過我的正牌女友戰場原，只會說我壞話就是了……

「神原，妳也好好否定一下吧。」

「嗯。我們真的沒有在交往。」

神原用說明的語氣，對千石解釋道。

「我和阿良良木學長只是感情很好的玩伴。簡單來說，就是玩玩而已啦。」

「妳的說法有很大的語病喔！」

「我們的感情好到如果不小心發生了什麼事，都可以當成意外來處理。」

「原來有的不是語病，而是惡意嗎!?我最討厭妳了。」

「啊。這句話讓我有點受傷呢。」

「嗚……啊，抱歉，我最喜歡妳了。」

她明明說過不管我說什麼她都會很高興，還真難搞啊。

話說，我還真懦弱，居然道歉了。

「這樣啊……原來你們沒有交往啊。」

千石自言自語地說。她在一旁聽到我和神原的對話，不知為何似乎鬆了一口氣。

「會拒絕對方，是因為撫子已經有喜歡的對象了。」

接著，她告訴我們說。

有些害羞的語調，相當純真。

「可是……我的朋友好像誤會撫子了……事情才會變成這樣……是撫子不好嗎……」

「妳不用責怪自己。真要說的話，事情本來不會變成這樣吧——都是那間神社的關係。」

都是那個地方所導致的。

「對了，神原。我想等一下妳的身體大概又會不舒服了吧……因為那張符咒好像不是立即生效的東西。」

「沒關係。要是一開始就知道的話，那我就可以事先做好心理準備。」

「是嗎。」

運動系。

漂亮的骨氣論。

通常那種非科學的事情（有心理準備，身體就不會不舒服），會讓我想要否定它，不過因為這話是神原說的，總會讓我不由自主地就想相信她。因為這女人相當可怕，她憑藉著骨氣和相對的努力，讓自己從運動神經遲鈍的少女，蛻變成進軍全國的籃球選手。

「曆哥哥，以前的事情你記得多少呢？」

「啊……老實說，不是很多。因為我的記憶力不是很好。」

「這樣啊……」

千石失望的表情全寫在臉上。

「千石妳才是，」我慌忙改變話題說：「妳竟然還記得我的事情。我們小時候才玩過幾次而已。而且，我還是朋友的哥哥吧？一般來說，這種事情很快就會忘記的說。」

「因為，撫子以前，不太常跟別人玩在一塊。」

千石說。

「而且，那個時候放學之後還會一起玩的朋友，只有良良而已……」

良良大概是指我的小妹吧。對了，沒錯，以前她帶回家裡的朋友，是那樣稱呼她的。那是她小學時候的暱稱。取「阿良良木」的正中間，所以是「良良」。現在她和我大妹，兩人並稱「栂之木二中學的火炎姊妹」就是了……

真是說變就變啊。

人會改變是很自然的事情。

唉呀，說到那時候的我，當時妹妹帶朋友回家的時候，我都會被逼著陪他們玩，讓我覺得有點困擾啊……

因為那個時候，我正值和女生玩會覺得丟臉的年紀。

感覺就是這樣。

「撫子和良良升上國中之後就不同校了……可是，和良良還有曆哥哥一起玩的事情，全都是撫子寶貴的回憶。」

「這樣啊——」

這樣就好。

附帶一提，我和神原各自所承受的怪異問題，並沒有告訴千石。只有讓她覺得，我們和那方面的事情有某種程度關係而已。坦白告訴她其實也無妨，或許站在信賴關係的角度上我應該那麼做才對；但是，我怕那樣會讓千石內心承受的壓力加劇，所以和神原商量過後，才會做出這種考量。因此，為何到神社神原的身體會不舒服，千石大概不知道吧。她可能會覺得，是因為神原八字輕的關係。這種思考方式，其實也不一定是錯的啦。

「因為撫子是獨生女。」

千石說。

「很羨慕別人……可以有哥哥。」

「…………………」

我想那是因為妳沒有，所以才會想要。

這就跟沒有妹妹的人，會想要妹妹一樣。

我有時候也會希望自己能有哥哥姊姊或弟弟——會去羨慕有這些東西的人。不過，像我這種真的有妹妹的人，和獨生女千石的見解，或許又不一樣了吧。

獨生女……嗎。

「對了，神原。妳也沒有……兄弟姊妹對吧。」

「沒有啊。我也是獨生女。」

「這樣啊。」

戰場原也是。八九寺和羽川也一樣。

大家都是獨生女啊。

不知道……忍怎麼樣。

吸血鬼也有兄弟姊妹嗎？

「好——到了。」

走在最前面的我，當然是第一個到。

神社遺址。

荒廢沒落的景象。

符咒還是一樣……貼在那裡。

「神原。身體不要緊吧？」

「嗯。比我想像的還要好。」

「那妳說一些蠢話來聽聽。」

「我很喜歡在車內看書，然後暈車不舒服的感覺。」

「說一些有趣的話來聽聽。」

「我也沒辦法啊！對方威脅我說如果我不幹就沒錢拿啊！」

「說一些色色的話來聽聽。」

「原本以為自己喜歡的女生是處女，沒想到居然是猩猩。」

「很好。」

最後那句感覺有一點微妙，不過沒問題吧。

千石在一旁捧著肚子顫抖著，同時蹲在地上。看來這幾句話，似乎點到她的笑穴了。

她果然很愛笑。

看來比起對話的內容，我和神原的對答本身更讓她覺得有趣，這樣也不錯啦，以一個觀眾來說她的反應很好，感覺不會很差。

「那我們快點……趕快著手準備吧。」

「阿良良木學長，為什麼你要用兩個不一樣的副詞啊？」

我們找了一個適當的場所……也就是草木沒有長得太「目中無人」的地方，把手電筒——我們手上的三支，和放在包包裡頭的一支——設置在四方。讓燈光照著四角形的中心。

地面是泥土。

隨後我們用一旁的木棍在地上畫線，將四支手電筒相連，變成一個真正的四角形——這就是所謂的結界。樣式雖然相當簡單，不過忍野說這樣無妨。他說結界最重要的，就是要先畫出一個範圍。隨後，我們在四角形的中間鋪上塑膠布。這塑膠布當然也是在雜貨店買的東西。

接著，千石進到四角形裡頭。

單獨一人。

穿著學校泳裝。

「…………」

那件泳裝不是在雜貨店買的（雜貨店不會賣那種東西），而是神原「剛好」準備在身上的，就跟燈籠褲一樣。

「……妳身上連買手電筒的錢都沒有，為啥會有燈籠褲和學校泳裝啊。」

「這世界上有些東西比錢還重要。」

「我也是這麼認為，不過那些東西不會是燈籠褲和學校泳裝。」

「我個人原本是打算配合阿良良木學長的興趣啦。」

「不用妳來配合。」

「『興趣』這個部分學長不否認嗎？」

我轉頭確認，結界裡頭的千石果然在竊笑……因為這個笑梗，妳才會在這間老舊神社裡頭穿著學校泳裝，這樣妳還笑得出來嗎……

總而言之。

為了要看到驅蛇的經過，所以不能穿長袖長褲，因此在解咒儀式中要能清楚看見皮膚上的鱗痕才行，這是忍野的指示；不過，在屋外實在不能只穿著一件燈籠褲。剛才千石在我房間秀出蛇切繩的痕跡時，結果雙手不慎從胸部上移開，因為這樣在室外就更不可能讓她裸體穿燈籠褲（那時候原本止住哭聲的千石，又再哭了一次），這個意外事件就連老實行事的我，也對忍野閉口不提。

所以，她才會改穿學校泳裝。

這身泳裝不是在神社換上的，而是像小學生一樣，在家裡事先穿在長袖衣褲底下。穿著學校泳裝雖然看得見腳上的鱗痕，但是身體部分幾乎都被包住，很難看得出整體的被害狀況——不過，隨著看法不同，我看鱗痕似乎已經到了頸部周圍，狀況比黃昏的時候還要更——這表示纏附的徵狀正在惡化……嗎？

既然如此，盡早處理為妙。

此時此刻有一條大蛇……正纏附在千石的身體上。

只是我們看不見而已。

我將忍野給我的護身符，遞給了千石。

「總之，妳就坐在正中間……墊子上面。用力握著這個護身符，閉上眼睛，調整呼吸——然後，祈禱就行了。」

「祈禱是要……向誰祈禱？」

「對某種東西。這個狀況下大概是——」

蛇。

蛇神。

蛇切繩。

「好……撫子會加油的。」

「哦！」

「曆哥哥……你要仔細看好喔。」

「包在我身上。」

「仔細看著……撫子喔。」

「……好，包在我身上。」

不管怎麼樣，我也只有看的份而已。

從現在開始，老實說都要看千石自己。

不管結局……會怎麼樣。

因為得救的人，是自己救自己的。

我走出結界，和擺好蚊香的神原一起，稍微遠離結界，用繞行的方式移動到千石的正面。

「那麼……」我說。

千石的雙眼已經闔上。

雙手在胸前緊握。

儀式已經開始了。

會花多少時間，連忍野也不知道。他說最糟的情況下，要有花上一整晚的心理準備。我和神原姑且不提，千石的精神狀況不知道能否撐那麼久，不過也只能試一試了。因為我們沒時間排演，只能硬著頭皮上了。

手電筒的光線。

從四方靜靜地……照耀著她。

「我說……阿良良木學長。」

神原在一旁開口對我說。那聲音小到會讓我聽漏掉。她是顧慮到結界裡頭聚精會神的千石，才那麼小聲的吧；可是用那種聲音，不如別說話來得好。

「幹麼。從現在開始，搞笑的對話一律禁止喔。」

要是千石在儀式當中笑出來，那我可受不了。

那樣的話，一切的苦心就白費了。

「這我知道……可是，阿良良木學長。來到這裡之後，有件事讓我覺得挺奇怪的。」

「什麼事？」

「千石一個人堅強勇敢地做的那個殺蛇儀式。那個儀式沒有用嗎？」

「堅強勇敢地殺蛇這句話，聽起來實在很猛……喔，妳說那個嗎，把蛇分屍的儀式。」

「嗯。我們不用做這麼麻煩的儀式，好好地照步驟把那個方法做一遍，才是最正確的方式吧？」

「妳說得沒錯啦……這點我也有對忍野說過，不過那個方法似乎比較費功夫。照忍野說的來看啦。因為，把蛇分屍的那個方法，最重要的好像是地點。」

「地點……因為這裡有髒東西聚集的關係……」

「不，這裡雖然是一個最糟糕的選擇，不過也不是除了這裡以外的地方都可以。我沒時間仔細問忍野，可是如果不用東北地區的蛇，效果好像都會很差之類的。」

「地區差異嗎？」

「就是地區差異。這對怪異來說很重要吧。」

如果不膾炙人口的話——

千石會選這座山是因為有蛇出沒，可是追根究柢來說，要舉行儀式的話，山和蛇都必須仔細挑選過……的樣子。不過，千石撫子的情況真要說的話，她打從一開始什麼都不做，才是最好的方法。

她偏偏選上這個聚集地。

這個髒東西聚集的場所。

不過諷刺的是，事到如今我們必須要把那些髒東西，變成驅除怪異的夥伴。

「原來如此，我知道了。不過，沒想到忍野先生居然會有驅除怪異的護身符，真是方便的東西啊。」

「我稍微吐槽他問了一下，那東西好像也不是多方便啦。而且要遇到這種事情才派得上用場。」

因為這次是人為驅使的怪異。

而且，正因為對象是蛇。

「用小動作對抗小動作嗎？」

「他說是以異端制異端啦。」

「唉呀，只要千石可以得救就行了啦……不過，阿良良木學長真的隨便看到人就幫呢。」

對誰都很溫柔。

對任何人都很溫柔——不負責任。

「……也不到隨便的地步啦，我只是盡可能去幫助別人而已。而且，對方如果是我認識的人，那就更不用說了。」

「我想戰場原學姊就是喜歡這樣的學長，而且我覺得這也是學長的魅力所在。我真的很高興學長是學姊的男朋友。不過我希望，」

神原說。

「要是哪一天，學長遇到只能選擇救一個人的狀況時，能夠毫不猶豫地選擇戰場原學姊。」

「…………」

「要犧牲自己是學長的自由，不過我希望你可以多珍惜一下學姊……其實要說這種話我還不夠格啦。」

神原的左手，過去曾經想要殺掉我。

她不是被左手操控，

而是化身為一個擁有堅決意志的怪異。

「神原……我覺得妳有資格這麼說。應該說正因為是妳，才能說這種話吧。」

「……那就好。」

「就跟妳覺得我是戰場原的男朋友很好一樣，我也覺得妳是她的學妹真是太好了。」

「聽到學長這麼說──我真的覺得自己得到了救贖。啊……阿良良木學長，你看那邊。」神原指著正面說。

她指著專心在向某種東西祈禱的千石身體。

仔細一看。千石的身體上，裸露在學校泳裝外的鱗痕──布滿全身的清晰痕跡，正慢慢地淡去。忍野說要有花上一整晚的覺悟，可是現在連十分鐘都還不到。

原來如此……符咒的效果很強力。

而且很順利。

鱗痕逐漸從……頸部上消失。

鱗痕逐漸從……鎖骨上消失。

蛇切繩，逐漸離開千石。

「看來進行得滿順利的。」

「嗯。」

「太好了。」

有我這個號稱只會讓狀況事與願違的男人在場，這麼順利的發展老實說讓我有一點意外，不過實在太好了。只要千石再堅持一分鐘，不要鬆懈──

「可是……不是把蛇驅除之後，事情就落幕了。」

我說。

為了避免讓千石沮喪，這件事情我在事前刻意不提。

「至少她和那個朋友之間的友誼，已經沒辦法修復了吧。」

「嗯……或許是吧。」

神原也點頭說道。

「發生了這種事情，沒幾個人可以既往不咎。我想應該沒有吧……而且我也不覺得千石會想跟對方和好，對方也不見得會有那個心吧。」

「友誼破滅……嗎。」

人類比怪異還要恐怖。

我不想刻意故作正經，說出這種老掉牙的臺詞。

「感情糾紛好可怕啊……不過千石喜歡的人到底是誰啊。居然可以被那麼可愛的女生看上，真讓我有點嫉妒呢。」

唉呀，如果這是戀愛漫畫的話，千石喜歡的人搞不好就是我了，但是這絕對不可能吧。我頂多只能當她的「哥哥」而已。

兄妹……嗎？

當然，我口頭上說會嫉妒，可是萬一千石對已經有女友的我抱持好感，我恐怕會很傷腦筋吧……不過，藉由這個機會，讓我們再次恢復到友好的關係，或許也不壞。畢竟我對她就是有一種好感，而且她給人一種無法棄之不顧的感覺。至於我家那兩個妹妹會說什麼就不知道了……

「因為她是女生啊。而且……十四歲嗎？」

呵呵，神原輕笑。

「我以前也是一樣，不過那個年紀的女生，不見得每個人都在等待白衣王子的出現啊。」

「呃，妳說得沒錯啦……」

應該是白馬王子才對吧。

白衣是指……醫生？

蛇夫座。

「喂喂，我不是說過搞笑對話一律禁止嗎？神原學妹。儀式還沒結束呢，要是鬆懈的話——」

「阿良良木學長！」

神原突然大吼說。

鬆懈的人其實是我。我的視線不小心……離開了千石。當我轉頭望去時，千石撫子已經仰倒在塑膠布上，身體不停抽蓄，方式相當異常卻很劇烈。

她的嘴巴。大大地張開。

顎骨撐到了極限。

宛如要吞蛋的蛇一般。

有如口中含著蛇的頭一樣。

「發……發生了什麼事！」

「我、我不知道，突然就……」

鱗痕從千石的身上消失了。

有一半已經消失不見。

但是——有一半還殘留在她的身上。

殘留未消。

同時，

至今毫無痕跡的千石頸部上，也出現了清晰的鱗痕。蛇——蛇切繩正纏附著她。

怎麼回事……有什麼地方弄錯了？

什麼地方不對了？

忍野提過的那本《蛇咒集》裡頭有類似蛇切繩的圖——一條蛇纏繞著一位男性，想要從他的口中侵入身體——他是會取人性命的怪異，而不是讓人自然死亡的怪異。

蛇神。

蛇神憑依。

「失敗了嗎……？是這樣嗎，阿良良木學長！我們失敗了，驅除儀式反而產生不好的作用，結果失控——」

「不對……這個儀式應該不是那種粗魯的東西……不是那種靠力氣馴伏對方的東西。就是因為不是靠蠻力才是異端，不會有類似自導自演的情況發生，也不可能會發生。因為這個方法就跟和怪異交涉、協商一樣——」

請願。

忍野說過，這是一種請願。

以謙虛的姿態。

然而……千石是跟戰場原的時候一樣，集中力放鬆了嗎？就算是好了，怪異也不會這麼突然……就進行到最終階段啊……

因為，儀式明明已經順利進行到一半了啊……！

「……一半？」

啊！事到如今我才恍然大悟。

在塑膠布上痛苦掙扎的千石。

學校泳裝下筆直伸展的纖細雙腳，上頭的鱗痕已經消失了一半。

但是……這一半，也實在太過明顯了。

鱗痕已經從她的右腳上完全消失；但左腳的鱗痕從腳尖到大腿根部，卻完全殘留未消。

就連一片也沒有消失。

身體部分我看不見，不過她的頸部和鎖骨附近的痕跡也是一樣的狀況，這樣一來答案就很明顯了——

「神原……我搞錯了。要是看得見的話，這種事情應該可以馬上發現才對——」

「什麼意思？」

「蛇切繩不是只有一條。而是兩條啊！」

「…………嗚！」

話雖如此——

有幾個徵狀我應該要注意到才對。

千石除了雙手和頸部以上，全身都布滿了鱗痕。從腳尖、脛骨到小腿肚。人有兩條腿。一條蛇在構造上，絕對不可能將雙腳完全纏繞住。蛇如果只有一條的話，大腿內側不可能會有鱗痕。

這就表示，自雙腿的腳尖上——

各纏附著一條蛇切繩。

彷彿勒住千石的身體一般。

兩條。

「……該死！」

其中一條因為忍野給的護身符之力，而解除了。

蛇切繩回去了。

回到他……應該存在的地方。

但是護身符的效力，到此就結束了。

我的說明不夠充足——要是我有注意到蛇切繩有兩條，忍野應該也會有相當的對策。這次的情況和以往不同，他給予的幫助是無限上綱的。對身為被害者的千石，他不會吝嗇伸出援手。然而，我是在蛇切繩只有一條的前提下和他商量，所以忍野也只有準備對付一條的方法。

因此，另一條才會失控。至今和他一起纏附的另一條大蛇被驅除了，要他不失控才奇怪。

「神原！妳待在這裡——不對，妳站遠一點！」

「聯絡一下忍野先生是不是比較——」

「那傢伙沒有手機啊！」

這跟個人主義之類的東西無關，因為他是一個機械白痴。

所以，我只能採取強硬的手段。

我衝了過去，侵入簡易式的結界——手電筒照亮的四角形當中。接著用力抱起千石的身體。她的身體好燙。熱度相當地高。讓我感覺碰觸她的手，彷彿會燙傷一樣——頸部的鱗痕，現在已經整個陷進她的身體，要把它稱作「痕」實在太過可笑。鱗痕彷彿要改變她身體的輪廓一樣，整個陷了進去。宛如要勒碎千石的骨頭，直接把她纖細的身體弄成碎片一樣。

猶如要把她分屍一樣。

陷入了身體裡。

我的耳邊，彷彿可以聽到骨頭「嘎吱」作響的聲音。

「千石……」

她已經翻白眼，失去了意識。

完全被吞噬了。

「嗚……！」

我把手上的千石，再次放到塑膠布上。接著，我朝千石的身體，緩緩地伸出雙手。

不對，我不是朝著千石的身體。

而是朝著蛇切繩。

「雖然看不見，但是應該摸得到。」

忍野有說過這句話。

從春假之後，我的體內就流著吸血鬼的血。血。血。血液。真要說的話，我本身就是怪異——是怪異的話應該可以碰觸到怪異。

能夠碰觸到，也可以把他扒下來。

沒錯。

現在最重要的就是想像。從刻印在千石身上的鱗痕，推測出蛇切繩本體的形狀，思考蛇切繩是如何纏附住千石。我不能搞錯。該死……大妹就先不談，我和小妹一樣都是室內派的……這是我摸蛇的初體驗。第一次摸的蛇是怪異嗎……

不要畏懼。

就連和小妹玩在一塊的千石，都靠自己的力量抓了十幾條蛇不是嗎——做哥哥的我，連這點程度的事情都做不到怎麼行。

「嗚……嗚喔！」

黏糊的感覺。

我的手心一種討厭的觸感。

感覺好像雙手伸進了黏液當中。

感覺有許多鱗片刺弄我的雙手。

說實話，這很噁心。

要說哪裡噁心的話——我從來沒有想過，觸碰到自己看不見的東西，居然會讓我在生理上感到如此噁心。我剛才非常渴望觸碰到他；但是現在我卻巴不得想早一秒放開這個怪異。

我反過來利用那股黏糊感，用滑動的方式調整自己雙手的位置。蛇粗壯的圓筒形軀幹，就像一個肌肉發達的男性大腿一樣。我從左右兩旁夾住他，接著，使盡吃奶的力氣用力拉扯。

我可不是連體力都是吸血鬼等級。

而且，他很光滑。

因為他鱗片排列的方向，和我拉扯的方向一致，因此我的力量無法完全發揮作用。

我改變思考模式，把指甲掐入大蛇的身體（蛇的身體很柔軟，我的指頭就好像沉入他的身體一樣），再次用力猛拉。

把他扒下來！

「呃……嗚啊啊啊啊啊啊！」

一股無法比擬的激烈疼痛，竄過了我的右手。

我往疼痛處一看……鮮血噴出來了。我的手腕和手肘之間，宛如被壓縮機夾到一樣整個被壓扁，同時還開了兩個深不見底的窟窿。

「——他、他已經！」

蛇的頭部，已經從千石的口中溜了出來。我用手指掐住他的身體，蛇切繩可能認為是一種攻擊行為吧，現在他離開千石的體內，對我做出了反擊。因為我看不見，所以直到被咬中以後才發現到——

「好……好痛啊啊啊啊啊！」

在劇烈的疼痛下，我不管三七二十一，連滾帶爬地急忙抽身閃開。這時，只見千石的身體在四角形內的塑膠布上，啪搭啪搭地不規則彈動，大概是纏附在她身上的蛇切繩正逐漸離開的緣故吧。因為我看不見，只能夠做大致上的推測，不過從眼前的狀況來看，八成是如此吧。

這就表示，現在蛇切繩要纏附到我身上來了！

我在那之前，把右手被壓扁的部位，朝地面重壓而下。一陣更加劇烈的苦痛朝我襲來，然而當我重壓在地的剎那間，我感覺到那一對咬住我的牙齒——恐怕是蛇切繩的牙齒——已經從我手上拔了出來。他察覺到我想把他的頭撞在地板上變成夾心餅乾的企圖，所以他早一步避開了吧。結果，我只是把受了傷的右手，毫無意義地撞在地板上而已。

我還以為手會被他撕碎。

而下一秒間，這次換成腳部。

我左腳的腳踝。

咔嚓！一個東西被壓扁的聲音。

咬中我右手的時候也一樣，這條蛇只要咬中就可以壓扁人體嗎……這種咬合力就像怪物一樣。不對，沒什麼像或不像，他就是一個怪物，可是這也未免太——

然而，我還是從開在腳踝上的牙痕，估計出蛇切繩的頭部位置，硬是把手指塞進腳踝和蛇口之間，把他的嘴巴撬開——他的咬合力雖然誇張，但我利用那一絲縫隙，使勁把他從腳上拔開。我似乎連骨頭都被他咬傷，不過好像沒有傷到神經。我試著動了動左腳。

要是我可以就這樣抓著蛇嘴不知該有多好，然而此時卻傳來一陣濕淋淋的觸感（恐怕是蛇分岔的長舌頭，舔到了我），讓我反射性地放開了手。

「嘖！」

話雖如此，我憑空亂踢的右腳，感覺好像踢中了蛇切繩。我只有感覺到一股有如踢到橡膠球般的柔軟觸感，老實說，對方八成不會覺得痛吧。接著，我直接後滾翻，兩轉、三轉，和蛇切繩取出距離。

我前天才剛餵血給忍。

因此，我身體的恢復能力，應該比平常還要更上一層才對——然而，我被壓扁的右手和左腳踝，卻沒能輕鬆地恢復原狀。就連復原的跡象也看不見。疼痛也完全沒有消退……這是怎麼回事……蛇切繩該不會是毒蛇吧？

吸血鬼也很怕毒。像現在我這種程度的吸血鬼，就更不用說了。假如是全盛時期的忍，這點程度的傷應該不會覺得難受吧。

我用單腳，蹦蹦跳跳地站了起來。右手只能夠無力垂下……過度劇烈的疼痛，讓我無法將手舉起。

這幾個月的時間，和怪異、類怪異以及準怪異打鬥的經驗，我也不是沒有。以期間來看，我反而算是經驗豐富吧。可是……我是第一次和看不見的怪異對打。透明人在這個時代，是一個以笑話來說已經不通用的滑稽概念，我原本是這麼認為的；可是，沒想到看不見的敵人竟會如此地可怕……！

對方是蛇。

蛇好像有一種叫作頰窩器官的組織，能夠感受到紅外線，可以憑藉溫度來尋找獵物——這樣一來，視點上的高低差似乎不會為我帶來有利的局面。我看不見對方，但對方豈止是看得見我而已。

沙沙沙沙沙！

眼前傳來聲響。

貼地爬行的聲音，正在靠近我。

「…………喔、喔喔！」

現在就算我站得起來，左腳也已經失去了腳部應有的功能，移動效率跌到了谷底；然而大概是湊巧的吧，蛇切繩朝我上半身攻來，我似乎躲開了。

我隨即轉頭，預測他的落地點。

蛇切繩的落地點，

非常清楚可見。

「或……或許行得通。」

搞不好可行。

我為了確認自己的推測，擺好了架勢。

等待蛇切繩的第二次攻擊。我目不轉睛地，看著蛇切繩目前的位置，沒有移開視線。要了解對方在想什麼，就必須要看著對方的眼睛。我不知道自己應該看蛇眼還是頰窩器官，況且我也看不見蛇切繩——

他動了！

我向側面跳開，避開了他。

喀鏘！我的身旁傳來了一陣類似捕獸夾闔上的聲響——大概是蛇切繩的攻擊落空，嘴巴咬上的聲音吧。我寒毛直豎——要是被那種攻擊咬到頭部的話，就萬事皆休了。我肯定會被他撕碎吧。

不過……我看到勝機了。

地利是站在我這邊的。

地面是泥土地。

雜草橫生亂長。

而蛇類……是貼地爬行的生物。

就算這個生物是怪異也一樣。

就算我看不見蛇切繩，他的移動痕跡卻清楚可見。就像刻印在千石身上的鱗痕一樣。

泥土翻騰，塵埃飛揚。

雜草彷彿擋人去路似地，被一一撥開。

倘若是柏油路或水泥地的話，可就不會有這種狀況發生了。如果這次像戰場原和神原的時候一樣，在忍野居住的廢棄補習班舉行驅蛇儀式的話，現在已經完蛋了。不對，搞不好——

這或許是忍野布的局。

對，仔細想想，這個怪異能夠無視衣服的存在。本來他應該也可以無視泥土地和雜草才對。按理來說，我不會聽見沙沙沙的爬地聲，也不會聽到他闔上嘴巴的聲音。然而，蛇切繩在這裡卻無法忽視那些東西，是因為地點的關係。在這間神社內，蛇切繩只是肉眼看不見，卻是實際存在的。

因為他是怪異。

就跟我和神原一樣。

就像半惡作劇的詛咒會成功一樣。

氣袋的聚集地。

髒東西正聚集在這個地方。

忍野說過，只要讓那些髒東西站在我們這邊即可。既然如此，這肯定也是忍野的對應手段之一。這個驅除方法基本上還是要做一個結界，但是他沒有把地點選在廢棄補習班，就是為了預防萬一，以應付出乎意料的狀況。我能夠聽到聲音，觸碰到蛇切繩，或許是因為這個地區的加成也說不定。

忍野咩咩。

我痛感自己的無能為力。

不管是戰場原還是神原的事，到頭來，我全部都要依靠忍野——我自始至終，都太依賴他了。忍野不會一直待在這個城鎮啊。然而，我卻一有問題就——這次也一樣！

完全不懂得後悔的人是我才對吧。

我和忍野打交道，卻一點皮毛都沒學到。

什麼也預測不到。

「嗚……」

蛇切繩接下來的攻擊，我也勉強躲過了。

可是這樣下去……會沒完沒了。我集中意識，專注地去閃避的話，在神社內的那些髒東西的幫助下，我能夠從泥土和雜草的動向，做出某種程度的精準推測，但要我轉守為攻，可是相當困難。要攻擊的話，我實在只能靠憑空推測的方式。況且，在右手和左腳無法使用的狀況下，我要怎麼樣才能做出萬全的攻擊呢。

傷口完全沒有恢復。

疼痛也只有加重的感覺。

或許是心理作用，疼痛似乎逐漸擴展開來了。

真的有毒嗎？

神經毒、出血毒、溶血毒。

血清是必要的。

況且，我的攻擊對怪異有用嗎？就算是普通的蛇，也有殺也殺不死的強韌生命力。像我這種半吊子、有吸血鬼後遺症的人類，能夠對抗他嗎？我一把指甲掐入蛇切繩的肉裡，他就對我發動攻擊，從這一點來看，我的攻擊似乎不是完全沒有作用。但是，現在這樣下去，我充其量也只能東躲西逃吧？

該怎麼做才能消滅這個怪異呢？

不對。

追根究柢來說……這個怪異，我真的可以消滅他嗎？消滅他之後一切就會結束了嗎？消滅他比較簡單俐落——如果是忍野咩咩的話，會這麼說嗎？

鬼、貓、螃蟹、蝸牛、猿猴，還有——

蛇。

蛇也是一種神聖的生物——

「阿良良木學長！」

神原她——

神原駿河她，朝我這裡衝了過來。

馬力全開。

用她那超乎高中生水準的腳力，有如發動自殺攻擊般。

這怎麼可能，我明明叫她不要過來了——不對！

「…………嗚。」

對了……如果是神原的話！

如果是神原的左手，猴掌、猿猴之手的話——那股可怕的攻擊力，或許可以和蛇切繩抗衡！能夠空手打穿水泥牆的彈射拳，現在就寄宿在神原的左手上。就算蛇切繩是鋼筋鐵骨的身體，在神原的全力攻擊下也沒有屁用。

但是——問題在於神原和我不同，她沒有恢復能力。要是她左手的攻擊撲空，被蛇切繩反擊咬傷的話，一定會造成無法挽回和恢復的不可逆傷害。假設蛇切繩和我預測的一樣是毒蛇的話，就算我再怎麼樂觀推估，傷勢都會攸關生死。真是諷刺，有恢復力的我沒有攻擊力；而有攻擊力的神原卻沒有恢復力。另外，契合度的問題也必須列入考慮吧，對神原來說，這個地方很明顯和她八字不合。此刻，她應該也十分不舒服才對——

她到底想做什麼。

然而，

「阿良良木學長，原諒我！」

神原攻擊的對象是我。

不是蛇切繩，而是我。

她用那隻左手使勁抓住我的頸根，接著用她自豪的雙腳順勢一蹬，將我整個人撞飛。面對神原這一撞，單腳的我當然無法站穩，有如沙塵在風中飛舞般，輕易地就被她撞飛。神原的左手緊緊掐住我的頸部，我無法掙脫。她不放開，也不離開。我就這樣，騰空被撞飛了五公尺左右——

整個人砸落在地。

就算地面是雜草叢生的柔軟泥土地，

竄遍全身的強烈痛覺，讓我險些氣絕。

先前我們也開過類似的玩笑，神原真的用一隻左手就把我壓倒。只是……地點不是在床鋪上。

「妳、妳幹什麼，神原！」

我嚷嚷道，但神原不發一語，靈活運用四肢（不只用左手），整個人重疊在我身上，使出類似柔道中的縱四方固，牽制住了我的動作。右手和左腳負傷的我，根本無法做出像樣的抵抗——不。

就算我的身體狀況極佳。

就算她沒有猿猴之手。

神原要是真的想壓制住我，我根本不會是她的對手。我們一個是全國大賽的運動員；另一個則是沒參加社團的吊車尾。年齡和體格的差距，在這個狀況下根本不成問題。即便我再怎麼掙扎，也都動彈不得。她的身體緊貼在我身上，明明神原不是很重，我卻感覺快要被她壓扁了一樣。

「神原……妳——」

「不要掙扎！別太亢奮了！」

「什麼別太亢奮——」

「太亢奮的話蛇毒會發作的！阿良良木學長——」

神原在極近距離下——彷彿快和我緊貼在一起般，當著我的面扯開喉嚨對我大吼。

「蛇雖然是一種很暴躁的生物，可是卻很膽小。只要人類不去攻擊他，他就不會主動攻擊！不可以刺激他！我們乖乖待在這裡不要理他，蛇就會自己走掉的！」

「…………嗚！」

這是蛇的性質。

就算他是怪異，這點也不會改變。

如同纏附和頰窩器官一樣。

所以——

神原說得沒錯。

這種事情，我也知道。

只要我不去理會，蛇切繩就會離開這裡。

我已經把他從千石身上扒下來了。

所以——蛇要回去了。

「……可、可是神原！那樣的話——」

那只會讓他回去。

不是返回自然界。

而是——反彈。

咒術反彈。

害人害己。

詛咒別人，除了要替對方挖墳墓外，也要挖好自己的。

就像被蛇牙咬穿一樣……兩個坑洞。

「阿良良木學長！拜託你——」

神原用悲痛的聲音說。

宛如在向我傾訴一般。

「——該幫的人是誰，請學長不要搞錯了。」

沙沙沙沙！

沙沙沙沙！

沙沙沙沙！

周圍傳來聲響。

是蛇切繩貼地爬行的聲音。從這個角度，看不見飛舞的塵土，也看不見左右倒開的雜草——但是，我知道那個聲音，伴隨著一定的速度正在遠離我們。蛇切繩正打算爬離這裡。或許是因為我被神原的左手推飛了五公尺之遠，所以他找不到我的蹤影。也有可能是因為，蛇切繩打從一開始就沒把我放在眼裡。

蛇要回去了。

回到施咒者身邊。

為了將詛咒……帶回去給對方。

「……………」

我感覺到全身逐漸虛脫無力。已經，來不及了。就算上前追趕，我也沒辦法追上看不見的蛇。因為他離開這間神社之後，就會變得無聲無息。況且，有一個先決問題，我根本無法憑己力解開神原的壓制。

就算可以掙脫她……我也沒辦法那麼做。

「阿良良木學長……」

神原大概是發現到我全身虛脫無力，一臉擔心地出聲叫我。

「抱歉。」

我對神原道歉。

我腦中只想得到這句話。

「抱歉，讓妳扮黑臉了。」

「請不要向我道歉……我會很難受。」

「嗯……抱歉。」

「阿良良木學長。」

「抱歉……神原……真的很抱歉……」

我只有……抱歉兩個字。

總覺得我在緊要關頭，都一直在向神原道歉。真的很對不起。逼妳接下這種擔子……我是一個沒出息的學長，真的……很抱歉。

神原的判斷實際上是正確的。我只能點頭承認。因為就算繼續和蛇切繩對峙，我也沒有絲毫的可能性能夠打倒他。類怪異的我，無法對抗真正的怪異。剛才我為了迴避蛇的咬擊而激烈運動，使得毒性提早在體內擴散，剛才就算我倒地不起也不奇怪吧。

我單純只是因為無法死心而已。

就像一個在耍任性的小孩。

正因如此，我才深有痛感。

右手和左腳的疼痛，

和那個痛感比起來，簡直是雞毛蒜皮。

我很單薄。

我很脆弱。

我真的是一個軟弱無力的人。

「曆哥哥……」

蛇離開了——

千石似乎恢復了意識，踏著搖搖晃晃的步伐，走進我和神原的身邊。怪異消失後的現在，那個結界已經沒有任何的意義——千石穿著學校泳裝的肌膚上，剛才陷入體內的鱗痕，已經消失殆盡。

不是一半。

而是全部都消失了。

恢復成白皙、細緻的美麗肌膚。

她已經不再痛苦。

她已經不再疼痛。

她已經不需要再哭泣——

「曆哥哥。謝謝你救了我。」

不要這麼說。

千石。

拜託，請妳不要說謝謝這種……讓我不堪入耳的話語。我沒資格接受妳的道歉。因為我，甚至連對妳下咒的人，都想要去幫助他。

007

以下是後日談……應該說是本次故事的收尾。

隔天，我一如往常被兩個妹妹：火憐和月火挖醒後，準備要去上學。六月十三號，禮拜二，平常日。我的右手和左腳，似乎已經恢復到可以過日常生活的程度。在那之後，我狼狽地在神原和千石的左右攙扶下，走到廢棄補習班，請忍吸一點血提高了我的恢復力。就算家裡再怎麼放任主義，我也不能帶著被扁掉的手腳回家。忍看到狼狽的我，還是老樣子沒有對我說半句話。她可能覺得很驚訝，又或許她沒有任何的想法吧。不管答案是什麼，能夠意外地多喝到我的血，對忍來說應該不算吃虧，因此她反而很高興吧。隨後出於禮貌，我把事情的原委簡單地向忍野報告了一下，然而他也沒多說什麼。他也一樣，可能覺得很驚訝，又或許沒有任何想法吧。

之後，眾人在廢棄補習班的一間教室內，待在早上。千石騙爸媽說要住在朋友家裡，所以她必須找個地方待到早上才行。由於沒有其他適合的地方，所以我們就直接睡在補習班廢墟裡。剛開始就像校外教學的夜晚一樣，大家都很興奮，不過最後很快就睡著了，其實大家都累了吧。

冬天過去後，春天就會到來。

黑夜過去後，白晝就會降臨。

我和神原兩人把千石送回家，約好擇日再見後就道別了。我和神原商量了一下戰場原生日派對的計畫後，也在十字路口和她告別。接著我終於回到家，躺在床鋪上打算睡回籠覺時，就被兩個妹妹挖了起來。「妳記得千石嗎？」當下我不經意地問月火說。

她說記得。

是小千對吧。

聽她這麼一說我才想到——沒錯，那時候我是用小千稱呼千石，就跟她用曆哥哥稱呼我一樣。

話雖如此，現在——

我還是沒辦法，那樣稱呼她。

換上制服的同時，我動腦思考——

蛇切繩有兩條的理由。

兩條蛇……纏附在千石身上的理由。

無端怨恨千石的人，是她的一位女性友人——因為那個朋友喜歡的男生，向千石告白結果被拒絕，所以她懷恨在心。因此，她才會從校內流行的超自然咒術中，選了一個最惡毒來下咒。她只是想發洩，壓根都沒想過那個咒術會成功吧。

但是，光看這件事情，我應該能夠事先預料到，還有一個人會憎恨千石吧。對，就是那個被千石拒絕的男生。就跟那個女性友人一樣，我連那個男性的名字都不曉得——但是，就算他會反過來怨恨千石，也不奇怪吧。以心理上來說，那可以說是很理所當然的。單純的感情糾紛。愛來愛去事情。使用校內流行的咒術，不見得是女生的專利。有些人不會老老實實地，專程把自己下咒的事情告訴對方。也有人是真的想要……詛咒對方。

害人害己。

這些全都是我獨斷的推測。畢竟我沒有確切的證據，就算我的推測正確，我也不知道那條蛇切繩會去找女生還是男生，以及咒術反彈之後會造成什麼後果。

千石也沒必要知道。

這種事情再怎麼思考，都是畫蛇添足吧。

第五話　翼・魅貓

HANEKAWA TSUBASA

001

羽川翼對我來說，是一個非常重要的人。是一個任何人都無可取代、無可替換的人物。她對我有恩，不，豈止是有恩，而是有大恩才對。我想不管我為她做了什麼，恐怕都無法將她的恩情一筆勾銷吧。我在春假時，身體和心靈曾經體驗過一段深不見底的人間煉獄，那時她對我伸出的援手，我看起來就等於女神的救贖之手一樣，這種說法一點都不誇張。即便是現在，我光是回想起兩個月前的那段體驗，就會有一股炙熱感泉湧上心頭。救命之恩這種話，仔細想想實在很虛假，可是我覺得在春假的那段時間，確確實實就是羽川翼拯救了我。唯獨這份心情，是無可動搖的吧。所以……所以我在結束了地獄般的春假升上三年級，和她編到同一班時，說實話我真的覺得高興，暗爽在心裡。之前戰場原曾說我單戀羽川，不過我想和單戀對象同班的人，或許就跟我當時的心情一樣吧。隨後，因為一點小小的誤會，擔任班長的她硬是要我擔任副班長，而我之所以沒什麼反抗就接下那個職位，也正是因為羽川對我來說是一個非常重要的人。

羽川翼。

擁有一對異形翅膀的少女。

不過，其實我在二年級的春假前，就對羽川翼的大名有所聞了——老實說，當我一年級的時候，甚至還偷偷跑到她當時所屬的班級去，只為了一睹那位人稱私立直江津高中創校以來最優秀的才女一面。那時她就已經綁著麻花辮，修齊瀏海，還戴著眼鏡，從外觀看起來就是一副優等生的模樣。一眼就可以斷定她是一位認真的學生。看起來頭腦很聰明的人絕對不在少數，但我在那時候卻是初次看見，能夠讓我如此篤定的人。她的四周還散發出一種莊嚴的氣息，讓人無法輕易向她搭話，當時她就是這樣的一年級生。我確實感覺到一種與其說是難以接近，倒不如說是連遠觀都不被允許的隔絕感。相當勉強才進到直江津高中就讀的我，當時就已經開始明白到自己的程度，但我是在什麼時候才清楚感受到自己的程度不如呢，或許，就是看到羽川翼的那個瞬間吧。她從來沒有把學年第一的寶座讓給別人，豈止如此，就算從小學時代開始算起，羽川翼在成績方面也從未落於人後，我實在無法想像自己和她同樣都身為人類。

但話雖如此，要是你問羽川翼是一個趾高氣揚的學生嗎，我可以告訴你完全沒那回事。這點各位千萬不要誤會了，相反地，我出生至今不曾看過比她還要更善良的人了。我在春假以前一直誤會羽川翼的為人，不過實際和她近距離談話過後，我才發現她對任何人都非常地公平，我甚至覺得她應該要對自己的能力和才能，更有自覺一點才是。就讀私立直江津高中的那些所謂的「優等生」們，都是一些覺得聰明的腦袋就是為了和別人比較才存在的東西；然而，羽川翼卻不是那種人。我看到羽川時所感受到的那股隔絕感，她本人似乎完全沒有自覺。她為人公平，且光明正大。是班長中的班長，被神選上的班長——校方對她的評價很好，而且在班上也很有人望。她除了個性認真之外，還很喜歡照顧別人。正因為愛照顧人過了頭，她才會讓我擔任副班長，擇善固執——對她，我只想得到這個缺點而已。和她以班長副班長的身分一起共事，常會讓我感到很鬱悶，但更多時候，我多會為她的人格特質感到折服。

我這麼說或許會有語病，但是我在黃金週時知道了她的家庭背景後，我一想到那個背景，我就會覺得她的完美讓我難以置信。黃金週——四月二十九號到五月七號的禮拜天，為期九天。對我來說春假如果是地獄；那對羽川翼來說，黃金週的九天就像是一場惡夢，是一個已經遺忘的記憶。從夢境大多都會被遺忘這點來看，那段時間真的應該稱之為惡夢吧。

在那九天。

她被貓魅惑了。

就如同我被鬼襲擊了一樣，她被貓魅惑了。每個怪異的出現，都有一個適當的理由——而她的情況，家庭失和與扭曲的問題，正是其理由。對，如果要說我誤解的話，這才是一個天大的誤解。善人就是幸福的人；惡人就是不幸的人——至今我可能都是用這種單純的二元論，在看這個世界的吧。有人正是因為不幸，不得已才會變成善人……就連這點程度的小事，我都想像不到。

然而，

羽川翼卻對我伸出了援手。

春假那段時間，她明明沒有餘力來幫助我——但是，她還是把我從那個無底深淵的人間煉獄給救了出來。

這一點我絕不會忘記。

無論未來發生了什麼事情。

002

「啊……曆哥哥。撫子在等你呢。」

「……………」

她似乎久候多時了。

時間是，對我來說應該是值得紀念的六月十三號禮拜二的放學後，今天為了準備本週末即將到來、高中生活最後的文化祭，我將放學後能夠在校逗留的時間利用到極限後，傍晚六點半過後我走出校門。地點是私立直江津高中的正門口。在那裡，對我來說是妹妹的舊友——千石撫子宛如閒得發慌似地，正在等我。我、學妹神原駿河和她三個人，在今天清晨為止，才剛度過了一段與怪異有關的時間。

千石身上穿著制服。

讓我很懷念的國中制服。

在這附近相當少見的，連身制服裙。

制服的腰際上束著皮帶——而千石則在皮帶上頭，又繫了一個腰包。這麼說來，因為一些緣故可說是理所當然的吧，這是我第一次看見千石穿制服的樣子。整體看起來很稚嫩的千石，連身制服裙十分適合她。

她沒戴帽子。

不過，她的臉卻被長長的瀏海蓋住，讓人無法窺見。看來這孩子，好像原本就是這種髮型……不管是將帽子深戴，還是讓瀏海垂下，總之和他人四目相接或是讓別人瞧見雙眼，似乎都會讓千石覺得十分害羞。她是一個古今罕見的怕生少女。

「呦……呦喔！」

千石這樣突如其來地現身，完全出乎我的意料，因此我的招呼聲變得有些不自然。由於她是站在正門的後方，我感覺好像被一個躲在轉角處的人突然「哇！」一聲嚇了一跳似的。當然她應該沒有這個打算吧。

「妳在這邊做什麼啊？」

「啊，嗯……曆哥哥。」

千石雙眼微微低伏，開口說。

不管她有沒有低伏，在她瀏海的遮掩下，我根本看不見她的眼睛。

瀏海後方的眼睛，看得見我的身影嗎？

嗯——可是，在自己就讀的高中前面，被人用「曆哥哥」這樣稱呼，實在讓我有點難為情啊……可是，要是我現在對她說「不要那樣叫我」的話，可能會傷害到有如剛出生的小鹿般纖細的千石……

剛才我看到千石嚇了一跳；但相對地，千石看到我卻很明顯地鬆了一口氣。這很正常吧，國中二年級生光是要來高中找人，就已經需要相當的覺悟，可是千石的膽怯似乎超出了必要的程度。所以稱呼的事情我不用多加追究吧……幸好，已經是這個時間了。同樣是準備文化祭，但是我卻是成員當中比較晚離開的，因此認識的人要經過這裡的可能性非常低。要是有個萬一，今後我的外號肯定會變成「曆哥哥」，但是眼前這個風險很低吧。

「那、那個……」

千石說完沉默不語。

我知道千石不是一個能言善辯的人，所以我對這段沉默必須要忍耐。要是我忍受不住，主動說話想打破沉默的話，反而會讓千石更加默不作聲吧。我這樣比喻可能有點奇怪，不過感覺我好像是在面對兔子或哈姆太郎這類膽小動物一樣啊……

嗯——

真想疼愛她一番。

「撫子想要……再一次向你道謝。」

終於，千石開口說。

「因為撫子受到……曆哥哥的照顧了。」

「啊，原來是這樣啊……所以妳才會一直在這邊，等不知道什麼時候才會出來的我嗎？妳什麼時候來的啊。如果妳是學校的課結束，馬上來這裡的話——」

「啊，不是的。今天撫子向學校請假了。」

「咦？」

啊，是嗎？

她穿著制服不見得是剛放學要回家。

「那，原來妳在那之後沒去上學嗎？」

「嗯……因為撫子好睏。」

「…………」

光是聽到這句話，就會覺得她像南島大王的小孩一樣奔放啊（註18）……唉呀，就算她有稍微睡了一下，不過是在那種環境糟糕的廢棄補習班以寶特瓶為枕，和多數人睡大通鋪，個性本來就十分細膩的千石，會睡不好也很正常。連我都睡不太好，回到家想要睡回籠覺了……在那種環境下還能熟睡的神原，實在太怪咖了。所以千石在那之後，和我一樣回到家又繼續睡覺——和我不同的是她爬不起來——接著，看準我放學的時間，才來正門等我的嗎。今天是平常日，她穿制服為了防範輔導人員吧。

「啊——不過，妳選的時間實在太差了。我沒跟妳說過嗎，這個週末我們高中要舉辦文化祭，現在正準備得如火如荼呢。所以我才會弄到這麼晚才回家。抱歉啦，那個，我該不會讓妳等了兩個小時以上吧？」

「沒、沒有。」

千石搖頭說。

奇怪，平常我是三點半放學，所以算一算她應該是四點左右開始等我的才對……是不是因為我太慢，所以她中途有去別的地方呢？

「撫子是從兩點左右開始等的，所以等了四個小時以上……」

「妳腦殘啊！」

我使盡全力怒吼說。

在正門口站了四個小時以上……她還穿著制服，反而會被當成可疑人物吧。高中生

18　南島大王：1964年NHK的節目曾播放過一首名為：《南島大王哈梅哈梅哈》的歌曲，其中有一段唱到大王的小孩「只要颱風上學就會遲到，只要下雨就會向學校請假」。

不可能兩點就放學。而且，學校花大筆經費雇用的警衛，到底是在幹什麼吃的啊。難道他們看到可愛的國中生就變得慈眉善目了嗎？

「抱……抱歉撫子腦殘。」

她道歉了。

我還是第一次聽到這種道歉的理由……

「可是……撫子想要跟曆哥哥道謝……想得不得了……所以坐立難安……」

「妳真是有禮貌啊……」

妳真讓我傷腦筋啊——我是很想這麼說啦。

道謝嗎。

「既然這樣，妳應該跟神原道謝吧。神原剛才有經過這裡吧？妳沒遇到她嗎？我和妳好歹也算舊識，不過神原和妳幾乎是陌生人，卻為了妳費盡苦心做了很多事情。那種人可是打著燈籠都找不到的喔。」

在許多層面上。

我不能多說，不過在千石的事情方面，我的確看到神原做了許多無私的奉獻。這是絕無虛假的事實。

「嗯……撫子也是這麼想。」千石戰戰兢兢地說。「因為曆哥哥和神原姊姊犧牲了自己的生命，拯救了撫子——」

「沒有沒有沒有沒有沒有！我們幫妳沒有到犧牲生命的地步！我現在不是還活得好好的嗎！」

「啊……對喔。」

「不要在氣氛的影響下隨便亂說啊……嚇死人了。」

「嗯……所以，撫子也想要和神原姊姊再次道謝，可是……」

「嗯？搞什麼啊，神原她還沒有離開學校嗎？嗯——我以為我們班是最後了說……唉呀，因為能夠最熱中於文化祭的，就是二年級嘛。一年級的搞不清楚狀況，三年級的又要準備考試。那傢伙也是，不管她喜不喜歡，都會變成班上的核心人物……」

「不、不是的。神原姊姊三十分鐘前左右有經過這裡。」

「啊，是嗎。那，妳那時候沒找她說話嗎？因為她和朋友之類的人在一起……那傢伙看起來應該朋友很多吧。」

「不是……她是單獨一個人……」

千石露出了複雜的表情。

「神原姊姊在撫子開口叫她之前，就用快到讓人看不見的速度跑走了……」

「………………」

她大概有急事吧……

我想八成是要趕回去，把昨天剛買還沒看完那堆ＢＬ小說，一口氣看完之類的美妙至極的急事吧。向認識的人搭話似乎都會猶豫的千石，根本沒辦法站在奔跑的神原面前，擋住她的去路。

「撫子還以為會被她輾過去……」

「我懂妳的心情……我真的非常了解。我也不會想要和奔跑中的神原搭話。」

「嗯……就跟達急動一樣。」

「為什麼妳要專程用仙魔大戰裡頭的主角•大和王子的必殺技來做比喻啊。這樣反而很難懂，而且我要吐個嘈都必須說明到這種地步才行！」

「嗯……撫子沒想到曆哥哥也知道。」

她是真的很意外。

唉呀呀！看來她似乎錯估了我身為吐槽角色的功力了──當然，現在不是我該得意的場合。

「可是，現在的國中女生也知道仙魔大戰嗎（註19）？現在那個巧克力有出新包裝，所以會知道角色的名字也就算了，妳居然連必殺技的名稱都……」

「我是在DVD上看到的。」

「啊，是嗎……這個世界還真是方便啊。可是，達急動實在太難懂了。妳好歹也用縮地法吧（註20）。」

「縮地法就是……那個，應該是一種把近物畫大、遠物畫小的一種繪圖技巧吧？」

「妳那個是遠近法！」

「是嗎……可是還滿像的耶。」

「一點都不像！不要把武術最巔峰的奧義，拿來和繪圖的基本功相提並論！」

19　仙魔大戰，原本是日本點心大廠LOTTE隨巧克力附贈的系列貼紙，最後因為人氣太旺還推出了漫畫、卡通和遊戲。

20　縮地法和達急動一樣，是一種瞬間移動的技法。

我大吼完後，千石轉一圈背對我，身體開始顫抖。我慌了一下，以為是自己吐槽過猛害她哭了；結果不是，千石似乎在拚命忍笑的樣子。她看起來快喘不過氣來了。

對了，這傢伙很愛笑。

不過，她自己把自己逗笑了也滿奇怪的。

「曆哥哥……還是一樣很有趣。」千石說。

……我從小學的時候開始，就是擔任這種角色嗎……？雖然我記不太清楚了。

真讓人有點沮喪啊……

不過這傢伙，千石撫子也能說出這種有趣的話嘛。雖然不到讓我吐槽火力全開的地步，但也挺不錯的。大概是因為她昨天正在為怪異的事情煩惱……所以才沒心情說笑吧。這樣一來，我真想試試看，這位內向的少女能夠讓我的吐槽技能發揮到什麼樣的地步。

「神原姊姊用那種速度跑步，鞋子不知道撐不撐得住……不過在奔跑的她，實在好酷啊。」

「別愛上她啊。我這麼說可不是打算收回前言，不過她還挺難搞的。唉呀，她的確是時下罕見的酷妹啦……總之千石，下次我會幫妳安排一個時間，讓妳能夠好好跟她說聲謝謝，到時候妳再——」

「嗯、嗯。沒錯。」千石說。「撫子還有其他的事情要找神原姊姊。」

「是嗎？」

「嗯。」

「嗯——」

我沒有想到千石除了道謝外，還有事情要找神原，不過仔細想想，她們兩人相處的時間也不算少吧。該不會是那個時候有約好要做什麼吧。

「既然這樣，那我可以幫妳轉達喔？因為我也一樣要跟神原說聲謝謝才行。」

因為千石的事情——蛇切繩的事情。

要是沒有神原的幫忙——我懷疑自己現在是否還能站在這裡說話。如果為了同一件事情一直向對方道謝的話，對方應該也會覺得很煩吧；不過過一段時間，等我們的心情平靜些後，我再向她表示一下感謝的心情，應該能被允許吧。

「可是……這樣對曆哥哥很不好意思。」

「妳別這麼說。又不是什麼大事，包在我身上吧。」

「這樣嗎……那就拜託曆哥哥吧。」

千石從手上提的書包裡頭，拿出了兩件折得小小的衣服。

是燈籠褲和學校泳裝。

「…………」

我不是沒想到，而是壓根忘了有這麼一回事……

「撫子已經洗乾淨了，想說如果遇到神原姊姊要還給她的……不過，曆哥哥如果可以幫撫子還的話，那就麻煩你了。撫子覺得還是早點還給她比較好。」

「是啊……」

這個門檻好高……

這是哪種人性的考驗啊。

一個男人在自己就讀的高中前，從國中女生那邊接下了燈籠褲和學校泳裝……這要是讓認識的人看到的話，我的外號保證直接從「曆哥哥」三級跳變成「變態」……！

可是，這個狀況下我無法拒絕！

假如這是有人故意要挖洞給我跳的話，也實在太過巧妙了……！神啊，祢到底想要我做什麼！

「那、那我……確實收下了。」

這種東西我應該不會再有機會收到吧，我一邊心想，一邊從千石手中接過那兩件衣服。不知為何，千石在遞給我的時候，瞬間猶豫了一下（她大概是在猶豫該不該交給我吧），但最後她還是放開了手。

嗯——

不過，總覺得這個發展有點奇怪。

今天應該是……值得紀念的日子才對啊。

我們的談話突然中斷後，千石就臉頰泛紅，低下了頭來。她從蛇的怪異手中得到了解放後，全身散發出的那股陰鬱感似乎稍微變淡了些，不過她那與生俱來的文靜，卻沒有因此而改變。

我不經意地——

伸手試著觸摸千石的瀏海。

「……喔？」

結果撲空了。

我的手畫過了半空中。因為千石快速橫移了低伏的臉龐，躲開了我的手。我又更不經意地，伸手想要追尋她的瀏海，但這次千石往後一退，避開了我的追擊。

「……怎、怎麼了嗎？」

「這個嘛……」

沒必要這麼反感吧……

一個從千石平常溫順的個性，無法聯想到的敏捷動作。聽說瀏海遮住眼睛會讓視力變差，但對千石來說似乎完全沒有影響。

「……嗯——」

我做了一個嘗試。

飛快地放下另一隻手，輕抓住千石連身制服裙的裙襬。也沒為什麼，因為千石不讓別人摸瀏海的迴避動作，感覺就好像討厭被人掀裙子的小學女生一樣，所以我才想做個小實驗，看看這樣她會有何反應。

然而，千石對我的手卻沒有做出任何反應。只是一副不可思議的表情愣在原地，歪頭不解。

昨天我也有想過……

這個小妞，以國中生來說太過純情了……

她不知道自己該保護好哪裡。

我馬上鬆開抓著制服的手。

「總覺得跟妳聊天，我身為男人的器量好像會受到考驗一樣啊……」

「嗯？……因為撫子不愛說話的關係？」

「不是那個原因啦……」

不愛說話，嗎……

嗯……這麼說的話。

「對了，千石。我有件事情想問妳，可以嗎？」

「誒……什麼事情？」

「也沒什麼啦……就是忍的事情。」

「忍？」

「就是那個在廢棄補習班裡頭，長得很可愛的金髮小女孩。我好像還沒告訴妳她的名字。沒差啦。總之，我不在的時候，她有跟妳聊天嗎？」

「………？」

千石似乎摸不透問題的意思，一臉訝異的表情。

「沒有。」

但她還是暫且否定說。

這樣啊。

這也很正常啦……不過，我以為兩個同樣是沉默寡言的人，或許會有一些共通的地方；但仔細想想，原本能言善道的忍，和一直都很沉默寡言的千石，不可能會有共通點吧……

忍野忍。

一頭金髮加上防風眼鏡帽。

現在和我的恩人忍野咩咩兩人，同住在那間舊補習班，是一個美少女——從「住」這個表現方式來看，他們倆的生活似乎稍微劍拔弩張了些。

「那個女孩……是吸血鬼對吧。」

千石說。

這一點，我在治療驅蛇所受的傷時就瞞不住了，所以昨晚在以寶特瓶為枕就寢前，我就已經向千石坦白了。神原左手的事情也稍微對她透露了一些，因此有關怪異的事情，已經沒必要對千石有所顧慮。

除了——

八九寺，還有羽川的事情以外。

「是啊……現在與其說是吸血鬼，不如說感覺比較像『類吸血鬼』啦。」

就如同與其說我是人類，倒不如說我是「類人」比較貼切一樣。

她也是一樣。

「那，就是因為她害的，曆哥哥才會——」

「不是她害的喔。是我自作自受。而且……要怪異負責本來是不正確的。他們單純只是理所當然地在那裡而已。」

每個怪異的出現，都有一個適當的理由。

僅只如此罷了。

「嗯……也、也對。」千石佩服似地點頭說。

看來她正在把我說的話，和自己的事情做對照吧。不過忍野有說過，千石的案例和我至今經歷過的事情，狀況似乎大相逕庭，因此不能一概而論……

「唉呀，妳和我跟神原不一樣，已經完全從怪異手中解脫了，所以不要去想一些有的沒有的事情。只要回歸原本普通的生活就好。」

因為妳……能夠回得去。

所以妳必須要回去才行。

「嗯……這麼說是沒錯，可是知道了那種事情……知道有那種東西的存在，要撫子回到和以前一樣的生活，實在沒辦法。」

「…………」

這一點……任何人都做不到吧。

不是因為千石特別懦弱的關係。基本上，能夠在這個常識規則不通用的範圍內奮鬥的人，本來就不多。從這點來看，她乾脆和我跟神原一樣，踏出一步或許會比較好過一點。

「總之，妳不要再和那種愚蠢的詛咒扯上關係啦——我能說的只有這樣而已。」

「嗯……」

「忍野那傢伙好像有說過，曾經遇過怪異的人，以後就很容易被那些東西吸引；不過那也要看本人自己小不小心了。而且要是妳主動去避開，就能夠保持平衡。唉呀，要是有什麼事情，妳再來找我吧。我有告訴妳我的手機號碼嗎？」

「啊……還沒有。」

因為撫子沒有手機。

千石說。

對喔。

「不過，妳還是可以打電話吧。寫下來吧。」

「嗯……」

千石看起來很害羞。

是我的心理作用嗎，她看起來也很高興的樣子。大概是因為知道對方手機號碼這個行為，讓她覺得自己像一個大人之類的緣故吧……畢竟國中二年級是一個想要逞強的年紀。我朋友也不是很多啦，告訴別人手機號碼時還是會有一點緊張。這點我無法否認，所以我也沒資格說千石。

千石將我的號碼寫在一本別致的筆記本上後，很寶貝似地把它收進腰包內。制服配上腰包實在不太相襯，不過在山上巧遇時她也戴著腰包，看來千石似乎很喜歡它的樣子。

「那——撫子也告訴曆哥哥家裡的電話。」

「謝嚕。」

「曆哥哥也是，如果有傷腦筋的事情，要打電話給撫子喔。」

「嗯——會有那種時候嗎？」

「曆哥哥。」

「啊，好好。我知道了。」

「好說一次就可以了，曆哥哥。」

「是喔。不過，妳真的有困難的話，去找忍野應該比找我還要有效率吧……不過呢，要一個國中女生自己去找那種不太乾淨的大叔，也不太合常理吧。」

因為那個性格惡劣的男人，唯獨在處理千石的事情時特別好說話，這點還是讓我頗為在意。我想應該不至於啦，不過一想到萬一有那種可能，我就不想讓千石一個人去那棟廢棄大樓。

忍野咩咩，有蘿莉控嫌疑……

「沒、沒那種……事情。」

「嗯。唉呀，就算不是那樣，之前有一次他也叮嚀過我。我們不能一有什麼事情就跑去依賴他——要是一直靠哆啦A夢的法寶，會變得像大雄那樣喔。」

「說的……也對。」

千石頷首。

「老實說，忍野先生給我的那個護身符，真的就像哆啦A夢的法寶一樣……嗯，感覺就像天才頭盔和技術手套一樣。」

「為啥妳要專程拿那種，只有在哆啦A夢大長篇裡頭出現過的次要道具來比喻啊！要比喻就用竹蜻蜓或者是任意門之類的來比喻啦！」

「曆哥哥真厲害，每次都吐中撫子希望你吐槽的地方。」

千石佩服地說。

她的眼中，寄宿著尊敬之光。

因為這種事情被她尊敬，實在是……

「對了，曆哥哥。」

「幹麼？」

「大家常說胖虎在電影版中，人性面成長了許多，變成了一個性格很好的角色，可是你不覺得這一點應該是在說大雄才對嗎？」

「為什麼突然說這種莫名其妙的話題！」

「咦……可是，撫子不覺得很莫名其妙啊。」

「的確是有承接上文，不過只是表面上連貫到而已！話題的方向根本完全脫軌了！現在沒理由在這邊談論哆啦A夢大長篇怎麼樣吧！」

不過也對啦，電影版中大雄的成長，的確是胖虎比不上的！

「只有小夫。不管過了多久，不管在什麼情況下，都一直在原地踏步。」

「唉呀！他的角色定位是孩子王的手下，不管是要成長還是墮落都很難處理吧……喂！為什麼又會說這些東西啊！」

我說完，千石閉口不語。

這次她看起來像顆洩了氣的皮球，而不是在憋笑。糟糕，我說的稍微過頭了嗎……寡言的千石可能是為了我著想，不想讓對話中斷才會和我聊這些的，然而我卻對她那樣大吼（雖然那是吐槽），這樣我可能太過孩子氣了吧。

「對不起。」

最後，千石向我道歉。

嗚，這讓我很過意不去。

「不是，妳沒必要道歉吧……」

「撫子想試看看曆哥哥可以吐槽到什麼地步，一不小心就……」

「如果是那種原因的話，等妳多測驗個幾次後，再開口道歉吧！」

原來妳在考驗我嗎！

我的吐槽功力雖然無遠弗屆，但是忍耐可是有限度的。

這位內向的少女，也滿有趣的嘛。

「我在說『對了，曆哥哥』的時候，原本不是想要說哆啦A夢的事情的。」

「是嗎……妳還滿會即興表演的嘛。那麼，我們從那邊再重新來過吧。」

「好。對了，曆哥哥。」

「幹麼。」

「那個，有關於小忍的事情。」

看來千石似乎不知道，連續在同一個地方裝傻是被吐槽者的基本功，她沒有繼續聊哆啦A夢的話題，真的直接把對話拉回正題。

嗯——總覺得有點不過癮啊。

這邊如果是八九寺，她不只會重複裝傻，還會做出一個漂亮的反擊吧。

千石的性能極限，只到此而已嗎？

「忍怎麼了？妳們沒有說過話吧？」

「嗯……可是，」千石說。「她……一直瞪著撫子看。」

「……嗯？啊，沒有啦，那傢伙不管什麼時候，都嘛是那種眼神。狂瞪人啊。她不管是對我、忍野還是神原都一樣。不是特別針對妳的。」

忍雖然是小孩但終究是一個吸血鬼，被她死盯著看，對懦弱的千石來說有些難受嗎。啊，畢竟那種像《四谷怪談》裡的阿岩一樣充滿怨恨的眼神，就連和忍野關係最密切的我，有時候都會覺得膽戰心驚呢……更別說是千石撫子了。

但是，

「不是那樣的。」千石說。「她看每個人都是用瞪的沒錯……可是在看曆哥哥和忍野先生的時候，眼神跟看撫子和神原姊姊的時候不一樣——這是我的感覺啦。」

「……嗯？」

這是什麼意思。

實在讓我摸不著邊。

「妳是想說，她看男生和看女生的時候眼神不一樣嗎？」

「嗯……沒錯。」

「嗯——」

「撫子……對別人的視線很敏感，所以感覺得出來……總覺得她好像很討厭撫子和神原姊姊。」

「討厭妳們……這就奇怪了。」

說是古怪，可能比較貼切。

這可以說是完全不可能。

現在她的外形雖然是可愛的小女孩，不過那傢伙的本性是一個徹頭徹尾的怪異，實實在在的吸血鬼——基本上，她對人類不感興趣。不管是千石或神原，還是忍野和我，在她眼中應該都是一樣的才對。會去分男女這點，本身就很奇怪。

更別提是喜歡或討厭了。

……不對。

或許，在她眼中只有我比較例外吧。

「不過，既然千石妳這麼說的話，那就應該沒錯吧……如果是這樣的話，那又是為什麼呢。下次我問忍野看看吧。」

「問忍野先生嗎……曆哥哥不直接問小忍嗎……？」

「她以前是很伶牙俐齒沒錯啦。」

我苦笑說。

老實說，我現在也只有苦笑的份。

「現在她把自己的心封閉得死死的。我已經有兩個月以上，沒聽過她的聲音了。她一直沉默不語。」

從春假開始——兩個月以上。

她沒開口說過半句話。

我想她對忍野也是一樣吧。這點我沒去問忍野，因為問了也沒什麼意義。

沒辦法。

那是沒辦法的事情。

「這樣啊……」

「我覺得她很厲害呢。明明有很多東西想要說，卻全都忍下來了。特別是對我，她應該一堆說也說不完的話才對——」

例如怨言。

憎恨的話語……等。

明明有一堆東西想說，卻沒有將它們化成言語。

不，或許她只是沒說出口而已；可是，就連那份沒有化為言語的心情，她也未曾對我發洩過。

「……這應該是相反過來吧？」

這時，千石露出不可思議的表情說。

「因為，曆哥哥才是被害者——」

「我是加害者才對。」我打斷千石的話說。「忍的那件事，我真的是一個加害者——千石，妳是一個被害者，同時也是一個加害者啊。唉呀，關於那方面的事情，我不想多提啦——不過，至少關於忍的事情方面，請妳不要責怪她。」

「啊，好……」

千石雖然點頭，但似乎還是有些不滿。站在千石的角度來看，她會不清楚我和忍的關係也是很正常的。因為就連我自己都搞不太清楚。

我唯一明白的只有一點。

我必須為了忍而貢獻一生——因為這是我身為一個加害者，可以對忍做的唯一補償。

所以……那是沒辦法的事情。

但是，我還是有想過。

不由得地去思考。

思考我能否再次聽見，那位吸血鬼美麗的聲音呢？

「唉呀。」

為了打破開始變得有點沉悶的氣氛，我勉強自己用開朗的語氣，對千石說：

「千石以後不要再見到忍或忍野，或許才是最好的吧。既然知道了怪異的存在，要像以前那樣過生活的確有點難啦，不過就是因為妳知道了，才有辦法去迴避吧。」

「啊，嗯……可是忍野先生那邊，我也要去跟他說聲謝謝才行……」

「嗯——那傢伙似乎不太擅長接受別人道謝的樣子……不過，也對啦。就算你們別再見面是最好的，不過那樣還是會有一點寂寞吧。因為相逢自是有緣嘛。」

怪異所締結出來的緣分，實在讓人高興不起來啊。

……不對。

也不盡如此。

我和羽川，我和戰場原，我和八九寺，我和神原——這些全都是怪異締結出來的緣分。我不該說讓人高興不起來這種話才對。

既然這樣，能夠和千石再會，也是因為怪異的緣故吧。

「唉呀，妳也見見我小妹吧。畢竟昨天太趕了，加上有些事情必須要瞞著她。我有問了一下，她還記得妳的事情喔。」

「真、真的嗎——良良她。」

「嗯。所以下次妳再來我家玩吧。」

「可以嗎？可以再去曆哥哥的房間玩嗎？」

「嗯。」

等等，來我房間我會很傷腦筋的……

應該是來我家吧，我家。

「什、什麼時候呢。什麼時候方便過去呢？」

「嗯——這個嘛，先等我文化祭結束之後——」

正當我下意識開始思考今後的行程時，

「咦？這不是阿良良木嗎？」

身後突然有人叫了我的名字。

「你在這邊做什麼？」

轉頭一看，站在我身後的人原來是羽川。

羽川翼。

本班的班長——直到剛才為止，還和我一起努力在籌備文化祭的優等生。今天是我負責把教室的鑰匙拿回教職員室，所以這傢伙應該比我早一步先回去了才對，為什麼會從後面跑出來呢。

羽川小跑步靠近，繞到我前方發現了千石的身影。千石被我的身體擋住，羽川在跑出校門前，都沒看到她。

「啊……這位是？」

「啊。羽川，她就是我昨天跟妳說的——」

我話才說到一半，

「我、我我我我我先失陪了！」

千石的聲音整個高了八度，說完後隨即轉身，從私立直江津高中的正門前狂奔離去。其速度雖然沒快到連神原都比不上，不過真會讓人聯想到她。

短短不到幾秒，就看不見她的背影。

動如脫兔就是指這種情況。

…………

對人恐懼症也要有個限度吧……

高中生有那麼可怕嗎？千石。

看到羽川就這樣，那我實在沒辦法把戰場原介紹給妳認識……剛才我原本想看情況邀請千石來參加文化祭的，不過看現在這個情況，要她走進高中的大門都沒辦法吧……

「……阿良良木。」

過了一會兒，羽川開口說。

「我有一點受傷……」

「嗯……」

光是看到對方的長相就逃得不見蹤影，就算是溫厚、度量大的羽川，心中都會有點不是滋味吧——這件事情我可以說是一點責任也沒有，但總覺得心裡有點過意不去。

「妳不是先回去了嗎？」

「我在走廊被保科老師逮個正著。」

「原來如此。」

保科老師，我們的班導。

很疼愛羽川。

「那個……現在介紹可能有點太遲了。」

不是有點太遲，是遲過頭了。

因為要介紹的對象已經消失無蹤。

「剛才那位，就是我昨天說的那個妹妹的朋友。她叫千石撫子，現在讀國二。」

「嗯……啊，對了。我原本想問你的。就是那個……蛇的事情，之後怎麼樣了？」

她果然很在意。

畢竟我跟她聊到一半而已。

「算是解決了——不過，最後還是又麻煩忍野幫忙了。」

「喔——我聽不太懂，嗯，不過就是已經快速處理完了對吧。原來事情在昨天就完全落幕啦。」

「也不是完全落幕啦……不過，大概就是那種感覺。她想要和我跟神原道謝，才會一直在這邊等我們。還真是辛苦啊。」

「對要來跟你道謝的人，用這種說法不太好喔，阿良良木。」

「不是，剛才那句只是修辭的問題——」

我打算辯解。

最後還是住口了。

「嗯，妳說得對。我嘴巴太壞了。」

「很好。」

羽川滿意地點頭說。

感覺我好像完全被她馴服了一樣。

「不過，她好可愛喔。她叫千石？千石撫子嗎。那件制服，應該是阿良良木你以前國中的吧。」

「妳真是無所不知呢。」

「我不是無所不知，只是剛好知道而已。」

「是喔。」

唉呀。

這點小事，她會知道也很正常。

「可是，為什麼呢，千石好像很怕生的樣子。」

「是啊……她是那種怕生到要是店員問她：『妳要微波嗎？』會不知道該怎麼回答，所以在便利商店不敢買微波食品的人。」

附帶一提，這是我個人的偏見。

我不是故意要說千石壞話，不過要是不拿她來開個玩笑的話，沒辦法向羽川解釋她剛才衝刺逃跑的舉動。

「啊哈哈，不管是戰場原同學、神原同學，或者是真宵妹妹，最近阿良良木都和可愛的女孩子處得不錯呢。」

「別說得這麼難聽嘛。什麼不管是戰場原同學、神原同學，或者是真宵妹妹，跟我比較好的人也只有她們三個而已吧。別說得好像還有其他人一樣。」

「沒有其他人了嗎？」

「沒有喔。」

我斷言。不過這是一個謊話。

至少還有一個人。

就是妳。

羽川翼。

「嗯？什麼？」

「沒事……」

不過，要是當著羽川的面說她可愛的話，只會被當作性騷擾告終而已……況且，我也沒必要說出這種對自己不利的情報。

「對了，阿良良木。」

「什麼事？」

「你剛才不是說今天有點事情要處理嗎？所以才會那麼急著要去還鑰匙……難道阿良良木你所謂重要的事情，就是跟可愛的國中女生聊天？」

「不是。」

「阿良良木你的角色定位，變得越來越軟派了呢。」

「真的不是……」

我對這點也很傷腦筋。

妳應該明白我的立場才對。

「剛才我說得很模稜兩可，不過我不想被妳誤會，所以就老實告訴妳吧，我說的重要的事情是跟戰場原有關啦。因為我會不好意思才沒說出口。」

「戰場原同學……啊。」

羽川露出微妙的表情在思考。

在文化祭迫在眉睫的這個時期，她卻只丟下一句「我要去醫院」就準時放學，完全沒有幫忙做準備工作。羽川身為一個班長，對這位同班同學應該有一籮筐的想法吧。當然，前陣子的話姑且不論，現在戰場原的身體沒有半點毛病，說那種話當然是騙很大，說不定羽川已經看穿她的謊言了。應該說，我覺得戰場原那種體弱多病的角色定位，已經差不多快到極限了啊……

「我告訴你一個有趣的傳聞吧。」

「什麼傳聞？看起來好像不是很有趣，不過說來聽聽吧。」

「戰場原和阿良良木親密起來之後，態度就變得很奇怪。」

「嗚！」

「戰場原被阿良良木帶壞了。」

「嗚嗚！」

「之類的。」

「嗚嗚嗚！」

那是什麼鬼。

傳聞？

「剛才保科老師跑來跟我說的。他問我知不知道原因。」

「嗚……」

這算是……不負責任的傳聞嗎。

雖然讓我很不愉快，但我卻難以動怒……因為我感覺這些傳聞有某種程度是事實，至少我多少能了解會想這麼說的人的心情。

「老師還跟我說啊，聽說禮拜天有人看到阿良良木和二年級的神原，勾肩搭背走在馬路上之類的。」

「呃！」

這是事實。

話說，這城鎮還真小啊……

三兩下就有人告密了。

「為什麼阿良良木和戰場原同學的感情會變好，我不太清楚——可是，我想以後還會有更多人說三道四的喔。」

「應該會吧。」

「所以，你會辛苦的。因為阿良良木接下來，必須要向大家證明沒那種事情才行。」

「…………」

「你不能讓戰場原同學背負和男生交往之後就墮落了的汙名。你在校門口和可愛的國中女生聊天，我覺得不太好喔。」

「……妳說得沒錯。」

我無從辯解。

不能因為我的緣故害戰場原被人說三道四。換個角度來看或許是我自作多情吧，但我想這點責任，是我理當要承擔的。

「對了，羽川妳沒有嗎？」

「嗯？」

「那種傳聞。羽川和阿良良木感情變好以後，態度就變得很奇怪之類的。」

「誰知道呢。就算有，也不會有人當著本人的面說吧，不過，我想應該沒有吧？因為我沒有變啊。」

「…………」

是啊。

要改變的話，應該是相反過來才對吧——阿良良木和羽川走近之後，態度就變得很好之類的。

這點……也是一個事實。

這傢伙到底為我帶來了多大的救贖呢。

「總之，這邊我就先說沒有吧。我想應該沒有那種傳聞。」

「真的嗎。謝謝。」

「沒必要跟我道謝吧。我只是把心裡想的事情說出來而已。」

「是嗎。不過，妳真的那樣想嗎？」

「嗯？」

「真的認為沒那種傳聞。」

「對。嗯，當然。因為我從來沒說過謊。」

「我想能說這種話的人，除了騙子以外就只有妳了。」

「是嗎？應該還有很多人吧。嗯。這個嘛——我覺得戰場原同學，現在反而是往好的方向發展呢。」

不過我覺得蹺掉準備工作，是不好的行為——羽川說。戰場原的謊言，果然已經露出馬腳了。想要隱瞞這位無所不知的班長，似乎打從一開始就是不可能的事情。

「我不知道是因為病好的關係，還是阿良良木你的關係啦——不過，我覺得你必須好好陪在她身邊，幫助她改變才行。」

「……妳說的話，已經脫離高中生的水準囉。」

「會嗎？這很普通吧。」

「是嗎。」

深信自己很「普通」是羽川翼的特徵之一……不過要是這傢伙真的很普通，那我又會被歸類到哪種等級去呢？

我突然想到一件事情。

最近我似乎常聽到這位班長，對戀愛和男女間的微妙之處發表獨到的見解（包括現在也是），不過回過頭來說，羽川自己有那種對象嗎？

她對任何人都很溫柔。

可是她有特定的對象嗎？

我沒有察覺到半點徵狀，可是實際情況呢，搞不好這類看似道貌岸然的人，私底下都會有一個交往的對象。嗯——我從來沒想過這個問題……

「喂，羽川——」

「什麼事？」

羽川一愣，反問我說。

嗚……

沒辦法，我問不出口。

要是模仿剛才千石的達急動來舉例的話，羽川此刻正自然地散發出一種，活像光箭天使發出的「強力炫白認真光線」般的光芒（註21）。暴露在這光芒下，讓我開始覺得，問那種事情是一種非常不純潔的行為……

「怎麼了？阿良良木。」

---

21 光箭天使（Arrow Angel）。仙魔大戰中的女性角色之一。「強力炫白認真光線」是其招式。

羽川用純潔的雙眼，再次對我問道。

呃……不知為何，我有一種被逼進死胡同裡的感覺。被名偵探逼死，即將供出一切的犯人，就是這種心情嗎？該死，既然我都開口了，她可不是我說一句「沒事」就可以打發的對象——啊啊！真是的，這種後悔的感覺，就跟我把兩種不同顏色的入浴劑，同時倒入浴缸混在一起的時候一樣。

「就是那個，哆啦A夢的法寶——」

我黔驢技窮，打算搬出哆啦A夢的話題當作最後的手段，然而當我話說到一半時，

「啊，好痛。」

羽川突然呢喃一聲，打斷了我的話。

好痛……是指我嗎？都已經高中三年級還拿哆啦A夢——而且還是窮極之計——來當話題，所以讓妳很心痛嗎？明明國中生就可以接受啊？

我剎那間陷入了被害妄想當中，但事實卻不是那樣。因為羽川的指尖摸著頭部。也就是說，她是頭痛吧。啊，這麼說來，羽川昨天也是這樣，只是在那之後因為一些事情而不了了之……

「喂，不要緊吧？」

「嗯……嗯，不要緊。」

羽川從容不迫地說。

在我面前的笑臉，確實沒有半點陰霾——但這就表示，羽川是在騙我。

我從來沒說過謊。

那根本是騙人的吧。

「我們去保健室——不對，春上老師這個時間應該回去了吧。那我們去醫院——」

「我沒事的。阿良良木真誇張。這種小事情，我只要回家讀一下書就會好的。」

「妳真的以為讀書可以治頭痛嗎……？」

這個想法真的很奇怪。

思考方式與眾不同。

「妳不是說最近常這樣嗎？要是得了什麼不好的病，那該怎麼辦？」

「你擔心過頭了。阿良良木有時候還滿愛擔心的嘛。這不重要，我剛才說的話你有聽懂嗎？只是聽懂還不行喔，還要身體力行。」

「嗯，我知道。」

這不重要，嗎。

擔心別人，比擔心自己還重要。

我覺得……她這一點也滿奇怪的。

不過，

「抱歉每次都讓妳操心。」

「我沒關係啊。不過，如果你明白我說的話，眼前我有一件事情要先麻煩你。」

羽川說。

接著，她故意輕咳了一聲後，

「好歹也先把那兩件，像寶貝一樣捧在手上的燈籠褲和學校泳裝，收進書包裡吧？」

003

六月十三號，對我來說是值得紀念的日子。

理當是這樣才對。

這和燈籠褲、學校泳裝完全無關，事情的肇始是因為上個月的母親節——五月十四號開始和我交往的女友：戰場原黑儀的一句話。

「我們去約會。」

時間就在今天的午休時間。

我倆在中庭的長椅上肩並肩，看似感情和睦地在吃便當時，她天外飛來一筆地突然迸出這句話來。我當場傻眼，筷子夾到一半的煎蛋都掉了。

蝦密？

剛才這女人說了什麼？

我看戰場原。

她穿著夏季制服。

她將上衣的短袖折得更短，然後用髮夾固定住，弄成類似無袖的樣子。這種穿著是最近我校的女生私下流行的一種方式。我原本以為戰場原是那種不會追逐流行的女學生，但似乎不是那樣。她只是沒去關心而已。順帶一提，羽川她對這流行雖然沒有嘮叨一堆，但也不會隨波逐流。這正是所謂同樣是優等生，還是有固執和不固執的分別。只不過，戰場原的裙子長度還是沒變。

現在我們正在吃飯，所以戰場原把髮尾和最近留長的瀏海，各自用紅色橡皮筋綁了起來。換個角度來看這髮型還滿呆的，但她不吝嗇地將美麗的額頭攤在陽光下，我個人認為這樣感覺很好，此外，戰場原這種「疏忽大意」的模樣，也讓我看了不由得產生一股融洽感，心情上還不壞。

「耶……什麼？」

戰場原看到我不知所措的反應後，

「嗯——」

她低吟一聲，用筷子從自己便當裡挖了一小口的白飯，接著將白飯拿到我的面前。

「啊——」

「……………………！」

嗚哇……！

這場景是怎麼回事……！

這是漫畫之類的東西裡頭，熱戀的情侶常會做的親密舉動之一，不過現在是怎麼樣，我卻一點都不覺得高興，與其說是討厭，倒不如說是讓我覺得毛骨悚然！

戰場原也是，她雖然跟平常一樣面無表情……假如她露出害羞靦腆的表情，我是很歡迎她這樣做啦，在這個狀況下讀不出對方的感情，會讓人相當難受……

不由得會讓人心想：這傢伙到底有什麼企圖？

看起來似乎有很深的內幕。

應該說絕對有內幕。

雙B面（註22）。

要是我在這邊像傻瓜一樣張開嘴巴，她搞不好會突然做一個假動作，然後恥笑我。

「怎麼了？阿良良木。我說『啊——』。」

「……………」

不對……

怎麼可以懷疑自己的女朋友。

戰場原的確很壞心沒錯，不過她沒有那麼過分。我們才剛交往一個月，時間還不算長，但我們對彼此應該有相當程度的理解了。已經建立起一種信賴關係。我怎麼能做出那種破壞彼此關係的行為呢？

我是戰場原的男朋友。

「啊、啊——」

我張開嘴。

「嘿！」

戰場原將白飯壓在我嘴巴右邊一點的位置，也就是我的臉頰上。

「……………」

唉唉唉。

我早就知道會是這種結局了。

22 音樂用語，過去在黑膠和錄音帶時代，主打歌通常放在A面，非主打歌則放在B面。而B面是背面，背面兩字恰好和內幕同音。

「呵、呵呵呵！」

戰場原露出笑容。

一個讓人生氣的文靜笑法。

「呵呵呵……啊哈哈！哈哈！」

「……我很高興能夠看見妳的笑容。」

她明明以前不太常笑。

雖然現在也只有這種時候才會展露笑顏。

基本上她還是不改面無表情的樣子。

「阿良良木，你的臉頰上有飯粒喔。」

「是妳黏上去的吧。」

「我幫你拿掉。」

戰場原將筷子暫時放下，直接伸手過來，把自己黏上去的飯粒，細心地從我的臉頰上，一粒一粒地拿掉。

嗯——

這種感覺還不錯……

「好，拿掉了。」

戰場原說完，

便把那團飯粒，隨手丟進一旁的垃圾桶。

……她丟掉了。

在我面前丟掉嗎……

唉呀，我是沒有想過她會把飯粒吃掉啦。

「好了。」

戰場原很巧妙地，重整好旗鼓。

感覺剛才的事情，好像被她當作沒發生過一樣。

「我們去約會。」

她再次說道。

不過，戰場原不知為何接著說了聲：「不。」隨後露出傷腦筋的模樣。她歪著頭，似乎在思忖。

「不對。不是這樣。約會……」

「……？」

「可以請您……跟我約會嗎？」

「…………」

「一起去……約個會……怎麼樣……」

「……………」

這傢伙……！

她真的不知道該怎麼拜託別人嗎……！

真叫我瞠目結舌。

更讓我吃驚的是，約會的提議居然會如此明確、而且還是從戰場原的口中突然迸出來。

我們開始交往過了一個月。

不管我再怎麼露骨，有時還很大膽地開口邀約，這女人連根食指都不動……不動如風、不動如林、不動如火、不動如山的戰場原黑儀，居然主動開口要跟我約會？

至今，我們正如學妹神原駿河所言，維持著「柏拉圖式的關係」，宛如彼此的一種默契般，而現在終於要約會了嗎？

這是什麼樣的心境變化啊？

除了剛才的「啊——」以外，這女人又再打什麼歪主意……公認的女友對我提出約會的邀約，我居然要疑心生暗鬼到這種地步，實在也有點不妙，可是，這個邀約真的足夠讓我驚訝到會想歪。

「幹麼？」

戰場原平靜地說。

「你不願意嗎？阿良良木。」

「沒有，不是不願意啦……」

「對了，我聽說了喔。」

戰場原露出目中無人的表情。

這是在男友面前該露出的表情嗎。

「你和神原的約會，還滿快樂的嘛。你們變得很親密，聽說昨天晚上你還和她共度了一晚是嗎？」

「對……啥啊，妳所謂的聽說，是指聽神原說的嗎？」

「是啊……不過那孩子，說起話來非常吞吞吐吐就是了。」

「…………」

好一個話中有話的吞吞吐吐……！

我們又沒做什麼虧心事，不用隱瞞老實說就好啦！這樣一隱瞞，不就變得好像有發生過什麼事一樣！這種守口如瓶做一半的人，最讓人困擾了！

「她希望我不要責怪你。」

「為啥那傢伙要幫我說話！我根本沒做什麼壞事情啊！」

我是清白的！

無辜的！

大人冤枉啊！

「不管怎麼說，」

戰場原說。

「那孩子和你的感情似乎變好了，真是太好了。」

「…………」

這句話……到底是什麼意思呢。

當然。

戰場原對神原抱有歉意和內疚是事實吧——此外，她本人也知道我和神原都喜歡她，是彼此競爭的情敵關係。所以，我和神原的感情變好，會讓戰場原覺得高興這點，我也不是不能理解——可是剛才戰場原的話中，似乎有言外之意。

這讓我回想起，羽川昨天說的那番話。

站在戰場原同學的角度來看，她應該會很不安吧——

那句話，所內含的意思是——

這個女人。

到底在想什麼啊。

「這樣神原對阿良良木你來說，就有人質的價值了呢。」

「妳居然在想這種窮凶惡極的事情！」

人質？

這傢伙在日常對話中，也會說人質這兩個字嗎！

「神原很可愛對吧……不過那個可愛的女生，對我說的話卻是言聽計從，關於這一點阿良良木你覺得怎麼樣？我這樣問已經離題了啦，不過你想不想看一個可愛的女生裸露下半身，用爬的在校內散步啊？」

戰場緣故意裝憂鬱，夾雜著嘆息聲，吐出這般危險的話語……在和平的國度中出生的我至今從未想過，原來這種非暴力、同時帶著一絲平靜的威脅言語，是確實存在的……

戰場原黑儀。

現在我終於弄清楚了，妳不是傲嬌，什麼都不是，只是一個性格惡劣的人而已……

「唉呀！你真沒禮貌，阿良良木。我是第一次聽到別人對我說這種話。」

「是嗎……？」

「豈止如此，我還常聽到完全相反的話呢。他們都說：『妳這傢伙的性格還真好啊。』」

「那是在諷刺妳吧！」

那樣也行的話，那我也可以說給妳聽！

妳這傢伙性格還真好啊！

「你說什麼……？你是說他們在騙我囉。沒想到阿良良木居然會懷疑他們說的話，就算是你我也無法假裝沒聽到喔……」

「不要幫說自己壞話的人說話！」

如此云云。

到此為止的會話，只是在開玩笑。

考驗彼此的吐槽感。

「就是這樣，」

什麼東西「就是這樣」我不曉得，但戰場原說到這裡，又再度重整旗鼓說：

「跟我約會，阿良良木。」

「最後妳決定用這種說法嗎……」

要說妥當，的確很妥當。

要說風格，沒有比這更符合她的風格了。

「你有什麼不滿……不，你有什麼問題嗎？」

「沒有……」

那我今天放學後，會隨便編一個理由先回去做準備，阿良良木你結束文化祭的準備工作後，馬上來我家一趟——戰場原做完結論後，彷彿什麼事情都沒發生過一樣，繼續吃她的飯。

有如理所當然一樣蹺掉文化祭的準備工作，優先準備約會的事情這點，的確很像戰場原黑儀，當然站在我的立場，能夠和她約會當然讓我心花怒放。而且，以時間來看還是從晚上開始，反倒讓我覺得意義深遠。戰場原說要去哪裡，要做什麼，有什麼計畫全都交給她來決定。當時我覺得不太適合追問她，所以我決定期待她做的安排，同時在心中雙手抱拳，大喊一聲：「ＹＥＳ！」

這一路走來好漫長……

我完全沒有想過光是和她說好要約會，竟會如此地費力……我甚至還順勢和她的學妹先約會過了，不過只要結果好一切都好。

無論如何。

六月十三號，我和女友第一次約會。對我而言這天本來應該會成為一個值得紀念的日子。

然而，

午休結束後過了幾個小時。

放學後，我結束了文化祭的準備，正打算離校返家時，在正門碰到小妹以前的朋友——久候我多時的千石撫子，並從她手中接過燈籠褲和學校泳裝，最後被羽川看見，於是，「拜託！我給妳五萬塊，這件事情妳千萬不要跟其他人說！」我用非常真實並殷切的語氣懇求她（當然在那之後，羽川很認真地教訓了我一頓說：「你居然想收買擁有尊嚴的人類，知不知恥啊！」而我則在學校正門前，手上拿著燈籠褲和學校泳裝，被同學訓斥），接著我愉悅輕快地踩著腳踏車的踏板回到家後，把制服換成一身適合約會的衣服，拿著錢包和手機，隨即往戰場原家出發。

當我抵達時，時間已經過了晚上七點半。

我原以為稍微晚到了一些，但戰場原卻說：「比我想像中的還早呢。」接著，她還說了一句：「算了沒關係。」看來我要是太早過來，她似乎會很困擾。

戰場原也穿著便服。

頭髮在身後分成兩撮。她在學校，除了吃飯和體育課外都是直髮（最近戰場原也可以像普通人一樣上體育課），而在校外原則上都會把頭髮束起，這似乎是戰場原個人的規則。分成兩撮給人的印象，總覺得和班長羽川一模一樣，但她的裝扮整體來說包含髮型，都很時髦且容易活動。

這衣服好像待會要外出一樣，我如此心想。不出所料，

她開口說。

「那我們走吧。跟我來。」

但我的不出所料，也只到這邊為止。

接下來的事情發展，完全在我的意料之外。

戰場原黑儀，帶領我坐上停在她家公寓——民倉莊前的一輛吉普休旅車。

我們開車移動。

這還沒關係。

我對這輛車的廠牌，沒有任何的疑問和意見。

問題是我和戰場原兩人，因為校規嚴禁學生考取駕照，所以別說是汽車駕照，我們連輕型機車的駕照都沒有。所以當然，我和戰場原是坐進吉普車的後座。

那在駕駛座上的人是誰呢？

是戰場原黑儀的父親。

「…………………」

第一次約會，女朋友的父親陪伴同行……

約會就跟在拷問一樣……

這算什麼紀念啊。

車內整體的感覺，即便站在善意的角度來看，也依舊飄散著一股尷尬的氣氛，我連打招呼也顯得匆忙，隨後吉普馬上就發車了。狀況演變成這樣，我卻連目的地是哪裡都沒有機會問。應該說，事到如今目的地根本不重要了。

當然，這是我和戰場原父親第一次見面。

假如戰場原父親的個性坦率直爽那倒也罷；然而他卻是一個沉默寡言的人。我最不擅長應付這一類的人，這點不用拿千石來引證也可一目了然。比我年幼的女生沉默寡言也就算了，居然連比我年長的男性都……戰場原父親一身嚴謹的穿著，有如剛下班回家——不，彷彿還在工作一樣，只見他靜靜地在操縱方向盤。之前有聽說，她父親好像是在外資企業工作的樣子……

外表看起來很嚴肅。我感覺自己的被害妄想已經到達了極限，在這氣氛下不管她父親怎麼罵我，似乎都是情有可原。

話說回來……先不看現在的狀況，她父親一頭高雅的後梳髮型，在我們這一輩的父親當中，感覺比較年長，但卻十分有型。就像演員一樣。確實符合英俊瀟灑的中年男子這個形容詞。我這麼說聽起來可能像是在炫耀，不過戰場原黑儀在班上是一個人稱深閨大小姐的美人，原來如此，有其女必有其父嗎。

嗯——

與其直接稱讚她父親本人很帥，倒不如說戰場原的爸爸很帥，這樣聽起來分數比較高……

「你怎麼了?阿良良木。」

移動了一段距離後，坐在我身旁的戰場原主動開口向我搭話。

「你還滿安靜的嘛。」

「我說……妳知道現在是什麼狀況嗎?」

「我不知道耶。『現在』是指什麼時候?『狀況』兩個字怎麼寫?」

「妳從那種地方就不懂了嗎!」

這女人在裝傻。

不懂得善解人意。

「阿良良木。我們是第一次約會，你會緊張也是很正常的，不過你要是這樣可撐不久喔。因為長夜漫漫啊。」

「是啊……」

我會緊張不是因為第一次約會的關係……！當時我居然會覺得晚上約會的意義深遠，真懷念那時候的我啊。那時候的我真是幸福。而現在長夜漫漫的事實，老實說只會讓我感到害怕。為什麼夜晚這麼漫長。我現在只希望這段時間，能夠盡早結束……

「我說，阿良良木。」

戰場原用平靜的語氣說。

這傢伙都不會緊張嗎。

「你喜歡我嗎？」

「…………！」

她現在擺明故意要惡整我！

這傢伙除了毒舌以外，還會玩這種把戲嗎！

「回答我啊。你喜歡我嗎？」

「…………」

「幹麼。你不回答我嗎？阿良良木，難道你不喜歡我嗎？」

這是惡整……

登峰造極的惡整……

「喜、喜歡……」

「是嗎。」

戰場原連個笑容也沒有。

登峰造極的面無表情。

「我也喜歡你喔，阿良良木。」

「非常……感謝。」

「哪裡哪裡。」

……話說。

妳不在乎嗎？

在自己的親生父親面前，妳真的可以滿不在乎地聊這種話題嗎……不對，這傢伙就是這種個性，為了惡整我可以不惜傷害自己。

既然這樣——我誠惶誠恐地，斜眼瞄了駕駛座的方向一眼（由於太過誠惶誠恐，讓我無法正眼直視）。但是，戰場原父親可說是毫無反應。只是一心專注，集中精神地在開車。好酷……從這個方向看起來，吉普似乎正往高速公路駛去。高速公路……看來我們好像要去很遠的地方啊。如果要不是這樣，我想戰場原也絕對不會想帶她的父親一起來約會吧……

十分鐘後，正如我所料，吉普開上了高速公路。已經逃不掉了。雖然，我打從一開始就沒有打算要逃跑。

「阿良良木，你真的很安靜呢。話真少。平常你都會一直陪我聊天，今天你心情不好嗎？」

「不是心情怎麼樣的問題啊……」

「對，是頭腦不好的關係。」

「妳不要趁機口無遮攔地大說特說！」

「阿良良木你只有在吐槽的時候，總是特別精神呢。好吧。那我就親切一點，由我來找話題。你只要回答我就行了。」戰場原說。「你喜歡我哪一點？」

「我很清楚知道自己討厭妳哪一點！」

這傢伙到底想幹什麼。

應該說，我甚至開始在想，這次約會是不是為了陷害我而設計的超級惡整計畫吧。

我想要逃離這裡了。

「該死……我真的很期待地說……我還以為夢想終於實現了說……！」

「什麼夢想，你真誇張。」

戰場原面無表情地說。

「你知道嗎？阿良良木。人字旁加一個儚……咦，是什麼來著。」

「大概就是我吧……」

人字旁加一個儚，讀作「阿良良木」。

儚(阿良良木)(註23)。

一個新的漢字誕生了。

「你好像很傷腦筋呢，阿良良木……唉！看到你這麼傷腦筋，我只能在一旁幫你加

---

23 原文的漢字是亻部加上一個夢，為新造字，實際上並不存在，故用「儚」代替。

油打氣，真是急死人了。」

「不，妳還可以跟我道歉說一聲對不起……」

不過。

就算她道歉也沒用。

如果道歉就可以解決，那還需要警察幹麼。

「說我傷腦筋，倒不如說我現在覺得很疲憊比較貼切。」

「看起來的確像一顆缺乏彈性的皮球。」

「缺乏彈性的皮球？這比喻真是有趣……」

但是我沒心情笑。

因為我心中沒有這麼從容不迫。

總之。

「喂，戰場原……妳到底在打什麼主意啊？」

「戰場原？你是在叫我呢，還是在叫我爸？」

「……………」

這個女人……唯獨這種女人……

不對，冷靜點，我……要是把現在腦中想的東西直接說出口的話，我們兩人的愛情就會破局了。

「爸爸，阿良良木在叫你喔。」

「黑儀同學！我叫的人是黑儀同學！」

要我直呼她的名字實在做不到。

黑儀同學。

就在前幾天，我才和神原發生過「用名字稱呼彼此」的事件，沒想到現在居然和正牌的女友以這種方式觸發，這點有誰能預料到呢……

「什麼事?阿良良木。」

「……………」

妳不叫我的名字啊。

也沒差啦。

「那麼，黑儀同學。我重新再問一次……再請教妳一下。妳到底打算做什麼，有什麼企圖?」

「沒有什麼企圖啊。這種事情不重要，阿良良木。以前有一個很有名的推理小說家叫黑岩涙香(kuroiwa ruikou)，他的名字拆開來看就變成『邪惡』『惡劣的』『小孩』。你覺得他是故意取這種筆名的嗎?」

「那種事情怎樣都無所謂吧!邪惡和惡劣的小孩都是在說妳!」

「你在我爸爸面前，怎麼說這麼過分的話。」

「嗚……!」

是陷阱!

我中計了!

「爸爸。你的女兒好像是一個邪惡又惡劣的小孩喔。」

她還跑去報告……

戰場原父親對此依舊毫無反應。

邪惡又惡劣的小孩所做的這種行為，戰場原父親搞不好早就習慣了吧。是啊，仔細想想，畢竟是自己的小孩……

那我也不用太過驚慌失措。

一直被她牽著鼻子走就不好玩了。

「唉呀，你又變安靜了呢。我是不是欺負得有點過頭了呢。」

戰場原對著我說。

「阿良良木的反應很好玩，所以我才會忍不住想要讓你消沉一下。」

「這句話更讓我消沉……」

真的是。

好，換我來反擊吧。

偶爾我也想看看戰場原消沉的模樣。

「那妳喜歡我什麼地方？」

「你的溫柔。你的可愛。還有每當我遇到困難的時候，你就會像王子一樣跑來救我的地方。」

「我錯了！」

為什麼我會想要反擊呢。

在這個領域方面，這個惡劣女的道行不止勝我一日，而是勝我千年。我居然想要用惡整和她對抗……

戰場原平靜依舊。

這女人沒有情緒起伏嗎？

我知道那只是她的反擊而已，可是聽到她說那種話，心臟還是會怦怦跳的說……

「我搞不懂……這是為什麼……我是在哪裡做了錯誤的選擇，才會走上這種布滿荊棘的道路啊……」

「有什麼不好，布滿荊棘的道路。感覺好像在美麗薔薇盛開的道路上，優雅漫步一樣，非常燦爛又完美。」

「妳不要往好的方向去解釋！」

「薔薇的花語是……愚蠢的男人。」

「妳騙鬼啊！不要隨便鬼扯啦！」

「對了。」

戰場原說。

這傢伙總是照自己的方便，不停改變話題。

「對了，垃圾……不對，阿良良木。」

「妳剛才是不是差點叫自己的男朋友垃圾？」

「你在說什麼啊，麻煩你不要沒頭沒腦地隨便找別人的麻煩。那不重要，阿良良木。你的實力測驗考得怎麼樣？」

「嗄？」

「就是啊，我不是在我家裡，單獨兩個人，沒日沒夜地拚命教你功課嗎？」

「…………」

為什麼故意用這種說法……

為何要在令尊面前，談論他不在的時候，我們兩人在妳家獨處的事情……

「考卷上週末就全部發回來了，可是阿良良木卻完全不提那個話題，所以我在猜結果應該很淒慘，一直到今天都裝作不感興趣沒去問你，不過，我今天稍微問了羽川同學一下，你的成績好像也不是很糟嘛？」

「羽川？」

「她的嘴巴真的很牢，所以我也問不出具體的答案來，不過如果你有不及格的話，她應該會告訴我才對。」

「…………」

看來妳問話的方式很討人厭。

今天在校門口，羽川提到戰場原的時候很不自然，原來我們那時候的對話，藏有伏筆啊。

實力測驗的結果，昨天我在那間書店已經和羽川說過了……不過，姑且不論戰場原的說話方式，我受到她那麼多的照顧，居然沒跟她報告一聲，或許真的有欠禮數。因為成績關係到考大學的事情（就是我和羽川提到的那個），所以我才會覺得說不出口啊……

「有什麼不捨得說的。快點把具體的分數告訴我。要是你再裝模作樣的話，我會把你全身上下的關節全部往反方向折，讓你的體型變得比較帥一點。」

「那種體型一點都不帥！」

「很醜嗎？」

「不是很醜就可以解決的問題！」

「很搞笑？」

「我笑不出來！」

「好了，如果你不想變成只能用反弓的方式走路的話，就快點告訴我。」

「不對，要是關節全部被往反方向折的話，不是那種程度就能了事的！」

我會死。

在妳全部折完之前，我會先死個五次左右。

「也對啦，我應該早一點告訴妳一聲的。抱歉、抱歉。嗯，成績考得比我想像的還要好。就連我原本很擅長的數學，成績也比平常還要好。這都是託妳的福，謝謝妳，戰場原。」

「爸爸，阿良良木好像在跟你說謝謝呢，你能不能聽一下。」

「謝謝妳，黑儀同學！」

什麼跟什麼啊。

總之，我把五課程六科目的成績，詳細告訴了戰場原。她點頭附和的同時，還一邊問我是哪題寫錯、有哪裡不會……這女人記得所有考試的題目嗎，我稍微有些驚訝。唉呀！畢竟她是一邊教我讀書，總分還能拿到學年第七名的秀才……老實說，這種程度的小事，或許不值得我驚訝吧。

總覺得，我們的對話終於比較像學生了。

這樣一來就算在她父親面前，我也能夠鬆一口氣。

要強調自己認真的一面，就是現在了。

「真的要對答案的話，考完試之後馬上對最好。」戰場原說。「不過對現在的阿良良木做出那種程度的要求，可能太殘酷了吧……可是，你考得都還不錯嘛。雖然是我親手教出來的啦，還是讓我有一點意外。」

「意外嗎？」

「對。這個結果對阿良良木來說，一點都不有趣。」

「我不是為了想博君一笑，才請妳教我功課的！」

「我原本還期待最後會變成『讀一大堆書，結果卻考得比平常還要爛』之類的結局說，在某個層面上還滿失望的。」

「妳要求那種結局反而更殘酷！」

「喔，是嗎。」

戰場原說完，

把手輕放到我的腿上。

大腿附近。

………？

這傢伙在做什麼？

話說回來，這輛車雖然是吉普，但車體也不是很大，我和戰場原像這樣並肩坐在後座，距離就已經靠得很近了……要說有多近，只要車子一個轉彎傾斜，我倆的身體就會靠在一起。

然而，她這樣積極主動地探身摸我的大腿，我也不知該做何反應……

「不過，你真的很厲害。我要誇獎你一下。」

戰場原本人卻不以為意，彷彿右手的動作不在自己的管轄內般，照常接著話說。為何這傢伙現在也能夠面不改色。這讓我覺得她的臉上是不是戴著一個精緻的面具。

「我可是很少誇獎別人的喔。上次誇獎別人是多久以前的事情呢。對了，是小學六年級，坐在我旁邊的人玩黑白棋三連勝的時候。」

「那還真的滿久的，而且還是因為那種雞毛蒜皮的小事！」

「我騙你的。」

「我想也是啦……」

「不過，我很少誇獎別人是事實。」

「嗯……這我知道。」

「話說回來，這次我也是拐著彎在誇獎自己啦。我真為自己感到驕傲啊，居然可以把阿良良木這種呆瓜教導到這種地步。」

「…………」

唉。

畢竟這也是事實。

「我居然可以把阿良良木這種，想要寫『印象』兩字都會誤寫成『印度象』的笨蛋，栽培到這種地步。」

「我沒犯過那種錯誤好嗎！」

「失分的地方也都是粗心大意的成分居多……嗯。照這樣下去，阿良良木你搞不好可以再更上一層樓喔。」

「更上一層樓啊。」

大學考試。

升學嗎？

「只要阿良良木你願意，以後我也可以繼續教你功課喔。」

「這真是——」

老實說。

我有偷偷想過，要去報考戰場原打算推甄的國立大學，雖然現在這個階段還沒辦法告訴她——不過，我也沒理由拒絕她的提議。

「求之不得的事情。」

「喔，是嗎。」

戰場原的表情一本正經，只簡短地回應道。

我曾經再三要求守口如瓶的羽川，對大學的事情要保密，所以她應該不會把我的企圖告訴戰場原才對，不過，搞不好我眼前的這個女人，已經全都看透了也說不定。

我如此心想。

唉呀，這樣也好。如果真是這樣，戰場原似乎打算等我親口告訴她——這種心靈相通的感覺也不壞。

「…………」

話說回來，這傢伙的右手觸摸我的大腿似乎還不夠，還開始在我大腿內側反覆游移，這到底是什麼意思？

這應該算是痴漢行為吧。

在令尊面前可以做這種事情嗎？

……正確來說，應該是在令尊身後啦。

「那麼，你以後每天都來我家讀書吧。」

「每、每天！」

這樣我們根本沒有心靈相通！

咦，不對……？

可是，要做到那種地步才行嗎？可是每天……每天？我在學校多少也會看書喔？然後在放學後，連禮拜天都要讀書嗎？

「幹麼。你怎麼了？阿良良木。」

「沒、沒事……我只是在想原來頭腦好的人，讀書都會讀到那種地步啊。」

「不對喔？我才沒做到那種地步呢，麻煩死了。那當然是專程為阿良良木所準備的計畫啊。」

「…………」

天才資質……

學年第七名的人，剛才說讀書很麻煩……

「聰明的人不用讀書就已經很聰明了。因為成績這種東西，簡單來說就是理解力和記憶力。」

「是喔……啊，可是，妳這麼說很奇怪，羽川好像有說過她不讀書就會頭痛之類的。」

「很遺憾阿良良木，羽川同學的『讀書』，和我們說的『讀書』等級是不一樣的。」

戰場原說完後，

刻意停頓了一下。

「羽川同學是真正的天才。和我們所處的世界不一樣。」

「……嗯。」

在妳眼中也是這樣嗎？

學年第七和第一之間——

有著隔閡的嗎？

明明同樣是一位數，卻有如此不同的差異。

「真正的天才……嗎。」

「或許……你要說她是怪物也行。不過老實說，你不覺得很不舒服嗎？居然會有人聰明到那種地步。那種程度已經不算是機智過人了——」

戰場原跟平常一樣毒舌——

不，感覺似乎不是那樣。

她對羽川……總是這樣。

她看起來不是討厭羽川——

但總是和她保持著一種奇怪的距離。

「妳剛才說……我們是吧。」

「對。我們。就跟在阿良良木你眼中，我和羽川同學是同一種人一樣；我想在羽川同學眼中，我和你都是同一種程度的人。」

「是嗎。」

「對。沒有比這還要更侮辱人的事情了。」

「侮辱人嗎……」

而且，還是用最高級的表現方式。

妳真的很喜歡讓我消沉啊。

「可是，羽川也不是一直都考滿分吧？不對，雖然大致上都是滿分啦……」

「羽川同學會考不到滿分，是因為試題出得太差勁的關係……只不過，該怎麼說呢。她那樣不知道會有多少的壓力……我一想到這點就很難真心去羨慕她。」

「壓力嗎……」

「或者是精神壓力。」

「精神壓力啊。」

擁有一對異形翅膀的少女——

「不過，我們因為那種理由去同情羽川同學，也沒有道理。」

接著，「先不說那個。」戰場原又言歸正傳。

「完全比不上那種真正的天才，只能在底邊匍匐的阿良良木，只能夠孜孜不倦地拚命努力了。所以，你以後每天都來我家讀書吧。」

「好好……我會這麼做的。」

「『好』要說三次，阿良良木。」

「好好好！……等一下，為什麼妳要我回答得這麼興高采烈啊！」

「我希望你至少拿出這點程度的幹勁來給我看。畢竟，我把我家提供給你當讀書的地方。」

「是嗎……」

「不然，去你家也行。」

「我家不是一個讀書的好環境……因為我兩個妹妹很吵。」

「偶爾我們也可以去神原家。」

「為什麼這裡會提到神原？」

「就像我要監督你讀書一樣，我也要和那孩子稍微玩一下才行。因為我們約好了。」

戰場原刻意用平靜的口吻說。

我聽得出來她是刻意的。

……這傢伙，在我面前是個徹頭徹尾的惡劣女，唯獨對神原，才真的稱得上是傲嬌吧……

唉呀，因為她是人質。

神原駿河。

「那孩子的功課方面，我似乎不必去擔心……不過，阿良良木也想要和神原一起玩吧？」

「當然。因為她很有趣。」

稍微有趣過頭了就是。

而且，

「我不知道她為什麼會那麼仰慕我，而且還仰慕得很誇張……我覺得那傢伙有點把我太過美化了。」

「這一點或許我也有責任吧。」戰場原說。「因為我告訴她說，阿良良木以前有救過一個溺水的小孩，而且禮拜天還常常去老人之家當義工。」

「妳告訴她的那些都是假的吧！」

「我開玩笑的。我只有告訴她實情而已。」

「喔……是嗎。」

「我所謂的實情，簡單來說就是指壞話，所以神原會仰慕阿良良木你，全都是因為她自己個人的判斷吧。」

「…………」

原來妳對神原說我的壞話。

可以請妳不要那樣嗎。

「神原這個學妹和我很要好，可是我還是不好意思在她面前誇獎自己的男朋友，所以這是我掩飾害羞的一種方式。」

「要掩飾害羞的話，我倒是希望妳直接說自己會不好意思就好……啊，對了，戰場原。」

我壓低聲音，小心不讓駕駛座上的戰場原父親聽見，一邊對戰場原說：

「那我再問妳一個有關神原的事情……」

「爸爸。阿良良木好像要找你說悄悄話的樣子——」

「黑儀同學！」

這傢伙眼睛真尖！

絕對不會讓欺負我的機會溜掉！

「神原怎麼了？」

「那傢伙為什麼那麼色啊？」

我用手遮住嘴巴說。

就像棒球的投手和捕手在對話時一樣，因為我顧慮戰場原的父親用後照鏡看後面的情況時可能會讀我的唇，因此不得不這麼做。

「色？神原嗎？」

「對。她國中的時候就是那樣嗎？」

「嗯——你問她國中的時候怎麼樣……說起來，神原她很色嗎？」

「她不色嗎？就連忍野都認為神原很色，而不覺得她是運動少女。」

「是嗎?那是因為忍野先生和阿良良木你是站在男性的觀點上,想要要求女性貞潔賢慧,所以看起來才會是那樣吧?男性的理論啊。那孩子只是對自己比較老實而已,我不覺得她有太超過。」

「是這樣嗎……」

真是她說的這樣嗎。

我也搞不太清楚。

「阿良良木你有機會的話,也看一下以國中生以上為對象的少女漫畫和BL小說。以後你就不會說神原那種程度叫作色了。」

「是嗎……不了,我應該不會去看吧。」

特別是BL小說。

總覺得我看了之後,有很多東西都會破滅。

「是嗎?可是,站在我的立場,有人抱有偏見的眼光說我可愛的學妹很色,我可無法坐視不管。」

「無法坐視不管那妳打算怎麼辦?」

妳說偏見。

我幾乎可以說是一個被害人了……看來跟這傢伙商量神原的事情是沒用的,她會無條件、無限制地站在神原那邊。

明明她是人質……

話說回來,這樣一來我才是人質吧?

「打算怎麼辦？我要先動搖你心中的判斷和價值標準。這樣一來，以後神原在你眼中，反而會變成一個純潔無邪的女孩子。」

戰場原如此說完，輕輕地將身體靠近我，她不是壓低聲音，而是很明顯要講悄悄話似地，將嘴脣靠近我的耳朵旁。

一手遮住嘴巴。

「──XXX」

「……………！」

嗚哇……！

這傢伙，剛才說了什麼……！

「我要把XXX放到XXXX裡面XXXX，再用XX來做XXXX，把XX放到XX──」

「嗚……嗚嗚！」

戰場原黑儀……

妳說這什麼可恥又猥瑣的東西！

什麼把XX放到XX！

居然會有這樣的組合！

而且，妳還刻意用那種平靜的事務性口吻！

難以置信……不過是單純的言語，居然能夠如此刺激人類的情慾！

「住、住口──」

嗚……不行，我不能太大聲！

戰場原的父親就在眼前！

不能讓他看到我有不自然的動作！

「XX……用XX來XXX——」

「嗚……」

可、可是，加上她吹吐在我耳邊的氣息所帶來搔癢感……喂，現在是什麼狀況！我女友的手在我大腿上游移，還一邊對我呢喃猥瑣的話語——而且還是在令尊面前！這像是拷問，應該說根本就是拷問了吧！我到底要招出什麼，才能夠從這拷問中解放出來！

我一無所知！

真的一無所知！

原來……原來是這樣嗎，謎底全都解開了，原來神原的色情老師就是妳嗎！這種事情只要仔細思考就可以發現的說，因為她受到戰場原的影響甚劇……！畜生，我心中的判斷和價值標準真的被動搖了，而且逐漸崩毀……啊啊！神原不色，神原真的一點都不色……

「啊姆。」

我的耳朵被咬了！

一種被雙脣夾住的感覺！

NGNGNG，這已經完全是一種色情行為了！

「就是這種感覺。」

戰場原的舉止平靜，若無其事地從我身邊離開。

「怎麼樣啊，阿良良木。」

「要殺要剮隨妳高興了……黑儀同學。」

我已經不行了。

這種約會絕對不是我所期待的……妳真了不起，我的期待和幻想之類的東西，都被妳一個接著一個依序打碎了……

在我們交談當中，時間依舊不停流逝。

當我發覺時，車子已經下了高速公路。據我從車窗的觀察，外頭的景象是比我們居住的城鎮還要更鄉下的田園風景。

這裡是哪裡？

我被帶到什麼地方了？

當我們在說那些傻話的時候……

戰場原也確認窗外的景象說。

「再一下就到了。」

「大概再三十分鐘左右吧。時間上來說，應該算剛剛好……吧。我真厲害。」

「…………」

什麼東西剛剛好我不知道，可是說到時間上怎樣的話，那完全是令尊的功勞吧——

妳連聲謝謝也不說嗎？

不。

或許他們的感情不太好。

這麼說來，戰場原和她父親，一路上沒有什麼像樣的對話。只有在出發前簡單地交談兩句而已。

不對——可是，他們的感情應該不會太差吧。戰場原因為怪異的事情受到忍野的關照後付了十萬塊的謝禮，那筆錢是她幫忙她父親工作才賺到的。

唉呀。

以我們的年紀來說，親子關係會很複雜也是很正常的吧——畢竟我自己也一樣，而且戰場原的家庭狀況也不普通。

羽川也是。

…………

啊——我想起來了。

羽川的頭痛……在那之後，因為燈籠褲和學校泳裝的騷動，最後整個被含糊帶過……因為那種事情而被含糊帶過也很奇怪啦……可是頭痛。

她的頭痛。

還是和忍野商量一下比較妥當吧。

可是，這麼簡單就去依賴忍野也不太好——之前他也這麼說過，而且那傢伙不會永遠住在那棟廢棄大樓。

天下無不散的筵席。

我不知道確切的時間，但就在不遠的將來。

「我說，戰場——黑儀同學。」

「嘴巴閉上。」

我說到一半意識到自己叫錯而改口，然而戰場原卻沒有誇獎我的態度，不容分說地禁止了我的發言。

「嘰嘰喳喳地，吵死人了。」

「嘰、嘰嘰喳喳？」

「就快要到了，你稍微安靜一下會怎麼樣嗎？」

「…………」

好任性的理由。

「我可不是閒人也不是火星人，沒那種美國時間陪阿良良木你說蠢話。」

「火星人可以陪我說蠢話嗎？」

而且妳說快到，是要到哪裡啊。

應該也差不多可以告訴我了說。

如果妳想讓我期待的話，我已經十分期待囉？

不過話又說回來，我感覺在戰場原父親面前，所進行的這一串拷問對話也差不多到了極限。所以戰場原那句話，仔細想想也正如我所願吧。「我知道了。」我說完，舒服地深坐在車子的座椅上。

「你吵死了。」

「誒？我沒說半句話吧。」

「我說你的呼吸和心跳聲很吵。」

「不對，妳是在叫我去死。」

以這句話當休止符。

戰場原之後不再開口了。

為什麼呢。

是我心理作用嗎，我覺得她看起來……很緊張。

她想帶我去的地方，會令她感到緊張嗎？

車子似乎開進了山路。

山——不是昨天和前天，我和神原爬的那種小山，而是一座真正的山。吉普藉由馬力，沿著描繪出大螺旋狀的山路，攀爬而上。這座山的道路整備得相當完善，這點也和先前那座山不太一樣。

山上……？

又要去神社嗎？

初次約會去參拜神社……

騙人的吧？

「事到如今我這麼問好像已經太遲了啦……不過我們到底要去哪裡啊？」

「一個好地方。」

「…………」

「一・個・好・地・方。」

「……………」

就算妳語帶性感地說……

肯定是騙人的吧。

「應該說，阿良良木，沒有什麼想去哪裡，因為我們已經到了喔。你看，那邊已經是停車場了。」

聽她這麼一說，我往正前方一看，確實沒錯。

我們抵達目的地了。

現在時刻接近晚上十點……所以我們等於開了兩個小時以上的車。令人喘不過氣的恐怖車程結束，現在我終於可以好好喘一口氣了。戰場原父親以漂亮的停車技巧，將吉普停放在空盪的停車場邊端。當我放下心中大石，正想下車時，沒想到戰場原卻阻止了我的動作。她不是握住我的手，而是用指甲猛力掐了她剛才游移的大腿處一把。

這種阻止方式讓我為之一驚。

這傢伙是野獸嗎。

又不是貓。

「怎……怎麼了嗎？」

「阿良良木你在這邊稍等一下。」

戰場原說。

「我先一個人過去準備一下。」

「妳說準備……」

有需要準備嗎?

話說戰場原,這種狀況下妳要我在這邊等,然後自己一個人先離開的話——

「你跟我爸爸好好地暢談一下吧。」

輕鬆地丟下這句要不得的話後,

戰場原真的一個人離開了吉普車。

她走掉了……

我沒想到有一天會用這種方式來形容自己,然而事到如今,除此之外沒有更貼切的描寫方式了——我感覺自己的心情,就像被飼主丟棄的棄犬一樣。

我真是猜不透妳啊,戰場原。

竟然把我一個人丟在這種苦海裡頭……

妳這是背叛?倒戈?

還是叛變!

……我一片混亂,連自己在說什麼都搞不清楚。

而且她根本沒有背叛或倒戈,仔細想想,一開始把我拖進這片苦海裡的,就是戰場原本人吧。

但是,我還是難以置信……

現在我在狹窄的車內,和女友的父親兩人獨處。

這根本已經不算拷問了。

而是刑罰吧。

經歷過這種殘酷考驗的高中三年級生，找遍全日本大概也只有我吧……這是一個多麼樸素又真實的不幸啊。

暢、暢談是嗎？

總覺得一直不作聲，感覺會很差吧……可是，我不想讓戰場原的父親對我有壞印象啊。不過……對方既不是親戚也不是老師，我至今幾乎沒什麼機會和年紀看起來隨便就大上我一倍的人說話啊……

就這樣。

當我正在猶豫時，沒想到戰場原的父親居然先開口說話了。

「你叫阿良良木……來著對吧。」

「…………」

來著……

我感覺眼前突然出現一道高牆……

不過，這個人的聲音真的很好聽，就像演員一樣……能讓我覺得聲音很酷的人，或許並不存在吧。

「是、是的……我叫阿良良木曆。」

我如此回答完，

「這樣啊。」

戰場原父親點頭說。

「我女兒就拜託你了。」

誒誒誒！

這個人沒頭沒腦地在說什麼！

「我開玩笑的啦。」

戰場原的父親又接著說。

……開玩笑的是嗎……

老頭子笑話？

這是正牌的老頭子笑話嗎！

可是，他說這種話連個笑容都沒有——看來他似乎不是要看我不知所措的反應，來取悅自己的樣子……他到底想要我怎麼做。就算要我做什麼，我也做不到啊。

「阿良良木。我想你應該聽說了吧——我是典型的那種工作狂。幾乎沒什麼時間陪黑儀。」

「嗯——」

黑儀嗎。

他直呼自己女兒的名字，這很正常。

而且感覺非常自然。

這就是親子嗎。

「所以，我這樣說感覺沒什麼說服力——不過，我很久沒看到黑儀這麼高興了。」

「…………」

你知道自己在說什麼嗎？你是在說自己的女兒在欺負同學的樣子，看起來很快樂喔……？

說到這，「啊，那個。」戰場原的父親囁嚅了一下。他似乎在選詞的樣子。看來戰場原的父親和女兒不同，不是那種口若懸河的人；反而是比較笨口拙舌的人。

「黑儀母親的事情，你已經聽說了吧？」

「……是的。」

「那，黑儀的那個病你也知道吧？」

戰場原黑儀生的病——雖然他是說生病，不過在這個情況下，應該是指那個怪異的事情。

螃蟹。

螃蟹的……怪異。

在忍野的協助下，那個病已經治好了——然而，雖然治好了，但問題卻不是那麼簡單就能獲得解決。

從家人的角度來看，更是如此吧。

「不光是那些緣故啦——當然，只忙於工作的我多少也有一點責任……黑儀她已經完全封閉了自己的心。」

「對——我知道。」

我非常清楚。

因為我們高中一直都同班。

第一年和第二年

然後第三年過了一個月。

她有多麼封閉自己這點……我非常地清楚。

「關於那方面的事情，我無從辯解，孩子犯錯是父母親的責任；可是父母親犯的錯誤，孩子沒有責任要去承擔。」

「責任嗎……」

「封閉自己內心的人，能夠暢所欲言的對象只有兩種人。第一種是就算被對方討厭也無妨的人。另一種則是……不必擔心被對方討厭的人。」

「…………」

戰場原一開始揮舞著釘書機接近我……她肯定把我當作前者吧。她會把深閨大小姐的假面具脫掉，在我面前露出那種可怕本性，是因為對她而言，我只不過是知道她祕密的「敵人」而已。

可是現在。

她有那麼信賴我嗎？倘若有的話，我有那種資格接受她的信賴嗎——

「因為她母親的關係啊。而且……還有生病的事情。那孩子是會主動去愛人的那種人——可是她卻不知道該如何去愛。」

戰場原的父親，有如喃喃自語般說。

這內容仔細想想，並不是什麼稀奇古怪的東西，可是因為他的聲音富有磁性，因此聽起來就像在吟詩一般。

「阿良良木。我覺得你和黑儀的相處方式很好。」

「很好嗎……？」

她說的每句話都會刺傷我喔？

我感覺自己好像被她凌遲一樣喔？

要是我的心會淌血的話，早在很久以前就已經出血過多了。

「她每次都那個樣子啊。我剛才甚至還以為她是為了讓我意志消沉，才故意帶爸爸你一起來的。」（註24）

啊！

我不小心說了「爸爸」兩個字。

這、這樣的話，他會用那句話反駁我嗎……？傳說中的那一句：「不准叫我爸爸！」

「沒那種事。」

他沒有說。

這是年紀產生的代溝……

「她可能是故意做給我看的吧。」

「故意做給你看……？」

……嗯？

啊——原來如此。

正常情況下，自己的親生女兒和初次見面的男生在後座卿卿我我，站在父親的立場

24 此為臺日文化的差異，在臺灣會稱對方為伯父，但在日本當面稱呼對方為爸爸並無不妥。

來看，內心肯定不太好受……吧。正因為這樣我才會被她那樣玩弄，而她想要惡整的對象，與其說是我，倒不如說是她父親……嗎？

「不會，我想沒有那種事情……就算，那個、黑儀再怎麼樣，也不會故意做給自己的父親看……」

「因為……我是就算被討厭也沒關係的人啊。」戰場原的父親說。「因為不管會不會被討厭，父親都是父親啊。我以前一直在黑儀面前，和她的母親不斷重複著醜陋的爭吵……什麼父慈母愛的，現在的黑儀連想都想像不到吧。」

「嗯——」

離婚協議。

單親家庭。

沒錯。

這個人從剛才開始，從未說過「內人」或「妻子」等字眼，自始至終都用……「黑儀的母親」。

「所以……她是故意做給我看的。我彷彿聽到黑儀的聲音在說：我不會變成像你們兩個一樣呢。事實上……也沒錯吧。你們兩個看起來真的很開心。」

「這個嘛……要是說我一點都不開心是騙人的……可是，她平常也是那樣愛胡鬧。」

咦？

這種說法會很失禮嗎？

假如父親照字面上的意思，解讀成我在說他女兒壞話的話……我這麼說其實是在誇獎她，不過站在聽者的心情來看，這種因為親密而說出來的貧嘴話語，有時反而會讓對方不愉快……呃，我還搞不懂該如何拿捏。

話說，我幹麼一個人在這邊唱獨腳戲。

現在的我，是不是遜到爆？

「因為黑儀是會主動去愛人的那種人。」

戰場原的父親說。

「所以，對她該愛的人，她會將心靈託付給對方。竭盡全力地去撒嬌。因為愛是一種索求。我這樣說自己的女兒可能很奇怪，不過我覺得她以一個戀人來說，給對方的負擔太過沉重了。」

「太過沉重……嗎？」

總覺得這一點也——

聽起來很諷刺。

「實在很遺憾，我沒辦法讓黑儀依靠。所以，那孩子從很久以前開始，就不再和我撒嬌了。」

「………」

「曾經有一次，她還對我揮舞釘書機胡鬧……那是她最後一次和我撒嬌了吧。」

她對自己的父親也做過那種事嗎？

那已經是家暴了吧……

「不過——前陣子，黑儀久違地，真的是很久違地開口拜託我。她說……希望可以幫忙我工作。」

戰場原的父親感觸良多，靜靜地說道。

「然後是這一次。這兩件事情……都和你有關。我覺得阿良良木你真是了不起，居然有辦法改變那孩子。」

「……你似乎太看得起我了，實在是不敢當……可是，我覺得那只是碰巧的。」

我按捺不住，到頭來還是說出口了。總覺得她父親會這樣稱讚我，是因為他誤會了。是一個錯誤的高帽子。老實說，那讓我聽了很難覺得舒服。

「是嗎？我聽說黑儀的病會治好，你也有幫上忙……」

「我想……就算幫她的人不是我也沒關係吧。只不過那個人剛好是我而已……就算是其他人來也行，而且，黑儀同學自始至終都是自己救了自己的，我只不過是當時在場陪她而已。」

「那樣就夠了。在必要的時候陪伴在她身邊，光是這麼一個事實，就比任何東西都還要來得可貴。」

戰場原的父親在此——

似乎第一次露出了笑容。

「我是一個沒盡到責任的父親……即便是現在，我也不覺得自己有在照顧女兒。那孩子就像獨自一個人在生活一樣。我在那孩子需要我的時候，沒辦法陪伴在她身邊。老實說，我光是要還黑儀的母親欠下的債務，就已經分身乏術了——就連這輛吉普車，也是向朋友借的東西。可是就算我是這種父親，那孩子還是我引以為傲的女兒。

我相信自己女兒的眼光。如果是她帶來的男生，那就絕對錯不了吧。」

「…………」

「我的女兒就拜託你了……阿良良木。」

「……爸爸。」

這種對答的方式……實在很奇怪。

不過，我還是心有所思。

我想……那些大概不是故意要做給她父親看的吧。

倒不如說，戰場原是想告訴自己的父親，說她已經不要緊了，所以這一次——明明是初次約會——她才會請自己的父親同行吧。

她不是想說：我不會變成像你們那樣。

而是想表示：已經不用再擔心我了。

我感覺自己似乎能聽到那樣的聲音。

……可是，這種事情不是我應該多嘴的吧。我不應該去干涉別人家的事情——基於這種常識上的判斷，我想戰場原和她父親之間，沒有我能夠介入的空間。

所以，這種事情不是我應該多嘴的。

不管我怎麼想，你都是「不必擔心被對方討厭的人」，而不是「被討厭也無妨的人」——

這種話我根本說不出口。

應該親口說出這句話的人，在這個世界上只有一個人而已。

「……對了，請問這裡是哪裡？」

「黑儀在保密的事情，我沒辦法告訴你啊。不過，這裡是……以前我們三個人來過好幾次的地方。」

「三個人……？」

三個人是……戰場原和戰場原的父親——

還有戰場原的母親，嗎？

「沒想到她和男朋友的第一次約會，居然會選擇這裡，那傢伙也滿——哦。公主似乎回來了呢。」

這種說法真像老頭子。

如果對方和我同年齡層，我應該已經出聲吐槽了吧，不過這邊我要自重。

重要的是他說戰場原回來了……是真的，隔著前方的擋風玻璃，我看到她的身影悠然走近。啊啊！剛才我還在想待會看到她，要針對她把我丟在這種狀況下自行離去的事情，好好跟她抱怨一番；然而，現在我卻覺得自己的心境，彷彿看見救贖的天使從天而降一樣。

我被她迷惑了……

「讓你久等了，阿良良木。」

戰場原打開後座車門，完全不明白我的心情，以平靜的口吻對我說。接著，她隨即面向前方的駕駛座，

「爸爸。」她說。「接下來是年輕人的時間了。謝謝你載我們過來。我們大概兩個小

時左右就會回來了，請努力工作吧。」

「好。」

戰場原的父親說完，拿著手機對戰場原示意。正如我所料，看來她父親是在百忙之中，抽空來接送我們的……待會，他還要用電話繼續工作。

嗯。

也就是說……她父親的同行到此為止嗎？

「來，阿良良木。」

戰場原對我伸出手。我戰戰兢兢地握住她的手。接著，戰場原把我拉出車外。

隨後，她馬上把手放開。

她果然很矜持。

「謝謝你，爸爸。」

戰場原在此終於……開口道謝。

接著，她關上了吉普的車門。

唉呀，這也不代表什麼……不管怎麼說，現在終於是普通的約會時間。在這種平常日的晚上，把送我們來山裡的戰場原父親一個人留在停車場，讓我覺得有點過意不去，不過他似乎有工作，所以這樣也好吧。

「……對了，這裡是哪裡啊，黑儀同——」

唉呀。

現在已經不用那樣稱呼她了。

雖然有一點可惜啦。

「戰場原，這裡是哪？」

「哼。」

戰場原不耐煩地將頭別向一旁。

「我從以前到現在，有回答過阿良良木你的問題嗎？」

「…………」

不對。

應該有喔？

戰場原的冷淡態度，不禁讓我認為：其實被討厭也無妨的人是我才對吧。

「居然想要我回答你的問題，你得意忘形也要有個限度吧。」

「我連發問的資格都沒有嗎……？」

「我不記得有允許你下跪過喔。」

「我沒打算要下跪！」

「那你打算跪下來磕頭嗎？」

「我就不能站著嗎!?」

現在已經不是在她父親面前了，所以我可以盡情地吐槽。

阿良良木曆，馬力全開。

戰場原愉悅地大步快走，而我則跟在她身後。這裡雖然是山中，停車場卻布滿了路燈，因此沒有陰暗的感覺……不過，這裡不是馬路，可以叫作路燈嗎？我的腦中開始在想這種無所謂的問題。

「不過，幸好今晚是個好天氣。」

「好天氣？天氣很重要嗎？」

「對。」

「嗯……唉呀，因為我是晴天男孩嘛。」

「咦？腦殘男孩？」

「會有人會聽錯到這種地步嗎!?」

「你看。」

快走出停車場時，戰場原示意說。

「那邊有一塊看板吧。你唸一下。」

「嗄？」

就算妳用那種草率、像是在鬧彆扭的語氣這麼說……我一邊心想，同時依照指示，往戰場原手指的方向看去。那邊的確有一塊看板，上頭寫著：「星之里天文臺」。

天文臺……？

也就是說……

「嘿。」

我反射性地想要抬頭看天空時，戰場原用右手遮住了我的頭。感覺就像是從上方一把抓住一樣，按住了我的頭，封住了我的動作。

「妳幹麼。」

這還挺侮辱人的喔……
我都幾歲了，還被人從上方抓住頭……
「阿良良木，你還不能往上看。也不能看前面。你只能把視線壓低，看著自己的腳走路。這是命令喔。」
「這種不講理的命令誰理妳啊！」
「要是你不聽我的話，我就尖叫一聲，然後一邊哭著朝我爸爸的吉普車跑過去。」
「…………」
「或者呢，明天可能會有一些不幸的事情，降臨在神原身上喔。一個扮裝成幼稚園小孩模樣上課的高中女生；和脖子上掛著一塊寫著：『我是非常淫亂的女孩，正在接受處罰』的牌子，在走廊上罰站的高中女生，阿良良木你比較喜歡哪一種啊？」
「……遵命。」
軟硬兼施的戰術是一種很常聽到的說話技巧，但這傢伙只會來硬的……我感到傻眼的同時，將頭更往下低，視線看著腳邊。然而，戰場原黑儀的手還是抓著我的頭不放，「那我們走吧。」她說完再度邁開腳步。
嗚哇。
這樣好像在遛狗。
「……我每次都會被妳『嚇一跳跳』呢。」
「跳多了一個喔。唉呀，這些都是拜我想要讓更你『驚訝訝（註25）』的服務精神所

25　音近惶恐不安。

賜。」

「妳的訝多了一個吧！妳說話每次都很超過。妳就沒有一點慈悲心嗎？」

「茲非的話我有。」

「少了心部！」

「你真的很誇張呢。在對話裡面加入一點『義式濃縮咖啡（espresso）』，是一種禮貌吧。」

「那對高中生而言太苦了……」

當然，正確的用詞是機敏（esprit）才對。

太苦和負擔過重也有關係呢。（註26）

一離開停車場後，四周就暗了下來。

話雖如此——或許是身處山上的天文臺這個環境使然吧，我不用抬頭仰望也能知道，現在天空有某種程度的星光，使得周圍不至於灰暗無光。我們住的城鎮算是非常的鄉下，入夜要抬頭觀察星座不是問題，不過似乎還是無法和此地相提並論。

這時，

我才終於想到一件事。

「對了，神原她啊。」

「什麼事？你想和我商量如何讓神原不幸嗎？」

「誰會跟妳商量那種事情啊！」

26 在日文中，太苦和負擔過重同音異字。

「真不愧是阿良良木。你是說如果要讓神原遭遇不幸的話，你會自己一個人從頭到尾決定該怎麼做囉。」

「讓神原遭遇不幸的傢伙我絕對不會原諒他的！就算那個人是妳也一樣！我不是在說那種事情啦！」

「不然是什麼？」

「大概是前天吧，我有和神原聊到星座的事情。」

蛇夫座。

要是說得太詳細，就會觸及到戰場原生日的事情，所以必須要點到為止。

「那時候神原有說過，她一年有兩次，會去參加外縣市的天文臺舉辦的活動。該不會是這裡的活動吧？」

神原駿河受到戰場原的影響很深（包含色情方面）。這個可能性相當高。果然，「我想大概是吧。」戰場原回答說。

「我自己也很久沒來了……我記得之前不知道是什麼時候，有跟那孩子說過這裡的事情。嗯……原來是這樣。神原她嗎……」

「這麼說來，那時候我好像有說那不太符合她的形象之類的話。原來是因為這個緣故嗎。真是一個可愛的學妹呢。」

「對啊。讓人想要搞她一下。」

「搞什麼一下！」

啊……這麼說來，我又附帶想到了一件事情。先前第一次去戰場原家的時候……

我還跟戰場原吹噓說，自己對天文學很懂之類的。還說了什麼月亮的圖案怎麼樣之類的……獻了一手半吊子的知識，結果被戰場原反駁。

嗚哇，好丟臉。

這件事還是忘了比較好。

會被反駁是當然的。

因為我今天還是第一次來天文臺。

「……可是，這裡沒有半個人呢。」

「因為現在不是什麼特別的觀測時期。而且還是平常日。來這裡的人，都在那座天文臺裡吧。」

「哪座？」

我正想抬頭時，又被她按住。

應該說，被她用指甲掐住頭皮。

「我說，戰場原……妳現在的所作所為，肯定比妳自己想的還要過分喔？」

「是嗎。」戰場原把我的諫言當成耳邊風。「你能被我白皙纖細的玉手抓住頭，應該算是幸運吧？」

「白皙是白皙啦，不過我覺得妳的手比較像是大白鯊吧……Great White Shark。」

「唉呀，我好高興。居然把我的臉頰形容得那麼白皙透明，阿良良木也滿會說話的嘛。我對你溫柔一點才行。」

她的指甲更使勁地刺進了我的頭皮。

這招雖然平淡無奇，不過卻很有效果。

這傢伙真的是大白鯊嗎……大白鯊空洞、毫無感情的雙眼，真的會讓我聯想到戰場原的面無表情。

原來，我的女朋友是大白鯊嗎……

黑儀鯊。

「總之，這邊有天文臺吧。」

「對。裡面有大型的反射望遠鏡。」

「嗯——我是不太清楚那東西有多厲害啦……我們要進去裡面嗎？」

「沒有。」

戰場原很乾脆地搖頭說。

「因為進去要花錢啊。」

「…………」

「我可是很窮的。」

就算妳說得那麼自信滿滿……

嗯，也對啦。

「天文臺的門票，我可以幫妳出啊……那點小錢我手頭上還有。」

「想要替我出錢，這種觀念很不錯喔。不過，這次就不用了。因為我有一個獨家推薦的地方，比在裡面用望遠鏡看還要好。往這邊走。」

戰場原離開道路，往山丘上爬去。我踏開被割短的雜草，追尋戰場原的腳步前進。

在半山腰一帶，戰場原止住了腳步。

那裡鋪著一張塑膠布。

原來如此，準備是指這個嗎。

「你閉上眼睛，躺在那邊。」

既然已經來到這裡，也沒理由反抗她，我也明白戰場原的意圖了。我照她的指示閉上眼，躺在塑膠布上。她的手從我的頭上離開。接著，我感覺有人躺在我的身旁。我雖然用「有人」這種說法，但如果對方是戰場原以外的人，那可就是不得了的幻覺了。

「你可以張開眼睛了。」

我遵照她的指示。

接著，滿天的繁星映入我的眼簾。

「……………………………………………………嗚喔喔！」

老實說。

比起美麗的星空，我更驚訝自己已經這個年紀了，心中還留有一絲的感性，會因為看見星空而覺得綺麗。

原來人類會如此地感動嗎。

滿天的星辰。

假如要做不解風情的分析的話，我們是躺著的也有關係吧……我眼前的視野被星空完全埋沒，不留餘地，令我非常感嘆。像這樣尋找自己感動的理由，想要保持自我意識這一點，我想就已經缺少純樸之心了吧。總之，我明白戰場原不惜用指甲掐我，也不讓我抬頭仰望的理由了。因為她希望我第一眼能夠用這樣的視角，欣賞這片夜空。好地方。

真的沒有比這更好的地方了。

啊——總覺得，這個回報似乎已經超值。

我感覺至今的辛苦，都能夠既往不究。

「你覺得如何呢?阿良良木。」

一旁的戰場原開口問。

她也……同樣在眺望這片夜空吧。

「太棒了……真的讓我無法用言語來形容。」

「你的詞彙還真是貧乏呢。」

對我的感動潑冷水的毒舌。

但是……那種程度。

她吐出來的毒舌，和這片夜空相比也不過如此罷了。

「那個是天津四，還有牛郎星和織女星。是著名的夏季大三角。那個的旁邊，再往旁邊延伸一下，就是蛇夫座。所以巨蛇座，就是排列在那附近的星星。」

戰場原指著夜空，滔滔不絕地說明道。

沒有燈光也沒有星座盤的解說。

然而不知為何，卻淺顯易懂。

「那邊特別亮的星星就是角宿一……所以，那邊是處女座。那一邊則是巨蟹座……

哈，有點難分辨吧。」

「北斗七星的話我倒是認得出來。」

「對。北斗七星是大熊座的一部分……再旁邊一點的地方，就是天貓座。」

「貓嗎？」

「對。」

戰場原就這樣一個個地為我說明眼前看得見的星座，以及其相關的逸聞。那些話語很愉快地滲入了我的心，彷彿在聽神話故事一般。

如果可以的話，

我希望就這樣進入夢鄉。

「你不能睡著喔。」

她堅決地禁止我這麼做。

這傢伙真是敏銳。

「如果借用在風雪交加的雪山中遇難的登山家的話來說……不准睡著，睡著了會被殺死的。」

「會被殺死！」

「如此如此、這般這般，總而言之。」

星座講解大致上告了一個段落後——

戰場原平靜地說。

「這些，就是全部了。」

「嗯……？什麼全部？」

「我現在擁有的東西，全部。」

戰場原仰望著星空說。

「能夠教你讀書。可愛的學妹和生硬的父親。還有……這片星空。我現在擁有的東西，只有這樣。我能夠給阿良良木你的，只有這些。這些就是，全部。」

「全部……」

原來……是這樣嗎？

前天神原的事情也是……不對，追根究柢來說，她從母親節開始交往之後，這一個月的時間都在思考這件事嗎？她完全不答應我的約會邀請……是因為她想等到實力測驗結束，還有配合她父親的時間嗎（我和神原和好的事，姑且當作非她所預料之事）？

我想起羽川說過的一句話：

戰場原同學很難對付喔。

「唉呀，嚴格說起來，還有毒舌和謾罵啦。」

「那兩樣我不需要！」

「還有，我自己的身體。」

「…………」

我自己的身體……

一個看似拐彎抹角的露骨說法。

「這個也不要嗎？」

「咦?不……那個。」

我不能說……不需要吧?

可是這個場合下，要是我說想要的話，似乎又有點奇怪……

「可是，你知道吧?我以前……差點被一個下賤的男人非禮。」

「啊……嗯。」

螃蟹。

她所說的……正是怪異出現的理由。

至少是其中一個理由。

怪異的出現，都會有一個適當的理由。

「要我和阿良良木做那個下賤男想要對我做的事情，老實說我很害怕。不對……我不打算說用心理創傷這種漂亮的話來當藉口。我沒有那麼軟弱。我只是……會怕。在交往以前我完全不這麼覺得……可是現在，我很怕自己會討厭阿良良木你。」

害怕。

她害怕的不是害怕本身，而是結果。

「我現在很怕會失去你。」戰場原平靜地說。

完全聽不出感情的波折起伏。

她現在肯定也是面無表情。

「怕自己會討厭交往的對象，又怕自己會失去對方，這樣說起來還真是奇怪呢……感覺就好像在討論先有雞蛋還是先有荷包蛋一樣。」

「當然是先有雞蛋吧。」

「老實說，我一直覺得自己變成了一個無聊的女生。原本我應該是一個被不明疾病所苦的悲劇美少女……現在卻是一個滿腦子都在想男生的陶醉美少女。」

「不管怎樣都是美少女嘛……」

「反正，我覺得阿良良木你很可恨，害我變成了這種隨處可見、一點都不有趣的女生。」

「是嗎……」

不會喔……我倒是覺得妳非常有趣喔？

妳說的這麼感性，我這麼想似乎對妳不太好意思。

「不過啊……就如同你所知道的一樣，我至今的人生稱不上是幸福……可是就是因為這樣，我才能夠認識阿良良木你，一想到這一點，我想過去的不幸都能夠一筆勾銷了。」

「………………」

「就是因為不幸，才能夠吸引你的注意的話……我想就算不幸又何妨呢。我就是如此地，為阿良良木你神魂顛倒。所以，就算有萬分之一的可能性，我都不希望把你和那個下賤男的樣子重疊在一塊……其實，我也知道說這種話很不成熟。就像一個小鬼頭一樣……就像一個涉世未深的小鬼頭一樣……」

她不知為何，故意改用了比較遜的說詞。

「用比較粗淺的話來說的話，失去阿良良木對現在的我而言，就等於失去了半個身體一樣。所以，我希望你能夠稍微等我一下。」

「稍微等妳——」

「對。大概等到下禮拜左右吧。」

「好快！」

「在那之前，請你先用神原的肉體將就一下。」

「這句話好猛！」

「我也會趁這段時間，和神原努力『復健』的。」

「那不就正中了神原的下懷嘛！只有她的願望完全實現了！」

「總之，下禮拜是沒辦法啦——不過，總有一天我絕對會想辦法的，在那之前，希望你能稍微等我一下。所以，因愛而陶醉的我，現在能夠給阿良良木的東西……眼前，這片星空是最後了……小時候，我和父母三個人，曾經來過這裡。」

和父母，三個人。

鑑於我對戰場原的家庭狀況所知……那應該是很久以前的事情吧。即便如此，戰場原卻沒有忘記。

不。

她是突然想到的吧。

想到這個原本已經遺忘的回憶。

「是我的，寶物。」

對戰場原來說，這是一個相當陳腐的說法——不過正因如此，我覺得自己似乎聽見了，她不帶任何偽裝的真心話。

夏季星空。

從前和家人一同仰望的夏季星空。

這些就是全部……嗎。

「……………………………………」

至少。

我清楚明白了一件事情。

戰場原黑儀……或許這傢伙頭腦相當聰明，城府深密的程度也超乎常軌；但是唯獨在戀愛方面，她的戰鬥能力等於零。完全等於零。這點在母親節和她交往前的那番對話，也表露無遺，總之這個女孩很莽撞、不顧一切，感覺就像不拿火炬就跑進洞窟裡的RPG主角一樣。她似乎認為這種把底牌亮出來交由對方去判斷、類似恫嚇外交的方法，在男女這種愛來愛去的微妙關係中也能夠通用吧？她甚至完全不表露出自己的情感。這種逼迫方式，一百人當中肯定會有九十九個人退避三舍。就是這麼可怕。這點就連完全沒有戀愛經驗的我也能夠明白……

唉呀。

假如這是因為她看穿了我就是那第一百個人，而想出來的計謀——那我也只能甘拜下風了。

慘了。

她實在太萌了。

萌到讓我無法一笑置之。

說句真心話，我很想順著這個氣氛，直接緊抱戰場原——但我可不願意因為這點小事而失去戰場原。說到底，我根本沒有可以攤開的手牌……和戰場原的關係，暫時就維持這種感覺也不錯。

我不是不需要。

我們躺在一塊仰望星空。

這樣的情侶關係就夠了。

柏拉圖式的關係。

「吶，阿良良木。」

戰場原平靜地說。

「你喜歡我嗎？」

「喜歡啊。」

「我也一樣，喜歡阿良良木你。」

「謝謝。」

「你喜歡我什麼地方？」

「我全部都喜歡。沒有不喜歡的地方。」

「是嗎。我好高興。」

「那妳喜歡我什麼地方？」

「你的溫柔。你的可愛。還有每當我遇到困難的時候，你就會像王子一樣跑來救我的地方。」

「我好高興。」

「對了，」戰場原宛如現在才想到一般，開口說。「那個下賤男，只想要得到我的身體……沒有強吻過我。」

「嗯？這是什麼意思？」

「我是說，那個下賤男完全沒有做過那樣的舉動……阿良良木。所以……」

接著，

戰場原沒有流露出半點的害臊，說：

「我們接吻。」

「…………」

好可怕。

這樣好可怕啊，黑儀同學。

「不對。不是這樣。接吻……可以請您……跟我接吻嗎？我們……接個吻……怎麼樣……」

「…………………」

「我們接吻吧，阿良良木。」

「最後妳決定用這種說法嗎……」

要說妥當，的確很妥當。

要說風格，沒有比這更符合她的風格了。

就這樣……今天變成了一個值得紀念的日子。

對我們而言。

004

接著，六月十四號禮拜三，也就是隔天，我從夢中醒來——當然，這並不是說昨晚和戰場原的初次約會是南柯一夢。而是因為在羅曼蒂克的天體觀測平安結束後，由戰場原父親的接送下，我們又花了兩小時左右回到所住的城鎮，然後凌晨一點過後我上床就寢，作了一個不知所云、起床後有大半都被遺忘的夢，然後從夢中清醒起床的意思。之後睡眼惺忪的我，踩著腳踏車往學校的途中，發現了八九寺的身影。

八九寺真宵。

綁著雙馬尾，短短的瀏海露出了眉毛。

身上背著一個大背包的小學五年級女生。

「唉呀！」

我停住了踩著踏板的腳。

她似乎完全沒注意到我。只見她東張西望，似乎在享受晨間的散步一樣。

嗯——總覺得我們好久不見了。

不對，仔細想想，上次見面是在兩個星期前左右，客觀來看可能還不到好久不見的程度，不過，這是為什麼呢，能夠像這樣巧遇八九寺，讓我覺得非常高興。大概因為她是小學五年級生，比國中二年級生還要更難取得聯絡吧。

今天和前些時候不一樣，時間上還很充裕。稍微和她聊個天也不錯吧（我擅自認為八九寺很閒）。既然這樣，現在的問題就是該怎麼和她搭話呢……我決定小心翼翼地不發出聲音，從腳踏車上下來，將車子架起停放在路邊。

唉呀唉呀。

不過對方可是八九寺。

我不想被她發現自己現在很高興。要是表露出那種感情的話，那孩子有可能會得寸進尺。要是讓她屁股翹起來可就傷腦筋了。我要裝作若無其事，應該說要裝作一副很冷淡的模樣，「啊，搞啥啊，原來妳在啊？我閒閒沒事做，一個不小心就出聲叫妳了。」大概用這樣的感覺，拍一下她的肩膀搭話應該恰到好處吧。沒錯，基本上，我也不是那種，會因為和朋友再會這種小事情而不停喧鬧的輕浮者。我現在這個年紀，是以理智和冷靜為賣點。

好。

那我就躡手躡腳地，從後面接近她……

「八九寺！好久不見了啊，妳這傢伙！」

我悄悄從她身後靠近，給了她一個熊抱。

「呀——！」

少女八九寺發出悲鳴。

但我毫不在乎，有如要捏爛八九寺的矮小身體般，使勁全力地緊抱她，不停用臉頰磨蹭她的臉。

「哈哈哈哈！妳好可愛、好可愛啊！多讓我摸一下，多讓我抱一下！妳的內褲露出來囉，妳這傢伙、妳這傢伙！」

「呀——！呀——！呀——！」

八九寺扯開喉嚨不停慘叫，

「吼！」

隨後朝我咬了過來。

「吼、吼、吼！」

「好痛！妳這傢伙幹什麼！」

無可救藥和這傢伙在幹什麼，

這兩句話都是在說我自己。（註27）

「嚇！呼嚇！」

我被咬了三個地方，才終於恢復到正常狀態；但八九寺片刻之間，頭髮就像超級賽亞人一樣完全倒豎，口中不斷發出那類似野生山貓般的威嚇聲。

唉呀，這也很正常吧。

「沒、沒事，沒事。我不是敵人。」

「嚇！嚇！」

27 日文中好痛和無可救藥同字異意。

「好了，妳冷靜一點，慢慢深呼吸。」

「呼嚇……咳──呼──！咳──呼──！」

「…………」

這呼吸聲和機器超人（註28）一樣呢。

話說，八九寺至今登場以來，都沒說過一句像樣的中文。

「是我，是我啦。妳看清楚一點。我是這附近以人品好聞名的大哥哥……以前還替妳這隻迷路的小羊帶過路……」

「嗯……啊啊……」

到此，八九寺的雙眼才認出了我的模樣，倒豎的頭髮也逐漸恢復原狀。

「這不是奧良良木哥哥嗎？」

「別用那種聽起來好像慾求不滿的名字來稱呼別人。我的名字叫阿良良木。」

「抱歉。我口誤。」

她這次好像是第一次因為真的口誤而說錯話……不過唯獨這次，她會口誤把我叫成奧良良木，原因似乎全都出在我身上。

我沒辦法壓抑住自己的感情。

所以失控暴走了。

昨晚的事情讓我太興奮也有關係吧。

「唉呀，阿良良木哥哥穿夏季制服呢。」

28　漫畫《金肉人》裡頭，一種半人半機器的角色。

八九寺說。

一臉若無其事的表情。

或許她是個笨蛋吧。

「嗯——你渾身肌肉，身體卻很纖細，短袖整個就是不適合你呢，阿良良木哥哥。」

「妳這樣說的話，那我夏天該怎麼辦才好啊。」

女生那種類似無袖上衣的穿著，男生之間並不流行。畢竟男生弄成那個樣子，也和可愛八竿子打不著邊。

「要是短袖不適合你，倒不如說是你不適合穿西裝襯衫吧。阿良良木穿立領裝明明很好看的說。乾脆你一整年都穿那樣上學如何？」

「我又不是應援團的人……」

附帶一提，直江津高中沒有應援團。

因為社團活動不怎麼受到推廣。

「你的袖子變短了，頭髮倒是變長了呢。阿良良木哥哥的長相和凶暴的內心成反比，感覺很秀氣，要是再繼續留長下去，看起來會很像女生喔？」

「這也沒辦法吧。夏天留長頭髮，的確會很悶熱沒錯。還有，妳沒資格說我凶暴。」

「你有一個像女生一樣的名字就已經夠了吧。」

「不要扯這個話題。妳自己才是，髮型就像超能力霸王裡面出現的怪獸一樣，還敢說別人。」

「那只是名字像而已吧。」(註29)

「是這樣講沒錯啦。」

「阿良良木哥哥的髮型就跟阿福羅星人那種東西,孤陋寡聞的我從來沒有聽過,我想那應該是妳自創的詞彙,可是那個外星人的髮型是阿福羅吧!我只是把頭髮留長而已喔!」

「沒有沒有!阿福羅星人一樣。」

「就算你這麼說,因為阿良良木哥哥的稀薄存在感,用美少女遊戲來比喻的話,就像是沒有立繪的角色一樣(註30)。所以,我愛怎麼說就怎麼說。我說你是阿福羅就是阿福羅,我說你是雷鬼頭你就會變成雷鬼頭。」

「是這樣嗎!既、既然這樣,八九寺妳現在馬上說我是一個虎背熊腰的肌肉男!」

「阿良良木哥哥會這麼說,很明顯就表示你完全不是那種體型的人……不過,你希望自己變成一個虎背熊腰的肌肉男嗎?」

「咦?妳那白眼是怎樣?」

「唉呀,阿良良木哥哥,你的頭在流血呢。」

「因為剛才有一個凶暴的傢伙咬我。」

「要趕快掐住脖子止血才行。」

「那樣我會先上西天!」

真不知道是為什麼。

29 雙馬尾的日文為「ツインテール」。超能力霸王當中恰好也有同名的怪獸。

30 立繪:去背景的人物圖。

我最喜歡戰場原，和神原的關係也比任何人都還要友好，可是和八九寺聊天時的愉快程度，在這當中卻是位居第一位。

我的心靈被一個小學生治癒了嗎……

「沒事的。這點小傷馬上就會好了。」

「對喔。你是吸血鬼嘛，阿良良木哥哥。」

「類吸血鬼就是了。」

我在春假時間……遭到吸血鬼的襲擊。

就像羽川被貓魅惑、戰場原遭遇到螃蟹、迷路蝸牛八九寺、神原向猿猴許願，以及千石被蛇纏上一樣，我被鬼襲擊了。

我會把頭髮留長，就是為了遮掩住那時候的傷口。

當時拯救我脫離困境的不是吸血鬼獵人、也不是天主教的特種部隊，更不是專門獵殺同類的吸血鬼殺手，而是一個路過的大叔，穿著夏威夷衫的輕浮混蛋——忍野咩，總之這就是當時留下的後遺症。

我身體的恢復能力非常地高。

「恢復能力嗎……這樣的話，有件事情我想要嘗試一下呢。」

「想要嘗試？」

「對。我想要拿著一把電鋸之類的東西，把你從中間對切，看看阿良良木哥哥會不會變成兩個人。」

「妳這小學生的想法還真是變態啊！」

我又不是蚯蚓。

哪有那麼簡單就變成兩個人！

「我開玩笑的。阿良良木哥哥以前幫過我的忙，我不可能會對你做那種事情吧。」

「是嘛……也對啦。我們是朋友嘛。」

「對啊。就算把你五馬分屍都嫌不夠了，我怎麼可能會因為那點程度就善罷甘休呢。」

「……………」

看來她不是若無其事。

她現在整個就是在記恨。

「請你等著看吧，阿良良木哥哥。下次我會在空白筆記本上頭，用紅色鉛筆寫上阿良良木曆這個名字的。」

「妳、妳做什麼！妳這樣搞的話，會害我早死吧！」

「事情沒那麼簡單。下次我會從阿良良木哥哥的身後靠近，用食指從你的背脊，由上往下快速地刷下來。」

「妳、妳這個旁門左道！妳是想要我求妳，再從下面往上刷一次嗎？」

「這些不過是一個開端罷了。你真可憐，惹我生氣就是這種下場。阿良良木哥哥，你將會體會到真正的恐怖是什麼樣的滋味吧。」

「哼……」

在此，我哼笑回應。

「那是我的臺詞吧，八九寺。」

「嗄？」

「會體驗到真正恐怖的人是妳。妳用紅色鉛筆寫我的名字試看看……我可是會訴諸暴力喔！」

有一個高中生，因為用紅色鉛筆寫名字會短命這種理由，而用暴力威脅一個小女孩。

那個人居然是我。

「要是妳肯道歉的話，現在我還可以饒妳一命。」

「哼……」

然而，八九寺不愧是我永遠的勁敵。

她也露出了無畏的笑容。

「你那是荷蘭人的臺詞吧，阿良良木。」

「荷蘭人！為什麼我要跟荷蘭人道歉，請求對方原諒才行？我對荷蘭人做了什麼事情？」

「你不快點道歉的話，就會變成風車迴轉亂舞的犧牲品喔。」

「那個聽起來像是超必殺技的東西是什麼鬼！」

「你如果不想和唐吉訶德一樣的話，最好趕快道歉。」

「唐吉訶德應該是西班牙的吧！」

「好了，那你想要怎麼做呢，阿良良木哥哥。你希望人家叫你『唐（大哥）』嗎？」

這對話的發展變得很莫名其妙。（註31）

可是我不希望別人用「唐（大哥）」來稱呼我。

「我都說到這種地步了，阿良良木哥哥你居然還不肯道歉……是你理解能力有問題嗎？是你理解能力有問題嗎？是你理解能力有問題嗎？還是我的表達方法太差勁呢？」

「以機率來看有四分之三是我的理解能力太差嗎……真是的……好啦好啦，我知道了、我知道了。只要跟荷蘭人道歉就行了吧。」

「『好』要說一百次才行，阿良良木哥哥。」

「一百次誰說得下去了！」

「的確有高風險呢。」

「說得真妙！」（註32）

話說回來。

我不跟妳道歉可以嗎？

「我的心胸沒有荷蘭人那麼寬大。要是阿良良木哥哥以為只要道個歉，我就會原諒你的話，那就大錯特錯了。」

31　唐吉訶德，原文為Don Quixote。Don一詞在西班牙文當中是一種尊稱，本應譯為吉訶德先生，但中文則採用音譯的方式。

32　日文的「好」剛好和英文的HIGH發音相同，八九寺拿這個音來造句，屬於一種日式幽默。

「荷蘭人的評價還真高啊……」

「要是你無論如何都希望我原諒你的話，這個嘛，你只要給我一年份的蜂蜜蛋糕，我就原諒你吧。」

「也罷，要是那樣妳就可以原諒我的話……」

「一天三個喔。」

「那還挺貴的耶！」

換算成金額來看，隨便都超過十萬日幣。

這竹槓敲得還真響。

「算了，妳原諒我的事情，我先跟妳說聲謝謝。」

「不會不會，No thanks。」

「…………」

這位小妹妹以為 No thanks 是「不用謝」的意思嗎……太強啦。

「阿良良木哥哥等一下要去學校吧。你每天都這樣上學，可真是辛苦了。上次你好像說過出席日數不太妙來著？」

「是啊。這是我一、二年級出席率太差的報應，最慘可能會留級。不過，現在我的目標已經往上提升了一個等級，所以現在我沒空為了那點程度的小事情而傷腦筋。」

「目標往上提升一個等級？這個表現還真是不可思議呢。是什麼意思啊？」

「以前我是以畢業為目標啦——」

嗯？不對，這件事能跟她說嗎。

唉呀，對象是她的話，說了也不用怕她會跑去跟別人講吧。況且，我先把這件事情告訴所有能夠透露的對象，稍微把自己逼緊一點或許也不錯。

「我未來是以考試為目標。」

「考試？喔，是英檢五級嗎？」

「為啥我現在還要去考那種小學生都考得上的證照啊！」

我對八九寺說明了事情的原委，就像對羽川和神原那樣。八九寺人不可貌相，還頗會聽人傾訴，「是這樣啊。」「原來如此。」「這麼說是？」「了不起！」只見她漂亮地在我希望她附和的地方出聲回應，因此我說明起來很容易。唉呀，我繼羽川和神原之後，連同這次總共已經說了三次，這或許也有關係吧。

…………

可是，就算能把自己的目標講得很順口，現在我還是一事無成啊……要是變成只會耍嘴皮子的話還得了。

我必須要達成目標才行。

「阿良良木哥哥，和你一陣子不見就發生了許多事情呢。士別三日刮目相看這句話，說得還真是好啊。」

「哈哈……還好啦。」

「現在想想，時間過得還真快。」

八九寺語氣沉悶，開口說。

語氣沉悶，卻帶有一絲的懷念。

「在那之後，已經三年了嗎……」

「沒那麼久好嗎！」

是兩個禮拜！

不要吐出那種好像要完結篇一樣的臺詞！

「是這樣嗎？唉呀，仔細想想，那種短短兩個禮拜就能作出簡單決定，同樣只要再過兩個禮拜就可以把它整個推翻掉，所以現在我只能姑且聽聽。三日就改變的東西，過了三日又會恢復原樣。所以只要六天不見，一切又會照舊了。」

「妳說這話還真討厭啊。」

可是，她說得沒錯。

因為前天我請羽川幫我挑的那幾本參考書，現在我連一頁都還沒看啊。

「啊——有有有。就是那種光買參考書就會滿足的人。我買電玩遊戲的時候也常這樣，光買就滿足了，都不去玩它們。」

「小學生這樣是不是有點糟糕……？」

而且，我不是因為決心動搖，覺得麻煩才不去看那些專程買回來的參考書……只是剛好在買參考書的書店遇到了千石，之後和怪異扯上關係，最後在舊補習班睡通鋪，回家後又睡回籠覺，起床去學校還要準備文化祭，然後又和戰場原約會。

我根本沒時間去看參考書。

「約會的話，就是跑出去玩對吧？」

「嗚……」

的確沒錯。

真是的，八九寺一臉愕然地說。

「很忙這種話是不會分配時間的人愛用的藉口喔，阿良良木哥哥。其實只要你想的話，你在學校的休息時間，應該也可以看參考書才對。現在的你，被讀書只能在課堂上，或者是只能在家裡那種先入為主的固定觀念給束縛住了。」

「喔喔……妳這話說得還真不錯呢。」

嗯。

這點也沒錯。

「八九寺，我可能一直對妳有誤會，覺得妳是一個頭腦很差的小孩，妳該不會很會讀書吧？妳說過自己的成績不是很好，其實是怕會傷害到我才會那麼謙虛的吧……」

「這個嘛……我從來沒有讀過書，所以我不知道。」

「…………」

我眼前有一個超級笨蛋。

不對，她可能是一個超乎常理的天才也說不定。

她到底是笨蛋還是天才呢……好，我就測試一下吧。

「八九寺，我們來比賽文字接龍。我先開始。從文字接龍（SIRITORI）的『ＲＩ』開始……『蘋果（RINGO）』！」

「『猩猩（GORIRA）』！」

「『喇叭（RAPPA）』！」

「『麵包（PAN）』！」

「嗚哇！我第一次碰到玩文字接龍會因為『N』輸掉的人！」（註33）

她似乎非常低能。

應該說，她的搞笑配合度非常之高。

她沒有立刻說出「飯（（GOHAN）」之類的詞彙，而是先停一拍，然後再若無其事地將自身的搞笑品味表露出來。和她聊天真的很快樂，應該說她是那種讓我會想把她帶回家，每天睡前固定和她聊三十分鐘的人才。

不過，光是這樣還無法下結論，她可能是一個低能，但搞笑配合度很高的天才。我當初的目的可說是完全沒有達成。

好，重來一遍。

再來測試她一下。

「八九寺，這次我們來玩腦筋急轉彎。」

「我當然奉陪。我不會在敵人面前逃走的。阿良良木哥哥雖然不是敵人，不過既然你向我挑戰，我就不會手下留情。你將會知道我有多恐怖。」

「有兩個頭、三個眼睛、四張嘴和一百顆牙齒、手有七隻、腳有五隻，還可以夠吞掉一頭大象的小動物是什麼？」

「……是阿良良木哥哥的朋友嗎？」

33 此為文字接龍的規則，日文中沒有「N」開頭的單字，所以字尾唸到N的人就算輸。

「……答案是『有那種東西嗎?是海豚對吧』才對!而且我才沒有那種朋友勒!妳的朋友裡面有那種人的話,妳不會覺得很可怕嗎!」(註34)

我是會謹慎交友的人!

嗚……可是就算她的反擊做得很瀟灑,這樣還是無法測出她的智商程度……正當我這麼想時,

「那換我反問了。」這次換八九寺開口。「頭是猴頭、身體是狸貓、四肢是虎手虎腳、尾巴是蛇、叫聲像虎鶇的動物是什麼?」

「有那種東西嗎?是海豚吧?」

「答案是鵺。」(註35)

「…………………」

的確沒錯。

我感覺自己被反將了一軍。

這小學生果然是天才嗎……?

該死,她的實力到底要深不可測到什麼地步啊。

「可是,小學生居然會知道『鵺』這種東西。」

「我正在多方面學習當中。」

34　這是日本腦筋急轉彎的一種。故意先問一個不會有答案的問題,然後再用「有那種東西嗎?是海豚對吧」回答對方。原因在於「有那種東西嗎」和「海豚」在日文中的發音相同。

35　音同夜,為日本傳說中的生物之一。外形正如八九寺的問題。

「喔，是嗎。」

「總之，波良良木哥哥。」

「別用那種，聽起來像是棲息在淡水或汽水裡頭的出世魚（註36）一樣的名字來叫我。我的名字是阿良良木。」

「抱歉。我口誤。」

「不對，妳是故意的……」

「我狗誤。」

「還說不是故意的！」

「神曾經存在。」（註37）

「那是哪們子的奇蹟體驗！」

慣例的對答要是到了第七次，要不得心應手也難。

我倆對答的順序，毫無錯亂。

「總之，阿良良木哥哥。你知道嗎，考試可是很辛苦的喔。」

「那種事情我當然知道。」

「是嗎。我完全都不知道呢。」

「我想也是！」

妳不可能有考過吧。

36 汽水為淡水和鹹水交會處；日本有些魚的名稱，會隨著長度大小而改變，統稱為出世魚。

37 日文中，「口誤」和「神曾經存在」的發音相近。

「可是我還是很擔心你。我這麼說可能擔心過頭了，不過我很怕阿良良木哥哥不會寫入學申請書。」

「妳從那種地方就開始擔心了嗎!?少女的擔心還真可畏！」

「只要會寫申請書，接下來只要當天注意好自己的身體狀況，就算是阿良良木哥哥也有辦法參加考試喔。」

「不對！我不是只要參加考試就好，參加考試還要合格才行！」

「為了考試而讀書嗎……唉呀，這種忠告可能不像是我會說的啦，不過如果是阿良良木哥哥的話，應該沒問題吧。因為你是那種只要肯做，就會成功的人。」

「喔喔。妳這麼誇獎我啊。」

「那還用說。當阿良良木哥哥決定要參加考試的時候，就等於已經考上了。」

「沒想到妳會誇獎我到這種地步。」

「我還覺得說得不夠呢。就算說你已經跟大學畢業沒兩樣了也不為過吧。」

「喂喂，我只是決定要參加考試而已，妳說得太誇張了吧，八九寺。」

「不會，我這雙眼睛已經清楚看見，阿良良木哥哥取得學士的樣子了。沒錯，為了表示敬意，以後就讓我用學士學位的頭銜來稱呼你吧。」

「好啦好啦，妳想叫就叫吧。是我害妳那樣叫的，所以也沒辦法批評妳。」

「我就用英文稱呼你吧，聽起來會更有學術氣息。」

「英文是什麼？」

「baccalaureate（音近：笨蛋蘿莉特）。」

「要妳管！而且妳這個梗也鋪得太長了吧！」

害我都等得不耐煩了！

我在途中甚至還懷疑，這個梗是不是沒有結尾勒！

「笨蛋和蘿莉，笨蛋蘿莉特……這個字簡直是為了阿良良木哥哥而存在的。」

「並不是好嗎！笨蛋我就認了，蘿莉我可不承認！我的身心每天都過得很健全！」

「用更深入的角度來看，最後的『莉特』兩個字，總覺得會讓人聯想到『尼特』呢。」

「住口！妳馬上住口！妳要是繼續再說下去，我以後就不敢隨便亂用『學士學位』這個字了。」

「你可不能沉浸在『只要肯做就會成功』這種好聽的話裡頭喔，阿良良木哥哥。只有光說不練的人才會說那種話。」

八九寺正經八百地說。

這傢伙的肚子裡面明明沒有半點墨水……

「實在是，妳說話真的是口無遮攔，毫不留情，實在是一個臭屁的小鬼。讓我想要懲罰妳一下了！」

「你真的是一對臭屁的奶子，讓我想要懲罰你一下？有時候阿良良木哥哥說的話，出乎意料地還挺下流的嘛。」

「我什麼時候說過了！」

「只是把小鬼換成奶子兩個字，居然會變成如此下流的臺詞，真讓我感到驚訝啊。」

「不管是哪句話，把關鍵字換成奶子都會變得很下流吧！」

這是什麼對話。

我感覺自己是乘著興頭，而說出這幾句話的。

「不過呢，妳說得沒錯。我要好好地下定決心才行。」

「對。也請你順便上吊一下。」（註38）

「才不要！不過應該不用擔心吧，我身邊有優秀的家庭老師陣容，交給她們準沒錯。她們可不會允許我偷懶的。就算我不願意也要每天讀書。哈哈，有學年第一和第七名做我的後盾，老實說我已經無敵了。」

「你的思考方式還真是Plustic（音近塑膠）啊。」

「…………」

Plustic這個字的意思裡頭，並沒有「樂觀」的意思。（註39）

「不過阿良良木哥哥，就算她們兩個是名師，想要把全年級倒數第一的人教好，用普通的方法應該……」

「我沒考過倒數第一名好嗎！而且這次我的成績還不錯，剛才我有說過吧！妳仔細聽一下我在說什麼好嗎！」

「要我聽你臭屁，會讓我很困擾的。阿良良木哥哥只有在臭屁自己的不幸時，才會讓我覺得有趣。那方面麻煩你多講一點。」

38　下定決心為慣用句「腹を括る」，八九寺把它改成「首を括る」就成了上吊。

39　八九寺以為plus＋tic就會變成形容詞「樂觀的」，但實際上卻沒有這個字。

「為什麼我要那樣虐待自己啊！」

「那麼，就讓不才我八九寺真宵，來替你代言吧。阿良良木哥哥的吹噓自己不幸系列。『野鴨背著蔥走了過來！可是阿良良木哥哥卻討厭蔥！』」（註40）

「不要隨便捏造我的不幸！我喜歡吃蔥，因為蔥很營養！我感冒的時候，還會把蔥纏在脖子上呢！」

「乍看之下很幸福，可是仔細想想其實很不幸，這就是阿良良木哥哥的賣點。」

「並沒有那種設定好嗎！不要隨便亂添加那種會讓我以後行動起來綁手綁腳、又很半吊子的奇怪設定！」

「阿良良木哥哥的吹噓自己不幸系列 Part2。」

「還有 Part2 嗎！Part1 該不會榮登全美票房冠軍了吧！」

「『阿良良木哥哥半夜肚子餓決定要吃泡麵。可是那碗泡麵明明是速食產品，泡的方法卻意外地困難！』」

「嘖……該死！我很想否定妳，可惜那種經驗我有過好幾次了！想不到 Part2 反而是傑作，這種例子還真是稀有啊！」

「阿良良木曆這個曆法，永遠都是佛滅（註41）。」

「這句話聽了會讓人厭惡一切啊！」

「可是，學年第一和第七名嗎？」

---

40 「野鴨背著蔥走了過來」為日本的慣用句，形容好事自己送上門。

41 佛滅為日本月曆上的用語，為大凶之日，諸事不宜。

八九寺又將話題繞了回去。

「羽川姊姊……就是上次我拜見過的那位，綁著麻花辮的姊姊對吧。」

「對……這麼說來，戰場原和羽川妳都認識嘛。」

「然後……戰場原姊姊是阿良良木哥哥的女朋友。」

「對。」

「嗯——」

八九寺把手交叉在胸前，一臉難以理解的樣子。

她似乎正在思考，但這副模樣和她的風格並不相符。

「幹麼啊。有什麼地方不對嗎？」

「沒有，我在想如果是那兩位的話，通常都會選擇羽川姊姊才對吧。為什麼阿良良木哥哥會選擇和戰場原姊姊交往，而不是羽川姊姊呢，我突然覺得很不可思議。」

「妳問我為什麼……」

就算妳這麼問……

這問題還真奇怪。

「她們兩位都是美人胚子，可是性格方面卻是天差地遠吧。照我來看，羽川姊姊是溫柔的大姊姊；戰場原姊姊則是……對，惡意的集合體。」

「戰場原應該也不想從妳口中聽到這句話吧。」

畢竟，戰場原曾經用很過分的話洗禮過八九寺，所以也情有可原。相較之下，羽川就對八九寺溫柔多了。

溫柔……而嚴格。

一個模範的大姊姊。

從小孩子的角度來看，或許會覺得我的選擇很不可思議吧。

「可是，羽川對我來說不是戀愛的對象啊……她是我的恩人。詳細的情況我不方便告訴妳就是了。羽川她大概也不會把我當成對象吧。而且說到底，我就是連同戰場原的那種個性在內，全部都很……」

嗚嗚。

要說那個詞實在讓人很不好意思。

所以我在句尾含糊其詞。

八九寺沒有使壞刻意吐槽，「這樣啊。」她點頭說。

「這還真是諷刺啊。」

「什麼東西很諷刺？」

「諷刺（註42）你不懂？那我就換句話說吧，這還真是絞肉啊。」

「這樣我越聽越莫名其妙了！」

「唉呀，阿良良木哥哥很像在玩『虹色町的奇蹟』的時候，會跑去攻略琳姿的那種人。你喜好的女性類型異於常人對吧。」

「妳那種比喻，要附解說才行吧！」

還真難說明啊。

42　諷刺日文漢字為皮肉。

這個嘛，以前卡普空公司曾經開發過一款名為：「益智問答七色之夢　虹色町的奇蹟」的動作戀愛解謎遊戲（大型機臺），遊戲中能夠一邊回答問題，同時和登場的七位女性角色培養感情，在遊戲時間半年內提升好感度後，再打倒復活的魔王，最後和自己心儀的女生迎接幸福的結局。而遊戲中，有一位名叫琳姿的角色是魔王的手下，專門負責妨礙主角，這個角色雖然是女性，但很可惜的是不管玩家用什麼方式去攻略，都無法和那位琳姿共同迎接結局。為了尋求和她的圓滿結局，不知道有多少的百元硬幣消失在機臺當中。此外，或許是因應玩家的要求，之後推出的家用版當中，琳姿也變得可以讓玩家攻略了，說明結束！

「不愧是阿良良木哥哥，知道得還真是詳細啊。」

「哪裡哪裡，區區這點程度……話說回來，妳打從一開始就不應該用這種需要長篇大論來說明的比喻！達急動反而還好多了！到了二十一世紀的現在，還會對『虹色町的奇蹟』說明這麼一大串的人，只有我而已！」

「可是，只要像這樣持續著樸素的草根運動，那款遊戲總有一天搞不好會出復刻版吧？」

「那也太樸素了！」

「總之，既然阿良良木哥哥覺得戰場原姊姊比較好的話，那就這樣吧。因為人的喜好是選別差別的。」

「是千差萬別才對吧！」

「對了，阿良良木哥哥。」

八九寺在此，突然改變話題。搞什麼，氣氛好不容易才炒熱了，妳這樣不就等於在破壞氣氛嗎？真不像八九寺的作風。

「上次阿良良木哥哥你說的那個，害你變成吸血鬼——類人、類吸血鬼的女吸血鬼。那個，名字叫什麼來著，現在好像叫忍野忍是嗎？」

「嗯？是啊。」

我好像有跟她說過。

是在母親節，我們第一次見面的時候嗎？

「她八歲左右、金髮、戴著防風眼鏡帽……對吧？」

「嗯。她怎麼了嗎？」

「我沒有親眼看過她，所以也無法斷言啦，不過昨天我好像看到那位忍的樣子。」

「咦？」

八九寺她看到了……？

「……那孩子的身旁，有沒有一個邋遢的大叔？他穿著一件色彩奇幻、品味差勁、現在這個時代無法想像的夏威夷衫，外表看起來很輕浮……」

「嗯？我不太懂你的意思呢，這個問題的意思是問我：有沒有在那孩子的身邊，看到阿良良木哥哥的意思嗎？」

「並不是！在妳眼裡我是一個邋遢的大叔嗎！夏威夷衫那種東西，我連花紋樸素的都沒穿過勒！」

「不想被別人那麼說，就不要那樣說別人，己所不欲勿施於人喔，阿良良木哥哥。」

「正確！」

正論總是會傷害人。

不管什麼時候。

「總之呢，阿良良木哥哥，那個金髮的小孩是自己一個人。她的身邊沒有其他人。」

「嗯……那是幾點的事情？」

「好像是傍晚五點左右吧。」

「五點左右……」

當時，我還在學校忙著準備文化祭。

那個時間，是在我和千石在校門口聊天之前。

「妳在哪裡看到的？」

「國道上的那家甜甜圈店的旁邊。」

「啊，那邊嗎……八九寺，妳散步的距離還滿遠的嘛。以小孩的腳程來說，妳的行動範圍還真廣呢……甜甜圈店嗎。」

那間甜甜圈店是 Mister Donut。

因為這個要素，讓八九寺的話產生了幾分真實感。

可是，忍居然會單獨一個人……

這種事情有可能嗎？

不對，這裡可是一個鄉下城鎮……就連茶色的頭髮都很少見了，更何況是金髮？

那種髮色，除了忍以外不可能有別人。再加上還戴著防風眼鏡帽……可是，這是真的嗎，忍可以離開那間舊補習班，跑到那麼遠的地方嗎？或許只是我擅自認為忍無法離開那裡……現在說起來，忍野好像從來沒這麼說過。可是，那個忍野真的會允許忍單獨行動嗎……？

「對。我也是這麼想。」

八九寺說。

「要是那孩子真的是吸血鬼的話，像我這種人根本不是對手，所以我看到她之後根本不敢靠近她。這件事情我覺得跟阿良良木哥哥你報告一下會比較好，所以今天才會在這裡等你的。」

「啊，真的嗎？」

原來我們不是巧遇啊。聽她這麼一說，剛才我看到八九寺的時候，她似乎正在東張西望。

今天我也是被人等嗎。

「既然這樣，妳就早說嘛。」

「真的很對不起。因為不知道哪裡跑來了一個蘿莉控，從背後突然抱住我，還用力磨蹭了我的臉頰，害我嚇了一跳全都忘光了。」

「蘿莉控？這個城鎮裡頭有那種生物嗎？我身為一個善良的市民，有點無法原諒他呢。」

「沒關係的。我們要以寬大的心胸，去接納那些心胸狹窄的人。因為這個月我班上的標語是：『溫柔對待蘿莉控。』」

「妳的學校是怎麼回事！腦子沒問題吧？」

總而言之呢，都是我害的。

這是自食其果。

「唉呀，這樣啊。讓妳費心了，真是不好意思。我今天馬上找時間去忍野那邊確認一下吧。」

「能夠幫上阿良良木哥哥的忙，真是再好不過了。」

對了，你時間方面不要緊吧？八九寺說。我看了戴在右手腕上的手錶。嗯，我們已經聊了一段時間了。快樂的時間真的很短暫……

下次再見到八九寺，會是多久以後的事情呢？

唉——！

「八九寺，妳有沒有手機啊？」

我對小學生問了一個荒唐的問題。

這個地方明明就連國中生都沒有帶手機的習慣說。

「嗯——很可惜，我對機械方面的東西非常不擅長。」

「真的嗎？」

「對。老實說，我電視也只能看到二〇一〇為止吧。」

「妳連地上數位放送的事情都不懂嗎……」（註43）

那已經不叫不擅長了吧。

43　日本將於二〇一一年七月二十四日停止類比播放，全面改採數位放送。

就連神原和忍野，也都沒有機械白痴到這種地步吧。

「單波段（One seg）到底是什麼東西呢？」（註44）

「好蠢的一句話……」

嗯——

那也沒辦法了吧。

這就是所謂的緣分了吧。

這種在路上閒晃偶然相遇的感覺，對我和八九寺真宵的關係來說，或許剛剛好也說不定。要是太過奢求也很無趣。有些事情正因為偶然而顯得貴重。而且，八九寺也能夠像今天一樣自己跑來找我，所以應該沒什麼問題吧。

我重新跨上腳踏車。

「那八九寺。再見啦。」

「好的。我確信我們能夠再度相見。」

在小學五年級的朋友目送下，我往學校出發。現在的時間還滿吃緊的，因此我用力踩著腳踏車。

八九寺真宵。

迷失方向的蝸牛少女。

她看起來很有朝氣，是再好不過的了——話雖如此，她所站的立場，可說是非常地危險。在某種層面上，以一個和怪異扯上關係的人來說，她的立場或許比我認識的任

44　單波段是手機接收數位波的一種方式，能夠讓使用者快速收看影片。

何人都還要來得糟糕吧。

就算如此……我也莫可奈何。

我不能去想自己能為她做什麼。

人……只能夠自己救自己。

這一點我千萬不能搞錯。

千萬不能。

「………………」

我和怪異扯上關係……知道怪異的存在後，已經過了三個月。

不是像八九寺說的一樣，過了三年……

雖然不是，但我已經改變了許多。

這也只是……

我一個人擅自在改變嗎？

在預備鈴響起前，我成功穿過校門。仔細想想，現在我的書包裡頭，放著千石託我還給神原的燈籠褲和學校泳裝。今天我原本打算早點到校，去二年級的教室找她……嗚唔，時間已經來不及了。也罷。反正這兩樣東西轉交時也不能讓別人看見，要找時間叫她出來的話，大概午休時間或放學後最方便吧。我一面思考，同時把腳踏車停放到腳踏車停車場內我分配到的位置上。

接著我走進校舍，正準備要上樓。

此時，我的手機突然震動了。

唉呀！在進教室前，不把電源關掉可不行……我太粗心了。剛才的震動很快就停了，這表示剛才是郵件而不是來電嗎？可是一大清早的會是誰？是我兩個妹妹吧……因為戰場原和神原不是那種會用郵件功能的人，她們兩個沒那麼勤快……我從口袋中拿出手機，確認上頭的顯示。當我看見寄件者的名稱時，頓時懷疑了自己的雙眼，但是在看過內文之後，我的懷疑瞬間被抹除殆盡。就算日本地大物博、歷史悠久，在用手機發送郵件的時候，文章會用「前略」開頭「草草而書」結尾的人，恐怕也只有一個人而已。

接著，我看了夾住「前略」和「草草而書」之間的文章——重複看了兩遍後，停住了準備爬樓梯進教室的雙腿，毫不猶豫地折返了腳步。

我在學生人群中，逆向行走。

直接往腳踏車停車場走去，想取回腳踏車。

「唉呀。」

此時，我遇見了戰場原黑儀。雖然正值預備鈴響前，但她的情況和我差點遲到的我不同，因為戰場原總是在這個時間來學校，彷彿把時間計算得剛剛好一樣，沒有一丁點地浪費。

我因為昨天的事情，現在和她突然碰面，不免因害臊而有些語塞；但對方不愧是戰場原黑儀，態度非常平靜且完全面無表情。

「幹麼？」

她說。

「阿良良木你要去哪裡？」

「我要稍微出去一下。」

「去做什麼？」

「人道救援。」

「喔，是嗎。」

只見她一臉若無其事的模樣。

真不愧是戰場原黑儀。

她似乎已經知道我在想什麼了。

這也是一種心靈相通……的話就好了。

「好吧。你去吧，阿良良木。本來我是不會這樣幫你的啦，這次我就特別對你親切一點，待會老師點名的時候我會幫你回答的。」

「我覺得在只有四十人的高中課堂上，妳的幫忙似乎沒有任何意義……應該說，我覺得妳只會白白被老師罵一頓。」

「我會確實模仿阿良良木你的語調，所以沒問題的，包在我身上。替我配音的聲優可是很優秀的喔。」

「聲優！原來這個世界是動畫的世界嗎!?」

「『讓神原遭遇不幸的傢伙我絕對不會原諒他的！就算那個人是妳也一樣！』如何？像嗎？」

「一點都不像！我還稍微期待了一下說，結果出人意料地完全不像！而且妳不要故意挑那種會讓我不好意思的臺詞來覆誦！我從妳挑選句子的方式上，感覺到一種惡意喔！」

「我告訴神原之後，她高興得痛哭流涕呢。」

「不要因為那種無聊的事情，害學妹痛哭流涕好嗎！現在神原不光是妳的學妹喔！」

「『黑儀同學……妳實在好美。正是我心目中的理想對象。我愛妳。』如何？像嗎？」

「一點都不像，而且那句話我還沒說過吧！」

「『還沒』的意思，就表示以後有這個計畫囉？」

「…………嗚，有！」

如此這般。

雖然我現在沒那個美國時間陪她耍寶，但我急躁的心情卻因而得到平復，接著我向戰場原道謝後，更加快了腳步，朝腳踏車停車場奔跑而去。

005

浪白公園——我至今還是不知道那到底是唸作「ROUHAKU」還是「NAMISHIRO」。現在還不知道，就表示我以後也不會知道吧——但要說值得紀念的話，這公園或許也是一個值得紀念的地方。

在那個母親節。

我騎著自己的愛車——越野腳踏車（當時它還是一輛好好的腳踏車），漫無目的地來到這座公園。在這座只有盪鞦韆的公園中，我巧遇了散步中的戰場原，同時又遇見了迷路的八九寺。

然後，我還記得。

我還記得在那天……不是只有遇見她們兩人而已，我也同樣在此遇到了羽川翼。我就住在這附近啊——那時，羽川確實說過這麼一句話。

所以，郵件上會要我到這座浪花公園，並不是偶然也沒有任何的暗示吧。單純只因為聰明的羽川，選了一個在她家附近，我唯一知道的一個地標而已。原來如此，這個指示真是巧妙到令我佩服。

沒錯。

郵件的寄件者，正是羽川翼。

現在別說是預備鈴，上課鈴恐怕都已經響了吧。浪白公園我雖然有去過，但詳細的位置我卻記不太清楚，畢竟先前我只是隨意順著路騎到那裡而已，對當地的地理環境並不是很熟悉，因此我花了一段時間才抵達目的地。好不容易我在第一堂課結束前，來到彎腰縮坐在廣場長椅上的羽川面前。

羽川的穿著和平常的印象大相逕庭。

要改變形象的話，那樣可說是有點過頭了。

她穿著一件大小能夠完全遮掩住上半身的單薄長袖外套，衣襬非常地長。外套下延伸而出的長褲，也相當寬鬆。顏色是粉紅色。以外出服來說，那顏色十分鮮豔——平常總是穿著學校指定的素色襪子和學生鞋的雙腳，今天也是裸足配上涼鞋，感覺相當簡便。

唯獨眼鏡還是平常那一副，但麻花辮卻鬆開了。不對，鬆開這個表現用在這個地方是錯誤的吧，就算她是班長中的班長、不是被班上同學而是被神選上的班長，她也不是打從娘胎出生後就綁著麻花辮。何況，現在是早上——應該說她現在還沒有綁麻花辮才對吧。我第一次看見頭髮放下的羽川……很理所當然地沒有綁麻花辮的羽川，頭髮感覺起來似乎很長。看起來似乎比戰場原還要長。

在頭髮上方，羽川戴著一頂獵帽。

我也是第一次看到羽川戴帽子。

「……啊！阿良良木。」

這時，羽川終於注意到我的存在。剛才她抱著自己的身體低著頭，似乎沒有發現我就在她的前方。

或許是心理作用吧，她的表情似乎很焦躁。

在我看來是如此。

「你這樣不行，怎麼可以把腳踏車騎進公園裡呢。旁邊有停腳踏車的地方，你要把車子停在那裡才對。」

我倆一碰面，劈頭就是一個指導。

不愧是羽川。

「現在不是說那種話的時候吧——而且，學校妳都要我蹺課了，現在還管什麼腳踏車啊。」

「這兩個是不同的問題。你快點去把腳踏車停好。」

「…………」

唔，她的措詞不容分說。

對像忠犬一樣跑過來的我，妳不先說幾句慰勞的話來聽聽嗎？

可是，此刻我抱怨也沒用。

羽川說的話也很對。

「我知道啦。」我說完從腳踏車上下來，牽著車往廣場旁的腳踏車停車場走去。五月十四號也有看見的那輛生鏽的破爛腳踏車，依舊停在那裡。我把腳踏車停在它旁邊後，上了鎖。不過，這個公園還是一樣沒半個人（這點似乎和假日或平常日沒有關係），我覺得應該沒有上鎖的必要啦……

接著，我回到廣場。

羽川還是坐在長椅上。

……那件薄外套雖然提供了某種程度的遮掩，但那件寬鬆的長褲，顏色和布料不管怎麼看都是睡衣吧……這樣的話，那件外套下面也是睡衣嗎……那雙涼鞋感覺也很像拖鞋。羽川是剛起床就披著一件外套，直接跑出家裡的嗎……

「抱歉呢，阿良良木。」

我走到羽川面前後，她向我道歉。

雖然這並不是慰勞的話語。

「我害你蹺課了。」

「啊，不……也沒什麼啦。聽起來像是這個意思嗎？我沒有諷刺妳的意思。」

「不過，你放心——因為我都幫你算好了。今天的課表，就算阿良良木你全部缺席，也不會有任何問題的。」

「…………」

好討厭的計算。

她就連請求別人的幫助，都要這麼精打細算……

這傢伙果然有一點太聰明了。這也就是說，假如今天的課表會害我的出席日數有問題的話，她就不會寄那封郵件給我了嗎？

她實在顧慮太多了。

「……班長和副班長都蹺課，文化祭的準備該怎麼辦？這一點，妳也已經想好了嗎？」

「我寄了郵件給阿良良木你之後，有打一通電話去教職員室，所以沒問題的……我已經把今天該做的事情和步驟，告訴保科老師了。」

「…………」

有夠周到。

特別是她有效活用了我來公園前的這段等待時間，實在有夠周到。

「放學後的指揮工作，我也已經拜託戰場原同學幫忙了。」

「誒?那應該是一個錯誤的決定吧?」

那傢伙可是一個非常討厭和人共事，以及為別人奉獻的女人喔。文化祭的準備這種東西，不就恰好是那兩件事情的混合體嗎?把它們混在一起是非常危險的。

「因為戰場原同學昨天自己先走了。所以要補回來啊。」

「喔……」

那位目中無人的戰場原，在羽川面前也無法任性妄為啊……唉呀，那傢伙至今在班上的定位好歹是個深閨大小姐，既然受人所託，她就會確實扮演好自己的角色吧……

「幸好妳是一個良民。妳那種無人可及的計算能力，要是用在壞的地方應該可以無所不能吧。」

「也不盡然吧。你說我很會計算嗎……其實阿良良木的手機有沒有開機這點，算是一個很危險的賭注呢。而且剛才的時間你大概已經到學校了，我也不能打電話向你確認。」

「嗯?手機有沒有開機妳打電話過來響一聲掛掉，不就可以確認了嗎?」

「可是那樣的話，有禮貌的阿良良木就會回我電話了吧。」

「原來如此。我的個性已經被妳摸透了嗎?」

我可以收郵件，但是打電話就不行……這判斷的基準還真是微妙。以羽川來說，傳郵件似乎已經是最極限的選擇了。剛才我一直在想沒那個時間，可是我在來公園的路上，應該趁等紅綠燈的時候先回信給她才對。

這麼看來，早上我和八九寺的閒聊也不是白白浪費時間——要是在她傳郵件之前我就到校的話，在教室我就會把手機關掉了。

…………

不，那些事情先擱在一旁。

要是發現對方穿的衣服是睡衣，就算知道她是羽川，還是會讓我的心頭小鹿亂撞啊……女生穿睡衣這種非日常的光景，我還是第一次看見，這是我的初體驗（兩個妹妹算是例外）。

可惜的是那件外套。現在只有露出長褲，而且也只能看見雙腳的部分，就像畫龍未點睛一樣……應該說現在只有龍眼不見龍形。以小露春光來說，她也太過保守了一點。

有沒有辦法讓她脫掉那件樸素的外套呢？

就像北風與太陽一樣。

「我說羽川。」

「什麼事？」

「不對……羽川大小姐。」

「大小姐？」

「您的外套，請交由我來保管。」

「…………」

嗚哇。

好可怕的白眼。

我試著偽裝成在迎接貴賓的高級餐廳服務生，但現在的地點是露天的公園廣場，這方法實在太勉強了。

「阿良良木。」

「小的在。」

「我會生氣喔。」

「……對不起。」

強力炫白認真光線。

讓我差點沒下跪道歉。

「好了，玩笑就開到這邊吧——出了什麼事嗎？羽川。妳傳來的郵件上寫得不是很詳細……是因為那個頭痛嗎？」

「嗯——頭……」羽川緩緩開口說。「……已經不痛了。」

「嗄？不痛了嗎？」

「頭痛已經停止了，應該說……」

羽川看似在選擇詞彙。

與其說在選擇詞彙——不如說她現在身處的狀況，必須創造一個新的字彙才能表達出自己想要說明的東西。

老實說，

我大致上已經猜到她想說什麼了。

「那個……阿良良木。黃金週的事情啊，我……想起來了。」

「是……是嗎？」

頭痛。

頭痛……所代表的意思。

「不對，不算想起來吧。這種感覺就像是我想起了自己一直忘記的東西一樣……那時候發生了什麼事情，不管我再怎麼努力回想，都只能模糊地回想起一些事情而已。」

「嗯……唉呀，我想也是啦。要全部想起來應該是不可能的啦。」

應該說，她就連要想起自己有忘記什麼都沒辦法才對。羽川應該不可能再次想起那惡夢般的九天才對……

然而，

「至今……我只是模糊記得，忍野先生和阿良良木你救了我而已，真是不可思議呢。別說你們怎麼救我的，我就連你們是從誰的手中把我拯救出來的，我都不記得了——這就好像被施了什麼奇怪的催眠術一樣。」

「催眠術……嗎。」

實情和催眠術完全無關。

但是，她的思考方向完全正確無誤。

「現在我還是有點耿耿於懷——可是，能想起來真是太好了。這樣一來，我終於可以向你還有忍野先生，好好說聲謝謝了。」

「這樣啊……可是，我們沒有救妳喔。照忍野的說法——」

「我是自己救自己的……對吧？」

「沒錯。」

正是如此。

特別是我，完全沒有幫上忙。

而且，羽川的貓事件中，出最多力的人是忍啊——要是羽川有必須要感謝的對象，那應該不是忍野咩咩和阿良良木曆，而是金髮少女‧忍野忍才對吧。

「貓。」

羽川說。

「是……貓對吧。」

「…………」

「那邊我想起來了——是那個時候的貓，對吧。我和阿良良木你一起埋葬的……那隻貓。嗯……那邊我想起來了。」

「因為……那個時候妳還是妳的關係。」

「咦？」

「沒事——可是，羽川。妳把我找出來，不是只因為……妳想起來的關係吧？」

就算出席日數等問題獲得了解決，羽川也不可能因為那種理由就讓我蹺課。

她不光是想到而已，在那之前應該還有某件事情——記憶的恢復本來就只是附贈品而已。

「對。」

羽川肯定了我的說法。

然而她的態度卻很毅然決然——內心堅強的人就是不一樣。前天我和千石的對話，根本無法與之相較。

「怪異……嗎。」

怪異。

每個怪異的出現，都有一個適當的理由。

「對……所以，」羽川望向我。「我想要請你帶我去忍野先生那邊……忍野先生還住在那間舊補習班吧？這點我知道，可是我實在不知道該怎麼過去——」

「…………」

不是不知道。

而是忘記了。

要是地點是荒廢的廢墟，用地圖能查到的資料也有限……如果查舊地圖，要找到答案也不是不可能，可是在這刻不容緩的情況下，那樣太花時間了。所以羽川才會求助於我，因為這是最快的方法。

「可以拜託你幫我帶個路嗎？」

「這當然——」

我沒有拒絕的理由。

這個時間，在這個還是上午的時間點，現在過去忍野恐怕還在睡大頭覺吧，可是現在不是說這種話的時候。雖然那傢伙因為低血壓之類的緣故，剛起床的脾氣不是很好……但也情非得已。

「——當然沒問題，不過在那之前，可以讓我問兩、三個問題嗎？」

「咦……可以啊，什麼問題？」

「因為每次碰到怪異方面的事情，我都跑去依賴忍野。我們必須養成良好的態度，如果是自己可以解決的事情就盡量自己處理。就算最後要完全麻煩忍野去處理，我也必須先把事情的重點整理好才行。」

「啊……也對呢。」

羽川似乎認同我說的話。

「好，那你就盡量問吧。」

「關於頭痛的事情。妳之前說最近很常頭痛，正確的時間是從什麼時候開始的？」

「什麼時候……」

「妳的話應該記得吧。」

「……大概一個月前左右……吧。嗯，剛開始還不是很痛——可是，前天和昨天……在書店和學校正門口的頭痛，就是阿良良木你剛好都在場的那兩次……其實痛得很厲害。」

「那時候妳應該跟我說一聲吧。」

「抱歉。因為我不想讓你擔心。」

「……過去的事情就算了。那……黃金週結束之後，妳有遇到和貓有關的事情嗎？」

「和貓有關的事情？」

「例如黑貓從眼前走過之類的小事也行。」

「…………」

羽川閉上眼，舉止似乎在回想。

老實說，我不清楚那種事情是不是只要回想就能想得起來……不過呢，她是連那位戰場原都開口承認彼此世界不一樣的「天才」啊……

用常識去衡量她可是會受傷的。

正因如此，她才會被怪異纏上。

「五月二十七號，我在晚上聽了一個廣播節目，裡面唸到一位筆名叫作『超愛大熊貓』的人寄來的明信片，這點是不是有什麼關係？」

「……不，我想應該沒有。」

太強啦。

雖然我已經知道她很猛，但這真是太強啦。

「附帶一提，那個明信片的內容寫道：『女僕這種工作，在漫畫和卡通裡面看起來很輕鬆又很有人氣，其實卻意外地辛苦呢。不是那種只要把萌掛在嘴邊就可以的工作。事實上，她們好像是全年無休的樣子。這些是我上次在聯誼遇到她們的時候聽來的，絕對錯不了。』」

「妳不用說明得這麼詳細！」

「對了，阿良良木。那張明信片，你覺得哪裡有趣啊？我聽不太懂呢。」

「這個嘛，就是啊，那些女僕明明說自己沒空休假，結果還很悠哉老練地跑去參加聯誼，這裡算是一個笑點吧——等一下，為什麼我要幫那位素未謀面的『超愛大熊貓』，補充他笑點說明不足的地方啊！」

「啊啊！『在聯誼遇到她們的時候』，原來她們是女僕啊。原來如此，這樣聽起來還挺有趣的，不過只聽一次果然還是有一點難懂。」

「話說回來，仔細想想大熊貓不是貓，是熊吧。」

「嗯。這麼說也對呢。」

「還有其他的嗎？」

「嗯？其他的？這個嘛，在同一個節目裡面，還有一個筆名叫『揮棒的姿勢』的人。他來信說：『這是前陣子，我和三個朋友用撲克牌在玩大富豪時的事情。牌發完之後，其中一個朋友突然開口說，以前在他們國中的玩法，最強的牌是4　。』因為那是專門唸聽眾來信的節目，我想八成是真的吧，可是這個哪裡好笑了？」（註45）

「不對，我不是在問妳還有沒有其他笑點很難懂的明信片！順便再告訴妳，要聽懂那封明信片，必須要先知道大富豪有很多例如：8切牌或一落千丈之類的地方規則，笑點就在於他想說自己有一個朋友，企圖拿那種地方規則來當擋箭牌，配合手上的牌捏造出對自己有利的規則！」

「啊！原來如此。真不愧是阿良良木。」

「因為這種事情被妳佩服，我根本高興不起來……啊，還有『揮棒的姿勢』這個筆

45　大富豪又稱大貧民，在日本相當熱門，一般規則中最大的牌是2。

名也是，『揮棒』和『姿勢』兩個的漢字寫起來都一樣（註46）。這也算是一個小小的俏皮話吧。」

「啊，不過阿良良木，那個節目唸的明信片也不是全部都很難聽懂喔。也有這種還不錯笑的來信。有一封信和剛才那兩封是同一個節目的東西，所以也是真實的故事吧。有一個筆名叫『削蘋果前進』的人來信說：『前幾天，我和朋友兩個人去錄影帶出租店。我原本想要借大約三年前電視演過的一部連續劇的ＤＶＤ，可是那部全十三集的連續劇，第八集被其他人借走了，所以我只好先借到第七集。聽說那部連續劇越是接近尾聲越精彩，所以我覺得很可惜。被借走的只有第八集，九到十三集明明都還擺在架上的說。所以我就說：「這就跟玩牌七的時候，在七就斷尾的感覺一樣啊。」我說完後，朋友就接著說：「現在借走第八集的人大概在暗爽吧。」』啊哈哈！借走第八集的人根本不覺得自己在玩牌七啊。」

「這的確還滿有趣的，不過廣播的事情已經夠啦！」

言歸正傳。

總而言之。

她回想有關於貓的記憶，只能回想起那種程度的事情，就表示這次的事件我應該要把它當作是，上次的餘灰來思考嗎。

八成沒錯吧。

「好，羽川。下一個問題。」

46 在日文當中，這兩個字的漢字同為「素振」

「嗯。」

「那頂帽子，」我說。「妳可以把它脫掉嗎？」

「……那——」

羽川的表情驟變。

「那不是問題吧，阿良良木。」

「說得對。」

「就是啊。」

「羽川大小姐。您的帽子，請交由我來保管。」

「阿良良木。」

「小的在。」

「我會生氣喔。」

「妳就生氣啊。」

我不畏懼羽川氣勢洶洶的樣子。

「妳想生氣就儘管生氣。要不然妳要討厭我，我也不在乎。對我來說，我能不能報答妳這件事，比我們之間的友情還要來得重要。」

「什麼報答……」

羽川變得輕聲細語。

我說的話似乎讓她覺得尷尬。

「你在說什麼啊。」

「我在說春假的事情。」

「那件事——可是，那件事情才是……怎麼看都是阿良良木你自己救自己的吧？」

「不對。忍野可能會這麼說吧，可是我一直覺得是妳救了我。妳是我的救命恩人。」

我說。

總算說出口了——這句話正是我此刻的感覺。

沒錯。

要好好道謝的人……是我才對。

「我不認為妳的大恩我可以報答得了。可是我想要為妳做些什麼。只要是為了妳，能做的我都會去做。就算最後妳會罵我、討厭我，我都可以忍受。」

「忍受嗎——」

羽川……微微莞爾。

不，或許她在哭泣吧。

我也不明白。

「你說這話還真臭屁呢。」

「是嗎？」

「明明是阿良良木，還敢這麼臭屁。」

「……妳那是孩子王的臺詞吧？」

優等生不應該說這種話。

也對——羽川說。

「你不要笑我喔。」

接著，

她脫下了帽子。

「…………………………………………………………………………………………………」

………………………………………………………………………………………………………

是貓耳。

羽川小小的頭上，長了一對可愛的貓耳。

我沉默不語，咬住下脣。

緊咬到快要滲出血來。

……不准笑……

我才剛決定要嚴肅看待這件事情，絕對不能笑……說一些很正經的好聽話讓對方開心，再趁對方當真的時候，一陣大爆笑把對方當成笑柄——這是漫畫之類的東西常見的搞笑方式，但我已經在內心發過誓，唯獨這類的舉動自己絕對不會做……

可是那對貓耳真的就宛如訂做的一般，和羽川平整修齊的瀏海十分相配。黃金週的時候我也有想過，該怎麼說呢，她彷彿就是為了戴貓耳而出生的女性……

話雖如此。

這次和黃金週的惡夢時不同，是羽川本尊配上貓耳——這股破壞力可說是絕大無比。原來，在這狀況下，貓耳的毛色和頭髮一樣是黑色啊……

可是我千萬不能笑啊。

她真的會討厭我。

雖然剛才我說自己不在乎被討厭，但如果可以的話，我還是不希望羽川討厭我。被自己的救命恩人——就算不是，她也是一個心地善良的人——討厭，會讓人備感挫折。

「可、可以了嗎？」

羽川害羞地說。

她羞紅著臉頰，表情相當難得一見。

而且還是貓耳！

「可、可以了……嗯。謝謝。」

「你幹麼說謝謝啊。」

羽川一面抱怨，一面將帽子戴了回去。她將帽沿深戴，不肯多看我這裡一眼。神原和千石讓我看左手與身體的時候，也是類似的狀況……不過，羽川的貓耳和她們是不同次元的。

會讓我不由得想要道謝。

真的很感謝。

「可是……嗯，我知道了。果然，這是黃金週的延續吧。還是應該說事情還沒解決呢……」

頭痛是貓耳長出來時的痛楚。

要說淺顯易懂，的確很淺顯易懂。

這狀況就跟智齒長出來的時候一樣。

「黃金週的延續……是我忘記的……事情對吧。」

「妳還是忘掉比較好。」

「嗯，我也是這麼想……可是，記憶前後矛盾的感覺，該怎麼說呢，讓我覺得很不舒服。有一種完全脫節的，欠缺感。」

那不是欠缺感。

我想……那應該是喪失感。

「我這樣說也很奇怪啦，不過我稍微放心了。如果是上次的延續……那就有辦法處理了。就算羽川妳已經不記得了，但對我來說，我已經有過一次處理的經驗了。只要再用一次那個方法，事情就能平安解決。這次我會更謹慎、更細心的。」

「這樣……啊。」

羽川聽我說完後，明顯露出了放心的神情。

就算她稍微想起了一些東西，早上一起床發現頭上突然長了一對貓耳，不管是誰都會陷入恐慌狀態吧……她會穿著睡衣奪門而出，也不無道理。

因為，遇到這種狀況時——

羽川無法在家閉門不出。

「好。那麼前因後果也已經整理好了，我們去忍野那邊吧……羽川妳該不會說腳踏車雙載是犯法的之類的話吧？」

「我是很想這麼說啦，」

羽川從長椅上站起。

「不過這次就放過你吧。我害阿良良木你蹺課的事情，這樣就扯平了。」

不對喔，這種扯平方式很奇怪吧？

這兩件事都是因為妳的關係吧。

這傢伙很意外地也會耍小聰明呢……

或許應該說，這是羽川流的玩笑吧。

要說這是一種遮羞的方式也行吧。

「我把肩膀借給妳吧？看妳好像很累的樣子。」

「沒事的。我剛才說了吧？我的頭已經不痛了……會累是因為精神上的疲勞。身體方面的狀況，甚至比平常還要好呢。」

「是嗎。」

畢竟是貓嘛。

神原的猿猴那次，也是同樣的情況。

我們走到腳踏車停車場，解開車鎖後，我先行跨上坐墊，接著羽川坐上了後座。

然後，羽川的手環住了我的身體，

身體和我緊緊密合。

「……………」

耶……

好柔軟……！

而且好碩大！

背後傳來的兩粒觸感，毫不留情地挑動了我的心靈，對其窮追猛打……說實話，倘若對方不是我的救命恩人羽川翼，而我沒有女友，再加上女友不是戰場原黑儀的話，我敢斷言這股衝擊會讓我當場失去理性。

隱性巨乳，羽川翼。

原來，這傢伙總是遵照校規打扮得很素雅，所以旁人不易察覺，其實她的身材非常驚人啊……這點在黃金週，我已經清楚到快要生厭的地步。先前，我也讓戰場原坐過後座，不過她實在很小心，坐在後座時憑藉著天生的絕妙平衡感，幾乎沒有碰觸到我……

畢竟我們當時還沒交往。

從這一點來看，這位羽川翼則是因為自身的倫理和道德觀，為了遵守交通安全的規範，而將整個身體託付給我，老實說，這可不是開玩笑的。

而且，戰場原的時候我是穿立領裝。現在是夏季服裝，短袖襯衫。這個差異所衍生出的實際問題，相當地大。可是，光是這樣就會有如此柔軟的觸感嗎……？要說夏季服裝的話，前天我載千石的時候明明也是穿這樣啊……不，或許這和千石的身材，原本凹凸的程度就很不起眼也有關係吧。

啊！此時我注意到一件事。對了，就跟我的襯衫下什麼都沒穿一樣，而她的外套下是穿睡衣……所以羽川同學該不會沒穿內衣吧。

嗚哇……

人類只要活著，就會遇到這種好康的事情……

「阿良良木。」

「嗯？」

「等一下到了之後，我要跟你聊一聊。」

「…………………」

好一句令人戰慄的話語。

完全被她看穿了……

我還真是膚淺啊。

「總、總之那個先不管，我要騎囉。妳抓緊一點，不要掉下去了……」

等一下！

我原本想打馬虎眼，怎麼會變成自掘墳墓呢！

沒辦法，在這種狀況下我無法拿出平常的風格！

和主動讓自己陷入泥沼中的我相比，羽川則是很安靜。

安靜過頭了。

她不再開口說話。

「……那、那我們出發吧。」

最後我丟下這句戰戰兢兢的話語後，開始踩動踏板。現在是兩人份的體重，所以踏板也重了幾分。這種狀況下說到基本款的對話嘛，就是故意對羽川說：「原來妳還滿重的嘛。」逗她生氣，不過我也已經決定不用這一招。

況且，也還沒到重的地步。

要到忍野和忍居住的舊補習班，不會花太多的時間——就算是雙載，只要我全力疾駛，應該花不到一個小時吧……每遇到凹凸的路面，我的背後就會開始天人交戰，但我決定盡可能不去意識它。騎在柏油路上，我也不會刻意選擇凹凸不平的地方走，我是一個紳士。不對，可是該怎麼說呢，故意選不平的地方走的確不好；但是在行進路線上，偶然碰到不平的地方我也不會去閃避，這樣還能算是紳士嗎……？

「你還真辛苦呢，阿良良木。」

羽川過了一會後——恐怕這是她人生首次，就算不是也是在過了六歲以後的第一次雙載（註47）——等到她稍微習慣後，對我如此說道。

「因為你要照顧許多人的各種事情。」

「許多人？」

「像是戰場原同學、真宵小妹妹、神原同學，還有昨天的國中女生千石……啊哈哈，都是女生呢。」

「妳囉嗦。」

「全部……都跟怪異有關吧。我想起來了。」羽川說。

那與其說是「想起」，毋寧說是「想到」比較貼切。

「雖然還不是很徹底……也對。戰場原同學的病，不可能好得那麼突然吧……」

47　日本的腳踏車原則上禁止雙載，但如果後座有裝兒童座椅，就能夠載六歲以下的兒童。但駕駛者須年滿十六歲。

「…………」

「一開始是春假的時候，阿良良木被吸血鬼襲擊嗎……從那時候一切就開始了對吧。」

「怪異本身，似乎是一種理所當然的存在；而不是某天突然跑出來的東西。」

讓專家・忍野咩咩來說的話，就是如此。

「阿良良木……你知道嗎？」

「知道什麼？」

「吸血鬼有一個特性啊，叫做奪魄，可以把人類變成自己的俘虜。」

「俘虜？」

奪魄這個詞我不知道，不過，我想想……就是吸血製造同伴的那個嗎？就跟忍對我做的一樣？

我說完，

「不是。」羽川搖頭。

藉由背後的觸感，我可以知道她在搖頭。

「它和吸血那個有名的特性很像，可是有點不一樣……奪魄不用吸血的。那就像催眠術一樣吧……光是用眼睛凝視對方，就能夠把異性變成俘虜。吸血鬼和人類是不同種族，所以我不知道這個場合，用異性這個詞是否恰當啦。」

「嗯——可是那有什麼關係嗎？」

「沒有啊。不過，我稍微想了一下。」

羽川用低沉的聲音說。

「最近，阿良良木會受女生歡迎，會不會和那個特性有關呢。」

「…………」

奪魄。

吸血鬼的特性。

這樣嗎，雖然我已經不是吸血鬼，但這點或許十分有可能吧。這和先前八九寺舉的例子：美少女遊戲的主角之類的不同……而是一個可以用實際的理由來說明的例子。

真不愧是羽川。

看待事物的觀點就是不一樣。

但是……如果真是如此，那還真是討厭啊。

因為，如果她說的是事實，那現在我和戰場原黑儀交往的意義，不就完全變了一個樣嗎——

和八九寺之間的歡談也是。

與神原之間變得如此親近的事情也是。

還有千石的事情也——

「……抱歉。」

羽川說。

「我剛才說了很壞心的話呢。」

「沒……那種事吧。妳反而讓我恍然大悟了。原來如此。現在想想，到去年為止，我真的連半個朋友都沒有——現在我想起來了，有一段時間我手機的電話簿裡面，連一支電話都沒有呢……」

真虧我還能記得。

現在要我變回那樣有點沒辦法了。

「奪魄嗎。原來如此。妳真是無所不知呢。」

「我不是無所不知。」

羽川說。

「我不是無所不知——我什麼都不知道。」

「………？」

咦？

這句話好像跟平常不太一樣喔？

不過，在我要發出疑問之前，

「我們在春假相遇的時候，阿良良木你已經是……吸血鬼了對吧。」

羽川又接著說。

「是啊。那時我正身處事件的漩渦之中，不是什麼類吸血鬼，而是貨真價實的正牌純吸血鬼。哈哈，那妳搞不好也被我奪魄了——好痛！」

羽川環住我的雙手，突然施加了力量。

這招不就是名為「鯖折」的相撲招式嗎？

「不對，阿良良木。鯖折是從正面施展的招式，而且主要目的是讓對手跪下，不是搗爛對方的內臟。」

「原來如此，妳還真是萬事通呢……等一下，搗爛內臟！」

剛才羽川說了一句戰場原才會說的話！

女人真可怕！

而且，要是羽川發現她這招因為我背上的兩顆安全氣囊，而沒有發揮太大的威力的話，那我該怎麼辦才好！

話說回來，這是我的錯。

因為我分不清楚狀況，說了不經大腦的話。

現在，羽川的心理狀態應該非常不穩定——由於記憶恢復得不夠完全，她為了要填補欠缺和喪失的部分，而想了一堆本不用去傷腦筋的事情。

就算她的腦袋會轉不過來也是很正常的。

剛才她處於那種狀況下，還能夠掛心我的出席日數和文化祭的準備，羽川的計算能力之高令我佩服；不過，仔細來思考的話，如果她只是想拜託我帶她去忍野住的舊補習班，那靠郵件聯繫就足夠了。她只要拜託我把路線用郵件傳給她即可——根本沒必要讓我蹺課，也不用把我叫到位於遠處的公園。

然而，她卻把我叫出來了。

這不是思慮不周使然。

而是因為她內心不安吧。

我只要花上一些時間就能明白的東西，羽川不可能沒注意到——所以，她也發覺了吧。總而言之，羽川肯定很害怕一個人獨自去面對怪異。

這讓我覺得很感激。

到頭來，我這次大概也幫不上什麼忙吧——只能夠拜託忍野咩咩和忍野忍，來解決這個貓怪異。我沒辦法為羽川做任何事情。我做得到的事情，我都會去做——話雖如此，打從一開始就沒有我能力可及的事情。

但是，我可以陪在她的身邊。

在必要的時候能陪伴在她身邊，光是這麼一個事實，就比任何東西都還要來得可貴——戰場原的父親曾如此說過。

要那麼說的話，對我來說在我需要幫助的時候，陪伴在我身邊的人，不是別人，正是羽川翼。

所以，我在心中早已做了決定。

在羽川需要人陪伴的時候，就算我什麼都做不到，我也絕對會待在她的身旁。

因為我沒有變啊。

羽川昨天如此說過。

但是，我想她不是沒變——老實說，照我的看法，就連羽川也變了許多。

和怪異扯上關係後——她變了。

這點在書店問她未來的出路時，最能具體地感受到。

她說要花上兩年左右的時間……在世界各地流浪。

踏上旅途。

至少去年的羽川，不會選擇那種如夢似幻的未來出路——她應該會選擇被人安排好、慣例的優等生道路吧。

這不是哪邊對、哪邊錯的問題——只不過，羽川翼確實變了。

這個改變是在黃金週結束後發生的，還是在春假結束後發生的——詳細的部分我並不清楚。

可是……

在那之後，我和羽川幾乎沒什麼交談，直接抵達了忍野和忍目前的大本營——幾年前倒閉的某間舊補習班的廢棄大樓。大樓四周被破舊的鐵絲網圍繞，是一處貨真價實的廢墟。他們兩人目前非法占據了這棟，「禁止進入」的看板雜亂林立的建築物。我突然想到：這三個月來，我到底造訪過這棟廢墟多少次了呢。我發覺自己已經很習慣來這個地方。同時我也察覺到，怪異已經融入了我的日常生活當中。

「唉呀！這不是阿良良木老弟嗎？」

突然，

有人在前方出聲叫我。

「還有，班長妹……對吧。女性要是改變髮型的話，我就會認不出是誰了，不過，嗯，那副眼鏡絕對是班長妹吧。哈哈！班長妹好久不見，阿良良木老弟則是一天不見。」

是忍野咩咩。

在破洞的鐵絲網對面，有一位中年男子穿著奇幻色彩的夏威夷衫，舉止悠然地站在那裡。他還是一副邋遢的模樣，這麼說來，我好久沒看到這傢伙在建築物外頭活動了。明明他總是窩在廢墟裡，是個別具一格的閉門族，他在這裡做什麼啊？

「嗯……奇怪？忍野。平常你都會一副好像看透一切的樣子，每次我來你都會說『我等你很久了』或『我都快等得不耐煩了』之類的話啊，這次是怎麼回事，你不說那些話嗎？」

「啊──咦？是這樣嗎？」

忍野的態度不知為何有些不自然。

「班長妹。」

他似乎想要打馬虎眼，而開口對腳踏車後座的羽川說。

「班長妹真的好久不見了耶。怎麼啦？今天是平常日吧。阿良良木就算了，我很難想像班長妹會蹺課呢。哈哈！對了，這就是那個，傳說中的創校紀念日嗎？」

「啊，那個……不是的。」

「嗯？帽子很適合妳喔……那頂帽子。」

忍野隨即盯上了羽川頭上的帽子。

這就是……專家的本領。

「……是的。」

「嗯──原來是這樣啊。阿良良木。」

這次，他把話題的焦點轉回我身上。

一臉輕浮的笑容。

是平常的忍野。

「你真的是，出外走個三步就會遇到麻煩事——這在某種意義上，算是一種才能呢。要栽培它一下嗎？哈哈！總之你們先進來吧。嗯，阿良良木老弟……老實說，我現在難得手忙腳亂呢。忙到都沒時間了。」

「是……這樣嗎？」

手忙腳亂？

忙？

沒時間？

這些字眼，不管哪一個都和忍野不搭軋。

「你在……工作嗎？」

「要說是工作也是工作啦。不過沒關係。阿良良木老弟就算了，要是班長妹有重要的事情，我可以給你們某種程度的通融。」

「從剛才開始，你對我還滿不客氣的嘛……」

「阿良良木老弟自己也不希望我喜歡你吧。別說那些噁心巴拉的話啦，很不愉快呢。呿、呿！」

忍野做出要我去一邊的冷淡動作。

至少，吸血鬼的奪魄對這個男人沒用……對啊，既然是把異性變成俘虜，就表示只對異性有用吧。

「無聊的事情就別說了，快進來吧，阿良良木老弟和班長妹兩個人都是。就從那邊的鐵絲網破洞。就跟平常一樣，我們去四樓聊吧。」

「嗯……我知道了。」

總之，先照他的指示做吧。

不管怎麼說，多虧忍野在屋外的關係，我免去一下腳踏車就被羽川說教的命運。這真的是僥倖逃過一劫，不過對方是擁有驚人記憶力的羽川，說教的時間只是延後了而已，所以我無法盡情歡喜。延後了搞不好還會額外加算利息，一想到這點我就憂鬱不已。

穿過鐵絲網後，我們撥開接近夏季而無限叢生的雜草，同時往廢墟內前進。廢墟內散亂的模樣，也在羽川的記憶範圍當中，所以她隻字未提。我這麼說聽起來或許像一個惡質的玩笑，不過羽川在某些地方是真的對忍野抱以尊敬的眼光，因此她太過度縱容了忍野那般和社會脫節的舉止。

對。

因為追根究柢來說，羽川未來會選擇在世界各地流浪，這種稱不上是出路的出路，多少是受到了走在非正規道路上的忍野咩咩的影響。但畢竟最後是羽川自己所做出的決定，我也不能從旁插嘴——

但關於這點，我總覺得心中還有一些疙瘩在。

「障貓。」

爬著樓梯的同時，忍野開口說。

貓。

食肉目貓科的哺乳類動物。

柔韌的身體、銳利的牙齒、粗糙的舌頭以及鉤爪是其特徵——俗話說：「有能力的老鷹會將爪子藏起來（註48）。」在藏爪子這方面，貓這個生物也絲毫不遜色。因為牠的鉤爪能夠收入鞘中。腳底人類摸起來覺得很舒服的肉球，在狩獵時能夠消除腳步聲，也是一個相當實用的器官。

「或者稱作白銀貓。也稱作貓之舞，不過有其他妖怪也叫這個名字所以容易搞混，最後不怎麼通俗。障貓這名稱才算是通稱吧。障礙加上貓，障貓。沒有尾巴的貓——無尾貓。是一種怪異。據說貓是在奈良時代開始出現在日本，是一種很有名的三味線材料——不過到了現代，貓已經變成了一種比狗還要沒用的觀賞動物。不會抓老鼠嘛。而且也沒聽說有警貓和導盲貓。要說有關怪異方面的話，我必須先提一下三大妖貓傳說才行吧……哈哈，不對不對，這種事情阿良良木老弟就算了，班長妹肯定知道吧？」

「喂，你在說羽川的時候，前面不要像在修飾一樣多加一句『阿良良木老弟就算了』好嗎，忍野。我越聽越刺耳耶。」

「唉呀，我也不是故意的啦，實話這種東西就是會不小心迸出口嘛。」

「你走夜路的時候給我小心一點，王八蛋。」

「不用你擔心，我是夜行性的。哈哈，說到夜行性，貓好像也是吧。」

48「有能力的老鷹會將爪子藏起來」為日本諺語，意思相當於中文的真人不露相。

閒聊的同時，我們到了四樓。

隨著樓層的推進，羽川的話變得越來越少。實際上，忍野說得沒錯，按理來說怪異方面的事情，的確沒必要對羽川多作說明——因為在黃金週時，羽川已經從忍野口中聽過完全相同的內容。

但是，那邊的記憶——她恢復了嗎？

或許忍野剛才的提問，是為了確認也說不定。忍野咩咩是一個外表看似沒在思考，但私底下卻會做估算的男人。

我們進到了教室內。

依照忍野、我、羽川的順序——

接著，忍野回頭把門關上。

時值白晝，射進窗戶——我在心理上，很難把那些裝著破玻璃的東西稱作窗戶——的太陽光，讓教室內維持了一定的光亮。

嗯……忍不在呢。

那傢伙最近好像很少在四樓呢……啊，對了，羽川的事情讓我全都忘了，關於八九寺昨天看到忍的事情，我要向忍野確認一下才行……要是八九寺沒有看錯的話——

我轉過身來想發問，

幾乎在同一時間，忍野冷不防地輕拍了羽川戴著帽子的頭。

輕輕一拍。

僅僅如此——羽川就倒了下來。

她雙膝跪地，碰一聲趴倒在地上。

就像斷了線一樣。

「羽、羽川！」

「不要緊張嘛，阿良良木老弟。你還真有精神啊，是不是發生了什麼好事啊？比方說看到了班長妹的貓耳，或者是看到班長妹穿睡衣的樣子。」

「你不要在慣用的口頭禪後面，加上那種具體的推測好嗎？這樣會被人誤會吧！」

「這算不上是誤會吧。班長妹坐在腳踏車後座抱著你的事情，我到現在提都沒有提過呢，你反而要對我說聲謝謝吧。」

忍野說。

一面俯視著倒地的羽川。

「阿良良木老弟似乎已經幫我問完事情的經過了——你還滿得心應手的嘛。看來傲嬌妹、迷路小妹、百合妹和醜腆妹的經驗不是白費的。特別是前天醜腆妹的事情，對老弟你來說，應該是一個不錯的教訓吧。」

千石變成了醜腆妹嗎。

我想那個應該不是醜腆吧……

不過算了，這也不到需要訂正的地步。

當務之急是——

「現在最重要的是羽川……你對她做了什麼？」

「所以說啊，多虧老弟你得心應手了起來，我幾乎沒事情可以做了。所以我稍微省略了一下步驟。」

「省略?」

那是什麼。

那種事情可行嗎?

「這算是一種旁門左道啦。我剛才不是說過嗎?我沒什麼時間。而且這個狀況……我想阿良良木老弟也很清楚,與其問班長妹倒不如直接問本人比較省事。」

「……本人,嗎。」

「因為班長妹再怎麼思考,就算她的記憶恢復,也記不得吧——和她聊下去會沒完沒了。我冷不防打昏一個女孩子,阿良良木老弟你會變臉我能理解啦,可是這次的方法就是要趁其不備才有意義嘛。你就忍耐一下吧。」

唉呀唉呀,這個小妞完全不肯放鬆警戒,要找到她心理上的破綻可費了我一番功夫呢——忍野說。

是啊,羽川的確是那樣吧。

也就是說,忍野打從剛才開始就一直在羽川的動作當中,尋找那個「破綻」囉……

「可是,你說本人……」

「我沒必要說明了吧。把這件事漂亮地處理掉吧,阿良良木老弟。要和班長妹這種頭腦好的人對抗,我們這邊可要先做好覺悟才行——畢竟黃金週的時候,連我也都馬失前蹄了。我不會重蹈覆轍。哦,話一說完,你看,對方已經來了,阿良良木老弟。魅貓大駕光臨。」

我注意一看。

趴倒在地上的羽川，平常綁著麻花辮的長髮……正逐漸在變色。

變色。

不對……應該說是褪色吧。

顏色從烏黑，變成了接近雪白的銀色。

一鼓作氣，就像空氣逐漸外漏般。

「……………」

我無言以對。

要來找忍野之前，我心中早有某種程度的預測，知道事情會演變成這樣，也有了相當的覺悟才對——話雖如此，如此唐突的再會，還是讓我藏不住心中的動搖。

我真是單薄。

單薄而脆弱。

當羽川需要我的時候，我一定會陪在她身邊——我明明發過誓的。

猛然地——

她自地板一躍而起。

戴在頭上的帽子，因為這股衝勁而飛掉。

飛掉之後——帽子遮掩住的部分全顯露了出來。

瀏海修齊的白髮——

以及小小的頭上長出的白色貓耳。

「喵哈哈哈——」

接著她——

像貓一樣瞇起眼睛，宛如貓一樣發出了獰笑。

「沒想到還能再見面，真叫我驚訝啊喵，人類——你好像還學不乖，又對我家主人的奶子起了色心，你還是一樣廢廢廢廢，喵。你想要被老娘咬死嗎喵？」

「…………」

她用一個對話框，就十分淺顯易懂地說明了自己的角色設定和定位。同時——

BLACK羽川，再次降臨了。

006

既然BLACK羽川已經做了連初次見面的人也淺顯易懂的親切說明，現在再插入回想片段似乎略嫌做作；不過，姑且為了承前啟後，這邊先將時間軸設定在黃金週的第一天，也就是四月二十九號——距離現在約一個半月前的上午吧。當時，我為了遮掩住脖子上的齒痕而開始留長的頭髮，還沒達到理想的長度。

四月二十九號。

上午。

按照慣例，討厭節日假日的我，那天騎著當時還健在、未被神原打爛的越野腳踏車離開家裡，在城鎮當中閒晃。那時候和母親節不同，我似乎有一個明確的目的地，但實際情況到底如何，我已經記不得了。唉呀，就算有目的地，我不記得的話就表示那不重要吧。

不對。

或許是因為途中發生的事情……太過重要了。

對我來說，

與其相比，其他事情似乎都變得無所謂了。

因為……我碰巧遇到了羽川。

我和羽川開始熟起來，是在春假的事情——就像我至今不停提及的一樣，在那個時候，羽川救了我一命。

不管是在肉體上，還是精神上。

對當時不死之身的我來說，後者的救贖更為可貴——總而言之，羽川是我的恩人。

是我的救命恩人，也是我心靈的救贖者。

在我需要幫助的時候，她陪伴在我的身邊。

我覺得。

真的如此覺得。

就像戰場原失足從樓梯上摔下來時，站在樓梯轉角處的那個人是我真好一樣——那時候，在我身旁的人是羽川翼而不是其他人，我真的覺得太好了。

如果是她以外的其他人，我肯定無法得救吧。

也無法從地獄中獲得解放。

春假結束後，我和羽川編到同一班。她硬是要我當副班長。因為她深信我是不良少年，打算把我放在自己的監督之下，讓我改過自新。當時，我實在沒想到她會連功課方面都照顧到我——如果是平常的我，八成會嚴厲地拒絕她說：「要妳多管閒事！」吧。那種充滿誤解，可說是強加於人的行為，是我最不擅長應付的。

然而，我卻答應了。

因為對方是羽川。

之後……四月這一整個月。

我和羽川以班長和副班長的身分，負責處理了各種包括學校活動和統合班級等工作，彼此也算熱絡了起來——我融入了那種睽違已久的感覺當中，雖然這和我的作風不符——所以，當然，

我看到假日穿著制服走在路上的羽川，會出聲叫她也是很理所當然的。

在正常的情況下。

但是，我當下卻畏縮了。

因為走在路上的羽川翼，臉上包了一塊能夠遮住半邊臉的白色大紗布。

受傷。

這種事情是人都會。

但是，受傷的地方是臉部，而且還是那種規模的情況……並不多見。此外，她包著紗布的地方是左半邊臉——這個事實似乎意味著什麼。

是我想太多了嗎。

是那個充滿暴力的春假，逼迫我做出如此野蠻的聯想嗎？大部分的人都是右撇子，當右撇子要毆打人的臉部時，拳頭多半會打中左半邊吧——諸如此類的。可是，要是不這樣思考，我想一般人不會這麼剛好傷到那個地方吧。三年級的羽川，昨天放學之後還參加了某種運動——這種假設是最不可能的吧。

當我陷入思考時，

羽川也注意到我的身影。

「啊！」

她叫了一聲，朝我走了過來。

態度和平常一樣直爽。

「呦吼！阿良良木。」

「……呦吼！」

「嗯。啊！」

這時，

羽川做出了一個「真糗呢」的表情。

事實上，現在回想起來，這話讓人難以置信——不過，當下會用一般人的感覺來處理這個狀況，可說是逼不得已的；但對足智多謀的羽川來說，這可以說是一個大失敗吧。

不，或許可以說是成功吧。

如果要說成功，則是大成功。

因為羽川當時應該是拼了命地，極度不想去思考臉上紗布的事情，正因如此——她會像平常一樣出聲叫我，完全不介意紗布的事情像往常一樣出聲叫我，這點是羽川這個「真正的天才」獨有的大成功。

不過，當然，

以整體來看，這是失敗的。

我想要替她打圓場——想要假裝沒注意到羽川的失敗，適當地對她瞎扯一番。就像那一個月來，我和羽川常閒聊的那些一樣。而羽川總是會配合我的話題。

然而，

在這個狀況下，這招實在沒有效果。

「你好溫柔呢，阿良良木。」

羽川說。

「真是一個溫柔的好人。」

沒錯。

在這個時候……也有人對我說過同樣的話。

那人正是羽川。

「陪我稍微走一下吧。」

羽川約我。

我沒有理由拒絕。

應該說我不可能會拒絕她。因為羽川從來沒有那樣約過我。我想大概那時候的羽川，希望有人可以陪在她身邊吧。

她無法獨自一個人。

不管對方是誰都行，並不是因為是我，她才開口邀約。

只是那個時候在她身邊的人，剛好是我罷了。

以羽川的立場來看，在這種狀況下我不是一個最佳人選吧——要是羽川冷靜一點的話，她絕對不會選擇我吧。因為我和之後遇見的八九寺真宵不同，不是一個擅長聆聽的人。我很容易就會放入私人的感情，或是忍不住開口回嘴，也常常打斷她說的話。

但是，羽川高超的說話技巧，用來彌補我的缺點還綽綽有餘。所以，那一串複雜的原因，我很輕鬆地就會意了過來。我牽著越野腳踏車和羽川並肩行走，同時我聽了她的故事。

首先。

羽川翼沒有父親。

當然在生物學上她有父親；但在現實社會中，是由形單影隻的母親獨力將她生下的。父親所在何處，至今不明。她不打算去調查，就算查了恐怕也脫離不了猜測的框架，無法確實縮小範圍。

翼。

她被取了這個名字。

這個字有「輔佐」、「保護」的意思。象徵母鳥用翅膀保護鳥蛋或小鳥一樣——

輔翼。

翼翼。

雖然這些都是我不知道的詞彙。

但是——最應該被保護的人，不正是被取了「翼」這個名字的她嗎?究竟她的母親是抱著什麼樣的心情……而給了她這個名字的呢。

又給了她什麼樣的責任呢。

當時她的姓氏似乎和現在不同。

我沒去過問。

應該說，我問不出口。

羽川雖然想告訴我，但我打斷了她。她馬上就察覺了我的用意，「是嗎?」她說完後，繼續說了下去。

她的母親在生下她之後，馬上就結婚了。

是結婚，而不是再婚。

總之——她的母親需要一筆錢。據說當時要獨力撫養羽川，是一件很困難的事情。這是距今二十年前的故事，當時的社會制度還不是很完善吧。她們母女兩人想要不依靠任何人獨自生活下去，是一件很困難的事情，這點我不難想像。

母親。

父親。

但結婚後，她的母親很快就自殺了。

以金錢為目的的結婚，很快就宣告破滅了。據說她母親的精神狀況原本就很危險。或許她是和別人生活會感到痛苦的人吧——就這樣，羽川從一母一女，變成了一父一女。

沒有血緣關係的父親。

但還是父親。

那個父親的姓氏——也不是羽川。

那個姓氏我也一樣……問不出口。

母親自殺後過了不久，那位沒有血緣關係的父親決定續弦。當時羽川的年紀還小，並沒有什麼特別的感想——總而言之，這樣一來又變成了一家三口。羽川身處的立場，和雙親都沒有血緣關係。

我不知道該抱持什麼樣的感想才好。

那是一件不幸的事情嗎？

我應該要同情羽川嗎？

但是，那只是一種有別於常理的發展罷了，我無法就此斷言羽川是不幸的吧——羽川的生母以自殺這種不幸的結局，結束了自己的人生；但不見得連羽川都會陷入不幸的連鎖當中。她被父方收養，還有了一個新媽媽，這點反而也能用幸運來解讀吧。

雖然幾經波折——

光是如此還不能算是不幸。

因此，就算在那之後發生了一連串的插曲：父親過勞死，她又變成了一母一女的單親家庭，隨後繼母又結婚而有了新爸爸，姓氏終於改成了「羽川」——我也不應該改變我的感想吧。

我的同情是沒有道理的。

在這個時間點上，最可憐的人是最初的母親和父親——那兩位死去的人而已，沒有別人了。

可是，她的人生是多麼地坎坷啊。

那一連串的事情結束時，羽川還未滿三歲——是一個對事物還懵懂未知的年紀。在這種情況下，她也只能隨波逐流，任憑命運的擺布吧。

一直以來我都誤會了。

以為像羽川這樣的善人，都有一個得天獨厚的家庭環境。

以為他們都是被神所眷愛的。

至今我一直以為好人就是幸福的人；而壞人就是不幸的人——然而，事實並不是如此。

我是因為休假，覺得和家人在一起很苦悶才會外出，和她相較之下我的煩惱只能算是半吊子的煩惱，遠遠比不上她家——

複雜的家庭環境。

這故事像一個荒唐的謊話。假如這話不是出自羽川口中，我肯定不會相信吧——肯定會一笑置之。因為對方是羽川，我能夠肯定她不會開那種惡劣的玩笑，因此我啞口無言。也就是說，經過一番顛沛流離之後，羽川有了兩位完全沒有血緣關係的雙親。

她從一母一女的單親家庭。

變成了拖油瓶中的拖油瓶。

「抱歉呢。」

說完，

羽川向我道歉。

「剛才我說了一些壞心的話。」

究竟那個時候，我是怎麼回答她的呢？

沒什麼——我是這樣回答她的嗎？

不，不對。

我是反問她：為什麼，怎麼這樣說？

這番話彷彿是在逼迫她，坦白自己所犯下的罪狀一般。我遲鈍也要有個限度。對嚴肅正經的羽川而言，那句話等於是在責備她吧。

「因為，這是在遷怒啊。」

羽川說。

「聽到我說這種話，你也不知道該做何反應吧？莫名其妙地聽我說了這麼多，說到底其實這些事情和你沒有關係——可是，我總覺得你好像有點同情我，然後對抱著不合理同情的自己，產生了罪惡感對吧？你覺得自己好像做錯了什麼……心情變糟了吧？」

正中紅心。

我好壞心，羽川說。

「我利用阿良良木，來撫平自己心中的鬱悶。」

「…………」

「我為了想讓自己舒服一點，而害阿良良木心情不好——這樣根本不算是在發牢騷。」

我第一次看見如此懦弱的羽川。

或許她臉上纏著紗布也有關係吧。

在我心中的羽川翼，是一個耿直不屈、嚴肅正經、腳踏實地、聰明且公平的完美人物。

但是，

人無完人，金無足赤。

「可是……妳真厲害，居然會知道那麼多。」

我說。

「那種事情通常不會告訴本人吧？例如在小孩二十歲生日之前，會把它當作祕密之類的——」

「因為我的父母很心直口快。在我上小學之前，他們就已經告訴我了。」

羽川沒有放慢腳步，回答說。

「我好像真的很多餘。」

「…………」

「可是，因為他們愛面子。總不能因為對方死掉了就把小孩掃地出門，也不能因為自己要結婚就棄養小孩吧。他們原本想把我送到兒童福利設施去的——可是，他們沒有自信能夠承受世人譴責他們說：因為自己的緣故而棄養年幼的小孩，所以就作罷了。」

「…………………」

妳這麼說……可是——

那些事情就算在有血緣關係的家庭之間也會發生吧。不，一切都一帆風順的家庭，本身就是鳳毛麟角吧——不管哪個家庭，都應該會有不和睦和扭曲之處吧。

「所以我才想當一個乖孩子。」

羽川說。

「我從小學的時候開始，就一直是認真的班長——我也成功地變成了我打算扮演的角色。我還真是聰明呢。啊哈哈。」

這番話多少會讓我和後來聽到的戰場原黑儀的故事，聯想在一塊。就像國中時代的戰場原黑儀，與高中時代的戰場原黑儀——

相似的地方不只是髮型吧。

然而，不同之處也很明顯。

因為……孩子犯錯是父母親的責任；可是父母親犯的錯誤，孩子沒有責任要去承擔。

「與其說是乖孩子，不如說是普通的孩子吧。」

我沉默不語，羽川又接著說。

「如果有一個複雜的家庭，有些人就會有偏見，認為生活在那種環境下的小孩會有心理創傷之類的對吧。我不想被人家那樣認為。所以……我早就下定決心不會因為那種程度的事情而改變自己。」

我沒有變。

不管發生什麼事。

「我成功地扮演了一個普通的高中生了吧。」

「這……那算普通嗎？」

普通的高中生不會在全國模擬考拿下第一名。

也不會過著那種品行端正至極的生活。

在我的立場，這麼說原本只是想在對話中加點玩笑的成分，來緩和當下的氣氛。

「是這樣嗎，」

但羽川卻一臉遺憾地說。

「果然，我太突出了嗎——一個不普通的小孩，想要讓自己看起來很普通，或許太勉強了吧。我可能做過頭了吧。」

「那不是……壞事吧。」

我說。

「因為妳活得更精彩了。」

「沒那種事。理由很簡單不是嗎。我就是因為在那種家庭出生長大，所以才會是個乖孩子，才會是一個聰明的小孩。」

把不幸當作助力而努力。

把逆境當作助力而努力……之類的。

這的確很淺顯易懂。

「……嗯。不過呢，實際上我就是這樣吧，我的情況——」

「就算是，那也……」

事實上她說得沒錯吧。

很諷刺地，

我不得不這麼說。

但那應該不是什麼壞事。

「阿良良木，你在做什麼啊？」

突然，

羽川改變了話題。

表情也為之一變，變成了平常坦率的笑容。

一如往常，反而令人生畏。

明明我們正在聊那種話題。

「難得的黃金週，你不讀書嗎？」

「難得的黃金週，為什麼我非要讀書不可啊……」

「啊哈哈。」

羽川露出快活的笑容。

「我啊……休假時間是散步的日子。」

「…………」

「因為我不想待在家裡。和那樣的父母親，一整天都待在同一個家裡……會讓我渾身發抖。」

「你們……感情不好嗎？」

「那是以前的問題。」

羽川說。

「現在是感情冷淡。我和父母親之間也是……他們之間也是。明明是家人，彼此卻不說話。」

「妳的父母也都——」

「對。或許是我的關係吧，不知道從什麼時候開始，他們之間就沒有愛情了。我覺得他們要是離婚就好了，可是這又關係到面子問題啊——面子很重要嘛。聽說他們要維持那種的關係，到我成年為止。啊哈哈，明明我和他們非親非故的。」

妳別笑啊。

別一邊笑……一邊說出那種話啊。

這一點都不像羽川的作風。

可是羽川的作風又是什麼呢？

就像平常的羽川也是羽川翼一樣；眼前的羽川，不也無庸置疑地是羽川翼嗎？

但是，那時我明白了。

完全明白了。

我會在春假遇見羽川的理由。

如果假日是散步日的話，那黃金週就不用說了，春假和暑假也是散步日吧——那時候我會在那裡遇見羽川，當然是偶然之下的產物，但那個偶然，似乎有一個具體的理由。

「所以，假日是散步日。」

「……我覺得妳顧慮太多了吧。」

我說了一個無傷大雅的感想。

我只能說出這種話。

我厭惡自己的淺薄。

關係冷淡的家庭——那也不怎麼稀奇。

像羽川這樣的孩子在那種環境下長大，是一件很稀奇的事情——但是就連這樣的偏見，羽川都很討厭吧。

羽川極度討厭被人當作名人來看待的理由，那時我似乎有點明白了。也明白她為何一直很頑固地認為：「自己是一個稍微認真，也只有這點可取的普通女孩。」的理由。

那或許是我的錯覺，只是我自己以為自己懂了，抑或是一種同情的感情也說不定。

「…………」

但是。

在此，我突然注意到一件事情。

優等生、班長中的班長：羽川翼有一個任何人都想像不到的複雜家庭——這些我已經知道了。對我的腦袋來說，那番話略嫌複雜了些，但多虧羽川條理分明的說明，讓我能夠正確地掌握事情的原委。羽川會有過度認真的性格，或許就是因為有一個複雜家庭的緣故（還有羽川本人不希望別人這麼想），這我也明白了。但是——

但是。

那沒有辦法說明，為什麼她半邊的臉會包著紗布。

完全無法解釋。

一開始我們是在談那個吧。

「……是啊。」

羽川在此也露出了「真糗呢」的表情。

這真的只是普通的失敗出糗嗎？

「我剛才在說什麼啊，這樣一來，我不就真的好像在利用阿良良木，來撫平自己心中的鬱悶嗎。」

「不會，那不要緊啦——」

「你能答應我不要告訴任何人嗎？」

妳不用這麼說。

對偶然在路上巧遇的我，妳本來沒必要開口求我的——若可以的話，妳真的可以把剛才的那些，都當作是一種情緒的抒發。

但是，想要以品行端正、正直和誠實的態度，去對待任何人的羽川翼，這樣一來，就不得不向我說明臉上包紗布的理由了。

她明明沒有說明的必要。

我也沒有發問的資格。

「我……答應妳。」

「今天早上，我被我爸打了。」

她帶著笑容，十分簡單明瞭地告訴我說。

那是一個害羞靦腆的笑容。

那也和……平常一樣。

到頭來，每次我都只能當一個事後諸葛；但我想或許那對羽川翼來說，是壓死駱駝的最後一根稻草吧。她被父親打的事情並不是主要的原因——她把自己被父親打的事情告訴我，才是壓垮她的最後一根稻草。

她讓我知道了那件事情。

這不是精神壓力的話……又是什麼呢。

「那是被打的嗎？」

然而，當時我卻沒有發現。

只有驚訝的份。

不，要說我嚇到了也行。

我一直以為……父親打女兒這種事情是不可能發生的。不，我根本想都沒想過。我以為那些都是連續劇或電影虛構出來的東西。那種事情和血緣關係、家庭狀況根本毫無關係吧——那是不應該發生的。

我看羽川的臉。

被包住的左半邊。

那不是因為和父親玩鬧，以及親密接觸時所受的傷——

「那是不對的吧！」

家庭不和睦和扭曲。

這本身並不是不幸。

只要是人都會背負著某種東西——我們不能因為出身和教養的緣故，去歧視別人；同樣的，也不能因為出身和教養的緣故，就去同情或是反過來去羨慕他人。就算對方背負的東西非常醒目易懂，也不代表他是一個不幸的人，可能單純只是因為那些東西很淺顯易懂、容易發現而已。

但是打人是不對的吧。

羽川對我說明了理由。

自己被打的理由。

那個理由就連身為局外人的我，都覺得難以接受——別人家的事情輪不到我這個外人來插嘴，這點我很清楚。我能不能接受，還有我的心情怎麼樣，根本無關緊要吧。

簡單來說，那是一件在學校也偶爾會發生的事情。

為人耿直的羽川，多多少少會和其他人起衝突——只不過這次的對象，是她的父親罷了。

對方只不過是用暴力來回應她罷了。

「妳家裡的關係……不是很冷淡嗎。」

「可能稍微冷淡過頭了吧——或許是因為我事到如今，還想要拉近彼此關係的緣故吧。我們的關係好不容易才保持平衡的說。要是這樣就是我的錯了。因為，你想想嘛，阿良良木。假如你四十幾歲了，還被一個毫無關係的十七歲丫頭，用一副好像什麼都知道的口吻說東道西的話，你會有點光火或者是大發脾氣，也是無可奈何的吧？」

「可是！」

毫無關係的十七歲丫頭？

這算什麼。

為什麼妳要用這種說法。

或許你們沒有血緣關係，可是你們從三歲開始就生活在一起……應該是家人才對吧。

「暴力是無可奈何的……妳說這種話可以嗎？那應該是妳最不能允許的事情——」

「有……有什麼關係。也才一次而已。」

我非常不經大腦就發火了。

我不知道為什麼——我想或許是因為自己的恩人羽川，受到這種對待讓我覺得很憤怒吧。但是，我的憤怒只會把羽川逼死罷了。我只不過是在羽川想要設法找出一個妥協點時，大肆宣揚自己那種不解風情的正論。

正論總是會傷害人。

不管什麼時候。

說什麼「有什麼關係，也才一次而已」。

那才是最不應該讓她說出口的話啊。

不管對方是朋友還是老師，錯就是錯，不行就是不行，她總是會清楚地表達出來，這就是羽川翼的風格。所以，就算最後會被打，她對自己的父母也一樣清楚地表達出是非善惡——倘若是這樣，那羽川依舊是令人欽佩的羽川翼。

但是，

我卻讓她說出那種話。

有什麼關係，也才一次而已——

那句話……是一種人生的否定。

是一種對自我的否定。

「我們說好了喔，阿良良木。你答應過我……不告訴任何人的。」

不告訴學校。

不告訴警察。

不，最重要的是在羽川面前——

不再提起這個話題。

「可、可是……那種約定——」

「……拜託你，阿良良木。」

羽川說。

或許她覺得約定還不夠吧——她低下了頭來。

「這件事情，請你不要告訴別人。如果你能保持沉默的話，我什麼都願意做。」

「…………」

「拜託你。」

「……好。我知道了……」

在羽川的逼迫下，我只能夠說出這種話。

我受到了這種不合道理的請求——是我害她做這種不合道理的請求，既然如此，我便無法再深入去干涉這件事情。

因為我被她拒絕了。

她拒絕了我……我就無法幫助她。

人只能夠自己救自己。

「可是，妳要去醫院一趟才行。那個紗布是妳自己包的吧？我承認妳的手很巧，可是包成那樣實在有點不自然。」

「嗯……我知道了。也對，反正黃金週也沒別的事情可以做，我就去看一下醫生好了。偶爾也要用一下健保卡才行。」

「還有……如果有什麼事情，妳隨時都可以打電話給我。不管我在哪裡，在做什麼，隨時都可以助妳一臂之力。」

「啊哈哈！什麼啊，好帥喔。」

羽川笑了。

用一如以往的笑容。

「有什麼事情，是指什麼啊？」

「就是說——」

「嗯，我知道了，阿良良木。」

接著，她開口說。

「如果有什麼事情，我會馬上打電話給你的。傳郵件也可以吧？」

她說。

話雖如此——

到頭來，黃金週那段期間，我的手機始終沒有接到羽川的電話或她發出的郵件，連一次也沒有。

在必要的時候陪伴在她身邊……可是，

在那個時候，我的救命恩人羽川，可說是完全不需要我——她雖然希望有人陪伴，但那只是單純希望有一個人可以讓自己遷怒，撫平自己的鬱悶而已——在她不需要我的時候，我卻狼狽地出現在她的身旁。

她所需要的東西，是貓。

貓。

每個怪異的出現，都有一個適當的理由。

接著，我們沒去觸碰那個話題，也不再重提，開始討論班上之後預定要處理的事情。主要是針對文化祭。在談論之間，我們發現了一隻被車子輾死的貓。從頸部沒有項圈這點來看，那應該是隻野貓吧。牠是一隻沒有尾巴的白貓。牠是原本就沒有尾巴的品種，還是在流浪生活時不慎弄斷的呢，這點我不清楚。白貓——因看法而異，牠看起來也像是銀色的，但不管是哪種顏色，牠身上被自己的血給染紅，糟蹋了那原本的毛色。牠大概是被車輾過一次後，又接二連三地被後續車輛給輾過吧，死狀相當悽慘——羽川毫不猶豫，宛如理所當然一般，從人行道往車道走去，將那隻貓拾起。

「你能幫我一下嗎？」

被羽川這麼一問，沒有人會拒絕。

我們把那隻貓埋在附近的山裡——就這樣，四月二十九號，對羽川和我而言，有如惡夢般的九天中的第一天——身為序章的第一天就此落幕了。

那天發生的事情，以及和我之間的交談，羽川記得多少呢——這我不知道。羽川那時候還是羽川，所以就算把貓埋葬的事情她還記得，但是比較詳細的部分，很有可能在她喪失記憶的時候，也一併忘記了。可惜我沒辦法去確認——因為在確認的過程中，聰明的羽川可能就會看出端倪。

總而言之。

序章結束之後，接下來的故事就很單純了。

隔天，我沒有要做什麼，只是因為太閒了而跑到忍野住的補習班廢墟，去看了一下忍——當時她還沒有忍野忍這個名字——同時和忍野隨便閒聊了一會。

話中，包含了昨天埋葬貓的事情。

這不是我無意間說出口的。

而是因為我有不祥的預感。

當時我感覺到春假的地獄，正在步步靠近。

「阿良良木老弟，那隻貓——」

忍野瞇眼，同時向我做確認。

「該不會是銀色的貓吧……」

從結果來看，這個閒聊發揮了功效。

白髮、白貓耳，化身為BLACK羽川（命名：忍野咩咩），在夜深人靜的城鎮當中大肆妄為，盡其暴虐之能的怪異——障貓，我們最後終於在黃金週的最後一天，五月七號將牠捕獲。

剛好是第九天。

要是到第十天，情況就會很危險。

似乎是這個樣子。

這整件事情……可以說是速戰速決，但這種情況下，只能說是勉強安全上壘。

忍在過程當中也有協助我們（因為此功績，忍野賜給了她忍野忍這個名字），最後我們成功封印了魅惑羽川的障貓——

解決了問題。

要說的話，其實很簡單。

越是複雜的問題，就越能簡單解決——因為就算解決了，也不代表問題會就此消失。

催眠狀態。

羽川沒有BLACK羽川時候的記憶。

所以她不知道最初襲擊的對象，就是自己現在的雙親。

那段記憶也恢復了嗎？

我很擔心這一點。

「記憶方面沒問題啦。」

隨後，

我們立刻將自黃金週算起，間隔一個月又一週不見的BLACK羽川緊緊上綁（這邊活用了上一次學到的教訓），大致上盤問了一下（話雖如此，但她跟先前一樣說起話來只會喵來喵去，我完全聽不懂她在說什麼），隨後我和忍野把BLACK羽川丟在教室裡（「她」用髒話臭罵了我們，但我們只當作耳邊風），移動到其他的教室去。四樓有三間教室，我們選了離剛才那間最遠的一間進去後，忍野叼著沒點火的香菸開口說。

我倆面對面。

現在輪到我和忍野對談了。

「只要最關鍵的地方沒問題，我想應該就沒問題啦——你要問為什麼的話，是因為BLACK羽川期間的記憶，和班長妹是水火不容的。但是，班長妹本身的記憶可就很嚴重了。我想這次她的記憶不會消失吧。因為這次和上次的情況不一樣，班長妹全部都自覺到了。」

「自覺到了會很不妙嗎？」

「自覺本身不是不好。問題是『班長妹』這個人啊，阿良良木老弟。你也知道班長妹她……稍微有點聰明過頭了。腦袋瓜轉的速度比普通人還要快一百倍。只要有素材，她要把它們串起來構成一個記憶，我想應該很輕鬆吧。」

「構成……一個記憶。」

「上一次，BLACK羽川和班長妹的記憶，都消失得一乾二淨——沒有留下半點提示。把怪異完全封印起來，很必然地和怪異有關的記憶也會消失。結果消失的話，原因也會跟著消失。所以就算記憶前後矛盾，她也不會發現。但是，這次的情況要比喻的話，就像是填充題一樣。感覺就像一篇文章，四處挖掉了幾個重要的地方——要正確無比地全部答對，應該是沒辦法啦；可是直覺敏銳的人，應該會知道裡頭要填哪些字進去吧？」

「就像……國文考試一樣嗎。」

國文不是我擅長的科目。

但是，羽川可是樣樣精通。

「這是無可奈何的吧——她沒有連上次的記憶也恢復，應該算是不幸中的大幸吧。不過對羽川來說，她會很難受吧。」

上次可說是歪打正著。

這次則是不幸中的大幸。

「不對喔，我覺得那樣對班長妹來說，或許是一件好事吧——被怪異吸引的人，之後會變得很容易遇到怪異。這點阿良良木老弟是過來人吧——要是班長妹以後也變成那樣的話，早一點了解怪異是很重要的。」

自覺是必要的，忍野說。

或許……他說的沒有錯吧。

有些時候，要事先知道才有辦法去應對；而有些事情就算知道了，自己也應付不來——但是，要是知道的話至少還可以逃跑。

這樣和怪異之間就能取得平衡。

「可是……忍野。」

我開口說。

腦中一面想著兩間教室外，被我們緊緊綁住的ＢＬＡＣＫ羽川。

「為何『那傢伙』……又出現了啊？黃金週的時候，我們應該確實把她封印住了才對啊。她應該不會再出現了吧。」

「我可沒那麼說。」

忍野搖頭說。

「障貓這種東西啊……和阿良良木老弟知道的怪異，類型又稍微不一樣了。這個嘛，硬要歸類的話，障貓或許比較接近百合妹那時候的猿猴——」

「是啊……兩邊都是獸類嘛。」

「嗯。只不過……之前我也說過吧？障貓這種東西，按照現實的說法就是多重人格障礙——所以BLACK羽川說起來，就是班長妹的黑暗面。怪異這種東西是無所不在的——可是，障貓這種怪異很極端，只存在於班長妹的體內。障貓只不過是一種契機，一個媒介……真正的問題是班長妹內心的，精神壓力。」

精神壓力。

照學者看來，那是似乎一種想要去回應一切問題的身體反應。

「上次BLACK羽川和我對峙的時候，因為她先前已經盡情發洩過了，精神壓力可說是大多得到了消解，我要封印她也變得很容易。可是，到頭來那只不過是封印而已。她沒有消失。因為我就算可以消滅怪異，也無法消除壓力源。只要精神壓力累積起來，她又會浮出檯面了……就像氣泡一樣。」

「精神壓力……」

「問題在於，這次的壓力源是什麼。」

精神壓力的原因，稱作「壓力源」。

當然，對羽川來說，壓力源應該是家庭吧。

我是這麼想的。

「不對，我一開始也是這麼想的啦——可是阿良良木老弟，真的是這樣嗎？班長妹在十七年間一直壓抑自己，最後精神壓力才終於爆發出來。現在那個壓力明明才剛解決，她會在短短一個月的時間，又累積相同程度的壓力嗎？」

「啊——這……」

「幸好，在那之後，班長妹就沒遭到父母家暴了吧？」

「這個嘛……好像是沒有啦。」

她一開始襲擊的對象。

是父親和母親——也就是自己的雙親。

現在，他們又恢復到原本的樣子——冷淡的家庭、不說半句話、只是住在同一個屋簷下的人而已——那對羽川來說，不可能會成為精神壓力。

可是，的確……一個月實在太快了。

要是她又被家暴的話，那就另當別論了。

「基本上，我有事先給她掛上鈴鐺啦——這次好像發揮功效了。讓我們能夠早期發現障貓的出現。小心駛得萬年船嘛，不過老實說，我完全沒想到那個鈴鐺真的會響。這點是我太大意了。我原本以為，不管情況有多糟，班長妹至少可以撐到二十歲。我聽說，班長妹的父母等到她成年之後打算離婚，當然班長妹也打算搬到外面去住——所以這件事情，我才沒跟班長妹和阿良良木老弟你說。」

「二十歲嗎……那就跟神原相反了呢。」

「因為『成年』是一個很容易理解的基準嘛。」

「而且到那個時候，班長妹大概也夠堅強了，不會被怪異給魅惑了吧……嗯。」

忍野苦笑。

「這樣啊……話說回來，忍野。你所謂的鈴鐺是什麼？」

「就是頭痛啊。黃金週的時候，班長妹也有說她會頭痛吧？包含那時候在內，都是我事先做好的預防措施——可是，我好歹也應該跟老弟你說一聲才對。話說，班長妹的頭痛是從什麼時候開始的？」

「好像是……一個月前左右吧。」

「嗯……一開始沒有痛得很厲害……嗎。這究竟是為什麼呢——不過，看來我們似乎沒什麼時間去追查那個壓力源了。那個壓力源，可能有複數的要因糾結在一起，而且魅貓還是那副貓樣，我一樣聽不懂她在說什麼。」

「……連你也不懂嗎？」

剛才你還說問魅貓本人最省事。

「我搞不懂啊。是有很多提示沒錯，但是都不可靠。精神壓力是一種很纖細的問題，我也不能憑空猜測。哼哼，對方只不過是顆貓腦。不過我感覺她好像是故意在裝傻。正因為她的本尊是班長妹，所以不能小看她。」

「因為那傢伙是你最不想與之為敵的女人。」

「也不是與之為敵啦。」

ＢＬＡＣＫ羽川。

羽川的內心，製造出來的另一個羽川。

是對照的——應該說，是成對的人格。

翼除了「輔佐」以外，還有「成對」的意思在裡頭——誠然是一對翼形的翅膀。

「但是，忍野，就算找出原因也沒什麼意義吧？不管那原因是家庭的問題，還是其他東西……消除壓力源是最好的解決方法沒錯，可是那種事情我和你是做不到的吧。」

上次也是一樣。

羽川的家庭問題，我們不可能代為解決。

就連那個問題要在什麼狀況下才能獲得解決，我也無從想像。別人私人的問題，外人不管怎麼樣都不應該去干涉。

隨便去干涉，是一種傲慢的行為。

「而且這個怪異和戰場原跟千石的情況不一樣，會危害到其他人……類型雖然和神原的時候很像，可是案例卻不一樣。到頭來，我想我們只能和上次一樣，用治標不治本的對症療法了——」

「是啊。你說得沒錯啦，嗯。」

他說起話來，實在是不乾不脆。

總覺得很不像忍野。

障貓的事情，他還有什麼東西沒說嗎——不對，總感覺忍野今天從說話前開始，樣子就一直很奇怪。在這種太陽高掛的上午，他就已經在屋外活動這點，已經可以算是異常了——

「你幹麼啊，忍野。講話怎麼這麼模稜兩可。你該不會又想要刁難人了吧？畢竟是這種事情，我知道你不會像千石的時候那麼爽快啦——」

我和他打交道，也不是一天兩天的事情了。我很清楚羽川和千石不同，她不只是一個被害者。我很清楚這種情況下，是羽川在依賴怪異。我也知道忍野咩咩的個性最討厭這種事情。

要依賴的時候就盡情依賴——

不需要的時候，就把怪異當成麻煩。

那樣對怪異太缺乏敬意了。

「——可是，這次的事情你也有責任吧？你已經從羽川那邊收了十萬塊日幣吧。結果這次又延續上次，又發生了同樣的狀況。我覺得你身為一個專家，應該要付違約金吧。你的售後服務沒做好。就跟你剛才說的一樣，要是你把羽川掛鈴鐺的事情，事先告訴我的話——」

「你要這樣說也對啦——」

忍野很意外地，居然沒有反駁。

這個反應太不可思議了。

「不過呢，阿良良木老弟，班長妹雖然變成那樣，可是她和貓耳很速配呢。哈哈！我想起《貓咪幻想曲》這本書了。你看過嗎？就是那個貓部貓老師的——」

「貓部貓老師是《金魚注意報！》的作者吧！不要因為都是貓就把他們混在一起好嗎……你、忍野，你該不會是想隱瞞什麼吧？」（註49）

「你在說什麼啊。我不可能會做出隱瞞那種不實的行為吧。說到貓耳，這麼說來則卷阿拉蕾好像也常常戴貓耳對吧（註50）。唉呀，現在回想起來，那部漫畫當時是走在時代的尖端呢。她是貓耳、蘿莉、機器人、眼鏡女、妹系再加上紫色頭髮，還有一堆

---

49 《貓咪幻想曲》原名ねこねこ幻想曲，台灣未發行。《金魚注意報！》也譯作金魚學園、娛樂金魚眼。

50 則卷阿拉蕾：漫畫《怪博士與機器娃娃》的主角。台灣也譯為「丁小雨」。

奇怪的口頭禪喔。」

「你不說我倒是沒注意到，這麼說的確沒錯啦……我原本是很想稱讚你觀察入微的啦，可是忍野，那和羽川的事情有什麼關係嗎？」

「嗯、嗯、嗯——」

他在隱瞞什麼……

他絕對在隱瞞什麼……

「喂！忍野，你也差不多——」

「噗呸啵！」（註51）

「這是能夠分辨世間酸甜苦辣的大人，該用的打混方式嗎？」

「嗯——基本上大人就是這樣啦。」

「那我不想長大了！」

算了，就當作他沒有用「噗呸啵」來打混好了。

要是他真的有東西要隱瞞我的話，又會是什麼？

我不知道。

不知道的東西想破頭了還是不知道，因此我沒辦法，只好半強制地將話題繼續往前推。

「總之，忍野，你把忍帶過來吧。對方是妖貓，我們只能請忍幫忙解決了吧？當然忍不會那麼簡單就幫我們吧，不過只要用我的血來交換的話——」

51　此為《怪博士與機器娃娃》中某角色的口頭禪。

「嗯——或許吧。可是呢，有時候真是屋漏偏逢連夜雨啊，不幸會呼朋引伴——」

「…………」

話中有話也要有個限度吧。

拜託你適可而止，我可是急得像隻熱鍋上的螞蟻。

況且，這次又和羽川有關。

上次她不需要我；但是這次，她清楚地指名要我幫助她。我絕對要陪在她身邊。

在她需要我的時候，我要陪伴在她的身邊。

「……奇怪？」

此時，

我再次想起了那件事——沒錯，剛才我原本想問忍野的。今天早上，八九寺告訴我的有關忍的事情，事到如今，我只有一種不祥的預感。

應該說，我從來沒有好的預感過！

「忍野……我有事情想要問你。」

「還真巧呢。我也想要阿良良木老弟你問我一個問題。」

「忍她怎麼了？」

「嗯，就是這個、就是這個。」

忍野臉上掛著爽朗的笑容，回答說。他像一個終於能夠為犯行自白的罪人，又像是因為對方的發問而獲得解脫一樣。

「小忍她，踏上尋找自己的旅途了。」

007

時間轉眼間，就到了深夜。

我騎上腳踏車，跑遍了城鎮各角落——找遍了所有我想得到的地方，這樣還嫌不夠，我還重複騎了同樣的路線兩次，名副其實騎遍了各角落，但依舊沒有任何的成果，這時我才終於覺得自己累了。

一路上，我不吃不喝，也不休息，不停踩著腳踏車——連續九個小時。

老實說，我自己也感到驚訝。

居然要把自己操到這種地步，身體才會感覺到疲憊。前幾天我才剛餵血給忍，但那效力大概都被拿來恢復手腳的體力了吧。

類人的吸血鬼。

類吸血鬼的人類。

我已經不知道自己是屬於哪邊了。

忍野忍。

吸血鬼會離家出走，實在是荒唐至極。而且還身無分文，除了身上的衣物別無他物，就這樣突然不見人影——這已經算是失蹤了吧。那算哪門子的吸血鬼啊。

屋漏偏逢連夜雨。

不幸會呼朋引伴。

這兩句話實在說的很貼切。

忍野說他發現忍不見，是在今天早上——後來他又回想起，好像從昨天中午開始，他就沒看到忍了。

根據八九寺的證詞，昨天她在國道上的 Mister Donut 附近看到金髮女孩，是在傍晚五點左右——也就是說，那個女孩就是當時已經失蹤的忍野忍吧。

以小孩的腳程，不可能跑太遠。

不過才這麼一天——何況現在的忍已經不是傳說的吸血鬼，幾乎只是一個普通的女孩。從體力方面來看，她遠比不上我。只是一個普通的小孩……不，我不在她身邊的話，她的能力連一個普通的小孩都不如。身上僅存的能力，也幾乎受到了限制。

她會覺得疲憊，也會感到飢餓。

……喂，慢著。

是啊，不管她有沒有走到 Mister Donut 還是怎麼樣，她都身無分文。

這麼說來，她現在正在餓肚子嗎？

在這個城鎮當中的某處……一個人餓著肚子。

「……………」

我騎著腳踏車東奔西跑的時候——大約過了正午左右吧，我差點撞到走在路上的八九寺真宵。這是本日第二次的巧遇。能夠在一天之內，和見面機會可遇不可求的八九寺見上兩次面，讓我很想細細品嘗這股幸運感，但現在不是做那種事情的時候。

況且，這次嚴格來說算不上是巧遇（當然第一次也是），因為我像隻無頭蒼蠅一樣在城鎮中四處亂騎，遲早會遇見她的。

「何良良木哥哥。」

「終於變成單純的印刷錯誤了嗎……」

「抱歉。我口誤。」

就這樣打過招呼後，我拜託八九寺將昨天看到忍的事情，再說得更詳細一些。

「這麼說來，」

八九寺說。

「總覺得，她看起來好像很寂寞。」

「看起來好像很寂寞——」

「對。」

八九寺神情嚴肅地說。

「就像一個迷路的小孩。」

迷路的小孩。

這句話——從八九寺口中說出來，說服力就是不一樣。

從過去一直在迷路的她口中……

「我知道了。」

八九寺點頭說。

「我也會盡我所能，去找那個女孩子的。」

「妳願意幫我嗎？」

「對。阿良良木哥哥，要找迷路的小孩，謹慎的心和人手是不可缺少的。要是你想要全部都一手包辦的話，有時候去找木乃伊，結果自己也變成了金字塔喔。」（註52）

「變成金字塔？格局好大！」

「阿良良木哥哥也不要太minustic，請堅強地去面對吧。」（註53）

「minustic實在是錯很大！」

「找迷路的小孩，的確是『城池必爭』的緊急事態，可是你要冷靜一點才行。」

「妳說得沒錯，但是正確的說法應該是『分秒必爭』！」

「我要是看到她的話，雖然我無法靠近她，不過我會用公共電話打手機聯絡你的。」

「……妳會用公共電話嗎？」

「那還用說。機械方面的東西可是我的強項。」

「怎麼和今天早上的說法完全相反……」

「你在說什麼啊。我可是二〇一一年以後還能夠繼續看電視的天才喔。」

「不管怎麼樣，妳再強也只能到看地上數位放送的程度嗎……」

「單波段（One seg）是一種狗對吧（汪）？」（註54）

「妳是白痴！」

52 原本應該是「去找木乃伊，結果自己也變成了木乃伊」。比喻去找人結果自己也一去不回。

53 同之前的plus＋tic。八九寺以為minus＋tic就會變成悲觀的，其實沒這個字。

54 單波段的One，音似日文中的狗叫聲。

玩笑姑且不論。

不管她對機械擅不擅長，應該都會用公共電話吧。唯獨這種時候，我才會想感謝這個公共電話還健在的鄉下城鎮。我的故鄉有一個悲哀的傳說：「零星分布在鎮內的便利商店必會有停車場，甚至連柏青哥店也盛行不起來而倒閉。」這可不是浪得虛名。

傳說就先不管，隨後我和八九寺分開了。

我都和八九寺見到面了，所以肯定也找得到忍——我的心情稍微樂觀了點後，腦中開始思考。

八九寺願意幫忙讓我很感謝沒錯，可是她和忍（年紀看起來）沒差多少，不能對她抱有過度的期待。某些地方是小孩子才會去尋找、去躲藏的，抑或是有些空間只有小孩子才進得去，所以這方面可以期待她的幫助；雖然八九寺的活動範圍比一般的小孩大上許多，但應該也有其限度。以一個小孩來說，活動能力也是有極限的吧。

但是，我需要人手。

八九寺說得沒錯。

因此，

在接近四點的時候，我打了通電話到千石家裡。她讀的國中和我以前一樣，所以只要她放學後不在外閒逛，現在差不多已經到家了。印象中她好像沒參加社團活動。

老實說，她在家的可能性不算高；不過很幸運的是，她正好在家。

「曆哥哥。」

千石說話的聲音，聽起來很高興。

看來在不用面對面的電話中，千石情緒起伏也會不一樣。我覺得這孩子快點辦支手機比較好。

「曆哥哥。你這麼快就打電話給撫子了？……撫子好高興。」

「嗯……昨天剛問到電話今天就打給妳，真是不好意思。那個……」

嗯──該從什麼地方開始說起呢……

因為這次和八九寺的時候不一樣，我必須從頭對千石做說明……

「……？怎麼了嗎？曆哥哥。」

「啊，沒什麼……那個……」

「冷靜下來，發生了什麼事？」

聽到我口齒不清，千石似乎很擔心的樣子。

「要說發生了什麼事──」

「總、總之你先冷靜下來。冷靜下來喔，曆哥哥。對、對了。撫子先說一件有趣的事情給你聽。」

「…………」

真是語出驚人啊。

事先作出宣言，說待會說的事情會很有趣，這還真是自信滿滿啊。

「就是啊。女僕這種工作，在漫畫和卡通裡面看起來很輕鬆又很有人氣，其實卻意外地辛苦呢。」

「那個『超愛大熊貓』就是妳嗎!?」

難怪笑點會那麼難懂！

妳絕對沒有參加過聯誼吧！

不要寫個明信片就變成另一個人了……

「你、你冷靜一點了嗎？曆哥哥。」

「嗯……繞了一圈之後，我覺得冷靜一點了。」

雖然我打從一開始就沒有在慌張。

可是呢，現在怎麼表達並不重要。

「然後？曆哥哥找撫子有事吧？」

「嗯……千石。我有件事情想拜託妳。」

「想要拜託撫子……什麼事情？」

「我想請妳幫我找忍。」

最後，我決定開門見山地說。

「有直接看過忍的人，包含妳在內也沒有幾個……要是妳能幫我，那可真是幫了我一個大忙了。」

「要找她……她不見了嗎？那位……嗯——小忍。」

「對。」

「不是單純的……外出嗎？」

「她一整晚都沒有回來。」

「這、這樣啊……」

我感覺到話筒的另一頭——

傳來了一股躊躇的氣息。

啊！對喔，我太粗心了，千石之前說忍一直猛瞪她——所以她本能性地對忍感到害怕。

八成是這樣吧，我在內心下了判斷。

不管是哪種間接的方式，千石都不應該再和怪異扯上關係——這是我先前的想法才對。現在我怎麼能主動把她拉進這個世界呢，就算現在的狀況需要人手……

「抱歉，千石。我這樣太強求了。我——」

「不、不會。曆哥哥，不是這樣的。」

「不是這樣的是指——」

「撫子只是覺得如果馬上回答的話，聽起來好像有點假……請讓撫子幫忙。拜託。」

「嗯……可是，真的可以嗎？」

「嗯。」

很難得的，

千石強而有力地回應說。

這是因為電話的關係嗎？

因為我們沒有面對面的緣故嗎？

「撫子沒關係……只要能夠回報曆哥哥的恩情。曆哥哥現在在找忍嗎？就跟幫撫子的時候一樣。」

「嗯？……是啊。」

「既然這樣，那我就不能不幫忙了。」

我就不能不幫忙了。

妳願意為我說出這樣的話嗎？

「……我想應該是不會有危險啦……可是我沒辦法完全保證妳的安全喔。雖然忍的力量幾乎已經消失殆盡，但是她還是吸血鬼……」

「沒關係。」

千石說。

那位內向的千石，語氣當真強而有力。

「我不要緊的。請讓我幫忙。」

那強而有力的感覺，讓開口拜託的我都覺得不好意思——之後，千石似乎馬上就出門去找忍了。

我那時候，原本很想就此鬆一口氣。有當面看過忍的人願意幫忙，讓我覺得非常感激——但光是這樣，還無法讓我放下心中的大石頭。

因為千石不會騎腳踏車。

應該說，她似乎沒有腳踏車。

幾天前去那間廢棄神社時，千石沒有騎腳踏車過去的理由就在於此。這樣一來，她只能用徒步的方式尋找，機動力方面和八九寺一樣，不能抱太大的期望。

機動力嗎……

機動力啊。

雖然一直拜託人會讓我不好意思，可是事到如今，那傢伙的幫助不可或缺。因為目前直接看過忍的人，連我在內只有六個人而已——其中，羽川翼變成了ＢＬＡＣＫ羽川被綁了起來；而忍野咩咩要負責看守她。

剩下的四個人，除了我和千石以外還有兩人。

那兩個人也要問她們一下才行。

首先，先從比較好說話的神原駿河開始。

我在手機的電話簿中選了她的名字。現在已經放學了，她在學校手機應該也會開機——不對，幾天前才剛辦手機的神原，會知道學校有規定放學後可以開手機嗎？

「我是神原駿河。」

她還是一樣報上全名。

看來是我杞人憂天了。

「神原駿河。拿手絕活是Ｂ鍵衝刺。」（註55）

「…………」

那的確是她本人的拿手絕活。

不是達急動，也非縮地法。

看來，這點我不能說她是在唬爛了。

「神原駿河。職業是阿良良木學長的性奴。」

55　超級瑪莉裡的招式，按住Ｂ鍵時移動速度會加快。

「這點絕對是在唬爛！」

「嗯。這個聲音和吐槽方式是阿良良木學長吧。」

「妳連是誰都不知道，就不要說出那種沒經過大腦的話啦，王八蛋！」

「性奴學長不喜歡嗎？剛開始我有想到了另一個更適合我的頭銜，可是那實在有點重鹹了，所以我就自主規制掉了。」

「連妳都自主規制掉的頭銜，我光想就覺得很可怕！」

還有，

妳快點學會用電話簿的功能吧。

「神原。妳現在在學校？」

「沒有，我已經離開學校了。」

「咦？是嗎？文化祭的準備呢？」

「今天不是輪到我。」

「這樣啊。輪班制嗎……你們班還真團結啊。我真羨慕。」

原來如此。

不在學校的話，那就無關有沒有開機了。

「那個，神原，那妳現在在家嗎？」

「不，我也不在家。怎麼了，以阿良良木學長來說還真稀奇啊，居然連續猜錯兩次。所謂智者千慮必有一失啊。學長，現在我在附近超級市場的遊戲區，正在玩『時髦魔女 Love & Berry』（註56）呢。」

「那種東西誰想得到啊！」

每次都出乎我意料之外！

妳偶爾也照我的預測去行動吧！

「可是這就奇怪了，我是不太清楚啦，不過那是高中生會玩得興高采烈的遊戲嗎……？」

「學長在說什麼啊。好玩的遊戲沒有年齡之分。光是今天我已經花了快三千塊了。後面還有好幾個小孩子在排隊，不過我完全沒打算要讓給他們玩。」

「仗著錢多霸占機臺實在太過分了吧妳！妳現在馬上停止遊戲，讓給那些小孩子玩！」

「嗚。像阿良良木學長這樣的大人物，居然會跟剛才被我轟回去的店員講一樣的話。」

「妳把店員轟回去了？」

「對方真的發火了，我也只好來真的凶回去。」

「不對！對方真的發火了，妳就應該認真地道歉才對！」

「不過就算是同一句話，假如那是阿良良木學長的命令，那我也只能聽從了。那我接下來就玩旁邊的甲蟲王者……」

「不要光只是在玩！」

56　時髦魔女Love & Berry，一種刷卡片的遊戲機，相當於女生版的「甲蟲王者」。

「失去玩樂的心是不可以的，阿良良木學長。玩樂比學習更重要，所以人類才會成長，編織出歷史。對了對了，說到玩，前陣子我和三個朋友用撲克牌在玩大富豪的時候啊——」

「原來『揮棒的姿勢』就是妳嗎!?」

這個學妹真是夠了。

可愛的程度已經破表了。

愛之深而愛之切啊。（註57）

「那麼，阿良良木學長。說說你找我有什麼事情吧。」

「嗯……」

我和這傢伙要是不先玩一下相聲，就沒辦法說正經話。就把至今的對話，當作是必不可少的開場白吧。

「神原，我想要借助妳的力量。」

「說什麼借啊，這話太奇怪了。我的力量打從一開始就是阿良良木學長的。我該做什麼，學長只要給我一個指示就好。」

「…………」

好酷……

酷得好成熟。

明明剛才還在玩小孩子玩的遊戲……

57　此句改自愛之深而恨之切。原意是指越愛一個人就會越恨他。

我突然想到，為何這傢伙會是這種冷硬派的性格呢……唯獨這一點，不是受到戰場原的影響吧？

「我希望妳幫我找一下忍。那個小鬼離家出走了。」

「離家出走？」

「簡單來說就是失蹤了。」

「這樣啊。知道了。我聽到這邊就足夠了。簡單來說，我只要脫光就行了吧？」

「妳這麼想脫的話，下次我們兩個人獨處的時候我會把妳全身扒光的！要不然我們兩個脫光光坦誠相見也行！哈哈，我要是脫了可是很壯觀的喔！所以拜託妳了神原，這邊妳就忍耐一下，用普通的方法去找忍吧！很遺憾我現在最期待的人就是妳了！把妳那雙比腳踏車還要快的腳借給我吧！」

「說什麼借啊，這話太奇怪了。我的小腿肚、大腿、膝蓋後方、小腿、脛股和腳踝，打從一開始就是阿良良木學長的啊。」

「妳那種說法不怎麼冷硬喔！」

「什麼？學長說腳底嗎？真不愧是阿良良木學長，膽敢說出那種不畏懼神明的癖好……」

「我沒說吧！」

妳果然是個大色女。

戰場原之前還幫妳說過話，現在完全泡湯了！

「你太看得起我了。阿良良木學長，我的這種色情度，聽到『女性專用車輛』這個詞都會讓我覺得很猥褻呢。」

「那種人現在全日本只有妳一個而已！」

「這樣啊，我們說了這麼多，阿良良木學長終於承認我是你的性奴隸了嗎？」

「不對！我從頭到尾沒說過奴隸這兩個字！」

「啊！對了，阿良良木學長，說到癖好啊——」

「妳這傢伙，還想繼續聊『癖好』這個話題，對它深入探討嗎？我們還是高中生喔……？」

「把它換成傷風敗俗的行為也行。阿良良木學長，聽說你昨天晚上對戰場原學姊做了傷風敗俗的行為對吧。」

「……………」

妳為什麼會知道。

不，也沒為什麼，在這個狀況下答案只有一個……

「嗯。是學姊親口告訴我的。她說，她和學長在星空下做了傷風敗俗的事情。」

「接吻不是什麼傷風敗俗的行為吧！」

或許也在其延伸範圍內啦，但我就是不想那麼認為，這是因為我還是個小鬼的緣故嗎……

「那是戰場原小姐告訴妳的嗎……」

那傢伙還真是毫不隱瞞啊……

我們是男女朋友，所以我不會覺得自己做了虧心事……可是我覺得她那樣有點沒神經。

「妳是今天在學校聽她說的？」

「不是，我是昨天晚上聽到的。該說聽嗎……學姊在凌晨突然打電話給我，結果我被迫聽她炫耀了五個多小時。」

「這種學姊還真讓人頭痛！」

就算她從天文臺回去之後馬上打電話，這樣算下來也幾乎是通宵沒睡吧。早上遇到她的時候，她看起來一點都不睏啊……那傢伙的臉上是戴著鐵面具嗎。喜怒哀樂不形於色也要有個限度吧。

可是，炫耀……那應該可以算是炫耀吧。我完全看不出來戰場原會做出那種自我炫耀的事情；不過她和神原除了是學姊學妹外，更是女生啊。

原來戰場原會把這種事情說出去嗎。

她的這一面讓我略感意外。

「讓我向學長說一聲恭喜吧。」

「嗯……多謝了。」

「不過，希望學長不要因為這樣就以為自己贏了。」

「妳在向我宣戰嗎！」

「愛就是毫不保留地奪取……先從接吻開始！」

「從接吻開始可以嗎！」

對話完全偏離主題了。

但是，這傢伙擁有的機動力，要彌補這段浪費掉的時間還綽綽有餘……有能力傢伙，基本上就是占便宜。

因為他們可以隨心所欲。

「總之，嗯。簡單來說，我只要去找那個可愛的金髮女孩就行了吧。學長的話我確實了解了。如果這是阿良良木學長的請求，那我就使出全力來奔跑吧。呼呼呼！這個世界雖然很大，但是能夠讓我使出全力來奔跑的，只有阿良良木學長、戰場原學姊，還有ＢＬ小說的發售日而已。」

「要我不怕別人誤會直接說的話，把我和ＢＬ小說排在一起，實在讓我有點高興不起來啊……！」

應該說我很排斥。

最後一項希望妳能另外分類。

「不過阿良良木學長，我只要是ＢＬ幾乎所有類型都吃得下去喔，可是裡面也是有我不喜歡的類型啦……遇到那種小說的話，我就沒辦法全力奔跑了。」

「誰問妳這個啦！」

而且，

妳只是沒有全力奔跑而已，到頭來還不是會買。

「而且神原，妳在退出籃球社之前，比賽的時候應該都是全力在奔跑的吧。」

「真要我說的話，其實沒有喔。因為我要是全力奔跑的話，體育館的地板會被我踩得坑坑洞洞的。」

「妳是戰車之類的嗎!?」

「而且，學長你想想，在一個狹窄的範圍內，移動速度要是太快會有殘像吧？籃球是五對五的運動，分身術是犯規的。」

「妳不要隨便把這個世界的常理，弄得亂七八糟的好嗎！有怪異來搗亂就已經夠了，人類的動作最好是會有殘像啦！」

「人數怎麼樣不是重點啦，最重要的是會先被判走步。」

「球場裡面如果有選手分身的話，裁判還會那麼冷靜地去抓那種初學者才會犯的規嗎？」

「我最多可以分身成九個人。要是還可以再多一個人的話，我就可以自己做比賽的想像練習了。」

「不可能、不可能、不可能！妳做得到的話，誰受得了啊！就算妳說明得再怎麼具體，我都不會被妳騙到的啦！」

「不過，如果阿良良木學長的請求，那就另當別論了。今天我就解除好久沒有解開的限制器，使出全力奔跑吧。」

「該怎麼說呢，我現在突然有點想要阻止妳了！」

我不知道哪個部分是開玩笑的。

這學妹真的是一個超級危險人物。

就跟洲際彈道飛彈一樣。

「你阻止我也沒用，阿良良木學長。我已經收到學長的命令了，我從來沒這麼高興過。我發誓我會奔跑到精疲力盡為止。」

「妳不用那麼勉強自己吧?妳是跑得很快沒錯,可是妳之前不是說過自己很不擅長跑長距離的嗎?」

「嗯?啊啊!那是在角色性質尚未成型的最初階段所做的設定,所以學長不用太在意。」

「扯什麼設定啊!」

「如果學長真的很在意的話,我也可以變回初期的設定啦。」

「別說得好像是遊戲的設定畫面一樣!」

算了。

神原的不擅長和我所說的不擅長,是完全不同類的東西,所以我不用太過擔心吧。

「呼呼呼呼!不過,現在收到阿良良木學長命令的我,名字要是和以前一樣,似乎有點不自然啊。進化過的我,應該要換一個名字才對。沒錯,我已經不是神原駿河了

——我是神原Ω。」

「我都快愛上妳了!」

「順便說一下,海浜公園進化之後,就會變成海兵公園。」(註58)

「那座公園頓時變得好偉大,讓我完全不想靠近了!」

「注意落石會變成注意隕石。」

「進化得太誇張了吧!」

58　在日文中,「海兵」一詞是海軍陸戰隊的意思。

我要是進化的話，會變成什麼樣子啊。

這讓我有點好奇。

「那就先這樣，神原妳要是找到忍的話……那個，妳的話該怎麼辦呢，妳還有左手應該沒問題吧……不對，只有左手還是滿危險的，妳要是找到忍的話不要太靠近她，馬上跟我聯絡。」

「嗯？我不能衝過去抱緊她嗎？」

「不行！」

帶有雙重否定的不行。

不管她是衝過去抱她，或者是靠近她都會惹來麻煩。

「且慢。你要是看扁我的話，會讓我很傷腦筋的，阿良良木學長。只要能夠抱到小女孩，我連命都可以不要。」

「拜託妳珍惜生命吧……況且，就算抱到小女孩又能怎樣？」

「只要小女孩夠可愛，就會讓人覺得很幸福了不是嗎！」

「我被凶了！」

我被學妹凶了！

理由是因為我不知道「只要小女孩夠可愛，就會讓人覺得很幸福」這個道理！

「妳的主張主義先不管啦……現在能和忍抗衡的人，在這個世界上目前只剩下我而已——忍野因為一些緣故脫不了身。所以……」

「我知道了。」

「我也有拜託千石幫忙，要是妳們在路上遇到的話，記得交換一下情報……啊！對了，神原，千石把燈籠褲和學校泳裝拿給我了。」

「喔喔，是嗎。她應該沒有洗吧？」

「沒有，她好像已經洗過了。」

「怎麼會這樣！」

神原放聲大叫。

這傢伙的個性……真是夠了。

「愚蠢啊……洗乾淨不就沒有任何意義了嗎……沒想到阿良良木學長居然會原諒那種暴行，實在太不像學長的風格了。」

「神原，在妳心目中我的風格到底是什麼……？就是不讓國中女生洗自己穿過的燈籠褲和學校泳裝嗎……？」

「太過分了……怎麼可以對我這麼殘忍……先給我希望，最後再讓我絕望……要是我手邊有氰酸鉀的話，我肯定會自殺吧……」

「手邊有氰酸鉀這種假設，打從一開始就很荒唐無稽……」

有需要到鬧自殺的地步嗎。

這就是妳的風格嗎？

「沒想到我必須要對阿良良木學長說出這種話，我真的覺得很遺憾，不過沒辦法，我必須要請學長為這個失態贖罪。」

「…………」

簡直莫名其妙。

可是，要是在這邊折損了神原的幹勁就不妙了……

有能力的傢伙真的是占便宜啊……

「可以吧？」

「好啦、好啦……要我幹麼妳就說吧。」

「愛只要說一次就可以了，阿良良木學長。」（註59）

「這羅曼蒂克的臺詞是怎麼回事！」

我已經搞不清楚狀況了。

「總之，我贖罪、我贖罪。我一定贖罪啦。我該怎麼做才是？」

「這個嘛。就請學長穿上燈籠褲和學校泳裝，然後睡一個晚上，讓衣服上面吸滿汗水之後不要洗直接拿來還給我，這樣我就原諒學長。」

「要是我真的照做的話，我和妳都會變成無與倫比的大變態喔！不對，妳的程度大概會比我還要危險吧……！」

「能夠和阿良良木學長走在同一條道路上，不亦樂乎。」

「抱歉，神原！我沒有打算陪妳一起去死！」

「不想和我一起死的話，我還有強迫自殺這個方法。」

「那是殺人吧！」

「那就請學長重新考慮一下吧。」

59 日文中的好，音近「愛」。

「不對，是妳要改變想法！」

「總之，千石也要幫忙找嗎？這樣看來，除了我們之外……應該還有幾個人會幫忙吧。」

「是啊，我們在這邊說了一堆廢話後，現在我這樣說可能沒有說服力啦——現在是分秒必爭。幫我一把吧，神原。」

「當然。我清楚到都快飆淚了。這邊要是不幫忙我就不是我了。一切都遵照學長的指示。」

說完，神原掛上了電話。

她剛才說人在附近的超級市場，這附近說到超級市場也就這麼一間而已……那間超市可說是這個鄉下城鎮的生命線，我真的開始擔心神原的B鍵衝刺會把那邊的地板踩得坑坑洞洞的——不過呢，扣掉這既莫名其妙又非現實的擔心，神原是一個可靠的夥伴。

再來是最後一個人。

最後一個曾經親眼看過忍的人——

戰場原黑儀，我撥了一通電話給她。

鈴聲響了非常久……我差不多等了二十秒左右吧。正當電話差點轉入語音信箱的前一刻，她終於接起了電話。

「我不去。」

「…………」

開口第一句話就讓我吃了閉門羹。

這傢伙是超能力者嗎。

而且她還拒絕我……

「……妳好像響了很久才接電話喔，出了什麼事嗎？」

「嗯？沒啊？我只是覺得接電話很麻煩，手機就一直放在口袋裡，也沒看是誰打來的，可是鈴聲實在很煩所以我就看了一下，結果發現是阿良良木你，我就想說不用接也沒差吧，然後想要按下電源鍵把鈴聲停下來的時候，不小心按到通話鍵，沒辦法我才接電話的。對了，你找我有什麼事？」

「這種人誰還會有事情找妳啊！」

這傢伙好過分。

就算隔著電話，火力也不遜色。

「那先不管了，戰場原……妳聽我說。」

「不要。你才要聽我說。前幾天，我和朋友兩個人去錄影帶出租店啊——」

「原來那個『削蘋果前進』就是妳嗎！還有，這幾年連一個朋友都沒有的妳，居然會捏造出那種『和朋友很和睦』的故事，還寄信到那種聽眾來信的節目去，一想到這點，我就覺得那封原本很有趣的明信片，突然變得很可悲！」

話說回來，那個廣播節目收聽率這麼高是怎麼樣！

大家都在聽嗎？

沒在聽的人難道只有我一個？

該死，我太落伍了！

「我說，戰場原。妳聽我說啦。」

「你都跪下來求我了，我也沒辦法不聽吧。」

「誰下跪啦！」

「是什麼事情？」

「……忍不見了。」

「忍？是那個金髮女孩對吧？」

「對。」

「嗯。」

她沒有任何感想嗎？

真是一個態度平靜又冷淡的傢伙。

唉呀，她們雖然見過面，但從沒聊過天，也沒打過交道──這點不只是戰場原，神原和千石也一樣。六個人當中知道忍個性的，只有我和忍野……還有羽川而已。

「因為這樣……阿良良木才不惜蹺課跑去找她的嗎？」

「對。所以我希望妳也能幫我的忙，有親眼看過忍的人──」

「可是，」

戰場原打斷了我的話。

「今天早上你說的『人道救援』，不是指這件事吧──因為阿良良木你絕對不會稱呼她為『人』的。」

「…………」

「羽川同學，今天沒來學校呢。」

戰場原語氣平靜地接著說。

話中沒有流露出任何的感情。電話的另一頭，她總是面無表情的臉蛋，似乎浮現在我的眼前。主動打電話給神原臭屁了一整晚的人，真的是這傢伙嗎……

「這兩者有關係嗎——啊啊！你不用回答我沒關係。你的沉默已經給我答案了。」

「就算是這樣，我還是要回答。對，妳說得沒錯。羽川的——」

「對了，忍野先生之前好像有說過……羽川同學的事情，那孩子幫了很多忙之類的。簡單來說，事情是這樣嗎？為了要幫助羽川同學，需要那孩子的力量，可是她因為其他的原因現在失蹤了。」

「妳的直覺還真敏銳啊……而且記憶力也真好。」

「我對自己的記憶力很有自信的。我連鎌倉幕府創建的時間，都還記得呢。」

「那只不過是普通的年號背誦吧……」

「無法建立一個好國家，鎌倉幕府。」

「好討人厭的背誦方式啊！」（註60）

「阿良良木，」戰場原說。「羽川同學和那孩子的事情，你都一樣很擔心呢——沒有偏頗，一樣公平呢。應該先擔心哪一邊，明明就一目了然的說……這真的很像你的作

60　日本習慣用諧音來背誦年號。鎌倉幕府創建的年份1172年，1172諧音相當於「好國家」，一般的背誦方式是「建立一個好國家吧，鎌倉幕府」。

風呢。」

「…………？」

她在說什麼？

優先？

這狀況不是誰優先的問題吧？

這次和千石的情況不同，我不用去選擇應該先救誰才對。

「不去。」

接著，戰場原重申。

「我不去。」

「喂，戰場原——」

「因為我要準備文化祭的東西。」

「不是……那我知道啦，可是現在——」

「是羽川同學交代我處理的。」

那是一句強而有力的話。

話中伴隨著意志——就像一把出鞘的刀一樣，強而有力。

「我不能丟下這邊的工作不管……羽川同學越是被逼到困境，我就更要完成我的任務。」

沒錯——

那不是普通的文化祭準備工作。

那是羽川在被怪異逼到絕境的時候，還不忘交代戰場原去處理的事情。我不能要她翹掉那個工作，跑去找忍。

「羽川同學不在，老實說命令系統整個就是亂七八糟……沒一件事情能夠順利處理的。她真的一直在處理這種事嗎？居然弄了一個這麼非比尋常的時間表，她真是瘋了。現在就連負責協助的你都不在——老實說，光是現在這樣講電話我都覺得是在浪費時間。」

「那些幾乎都是羽川一個人在弄的啦。」

那傢伙為了班上，到底付出了多少心血呢。而且……她又是費了多大的努力，才讓班上的人無法察覺到她的忙碌，不讓周圍的人看到她的辛苦呢？那些工作量就算讓她忙到不可開交也不奇怪，她卻從未展現出忙碌的一面，也不說半句抱怨的話。她做任何事情都一樣——努力本身不算厲害。厲害的是，她可以不讓周圍的人察覺她很忙碌。就連一直在旁輔佐她的我，都很難完全掌握羽川辛苦的程度。

真是的。

那傢伙是真正的天才，只有她——

…………

不過，我真希望妳不要說和男朋友講電話是在浪費時間啊，黑儀同學……

「看來，今天我大概要弄到很晚才能回家吧——離校時間我看是沒辦法遵守了。有可能還要帶回家弄吧。這麼龐大的工作量，她之前居然能在規定的時間內全部處理好，這已經達到讓人驚嘆的水準了。我說，阿良良木，你就照平常一樣貫徹自己的作風吧；我也會這麼做的。」

「也好……那麼，」

在清楚認識到目前的狀況後，

我說。

「學校那邊就拜託妳了。辦一個快樂的文化祭吧。」

「是啊。我會的。」

她的語氣一如往常地平靜。

完全沒流露出任何感情。

但是，這話確實是從戰場原的口中說出來的。

「那先這樣……我會再跟妳聯絡的。」

「啊，阿良良木。我想說一句話，可以嗎？」

「幹麼？」

「傲嬌服務。」

最後，戰場原開口說。

以平靜的語調。

「你可不要誤會喔，我可不是在擔心阿良良木你——不過，要是你沒有回來的話，我可饒不了你喔。」

語畢，她就掛斷了電話。

我差點連意識都跟著中斷，但還是設法招架了下來。

啊啊！真是的，我真的……真的真的，無法用言語來形容現在的心情。就算她會說我詞彙貧乏也罷，每當我們說話的時候，她總是……會讓我無法用言語來形容。

我真的太喜歡她了。

喜歡到無法自拔的地步。

真是……我絕對會回來吧。

如果有妳在等待我的話。

「……妳儘管放心，包在我身上吧。」

總之。

我已經拜託完所有能求助的對象了。

我的聯絡網路只有高中三年級生的程度，也沒多了不起，從整體大局來看，這點程度的幫助或許只能求個心安，狀況不會因此有多大的改變，但是——

她們讓我有恃而無恐。

我踩著踏板、踩著踏板、踩著踏板、踩著踏板、踩著踏板、踩著踏板——在那之後，又過了三個小時。

搜索的時間，至今共花了九個小時。

現在是晚上七點。

時間一轉眼，就入夜了。

我一路上不吃不喝，

沒有休息——

現在終於感覺到疲憊了。

「可是，忍那個傢伙……到底在想什麼啊。」

居然會離家出走。

居然會失蹤。

居然會踏上尋找自己的旅途。

妳明明無處可去啊——

就跟我一樣。

「……………………」

一切的肇始，是在春假。

從二年級的結業式開始的。

事到如今，已經一段時間前的事情了。

我知道怪異的存在，

變成了怪異本身……

而後，不停遇到這一類的事情。

鬼。

貓。

螃蟹。

蝸牛。

猿猴。

蛇。

然後又是……貓。

妖貓——障貓。

BLACK羽川——另一個羽川。

妖貓那一類的東西，大多數的情況下都會化身成人類。先把老婆婆咬死後，化身成老婆婆的模樣，再把來到家裡的人咬死——這類的傳說多得不勝枚舉。

貓會化身成人類。

然後……吃人。

但是，障貓的情況卻和傳說完全相反——不對，是同樣的傳說，只不過是從別種角度去解釋而已吧。不是貓化身成人類……而是人類變成貓。化身成人類的妖貓，會因為舉止不自然而露出馬腳；但是，障貓卻能將那種不自然的舉止，當做是多重人格來解釋。若針對這點來看，障貓就像是被狐狸魅惑了一樣。許多有關障貓的民間傳說，多半是以下的模式：賢慧的妻子，每晚都化身成淫婦到鎮上閒逛，最後雲遊的僧侶（或武士及獵人）認定那是妖貓在作怪，一刀砍死了妖貓後，結果發現那隻妖貓就是妻子本人。

若光從這結果來判斷，沒錯，這個傳說當中，貓本身從未出現過。無尾白貓成了一種裝飾，或是炒熱故事的一種要素，只是稍微點到為止罷了——故事的主題和主軸，從頭到尾都是人類本身。

人類的表裡。

裡層的羽川——黑暗邪惡的羽川翼。

不對……顏色上來說應該是白色的吧。

無論如何，羽川的人格被吞噬掉這點，是千真萬確的。

我真想聽聽神原的意見。

事情演變成這樣後，障貓和神原的猿猴，或許很類似也說不定——然而只是類似，其實似是而非。兩者最大的差異在於：猿猴只不過是基於正當的契約，去實現神原的願望；但障貓卻是徹徹底底，無條件、無限制地和羽川翼站在同一陣線上。黃金週的時候，最後她雖然帶著惡意和敵意，襲擊了我和忍野以及羽川本人——但那一切也都是為了羽川。就算那不是羽川希望或祈願的結果，貓依舊是羽川的盟友。

豈止是盟友，貓就是她本人。

貓和神原的猿猴之間的差異，就在於此。

神原目前應該還在為我奔跑。

然而……卻沒有聯絡。

我沒有收到任何人的聯絡。

別說是頭緒了，我連半點線索都找不到。沒有半點蛛絲馬跡。

這到底是怎麼回事？

金髮的小孩在這個城鎮中，應該可說是最引人矚目的存在才對——但我卻沒打聽到半點目擊證詞。

該不會，忍已經離開這座城鎮了？

不對，光憑小孩子的腳程……沒錯。

忍不在我的身旁……理當什麼都做不到。

我抬頭仰望天空。

夜晚。

夜幕低垂。

星空，雖然完全比不上昨晚天文臺的景象，但還是一片十分美麗的星空。我總覺得以後這樣仰望夜空，似乎會成為一種習慣──因為這是我和戰場原共同的回憶。

她說──

全部。

她說：我能夠給阿良良木你的，只有這些──

可是不對，不是那樣的。

現在我的心中，還有滿滿的回憶。

不光是星空的回憶──從最初在樓梯上的接觸開始，直到現在的一切。

回憶……記憶。

羽川的記憶……已經不會消失了。但我還是希望，她能夠忘記和怪異有關的所有記憶──然而，其實關於記憶方面，忍野說得沒錯吧。

不光是他話中的含意。

我自己其實也不想忘記。

不想忘記春假的事情。

不想忘記那個地獄。

因為，這一切都是從那裡開始的——

「……忍，忍野忍。」

我絕對要找到妳。

肯定要把妳找出來。

因為我已經決定這輩子，都要背負著妳的事情活下去了。

「好……休息時間差不多結束了。」

我再次踩動腳踏板。稍微休息片刻後，我的體力已經恢復了大半——這副身體實在是無法用常理來衡量。

星空先不去理會——現在夜已深了。

再過一會兒，就必須請還是國中生的千石先行返家。這樣一來，我方僅存的戰力又會被削弱。正因為情況特殊，我沒辦法請警方幫忙協尋……

而且，夜晚也有些不妙。

吸血鬼想當然耳是夜行者。忍現在雖然稱不上是吸血鬼，但她在夜晚活動方面的限制的確比較少——夜幕越深越沉，她的力量也會隨之增強。

危險度也會增高。

現在已經過了晚上七點……還剩下兩小時左右，是決定勝負的關鍵。

要加緊腳步才行——我換成站姿，想要猛力踩動踏板時，突然吭啷一聲，腳踏車有如緊急剎車般，速度隨即降了下來，左右的踏板也變得很沉重。

起初我以為是我太操腳踏車，結果害車子故障了。可能是車鏈斷掉，或是爆胎吧……然而，答案卻不是如此。

真相是因為，有人跳上了我腳踏車的後座。

不，對方應該不能算是人。

硬要說的話，應該是貓才對。

「…………」

「喵嗚！」

「…………」

對了……

貓和吸血鬼一樣……也是夜行性動物。

對方一頭白髮、貓耳，身穿睡衣——

是一位我非常熟識的女性。

她脫下了眼鏡，因為晚上她的視力極佳。

那眼神非常地邪惡……與其說是眼神如何，倒不如說是因為她的表情看起來邪惡到，讓人無法從她原本的五官來作聯想。

她的外套脫掉了——大概是因為太熱的關係吧。這代表北風與太陽的故事是正確的吧……我在如此偶然的情況下，將羽川穿著睡衣的身姿一覽無遺；然而，羽川現在身處這個狀態，也讓我心中的喜悅跟著打了對折。

如此這般。

BLACK羽川出現在我的身後。

「……妳怎麼會在這裡？」

「喵嚕嚕！」

「快回答我。」

我不想聽妳那種假惺惺的貓叫聲。

BLACK羽川在那棟舊補習班被五花大綁後，應該受到忍野的嚴密監視才對。

「別這樣說喵，人類。呼嚕呼嚕。」

「妳發出那種撒嬌的聲音也沒用。」

「哼。也沒為什喵啊。別那樣瞪我嘛，人類。我也不知道為什喵，只不過是隨便掙扎一下，剛才繩子就自己鬆掉了喵。」

「剛才……？」

啊！原來如此。

是因為夜行性。

黃金週時，羽川也曾短暫地恢復意識過，但那只限於白天。這個怪異在晚上，力量和支配力會獲得壓倒性地提升。原來如此，這一點也和神原的猿猴十分類似。

「喵哈哈哈哈！」

BLACK羽川快活地笑了。

這笑聲八成沒有任何意義。

單純只是笑而已。

她的智商也跟貓一樣——忍野說她的真面目是班長妹，所以要多加小心之類的，但我卻不那麼認為……這個狀態下的羽川翼，看起來沒什麼心機。

不對。

這個狀態下的羽川翼，已經是內在的人格。

要是有心機，應該會表現出來才對。

「可是，忍野的監視怎麼了……」

「我可是貓耶。要悄悄移動不發出聲音，根本是輕而易舉喵。」

「的確是……這麼說來——」

忍野……你這次很沒用喔。

實在有點不像你。

我們跑到舊補習班時，他的樣子看起來很奇怪，嘴裡也一直含糊其詞，這些都可以用「因為忍失蹤了」來作說明（他跑到屋外也是為了找忍吧）；但我無法想像他會如此輕易地就讓ＢＬＡＣＫ羽川脫逃……

他才剛讓忍跑掉而已。

他不是一個會接連兩次犯下相同錯誤的男人。

這樣一來……難道忍野那傢伙是別有用心，故意要放走ＢＬＡＣＫ羽川的……？他在綑綁時，事先將繩索弄成到了晚上就會被解開的程度（障貓的說法：「繩子就自己鬆掉了。」也印證了這一點），接著ＢＬＡＣＫ羽川逃出大樓時，他也刻意視若無睹……

ＢＬＡＣＫ羽川會知道我在哪裡，單純只是靠嗅覺和聽覺吧。

貓就是靠這兩種武器來狩獵。

但問題是，為何重獲自由的ＢＬＡＣＫ羽川要跑來找我？我要的不是方法，而是理由。假設忍野真的故意讓她跑掉，那個有如看透一切的男人，當然也預料到ＢＬＡＣＫ羽川之後會採取的行動……

假如真是如此，那用意何在？

這點……我也不明白。

不過，那傢伙說「沒時間」，而不惜用旁門左道的方法，強制性地把障貓給叫出來——只為了聽她本人說明原因。他那時候說自己和我一樣聽完之後也一頭霧水，其實那只是他的韜晦之計，從ＢＬＡＣＫ羽川的那番毫無脈絡可循的話語中，雖然不至於找到什麼頭緒和線索，但他其實也聽出了一點蛛絲馬跡吧……

「喂，貓……」

「幹喵？」

「…………」

我從腳踏車上下來，單手撐著龍頭，轉頭面向坐在後座的ＢＬＡＣＫ羽川，頓時，我不自覺地將原本想要提出的問題，吞回了肚子裡。

我瞠目結舌。

嗚哇……脫掉外套之後，她的身型清楚地展露了出來。女生穿睡衣的樣子，其實冷靜想想，那種東西只不過是普通的睡衣罷了；但就算我心裡明白，還是覺得她無比地性感。我要收回剛才喜悅打對折那句話。因為她現在稍微動一下，胸部就會「彈搖搖搖～」。是彈搖搖搖～喔。人類的身體發出這種擬聲詞可不妙啊。總覺得我現在，已經不想去管之後的故事發展和劇情脈絡，只想和這傢伙通宵玩一整晚的跳繩。

神原是言行很色；羽川是身體很色……

而且還是貓耳。

如果她現在是黑髮的話——一想到這點，就會讓我興奮得渾身發抖。

從繁衍物種觀點來看，外觀上的性感是絕對必要的，但有必要性感到這種地步嗎。

「你怎喵啦？」

「啊、啊啊！那個……」

這傢伙在黃金週的時候，還穿著內衣褲胡作非為呢……和之前比起來，穿睡衣算好多了吧。不論羽川的記憶恢復到哪種程度，唯獨那個部分，我覺得應該永遠從她的腦中消失才對。

「……那個，貓。我現在唸的東西，妳跟著覆誦一遍。斜七十七度的排列，哭哭馬嘶叫，把七百五十ｃｃ摩托車七台輕鬆地排成一列眺望遠方。」

「斜喵十喵度的喵列，喵喵馬喵叫，把喵百喵十ｃｃ喵托車喵台喵喵地排成喵列喵望遠方。」（註61）

「好——可——愛！」

我藉由萌貓語言，來取代玩跳繩。

61　阿良良木唸的文章沒有實質含意，只不過那些單字在日文中都是「ＮＡ」開頭。而貓發「ＮＡ」字時無法準確發音，會變成「ＮＹＡ（音同：喵）」。

隨機應變這方面，我真是一個天才。

不對！

「我是想問妳跑來這裡做什麼。」

「你問我做什喵，我是來打招呼的喵。」

BLACK羽川用開玩笑的口吻說。

「我會出現在這裡，當然是因為我想要幫助人類喵。」

「幫助人類……？」

「你可別喵會喔，人類——我已經不打算再跟你打啦。剛才我就喵過了吧？」

「剛才……？」

啊……是在說中午的時候嗎。

她把接近半天前的事情，稱作「剛才」。真不愧是怪異，對時間方面的掌握……不對，這個情況下，或許只是因為貓的智商無法掌握時間觀念而已。

況且，

「妳有……說過嗎？」

「啊！我可能沒喵過吧。喵呦，怎樣都沒差啦。因為我剛才已經喵過啦。這次我不打算亂來啦——因為我沒有那種心情喵。」

「……………」

我能……相信她嗎？

若從上次的事情來思考，我絕對不可能相信她……但那是指「正常情況下」，跟這隻貓較勁的時候，想太多反而才是傻子呢。

既然她說不打算……那就是不打算吧。

還有——

她說是來幫我的，那就應該是真的來幫我的吧。

「可是……這是為什麼？妳就像是……羽川的精神壓力吧？妳是為了消除羽川的精神壓力，而出現的第二個人格——」

那就是……惡夢的開端。

這隻貓曾經襲擊過她的雙親，以及無辜的行人——總而言之，她四處作惡，目中無人到了極點。從受害規模來看，她造成的傷害雖不及春假的地獄；但若從她所帶來的恐懼來看，障貓甚至已經凌駕於吸血鬼之上。因為她無差別地襲擊人們，其氣勢就像一個血氣方剛的青春期少年，半夜潛入學校將玻璃打爛一樣。那種消除精神壓力的方法，簡直是毫無道理。

「所以你不要喵會喔——我雖然這樣，還是很喵謝你的。在普通的情況下，我可能要花上一年吧，多虧了你才讓我只花了九天，就喵除了主人的壓力——」

啊啊……！

還能用那種角度來看事情嗎。

沒錯，站在障貓的角度來看，這傢伙只要能夠抒發羽川的精神壓力即可，不管是採取不經大腦的方式，還是最有效率的手段，對她來說都沒有關係。

怪異永遠都是合理主義。

「原來如此……能夠快點找到忍，對妳來說也有好處。所以我和妳現在是利害關係一致──」

「就是這樣喵。」

「……很好。」我點頭回應。

雖然我心中還有些許的疑問，但現在不是猶豫的時候。

「既然這樣，那就請妳助我一臂之力吧。」

「喵哈哈！這個情況就是名副其實的『連貓的手都想借』嗎？」（註62）

「…………！」

我的羽川不會因為那種無聊的玩笑，而露出志得意滿的表情……

不過她是羽川的裡層人格。

我總覺得有點洩氣啊。

「不是手，應該說是嗅覺和聽覺比較貼切。妳曾經和忍交手過，應該知道她的味道和聲音吧。妳只要幫我尋找她的味道和聲音就好。」

「嗯──我喵道了。」

「那我就四處騎一下，妳要是有什麼發現的話，就告訴我一聲吧。」

我重新跨上腳踏車。

後座載著BLACK羽川。

此時，要是說我心中沒有一絲的邪念八成是騙人的。應該說絕對是騙人的。上午我

62　「連貓的手都想借」是日本的慣用句，形容十分忙碌的意思。

載羽川時的那股豐滿觸感，我依舊記憶猶新。然而，我這低級下流的企圖，將會讓我遭受到無可匹敵的現世報。

「嗚哇……！」

我反射性地自腳踏車上滾落。腳踏車也順勢發出聲響倒了下來。唯獨一個人，不對，是一隻貓——BLACK羽川靈巧地跳起，騰空翻轉了一圈後，華麗地著地。

真不愧是貓。

不過現在不是佩服的時候。

「嗯？你怎喵啦？人類。」

「……啊，嗚啊……啊。」

障貓，即是觸貓。（註63）

這妖貓最明顯的特徵，若用時下流行的洋文來說，就是Energy Drain（能量吸取）。也因此，與其說他是一般的妖貓，倒不如說他比較接近夢魔、色魔或咒靈。即是魅貓。一種會讓人類憔悴的怪異——被那種怪異碰到的人類，體力和精力會被完全吸乾。雖然沒有讓人致死的案例，但黃金週的時候，有人因此被送進了醫院。

入院者兩名。

就是羽川的雙親。

唉呀，不過他們三天左右就出院了。

我被那種怪異，猛然地從後座來一個熊抱……因為只有短短一瞬間，而且那招能夠

63　障貓在日文中，漢字也能寫作觸貓。

無視某種程度的抵抗，然而現在的BLACK羽川和黃金週時不同，身上有穿著衣服（雖然是睡衣），因此我的能量沒被她瞬間吸乾；可是，我現在身上穿的也是單薄的衣物，所以元氣大傷。剛才好不容易才恢復的體力，瞬間就蒸發殆盡。

能量吸取。

可是我敢說一句話。

就算倒下，我也無怨無悔！

「…………………」

要是一直說這種話，我可能真的會被人誤會……雖然我沒必要顧慮別人在想什麼，不過戰場原那傢伙，別看她那個樣子，第六感可是很神準的……

一切小心為上。

「啊！我喵道了。人類，你因為主人的肉彈太舒服，所以窒息昏倒了吧！」

「我是一個白痴，不過妳也挺白痴的……」

難道她不知道自己的能力嗎。

障貓的能量吸取是直接碰觸型的常駐能力，所以和貓本身的意志無關吧……

「喵呦人類，如果你這麼想摸的話，只要條件談得攏，我可以讓你揉一下這兩顆肉彈喔。」

「別把妳主人的貞操拿來賣，妳這魅貓。」

「揉一次，一片鰹魚乾。」

「好賤價！」

羽川翼的貞操，好賤價！

如果真的是這種價格的話，我馬上就用預付的方式，和妳簽下六十年的專屬契約！

「什麼嘛。不然一個木天蓼……不，一罐貓罐頭！」

「就算妳換東西也沒用，妳要先離開『一』這個數字才行！還是說妳只會數到一而已！」

嗯——

好奇怪的感覺。

黃金週可說是不久前的事情，現在我居然可以和當時拼得你死我活的對手，像這樣普通地聊天……

怪異的態度……取決於你對應的方式嗎？

對應……是嗎。

「你居然把我當成笨蛋，讓我喵點不愉快喔……既然這樣，人類，我們就來比誰比較笨吧喵！」

「那種毫無意義的比賽，我才不想比勒！」

「比賽的項目是將棋！」

「兩個笨蛋要是真的用將棋來決勝負的話，那個場面可能會遜到讓人不堪入目吧！」

將棋。

一種任何人都知道規則，卻很難玩得好的競技——從這個層面來看，在這個國家恐怕可以和棒球相提並論吧。

「嗯──那這樣怎喵樣？我們拿一個馬錶，看誰剛好停在一喵鐘誰就贏了喵！」

「好樸素！」

應該說，

那樣測不出智商吧。

我拾起倒地的腳踏車……不愧是菜籃車，堅固到莫名其妙的地步，這點程度的撞擊只能讓它的菜籃歪掉，其他地方毫髮無傷。

「那菜籃車我就隨便找個地方停，我們兩個人用走的去找人比較好……速度上雖然會比較慢，不過用走的可以找得比較仔細。」

「喵。」

「周圍變得這麼暗，就算金髮很醒目，用人的眼睛還是看不太清楚……就靠妳啦。」

「包在我身上喵。」

我牽著腳踏車，邁出步伐。BLACK羽川跟在我身後……不對，她超越了我，開始往前走，有如在前導一般。這隻貓真的很笨……一看到會動的東西就會想要超過他，這或許是本能吧。

貓和怪談……似乎密不可分。

從這層意思上來看，妖貓可說是一種最淺顯易懂的怪異吧──除了吸血鬼以外，我至今遇到的各種怪異中，貓確實是最主流的一種。唉呀，妖貓這個總稱姑且不論，障貓這個單獨個體名在黃金週之前，孤陋寡聞的我可說是從未聽過。

嗯——可是該怎麼說呢……現在我帶著穿睡衣的ＢＬＡＣＫ羽川走在路上，從客觀的角度來看，會是什麼感覺呢……一個高中男生帶著涉世未深的貓耳女走在路上……看起來到底會像什麼樣子啊。應該不會有人覺得貓耳是真貨吧，而且穿睡衣也比只穿內衣褲好上幾百倍……不過我看還是回舊補習班一趟，拿一下帽子和外套比較好吧。

可是，要讓野獸穿衣服是非常困難的事情，這點不只限於貓……現在她沒把睡衣脫掉，已經可以算是奇蹟了……

算了，沒差吧。

事到如今也無須在意。

我和二年級的明星——神原駿河挽著手走在街上的事情，已經謠言滿天飛了，現在再多一條帶著貓耳美少女走在街上的謠言，我也不痛不癢。神原和八九寺倒是還好，待會要是遇到千石的話，要解釋ＢＬＡＣＫ羽川的事情似乎會花上一番功夫，但既然事情已經演變成這樣，那就聽天由命吧。眼前的當務之急，是把忍找出來。

我比較擔心的是羽川的名譽問題，不過她身上的睡衣，看起來勉強可以算是便服，而且眼鏡也拿掉，髮型也不一樣了，最重要的是髮色還從烏黑變成了雪白，不知道前因後果的話，肯定沒有半個人會覺得這傢伙是羽川吧。不管是染是拔，髮色都不可能白得如此徹底。還有，她的表情也判若兩人……就連我在黃金週初次遇見ＢＬＡＣＫ羽川時，也認不出她是何方神聖。我是勉強用腰的形狀——不對，因為羽川是我的救命恩人，所以我才有辦法看穿ＢＬＡＣＫ羽川的真面目。

而且，

眼前的她……也是羽川翼。

另一個羽川。

表裡一體，表裡當中的裡層。

「喂！人類。」

BLACK羽川在前方開口說。

「我現在要做什麼事情啊喵？」

「…………」

智商跟貓一樣……

這傢伙真的靠得住嗎……

走了一段路後，我們來到了書店——以本地最大為豪、之前我和羽川一起來買參考書的書店。現在是營業時間所以店門還開著……沒進去光顧就把腳踏車停在這裡，實在讓人有點過意不去，但我情非得已。腳踏車就放在這邊吧。

接著，我們再度出發。

忍的味道，現在還聞不到。

……這麼說來，貓的嗅覺比人類敏銳這點我可以想像，但要是換算成實際的數值，究竟是多少呢……？應該比不上狗吧。

「喂！人類。」

「幹麼？妖貓。」

「你和我打完之後，好像又發生了許多事情吧？和我們。」

「……啥啊，是忍野告訴妳的嗎？」

他在看守的時候說的嗎？

真要說的話，這的確很像他的作風。

因為他是大嘴巴嘛。

「是啊。有螃蟹、蝸牛、猿猴和蛇。」

「是鶺嗎？」

「不要只對猿猴和蛇有反應……螃蟹和蝸牛跑哪去啦。還有，妳不要腦子裡想到什麼就說什麼啦。」

羽川給人的印象越來越惡化了。

真希望妳這隻貓可以讓我看看她的知性面，就算是一點也好。

「然後我是……鬼。」

「嗯。喵。」

ＢＬＡＣＫ羽川說。

「人類……你們稱呼我們為怪異……關於這一點你怎喵想啊？」

「我怎麼想……」

貓不愧是夜行性動物，晚上說話似乎多少可以溝通……上次也有這種情況——可是，最根本的地方還是沒有改變。

這個問題到底是什麼意思？

文意上實在曖昧不清。

「不是，要是你自以為已經和我們很熟的話，那我就要咬你一口才行喵。怪異是怪異，人類是人類……喵。不能混為一談喵。不管發生什麼事情，我們都是水火不容的喵。」

「我……聽不太懂。妳到底跟我說什麼？」

「聽不懂是因為你太笨啦，喵。」

「這話從妳嘴巴裡頭跑出來最傷人了！」

「哼。你這句話真的是傷痕累累的……喵？喵──怎喵說的來著？」

「要是妳什麼都沒想到的話，就不要乘著興頭亂說話！不會說話的人還想要說好聽的話，這世界上沒有比這畫面還要更讓人心痛了！」

對話完全沒有進展。

說到底，我們現在到底在說什麼來著？

「簡單來說，要習慣怪異是沒辦法的事情嗎？這一點我自己也有實際的體會啦……我每次遇到的時候都會很狼狽，慌慌張張地不知道該做什麼才好……實在是沒出息到了極點。沒辦法像忍野那樣。」

忍野咩咩。

專家──妖怪變化的權威。

現在想想，還真是不可思議。他到底是怎麼踏進這一行的──我對他的背景幾乎一無所知。這麼說來，他好像說過以前是讀神道系的大學來著……可是，那個經歷到底有多少可信度，我也搞不清楚。他是那種會看心情，想到什麼就隨便亂說的人。

「不是，我想說的不是那個喵。比如說人類，你能想像那個吸血鬼失蹤的理由嗎喵？」

「……完全想不到。」

「對吧？也就是說，你對我們只有那點程度的了解。我想那個夏威夷衫大概已經猜到了吧喵。因為……那傢伙知道。」

「知道──」

「知道自己的身分，喵。」

「…………」

隨便亂出手……就會吃到苦頭。

是這個意思嗎？

別說是手，我連脖子都伸出去了，如果事情真如她所說，那我已經吃不完兜著走了。我只不過是被浪捲走，順著浪頭隨波逐流而已──根本稱不上是習慣了。

更何況，對方是忍。

她是傳說中的吸血鬼，有貴族血統。

「妳……從忍野那邊，聽到了有關我和忍的事情嗎？妳是清楚明白我和忍之間的關係，才說那種話的嗎？」

「我沒聽到那麼詳細的地步……可能有聽到啦喵，不過我已經忘啦。我應該有最低限度的理解啦喵。」

「妳的說法還真隨便啊，喂。」

「隨便歸隨便，大致上的情況我還是知道喵……喵呦，我說『大致上』可不是在說主人的肉彈喔！」（註64）

「…………」

這個玩笑我實在連半點知性美都感覺不到……

要說是黃色笑話，倒不如說是低級笑話比較貼切。

「怪異的事情，怪異最清楚了——因為，我們都一樣喵。」

「一樣……」

我覺得以怪異的種類來看，你們差很多就是了。

雖然同樣是「非人之物」……不對，也不見得是如此。

「一樣是……怪異。」

「我不是在說什麼難懂的事情喵——反正那種困難的東西，我也不會說。你聽好了，人類，打從一開始怪異這個詞，就已經說盡了一切。」

BLACK羽川說。

「怪異——就是奇怪而異常之物，喵。和人類不一樣的東西。正因為這樣，要是人類習慣我們，那我們可就完蛋啦喵。如果變成那樣，我們就不奇怪也不異常了。我們必須被信仰、被畏懼、被害怕、被疏遠、被供奉、被尊敬、被厭惡、被忌諱、被祈求才行——就是因為這樣，我們才會存在。」

「…………」

64　日文中，「大致上」和「大胸部」同音。

「要是被人習慣，那就太不像話啦。」

要是被當成朋友對待，會讓我們很困擾的。

BLACK羽川如此總結。

我總覺得她是在叮嚀我。可是她說的確實沒錯……我自己曾經有一半以上變成怪異過，兩者的分界因而變得曖昧不清。過度去意識他們會產生問題；但若完全不去管他們，也同樣會跑出問題來。

我是不是把忍——

當成了普通小孩在對待呢？

不知不覺間，

我雖然不稱呼她為「人類」，

但是在心中，是不是一直認為她是普通的小孩呢？

「咦……可是，等一下，妳……該不會想說這就是理由吧？」

「喵？」

「因為我那樣看待忍的緣故，所以身為怪異的忍才會消失不見？」

吸血鬼。

但是……她現在是類吸血鬼。

那是一個有關身分的問題。

神奇的是忍野也有說過：小忍踏上尋找自己的旅途。

現在的忍，無法認識自己嗎？

她不知道自己是誰。

「或許是，又或許不是吧喵。那喵深入的地方我不清楚——我們雖然一樣，不過是不同種的東西喵。可是，人類，你最好記住這一點……是哪一點來著？」

「連妳自己都忘了嗎！」

「對了對了，我想起來啦喵。人類。我們是很自然地存在於此——但是如果我們的存在被認為是一種理所當然的話，就會變成普通的現實喵。」

鬼只是……普通的血液異常。

貓只是……普通的多重人格。

螃蟹只是……普通的病。

蝸牛只是……普通的迷路小孩。

猿猴只是……普通的攔路魔。

蛇只是……普通的疼痛。

怪異……會變成普通的現實。

「到頭來，妳是想說這個科學萬能的世界中，沒有怪異的容身之處，所有的東西都可以用那種無聊的說法來解釋囉？」

「不對喵。只是不能以至今的型態繼續存在罷了——我們是無時無刻、無所不在的喵。只要有你們人類存在。」

「你們一路上……就是那樣和人類一起走過來的嗎？」

「沒錯喵。」

似乎是這樣。

障貓。

「不過話說回來……我完全聞不到耶喵。」

「嗯?啊，忍的味道嗎……沒有半點氣味嗎?」

「她的味道很特別，要是聞到我馬上就會喵道啦……我說人類，你確定那個吸血鬼真的外出了喵?」

「嗯……這點我想錯不了。至少，她有被人目擊到一次。」

「是嗎。她會不會假裝外出，其實是潛伏在那棟廢墟裡頭啊……?」

「以妳來說，這個腦筋動得不錯嘛……我都沒有想到呢。」

「有沒有可能她出去之後，又回到那棟建築物裡面?那裡都是那個吸血鬼的味道，有可能會分辨不出來。」

「如果是那樣的話，忍野應該會發現吧……」

味道分辨不出來……嗎。

……嗯，我剛才好像想到什麼事情……是什麼來著?我不知道……喂喂，這樣的話，我不就沒資格批評這隻妖貓了嗎。這樣真的會變成在比賽誰比較笨了。

我的智商跟貓一樣嗎。

這個嘛……

「啊，對了——那我們先到忍之前被目擊到的地方去吧。雖然會偏離路線，不過只要從 Mister Donut 那邊……去追忍的味道就好。」

「嗯——追味道這個說法感覺有點奇怪——嚴格來說，我不是靠味道的濃度來判斷的喵。」

「是嗎？」

「老實說，溜出那棟建築物後，我剛開始原本打算自己去找那個吸血鬼的……所以，那間叫作 Mister Donut 的店我大概也有去過吧。」

「搞屁啊。那麼重要的事情妳早點說嘛。」

這樣就沒必要變更路線了。如果要用味道追人，找過一次的地方再去就沒意義了。

「抱歉，我忘啦喵。」

「…………………」

我現在深切地覺得，我們有必要將同樣的路線，反反覆覆不停走個幾趟。

「可是……她的味道途中就突然消失了。」

「消失——」

「也就是說，我沒辦法追到她的人喵……所以人類，我要問你。那個吸血鬼現在能發揮出多少吸血鬼的能力喵？要是她能神出鬼沒，或者是化身成影子或黑暗的話，老實說我沒辦法找到她。」

「吸血鬼方面的能力，妳可以當作她幾乎完全無法使用。現在的她，能力方面幾乎都受到了限制——就算她能使用，也必須要待在我身旁才行。這個禮拜一我才剛餵她喝過血，所以她能進行某種程度的活動，可是如果我不在她身邊的話，她就只是一個——」

只是一個普通的小孩。

不是怪異。

而是……現實。

但是這種認知……是錯誤的嗎。

「嗯——這樣一來的話……」

ＢＬＡＣＫ羽川小聲呢喃。

她似乎在浪費自己的腦力。

「可是這樣想的話，實在太……」

「幹麼啊。妳不要一個人思考啊。在我們人類的世界有這麼一句成語：『三個臭皮匠勝過一個諸葛亮』。」

「喔？諸葛亮是什麼東西？」

「…………………」

是什麼東西呢？

我知其然，而不知其所以然。

「而且，我們又不是三個人，喵。」

「是沒錯啦。」

「是一個人和一隻貓……喵。」

ＢＬＡＣＫ羽川說。

不是兩個人，而是一個人和一隻貓。

這不是因為……她只會數到一的緣故吧。

「總之……人類。事到如今，我想用普通的方法是找不到那個吸血鬼的喵。」

「她有沒有可能已經離開城鎮了？可是，剛才我說的話反過來想想，現在那傢伙的活動範圍，沒辦法離我那麼——」

嚴格上來說……也不是不行。

只是那麼做的話，她的存在有可能會灰飛煙滅。

「吸血鬼吸血的意義……喵。」

「嗄？」

「吸血鬼會吸食人血——可是，填飽肚子的吸血和製造同伴的吸血，兩者的意義是不一樣的。」

「…………」

這點我知道。

我在春假的時候有聽過——可是，這隻貓怎麼會知道那種事情？明明智商就跟貓一樣……啊，原來如此，智商和知識是不一樣的。羽川和BLACK羽川在智商方面雖有差距，但在知識方面卻有某種程度的共通吧。

「或許也可以說，就是因為那樣她才會逃走的吧喵——」

「啊？那是什麼意思？」

「……你真是遲鈍。」

BLACK羽川一臉愕然地說。

「我哪裡遲鈍了？」

「我說你察覺力很差喵。」

「我的察覺力的確不算好啦……」

「我說你這扇金屬窗框關不緊喵。」

「我又不是窗框。」（註65）

「那個吸血鬼，從那個叫春假的時候和你認識之後，就一直看著你和我們不停扯上關係，我想她的心情應該不是很好受吧。這就是我想說的。」

「妳的意思是說，她因為被拿來和包括妳在內的怪異排在一起，自己的特異性逐漸變淡了？所以她才沒辦法繼續待在舊補習班——」

「你真是遲鈍。」

BLACK羽川重複說道。

遲鈍……總覺得，這句話讓我有點反感。

「聽說野獸在察覺到自己的死期之後，會從人前消失不見——吸血鬼也是這樣嗎喵？」

「別說那種不吉利的話。」

「在怪異面前，哪有什麼吉利不吉利的。不過，要是之後找不到吸血鬼的話，你要怎麼辦？」

「什麼怎麼辦……那樣我會很傷腦筋的。而且羽川也會無法復原——」

---

65 日文中，察覺力和金屬窗框同音。

「問題只有那裡嗎？扣掉我主人的事情不談……對你來說，那個吸血鬼最好是消失不見比較好嗎？」

「…………？」

這隻貓在說什麼啊？

意思我有點聽不太懂。

「你身上還殘留有不完全的吸血鬼味道，那是因為她的關係吧？你剛才不是有說過餵她喝血之類的嗎。也就是說，要是那個吸血鬼就此消失的話，你就能夠變回一個普通的人類。」

能夠從吸血鬼──

變回普通的人類。

只要棄忍於不顧。

「那種事情……我不可能做得到吧。我沒辦法丟下她不管。我──」

倘若羽川是我的恩人，

忍就是我的被害者。

「我就算死在她手上，都不能有半句怨言。我犯下的罪孽就是如此地深重。」

「說的那麼好聽，其實你只是捨不得放棄不死之身吧喵？」

「那妳就錯了。」

我說。

「要是那傢伙明天就死去，我的生命也可以在明天就畫下句點。」

「……嗯。原來如此喵。」

那是一種感情移入喵。

ＢＬＡＣＫ羽川說。

或許她說得沒錯吧——那是我單方面的感情。站在忍的角度來看，她會覺得困擾或是討厭也是無可厚非的。

或許就是因為這樣——

忍才會離開也說不定。

「而且，貓，妳的假設前提不成立。扣掉妳主人的事情不談？那是不可能的。不好意思，我必須要請妳回去，永遠都不要再出來了——我可不想重蹈黃金週的覆轍。」

「這樣啊。但是人類，那不是絕對不可能的假設喔。有一個方法就算不用依靠吸血鬼，也可以讓我回去。」

「……？有嗎？」

有那種方法嗎……？

如果短時間之內做得到的話，那倒是正合我意。

以十天為限——也就是說，最糟的情況下只要和上次一樣，在九天以內解決這件事情即可。

「黃金週的時候不也是一樣嗎喵。我是主人壓力的化身——也就是說只要解決壓力的根源，我也會消失喵。」

「嗯……」

上次這隻障貓，用能量吸取把羽川的雙親送進醫院之後，羽川曾經短暫恢復意識過——那是因為她的壓力，藉由那樣而得到大幅紓解的緣故吧。不過羽川經年累積的壓力並沒有因此而抒發完，最後又馬上變回BLACK羽川了。

壓力的根源……嗎。

「這一點忍野也有想過……可是我們沒時間去找壓力的根源吧。感覺上這次不是因為家人的關係——」

「有必要去找嗎喵？問我不就知道了。」

「……啊，對喔。」

我太大意了。

既然這傢伙是羽川壓力的化身，那她應該比任何人都還要清楚——甚至比羽川本人清楚——那精神壓力的真面目以及壓力源。就是因為這樣，這傢伙之前才會第一個拿羽川的父母開刀。

「不對，貓，這樣還是有問題。就算我們知道壓力源，也沒辦法去消除它。因為那是羽川本人自己的問題——」

煩惱無法經他人之手，只能靠自己解決。

羽川雙親的事情……我無能為力。

其他的煩惱也是一樣的。

「不管那個壓力源是什麼……唉呀，是什麼我是有點在意啦。從時間點來看，應該是未來出路的事情吧？現在想想，之前我們在書店聊到未來的事情時，她的頭就開始痛了。當時她的外表看起來沒有猶豫，不過內心其實——」

「不是未來出路的事情喵。」

「是嗎？」

「而且……這個煩惱，這個精神壓力，我覺得你可以輕鬆解決喵。」

「很簡單？」

「很簡單喵。」

「羽川會因為簡單的事情而煩惱嗎？不對，有些事情就是因為簡單才會煩惱……嗯？不過，貓，妳剛才說『我可以輕鬆解決』，那是什麼意思啊？」

我做得到的話，任何人都做得到吧。

但是，羽川會因為一件任何人都能解決的事情……而心煩嗎？我做得到的事情，羽川本人沒理由做不到——

我偶然看了一下右手的手錶。

夜又更深了。

這個時間戰場原再怎麼樣，也應該從學校返家了吧——不過，她好像說過要把工作帶回家做之類的，所以真正辛苦的可能是從現在開始吧。能夠處理羽川手邊工作的人，仔細想想我們班上只有戰場原有那種能耐吧……就算羽川的頭上長出貓耳，在人選方面似乎也不會出錯。

人選啊。

但假設真是這樣，她提拔我當班上的副班長，實在是所選非人啊……因為這樣，羽川的工作量幾乎等於倍增了。唉呀，如果是她的話，就算工作量變成十倍，她也能輕鬆完成吧。

「真是的喵，人類。我的主人——」

BLACK羽川有些支支吾吾。

「她喜歡你啊喵。」

「……嗄？」

「所以，我想只要你和主人交往，我就會消失吧——喵？你怎麼啦？」

「…………沒事。」

我停下了腳步。

應該說……我連思考也停住了。

那是什麼鬼？

「妳那是哪一國的玩笑？我也不是什麼話都可以吐槽的喔……還有，以玩笑來說，那也太過惡質了吧。這個世界上有些謊可以說，有些謊不能——」

「你很笨耶，人類。你覺得我有那種腦袋可以說謊嗎？」

「………………」

的確沒有。

如果要說謊的話，我會編得更好——老實說，這句慣用句我不是很喜歡（有時候對方就是看準你會有這種想法，才會撒那種謊的），但是這個情況下，障貓本身就不具備說謊的能力。我從來沒說過謊——羽川曾經這麼說過，不過障貓的情況是完全相反。

障貓是不會說謊。

既然這樣，

「可、可是……貓，如果那不是謊話的話，就是你搞錯了。不可能有那種事。」

「為啥你會這樣想？我不可能誤解自己的主人吧喵。因為她是我最重要的主人喵。」

「羽川她……」

她對任何人都很溫柔。

對方越是不中用，她就會越同情他。

所以……她才會對我那樣。

而且……春假的時候也是。

「你知道的只有和精神壓力有關的事情吧？不對，就算妳們的知識是共有的，應該有些部分可以自由運用，有些則不行。那是不可能的，羽川她為什麼——」

不對。

可是，有一次戰場原好像有套過我的話——當時，戰場原就像是自我防衛意識和危機意識的集合體，她會那樣套我的話，就表示她已經從某處看出端倪了吧？

「所以啊喵，」

BLACK羽川的口吻，彷彿在教導不成器的小孩如何使用計算機一樣。

「那就是精神壓力啊——主人喜歡你，可是你卻和別人交往了對吧？然後，你還在她面前炫耀。」

「…………………」

羽川說——

她從一個月前開始……頭痛。

說到一個月前——是的，母親節。

我和戰場原開始交往的日子——然後，羽川在那一天知道了這個事實。

無所不知的班長。

她什麼都知道。

「但是，羽川的表現……感覺好像很支持我和戰場原在一起，而且還會聽我商量事情——」

「就是因為那樣，她的精神壓力才會不停累積。我說你啊，你覺得以主人的個性，她會橫刀奪愛嗎？她光明正大、清正廉潔、凡事以和為貴，覺得為了別人而犧牲自己是很理所當然的事情喵。她絕對不會把自己的心情表露出來的喵。」

愛就是毫不保留地奪取。

但是，

也有人做不到。

那意思就是說，我一直以來都是和那樣的人在商量煩惱，讓對方為我加油嗎……？

神原的時候也是一樣，對了，在書店的時候不是因為未來出路的事情，而是因為話題轉到戰場原身上——我告訴她自己為了戰場原而想要升學……

最後，她的頭痛沒有停止的跡象——

反而不停惡化。

「……………」

我的心情，很糟糕。

我到底做了什麼蠢事……？

但是，那種事情我不可能會注意到……羽川她實在太厲害了。因為要是她真的要隱藏自己的感情，就連戰場原也察覺不到吧。

可是，

遲鈍……嗎。

這麼說來，出路的事情也一樣……忍野的影響當然不容忽視，但是那個決定也可以解釋成是羽川翼宏偉的失戀之旅——在說完未來出路的事情之後，羽川馬上就開始頭痛了。

然後，

她在那個時候，閉上了眼睛向我獻出嘴脣——

「從什麼時候開始的？」

「從春假的時候。比我出現的時間還要早，所以主人心中的微妙之處我也不太懂啦喵；可是對一直生活在緊繃環境下的主人來說，人類和吸血鬼的故事簡直是荒謬無稽，似乎讓她覺得當中有一種力量，能夠讓她打破自己身處的立場吧喵。」

「什麼打破——」

那種事情。

我那個時候，根本無暇顧及——

「可是，我覺得也不是完全沒有徵兆吧喵。主人雖然隱藏得很完美——但是，她在戀愛方面還是有些地方太鬆懈了吧。你不覺得奇怪嗎？認真頑固的班長，為什麼會選像你這樣的人來當副班長？一般來看，那應該是所選非人吧。」

「啊……不是。」

的確是所選非人。

不過那是有理由的。

「因為主人認定你是不良少年，想要讓你改過自新——這種說法算是理由，但是好像不成理由喔喵？」

「那是——」

當時——四月初，羽川不顧班上零星的反對意見，半強硬地推薦我當上副班長——這個人選決定，應該多少會受到班上同學的反彈吧。我是當事人所以不會那麼認為，對羽川的說法：「責任會使人成長。」也全部照單全收。不過現在想想，羽川應該最厭惡那種，靠權力去向人施壓的事情吧。

「那又是為什麼？」

「當然是因為主人想要多跟你在一起啊喵。三年級上學期的班長和副班長，可以一起準備高中生活最後的文化祭喵……不過呢，主人的那種攻勢也只持續到一個月前為止喵。一點一滴慢慢累積的愛……在一個月前結束了。喵哈哈！不對，應該說是從那個時候才正式開始的吧喵？」

「…………」

那時候，羽川她……為我高興。

我是這麼認為的。

但是，那也是謊言嗎？

我從來沒說過謊——才怪。

如果BLACK羽川說得沒錯，那妳的話全都是謊話啊，羽川翼！

「老實說，真要我說的話，我覺得主人也太大意了。因為主人完全沒想到會有情敵出現。就像在黃金週時你為主人做的一樣，要是主人可以早點知道你對任何人都很溫柔的話——要是能夠早一步想到會有人和自己一樣，因你而獲救的話，聰明的主人應該早就做好對策了吧。說到這點，現在和你交往的那個女生，動作簡直就是迅雷不及掩耳吧？」

「的確是這樣沒錯……」

戰場原她……毫不猶豫。

一旦下定決心後，就一鼓作氣攻了過來。

用那種普通人會退避三舍的方法。

「主人是在冷淡家庭中長大的女孩。她在春假，衝擊性地遇見了超常的同學，因而感覺到命運的存在。愛情一點一滴地累積。然後這次換自己被對方所救——她轉而確信了自己心中的愛。之類的。喵哈哈哈哈！這如果是少女漫畫的話，主人肯定就是女主角了——是那個女人厲害呢，還是主人輸得太難看呢，煮熟的鴨子就這樣被人家搶走了。」

「在先發制人方面，沒有人能夠贏得了戰場原——所以就算起跑慢了點，對那傢伙也不會有任何的影響吧。」

或者是——

戰場原向我套話時已經察覺到羽川喜歡我，所以在母親節才會用那種可說是猴急的速度，向我告白吧。若這樣來看，也能夠說明為何戰場原會對羽川，刻意保持一種奇怪的距離，可是……

那不是戰場原的錯。

愛情本來就不是誰輸誰贏的問題。

「喵，不管怎樣都為時已晚了。主人在個性上不會去搶別人的東西，原本像是少女漫畫般純潔的戀愛，最後搖身一變成了一種不正當的愛。最後她開始對那種不正當的愛、無法說出口的單相思……產生罪惡感。」

「因為她是一個……很正直的人。」

碰到那種愛來愛去的事情（像千石那時候一樣），羽川不是那種會毫不猶豫就付出行動的人。但是她也不是那種會在心中，巧妙地和自己妥協的人。她不是那種會對自己妥協或讓步的人。

「主人大概也很後悔吧——如果自己能夠早點向你告白的話，之類的。不過那種事情不是誰先出手誰就贏的問題，人類就是因為會有那種想法，所以才顯得卑微、可笑、無趣啊喵——」

可是，

她不把自己的心情表露出來。

還替我加油，替我出主意。

原來是因為這樣嗎？

所以她不管是替我加油的時候，還是出主意的時候，總是會有自己的想法。

男女之間的微妙之處，她會有自己獨到的見解是很正常的。

假如她自己也是戀愛中的女性——她應該會比任何人都還要明白戰場原的心情吧。

「喵呦，就是因為這樣，你在黃金週的時候，才會變成主人壓力爆發的一個契機吧。大概是因為主人不希望你知道她家裡的問題吧……喵。」

「那——」

我根本不是在必要的時候陪在她身邊——

那個時候，她根本就不希望我陪伴，我在她身邊只會給她添麻煩。

「遲鈍的你，完全沒發現主人的好感和內心的掙扎，讓主人的精神壓力不停地累積——喵呦，要我說的話，真虧主人還能夠撐一個月呢喵。」

「不對，貓妳等一下。那樣是不是……有點奇怪？假設妳說得沒錯，我是她形成精神壓力的原因——」

就算這次我跟黃金週時一樣，變成了一個契機——不僅如此，這次我還成了攪動羽川內臟的一顆子彈……

「光是這樣妳不會出現吧？我的事情充其量只是其中一部分，還有其他更強大的壓力源——」

「你錯了喵。只有你而已。」

BLACK羽川乾脆地斷言說。

「至少家庭方面的事情——黃金週的時候，在主人心中已經有某種程度的解決了喵。這點或許你不知道吧。」

「可是，那樣不是很奇怪嗎。羽川因為家庭問題一直以來不停累積壓力，而妳是那股壓力的化身吧？妳怎麼可能因為充其量不過幾個月的戀愛就——」

「充其量？」

BLACK羽川的貓眼……發出了奇異的光芒。

毫不隱瞞自己的焦躁。

「為什麼數個月累積而成的戀愛煩惱，就一定會輸給數十年累積下來的家庭痛苦？理由何在？」

就如同你所知道的一樣，我至今的人生稱不上是幸福……可是就是因為這樣，我才能夠認識阿良良木你，一想到這一點，我想過去的不幸都能夠一筆勾銷了

就是因為不幸，才能夠吸引你的注意的話……我想就算不幸又何妨呢。

這是戰場原說過的話。

但是，可是——

真的會有那種事情嗎……？

「你的嘴臉看起來一臉莫名其妙啊，人類……你該不會從來都沒有認真去喜歡過一個人吧？」

「什……！」

「現在你和那個女人交往，單純只是因為對方硬逼你的關係吧？既然這樣，你趕快和她分手，跟主人交往就好啦。那樣一來我也會消失。反正你不管對方是誰都無所謂吧？」

「…………」

或許這裡我應該生氣才對——遇到這種露骨的挑釁，我不應該沉默以對吧。事實上，如果對方不是羽川翼的話，我恐怕就已經勃然大怒了。

可是……因為說這話的人是羽川。

讓我感覺自己沒有生氣的資格。

「……可是，那種事情我做不到，貓。」

「啊啊？為什麼喵？你不是把主人當成恩人嗎——既然這樣，這邊應該是你回報主人恩情的時候吧？說來說去，到頭來自己的愛情還是優先於恩情嗎？」

「要是我那樣做的話，就會害羽川假借報恩之名，行趁人之危之實。我不能強迫羽川做那種事情……不，不對。這樣只是我自私自利的藉口。其實單純只是因為，我沒辦法改變自己對戰場原的心情。我要是說謊的話，羽川一定會看穿吧？」

我不擅長說謊，也不擅長隱瞞事情。

膚淺又脆弱。

就算我想騙羽川也沒辦法——當然，我根本不想欺騙她，倘若有那個本事的話，我也想騙一次看看啦，可是我還是做不到。

「這不是我委屈一點就能解決的事情。這種事情是無可奈何的吧。羽川也不會想和那樣的我——」

「是嗎?說實話,剛才我把主人的心情告訴你之後,我的存在稍微變淡了一些——壓力確實得到了消解。主人也不是從頭到尾都是一個完美的人。就像她的內心還有我一樣。搞不好主人會和你相處得很融洽,不會去介意那些喔?剛開始內心或許會有點過意不去,可是只要習慣了也沒什麼了不起吧,喵。」

「什麼只要習慣的話……妳怎麼會說這種話。如果是那麼單純的問題,那羽川就不會煩惱到讓妳跑出來的地步吧?她不是那種會去排擠對方,讓自己優先的人。也不是那種會優先考慮自己的人。就是因為羽川是這樣的人……我才會覺得她有恩於我。如果是在母親節之前的話,我大概已經回應她的心情了吧。我對羽川這個朋友確實有好感。可是,現在我做不到。因為我的心,已經完全放在戰場原身上了。妳剛才問愛情是不是優先於恩情——我沒辦法讓其中一方優先啊。這是一個進退兩難的問題。所以,我不能夠選擇羽川。」

如果是那兩位的話,通常都會選擇羽川姊姊才對——八九寺曾經這麼說過。她還說:為什麼阿良良木哥哥會選擇和戰場原姊姊交往,而不是羽川姊姊呢,我突然覺得很不可思議。

為什麼?

要是有人這樣問我……

「我就是連同戰場原的那種個性在內,全部都很喜歡。」

句末，我斷然地說道。

沒錯。

我全部都喜歡。

沒有不喜歡的地方。

「我這輩子第一次認真喜歡上一個人。」

「嗯──這樣啊喵。」

BLACK羽川很乾脆地……退讓了。

彷彿一開始就知道我的答案似的。

也許是吧──因為這傢伙就是羽川。

她可能已經看透一切了。

她無所不知。

不對……也不是無所不知。

只是剛好知道而已。

「而且啊，貓。就算數個月累積而成的戀愛煩惱，可以和數十年累積下來的家庭痛苦匹敵……羽川還是不應該讓妳跑出來吧。頭痛，她不管怎麼樣都應該忍耐下來才對。不只是這一次，黃金週的時候也一樣……羽川會依賴妳，是因為她太脆弱了。」

就算她不膚淺，還是一樣很脆弱。

就算這不是她所希望的結果──

去依賴怪異的脆弱，反而讓她成了加害者。

「剛才那些話，應該是要羽川親口告訴我，而不是由妳代言——她只不過是把痛苦的工作推給妳而已。」

就像千石的那一次——

我對神原做的事情一樣。

把痛苦的決定先擺在一邊……交給其他人來決定。

那樣只是一種自私的行為。

「障貓是怪異。可是，怪異出現的原因是因為羽川太脆弱了。妳不是因為羽川有求才賜予她……可是妳給羽川的東西，全部都是她想要的東西。妳做的事情都等於是羽川所為。當然……羽川也有自己的理由。不管理由是什麼我多少都有一點責任，所以我也沒資格說什麼啦——可是在同樣的環境下，也有些人不用去依賴怪異，靠自己獨力在大環境中活了過來。羽川去依賴像妳這樣的東西，對那些人來說是一種冒犯。」

「說的真好聽。」

BLACK羽川有如在揶揄我一般，譏笑說。

「唉呀，你有那個資格吧——我覺得你可以那麼說啦喵。畢竟你是那種，不惜犧牲自己也要去救瀕死吸血鬼的濫好人嘛，喵。」

「…………」

「能夠對任何人溫柔，是因為你心中沒有一個特別的存在——主人也是一樣對誰都很溫柔，所以我能夠明白喵。嗯。那就沒辦法啦喵。人類的心意是無法改變的——這是我上次學習到的東西喵。學習到……也嘗到了苦頭。」

「那可就太好了。」

既然這樣，最後我們還是只能去找忍。

不可能會有什麼輕鬆解決的方法。

「可是……其實羽川也是一樣吧。如果真是那樣的話，剛才我那樣罵妳，可能太過分了也說不定……」

「嗄？你在說什麼？」

「就是那個啊——我有些地方很像吸血鬼吧？雖然只是類吸血鬼啦。然後吸血鬼的特性中有一種叫作奪魄的能力……所以我在春假之後，就一直很受女生歡迎。這是羽川告訴我的，所以妳應該也知道吧。」

「我和主人的知識是共有的，不過記憶可不是。你剛才說得對，我知道的只有和精神壓力有關的事情。」

「啊，對喔。」

可是……我遇到羽川的時候還是吸血鬼。而且是還未恢復成人類的正牌吸血鬼，不是類吸血鬼——那個叫奪魄的能力，效果大概不可同日而語的吧。羽川理當完全中了我的奪魄吧。

「羽川是一個很認真的傢伙，要是因為那樣害她苦惱的話，那她就是百分之百的被害者了啊——」

「…………」

「妳怎麼了？幹麼突然安靜下來。」

「不是的……你錯了喵。」

BLACK羽川開口說。

「吸血鬼的確有一種特性叫作奪魄——但是能用那個能力的，就算在純種吸血鬼裡頭，也只有少數的血統能用而已。所以，像你這種從人類變成吸血鬼的假吸血鬼，不可能會用奪魄的。」

「咦……可是——」

「況且，奪魄不像漫畫裡頭出現的，那種跟媚藥一樣方便的能力喵。中了奪魄的人會失去自我意識喵。那個能力讓對方變成被操控的人偶。」

「被操縱的……人偶。不是俘虜嗎？」

「打個比方來說，人類你周圍的女生，有人對你說的話絕對服從嗎？有人完全不反抗你，一切都照你說的話去行動的嗎？」

「…………」

那種人連半個都沒有。

絕對沒有。

就連最溫順的千石，也對我做出了超乎常識的暴舉——跑到高中正門口，把燈籠褲和學校泳裝交給我。

可是，魅貓是藉由羽川的知識，才說出這種話的嗎？

因為奪魄的事情是羽川親口告訴我的——

——我剛才說了很壞心的話呢。

啊……原來是這樣嗎！

那是謊話嗎？

不應該會說謊的她……所說的謊。

既然這樣，戰場原當然沒有被我奪魄……羽川也是。

但是從現狀來看，與其說那是壞心，倒不如說那像是一種悲鳴吧——也就是說，那是羽川翼的一種苦悶願望，她希望如果一切是那樣就好了。如果是那樣的話，那自己的精神壓力也能夠稍微得到紓解——因為有了怪罪的對象。

但是，她卻無法怪罪任何人事物。

「人的心意是無法改變的……喵。可是，原來是這樣喵。那樣還真不像主人的作風呢喵。哼，我沒有說謊的腦袋，所以不小心揭穿主人的謊言了喵。」

「這應該算是……羽川又把痛苦的工作推給妳了吧。」

這不是好事。

不過，現在我心中的安心感卻比較大。我不是靠怪異，不是靠吸血鬼的力量，而是因為我是我——

因為我是阿良良木曆。

「那……我可以感到自豪嗎？」

「嗄？」

「羽川喜歡上我的事情……」

這不是榮譽是什麼呢。

我感覺光靠這個事實，自己就有活下去的動力。

但是，事情居然會變成這樣……我到底該做些什麼，才能回報羽川的恩情呢。

「總之呢，我要先請妳回去——該死，忍到底跑到哪去了。幫忙尋找的大家都沒有任何消息啊……啊！差不多要請千石先撤退了……」

可是，我該怎麼做？

那傢伙沒有手機啊。

慘了，她可以用公共電話打給我；但我卻沒辦法聯絡到她……該怎麼辦？那傢伙的個性在某些奇怪的地方很執著，要是沒找到人，不管找到多晚她都不會自己回去……

拜託神原……嗎？

請她先停止找忍，暫時先去找千石……要用這個方法嗎？啊啊！為何每次我在最關鍵的時候，都會去依賴她啊……這樣下去，我真的會在神原面前抬不起頭來啊。對那個學妹說的話，我覺得自己以後似乎會言聽計從。

「喵，人類。」

這時，

BLACK羽川對拿出手機的我，如此說道。總覺得她的口吻和剛才有些差異。

「還有……一個方法啦。」

「還有一個方法？」

「不依靠吸血鬼，快又效率地讓我消失的方法——你如果願意和主人交往，那就是最省事的方法啦，不過還有第二個方法。」

「憑妳的貓腦能夠想出什麼好主意，我覺得很懷疑……不過妳說看看吧。是什麼方法？」

「你稍微往前走一下。走到那個路燈下面。」

「這樣嗎？」

我照她的吩咐做。

雖然不能太過期待，但是現在這種狀況下，不管是什麼方法都應該嘗試看看吧。可是，我這樣移動個幾公尺會有什麼作用嗎？

「啊——！稍微再往前走一點。你站在那邊，不就在正下方了嗎喵。」

「正下方？」

她的話還是一樣讓我丈二金剛摸不著頭緒，總之我又再往前踏出了一步。就在此時——

有個東西，突然從身後抱住了我。

那東西沒有腳步聲，也沒有發出任何聲響。

就像狩獵時的貓。

對方的雙手穿過我的兩腋，有如盤繞住我的身體般，將我緊緊抱住。這是鯖折，不對，鯖折是從正面施展的招數，主要目的是讓對手跪下，而不是搗爛對方的內臟。而且——

也不是用來施展能量吸取的招數。

我的能量一口氣被吸走。

這和多穿了幾件衣服沒有關係。

也和那兩顆大型的安全氣囊無關。

我感覺到全身急遽地衰弱。

「貓、貓……妳這傢伙！」

我甚至連轉動脖子回頭的體力也沒有。今天早上我對八九寺做過相同的動作，但是我現在完全無法像當時的她一樣發出尖叫聲。

就連一根小指頭都動不了。

不過，我不用回頭確認。從身後抱住我的人就是ＢＬＡＣＫ羽川。她要我走到路燈下沒有任何意義，單純只是要讓我往前走，讓我背對她而已──

讓我大意。

只為了吸取我的能量。

「所以嘛──剛才我有說過吧？不要自以為和我們混熟了。我們和人類是水火不容的。」

「喀……嗚、嗚嗚──」

「我沒有落魄到會和你們人類和平相處──看來誰比較笨的答案，已經有結果了喵。」

的確……雖然我很不甘心，不過障貓是對的。

眼前的狀況我已經無力回天。打從一開始，我就算正面對決也贏不了障貓。現在我身上只有怪異遺留下來的後遺症，根本無法對抗怪異本身。更何況對方還是從後方偷

襲──

我太愚蠢了。

要愚蠢也要有個限度。

「可、可是……妳想做什麼。妳這樣做有什麼意義。光是吸走我一個人的能量，羽川的精神壓力──」

「所以說，這是另一個方法。第二個方法應該才是最省力的喵。喵呦，以我來說，這算是最聰明的點子吧。」ＢＬＡＣＫ羽川說完之後，伸舌頭舔了我的頸部。雖然是用舔的，但卻不構成官能上的感觸──因為，貓舌上有用來削肉的刺狀物。我知道自己頸部的皮肉捲起，流出了鮮血。

妖貓喝下我的血液，露出笑容。

「只要精神壓力的根源──也就是身為壓力源的你消失的話，我就沒有存在的必要了喵。光是吸走你的能量也沒用？你錯了，我只要吸乾你一個人就足夠了喵。我無法改變人類的心意，但是我可以讓人類的存在消失喵。」

「什、什麼──」

能量吸取。

目前沒有人因此而死亡──但是，這絕對不代表能量吸取無法取人性命。能量被完全吸乾之後……沒有人可以活得下來。

可是，妳……ＢＬＡＣＫ羽川，這麼做妳的主人就會高興嗎？

「我做的事情主人是不會記得的，對吧？她不會覺得自己是劊子手吧。你要是死了主人當然會很難過吧，可是總比現在這樣好。我感覺得到喵……這樣吸取你的能量，我的存在也逐漸變薄弱了。」

「妳、妳根本沒學乖吧——黃金週的時候，妳襲擊羽川的父母……可是事情沒有因此而落幕吧。人類的精神壓力，不是那麼單純的東——」

「那你就錯了。那個時候我會失敗，是因為我沒有殺死主人的父母。對主人有奇怪的顧慮是我不對——不想鬧出人命是我不對。這點我學乖了。我不會再犯同樣的錯誤。這次我會確實殺了你！」

「殺——」

怎麼會這樣。

那種話，居然會從羽川的口中跑出來——可是，或許這是羽川的真心話吧。顛倒過來看的話，裡層也是表層。

既然這樣。

BLACK羽川這麼做，羽川其實很開心吧。羽川不可能希望這種事情發生——這種話，搞不好只是我一廂情願的幻想吧。或許這就是羽川希望的結果。因為她希望，障貓才替她實現。剛才障貓的提議：「就算說謊也好，只要你跟羽川交往。」肯定也是羽川的內心話。

既然如此，

「……羽川。」

既然如此……這的確是一個好方法。

為了救命恩人，

為了羽川，我什麼都願意做。

我無法改變自己的心意——

不過我可以獻出自己的生命。

「喵呦，你要覺得自己很幸福——因為你可以被主人猥褻的身體抱著，然後升天啊喵。你就一邊品嘗這種至高無上的幸福，一邊乾掉吧。」

「…………」

現在我身體的感覺正逐漸消失，實在無法去享受那種觸感——況且真要說的話，她抱住我的雙手上，帶刺的鉤爪正刺著我的腹肌，眼前只有這個痛楚才是最真實的。但是——

如果能為羽川而死的話。

「……………」

不，不行。

我不能這樣做。

因為有戰場原在……所以我不能死在羽川手上。羽川要是殺了我——至少下手的是她的身體——戰場原肯定會殺掉羽川的。這可不是幻想或是我一廂情願的想法，她肯定會付諸行動。這點我早就已經知道了，戰場原不會有任何的猶豫。而事後的羽川沒有任何防備的方法。因為戰場原不會讓羽川有時間累積精神壓力。

所以……這麼做不行。

這是最差勁、最糟糕的手段。

「放……放開我。」

「嘎嘎？」

「反正……妳快放開我。」

我沒那個閒功夫說明原因。障貓不認識戰場原——不對，她藉由羽川的知識，或許知道有這號人物的存在；但羽川對戰場原的認識太淺。至少要有我，或者是神原等級的認知，否則不可能會明白戰場原黑儀的危險性……不過，現在如果要是我逐一說明的話，恐怕說明到一半我就會變成薄薄的紙片人了。

「你要求我饒你一命嗎？那樣也行啦喵——要是你願意現在就和主人交往的話，我就放開你喵。」

「嗚……就跟妳說我做不到——」

「我想也是喵。」

ＢＬＡＣＫ羽川說。

語氣依舊很乾脆。

「那就算了。你去死吧。」

「…………」

「還是說，你想要求別人來救你啊喵？到目前為止你救了很多的人，應該會有人願意來救你吧。」

「什麼會有人——」

會是誰啊。

八九寺嗎？千石嗎？神原嗎？還是戰場原？

「沒人可以……救我。」

「沒人可以？為什麼？」

「因為，人只能自己救自己。」

「那不是你的主張吧喵？」

ＢＬＡＣＫ羽川靜靜地說。

「那只不過是一句話罷了，不是你現在的心情。如果只是拾人牙慧的話，那種東西要多少有多少。現在的問題是，你的真心話到底是什麼喵？」

「……喀、嗚嗚——」

「還有，人的確只能自己救自己——但是幫助別人的那一方，有必要去管那些東西嗎喵？要不要去救人，那是對方的自由吧。」

貓一邊發出喉嗚，

一邊說。

「到底會有多少人願意來救你，這點你能想像嗎？你有辦法拒絕所有的幫助嗎喵？」

我的力量不斷消失。

我已經無法站穩腳步。

現在是由ＢＬＡＣＫ羽川環抱我的雙手，支撐著我的身體。我等於完全靠在她的身上。

意識也變得朦朧不清。

我束手無策。

憑我一個人的力量，完全一籌莫展。

我想要笑，卻沒有那個力氣。雖沒有那個力氣——但是，我還是想要露出笑容。

是啊。

她們……大概會難過吧。

羽川，還有戰場原。

神原和千石。

八九寺或許也會吧。

要是我死掉的話。

「……救我。」

我拚命擠出聲音。

擠出聲音……開口說：

「救我……忍。」

就在一瞬之間。

從我的影子當中——有一位少女跳了出來。

金髮。

戴著防風眼鏡帽。

但是，她用嬌小的身體，瞬間就將ＢＬＡＣＫ羽川從我身上扒開。接著她一股作氣，使勁將ＢＬＡＣＫ羽川的身體打飛出去。被打飛的貓連身體都無法翻轉，迎頭撞上了馬路對面的路燈。那股衝擊，雖然沒讓路燈歪曲變形，但也大幅撼動了它。

接著，少女降落地面。

從影子中跳出來的人，正是忍野忍。

她任憑金髮隨意飛舞，同時降落地面。

忍。

這傢伙……原來躲在我的影子裡嗎？

不過仔細來思考的話，她能夠躲藏的地方，的確也只剩下那裡而已。我花了那麼多時間，找遍這個城鎮，不可能連半個目擊者都找不到。也不可能連障貓的嗅覺都完全無法追蹤她。

所以，

理所當然，她應該是使用了某種吸血鬼的能力才對——但是，我卻擅自認為，能力受到限制的忍無法那麼做。

我錯了。

我的想法有一個破綻。

她只要待在我的身邊，就能夠使用某種程度的能力，這一點我不是早就知道了嗎。既然這樣，她只要潛伏在我身旁即可。答案就這麼簡單不是嗎。

心理上的盲點——這是推理小說的基本要素。

想要藏東西，就把它藏在最顯眼的地方。

而且，這個藏身之處，對抗貓的嗅覺非常有效。因為忍的味道會和我的味道混在一起。

忍利用了——

我的影子。

時間大概是在白天——而且還是中午前，我獨自一人在找忍的時候——忍先發現了我。要我憑空推測的話，地點應該是在Mister Donut附近吧。於是，忍躲進了我的影子裡。她原本就是黑暗世界的居民，對吸血鬼來說躲進影子當中是輕而易舉——不過那是以前的事情，現在忍能夠躲藏的只有我的影子而已。

啊！

正下方……原來是那個意思嗎。

影子會在正下方的意思——這麼說來，要我去路燈下面也是……是啊，障貓和類人類的我，戰力上的差距可說是一目了然，她沒必要大費周章地從後面偷襲我。不需要耍心機，只要光明正大地從正面襲擊我即可。既然這樣——

我看了蹲在路燈下的ＢＬＡＣＫ羽川一眼。

ＢＬＡＣＫ羽川一個冷笑。

但那也只是一瞬間。

忍毫不留情，落地的下一秒隨即對障貓發動攻勢，猛撲了上去。只見她拚了命地伸長短小的四肢，纏住ＢＬＡＣＫ羽川的身體——接著，朝她的頸部一口咬下。

ＢＬＡＣＫ羽川沒有反抗的餘地。

忍直接開始吸食。

要說障貓的特性是能量吸取的話，吸血鬼的特性也同樣是能量吸取。以牙還牙，以眼還眼，以怪異制怪異，以能量吸取制能量吸取。忍現在碰到障貓的身體，能量也同樣被她吸收；但是忍能夠吸取的份量，卻比障貓還要多更多。

純粹吸取來當作食糧。

同樣身為怪異，障貓和吸血鬼的等級不同。

同樣身為怪異，障貓和吸血鬼的本質不同。

眼前的景象是黃金週時的翻版——完完整整的再現版。當時，要把障貓逼到這個地步，可是付出了相當的辛勞……不過，這次ＢＬＡＣＫ羽川完全沒有反抗。

她沒有時間，也無心想要反抗。

光靠她身上常駐的能量吸取，無法防禦忍的吸取——然而就算如此，現在的障貓卻完全不打算和忍戰鬥。憑障貓的體力、腕力和機動力，明明只要她願意，隨時都可以將現在的忍（僅限於現在的忍），玩弄在股掌之間——

她是為了羽川。

為了主人。

當然，我不能因為這樣，就認為自己明白一切。ＢＬＡＣＫ羽川說得對，我不能習慣他們，和他們裝熟——我不認為ＢＬＡＣＫ羽川打從一開始，就希望事情發展成這樣。

雖然她的智商和貓一樣，不過障貓確實有可能注意到，忍躲藏在我的影子裡吧。她肯定是下了如此的判斷：如果要把忍引誘出來，就不能讓戰況一面倒。為此，簡單來說她把我當作誘餌和人質，為了讓我的影子在黑暗中也能清楚地孤立出來，她把我誘導到路燈下方，然後斷然使出能量吸取。事到如今，她的意圖十分明顯，但是——

以ＢＬＡＣＫ羽川來說，她就算直接殺了我也無妨吧。要是忍沒有藏在我的影子當中，而是真的離開這座城鎮的話，她會直接把我吸乾，不會在乎我的死活吧。

只是結果變成了這樣而已。

她沒有說謊的腦袋。

障貓說的話——全部都是真心話。都是真正的心情。

而那也是……羽川的裡層。

她把討厭的工作，推給了障貓。

的確是這樣。

誰比較笨的問題，似乎有了結論。

「……啊啊。」

ＢＬＡＣＫ羽川的頭髮，慢慢地出現了顏色。

先是灰色、茶色，然後是黑色。

貓耳也一點一點地，逐漸消失。

因為忍正在吸取……怪異的存在。

怪異殺手。

那是忍在春假前的蔑稱。

不管是怪貓還是任何東西，只要她牙齒一咬吸取能量，就能夠將對方的存在從這個世界中抹除。她是貨真價實的，奇怪而異常的存在——

King of Outsider（怪異之王），不死之王——吸血鬼。

「差不多該住手了——停下來吧，忍。再吸下去的話，連羽川也會消失。我不要那樣。」

我說完，

忍意外乾脆地，離開了羽川的頸部。羽川的脖子上，留下了清楚的齒痕——但是，這點無須擔心吧。那和我脖子上的咬痕不同。忍只不過是把障貓當作食糧在吸取——只是把她吃掉而已，這和我的情況不一樣。

吸血鬼會吸食人血——可是，填飽肚子的吸血和製造同伴的吸血，兩者的意義是不同的。

或許正是因為這樣，忍才會逃走吧。

障貓曾經如此說過。

那個就在幾秒前被吸掉的一隻怪異。

進食結束後，忍一步一步走回我的身旁……隨後直接躲進了我的影子裡。

她很喜歡嗎？

喜歡躲在我的影子裡頭。

於是——

現場只留下了黑髮的羽川，和我兩個人。

羽川沒有意識——她閉著雙眼，身處夢鄉當中。

她恐怕會一覺到天明吧。

「…………」

如此一來，這場騷動獲得了解決。

然而，這當然不代表問題會就此消失。從結論來看，我們只是趕走了障貓罷了，其他地方完全沒有任何的改變——我們只是讓障貓消失，精神壓力本身並沒有因此而消失。而且，這次的精神壓力是短短幾個月之間所形成的東西——也就是說，它會因為同樣的理由而再次出現的可能性，絕對不算低。長久以來明明已經有家庭問題在困擾羽川了說，現在又多了這個問題——

不。

不對。

家庭的問題姑且不論。

這次的問題，我有辦法能夠處理。

我可以讓羽川的心情稍微舒服一點，這完全取決於明天開始我對她的態度。當然，我沒辦法改變自己的心意——儘管如此，我想要回報羽川的心情，絕對沒有半點的虛假。

我想要幫助羽川。

沒人規定我，不能幫助擁有「翼」這個名字的她吧。

要幫別人……是我的自由。

不管別人說什麼，我都不會去理會。

「呼……」

我嘆了一口氣。

話說回來，這次真的有累到……畢竟我差點被能量吸取給變成人乾啊，就算是這具類吸血鬼的身體，要恢復體力似乎也需要一段相當長的時間。照這樣看來，我要明天早上才有辦法離開這裡啊……唉呀呀！我還要向幫忙我的大家，說聲謝謝的說……也沒差啦。

畢竟，我也拜見到羽川穿睡衣的模樣。

要用北風與太陽來比喻的話，脫掉她外套的應該是一陣北風吧……在路燈下方，黑髮、吐著鼻息的羽川，宛如沐浴在聚光燈當中，穿著睡衣的身影可說是美妙絕倫。折半這句話先前我取消了，而現在我更感覺到心中的喜悅倍增。用這做為我今天勞動的報酬，可說是一件非常幸福的事情。唉呀，就這樣在路邊看著羽川，和她一起到天明也不壞……

因為星空——

是如此的美麗。

「嗚、嗚嗚！」

這時，

羽川發出了聲音。

她似乎在說夢話。

「阿良良木……」

或許——倒不如說那是她在意識模糊之中，下意識流露出來的話比較貼切吧。可能是因為障貓的存在被忍吸收掉了，所以現在的羽川和BLACK羽川之間的意識尚未整頓好，兩者處於混淆不清的狀態。

所以那不是夢話，而是她的真心話。

羽川翼赤裸裸的真心話，正脫口而出。

「什麼『報答我的恩情，比我們之間的友情還要重要』——別再說那種會讓人寂寞的話了。」

「…………」

羽川閉著雙眼，喃喃說道：

「阿良良木……你怎麼不答話！」

接著，她又再度陷入沉睡。

唉呀唉呀！這個女人就連睡著的時候——

也是一絲不苟到登堂入室的境界了。

她現在根本不是關心別人的時候啊。

然而，我還是立即、乖乖地，有如條件反射一般回答了羽川。升上三年級之後，這兩個月我可不是白受羽川調教的。別看我這樣，我早就知道這種時候該如何回答了。

「遵命。」

008

以下是後日談……應該說是本次故事的收尾。

隔天，我一如往常被兩個妹妹：火憐和月火挖起。咦？我心中頓時覺得困惑——這時，我的記憶才連上了線。對了，我在那之後，還是沒能在路邊待到天亮。情況的確差點就演變成那樣（想到羽川穿睡衣的模樣，「差點」這個詞或許應該換成其他比較幸運的詞彙才是），但過了一會，神原駿河隨即使出了達急動、縮地法、B鍵衝刺之類的招式，光速飛奔而至。「這位就是先前聽說的羽川學姊嗎？」神原當下險些心花怒放，我拚死制止了她之後，拜託她送羽川回家。羽川的家境複雜，所以與其讓身為男生的我送她回家，倒不如交給學妹神原比較容易找到藉口掩飾——只要拿準備文化祭當擋箭牌，應該可以蒙混過關吧。不對……就算不是性別的關係，當時的我體力尚未恢復，也沒辦法送羽川返家。因此，我把電話號碼告訴神原，請她幫我把兩個妹妹找來。接著我又拜託神原去找千石，不過她說不久之前有遇到她，因為時間不早了，所以已經先讓她回家了。這個學妹也真是，設想得還滿周到的。妳沒有攻陷她吧？我問完後，神原露出了一個害臊的笑容——不對吧，這邊妳不應該露出那種笑容喔。

隨後，就像禮拜一被神原和千石左攙右扶一樣，這次我被兩個妹妹架回家，睡了一場覺。大妹還責罵我：哥哥最近的行為舉止太脫軌了。我無法回嘴。可是，我最不想從妳們的口中聽到的就是這句話……

就這樣，隔天早上。

我到學校之前，去了一趟舊補習班——不用說，當然是為了把在那之後一直躲在我影子裡頭的忍，送回忍野身邊。忍會失蹤的理由，到頭來還是不明。就算我問了她也不會回答，當然她也不會主動告訴我。雖然可以作出好幾個假設，但似乎都不盡正確。或許是我最近太依賴忍，讓她覺得很困擾也說不定——但這個假設，或許也是錯誤的吧。忍野不在舊補習班裡。

似乎是出門了。

說起來，忍野的意圖也是一個謎——為什麼他會讓障貓逃走呢？或許他是真的不慎讓障貓逃走；但也可能，他是順理成章故意放走她的。無論如何，我不認為這次的事情發展都在他的預料當中。我只要出去找人，就會發揮出有如捕鼠器般的功用，忍就會躲藏到我的影子裡頭——這點或許他有預料到吧，但他沒理由讓忍用那種方式去咬障貓。智商和貓一樣的BLACK羽川，注意到真相的可能性究竟會有多高呢。

但是，

有件事忍野恐怕早就知道了吧——在最初的詢問時，他就已經知道羽川精神壓力的根源是什麼了。

那不是因為對方是忍野所以才察覺得到，而是因為我太遲鈍了遲鈍。

比這舊補習班的金屬窗框還要更糟。

唉呀，不在就是不在。

這也沒辦法。

因此，我讓忍躲藏在影子當中，往學校出發。我不太想把忍帶到學校，但是我更不想把一個有失蹤前科的吸血鬼單獨野放在外。

隨後，我在教室遇見了羽川。

「啊！你來得真晚。」

「我稍微繞了一下路。」

「身體如何？」

「超有精神。」

「早安。」

「早安。」

如此這般。

羽川本人的意識當中究竟失去了多少的記憶，抑或是留下了多少的記憶，這點我並不清楚。總有一天我必須問她一下，但不是現在吧。羽川也需要時間來整理自己的心情。

而戰場原還是老樣子，在即將上課前來到了學校，彷彿把時間計算得剛剛好一樣，沒有一丁點地浪費。臉上表情也是老樣子，喜怒哀樂不形於色。

「歡迎回來。」

「我回來了。」

「下次的約會，」

戰場原唐突地開口說。

表情依舊平靜，且面無表情。

「就讓阿良良木你來安排吧。」

「…………」

「要是敢帶我去奇怪的地方，我可是會扒了你的皮喔。」

「……收到。」

正如我所願。

下次就讓戰場原看我的寶物吧。

總有一天，我們還要去吃螃蟹。

接著放學後，則是文化祭的準備——高中生活最後的文化祭，即將正式開始，今天是最後的準備時間。當然，戰場原今天沒有溜掉，也很努力在工作。昨天大家似乎在學校留到超乎想像地晚；不過今天身為班長的羽川在，工作的效率可說是大相逕庭。班上同學在規定的離校時間前一刻，就獲得了解放。

隨後，我帶著戰場原、羽川，以及神原——我請她在一旁先等我們的工作結束——再次往舊補習班出發。當中只有我一個人騎腳踏車，於是我下車用牽的，和大夥一起徒步行走。

在補習班廢墟當中——

同樣不見忍野的蹤影。

「好奇怪。」戰場原說。那個宛如看透一切的男人，居然會接連兩次讓阿良良木找不到人——她說。這麼說來，真要說奇怪的話，戰場原會像這樣和我們一起來找忍野，也同樣很奇怪，雖然約她的人是我啦。戰場原應該比任何人都還要討厭忍野才對。或許，戰場原已經有預感了吧。從我這邊聽到事情原委時，她可能就已經洞悉一切了吧。

我們四人分頭找遍了舊補習班，依舊不見忍野的蹤影。但是，若仔細觀察、謹慎察看的話，大樓當中似乎少了幾樣東西——那些東西全是忍野的私人物品。

真相已經很明顯了。

忍野咩咩已經不在了。

他沒留下一封書信，逕自離開了這座城鎮。

現在我終於明白了——昨天我載羽川來這裡時，忍野會在屋外不是為了找忍。那時，忍野正在做撤收的準備。他正在解除貼在這裡的結界吧。

那時，

他沒有在等我。

山上廢棄神社的事情解決完後，忍野肯定就對這個城鎮失去了大半興趣。忍野曾經說過那是最大的目的之一——然而那對他來說，也是最後的目的之一。

——蒐集和調查總有一天會結束的。

——總有一天我會離開這個城鎮的。

只不過那個總有一天，就是現在罷了。

——我不會某天一聲不響就突然消失的。我也是個大人嘛，這點道理我懂的。

為何我當時沒有注意到？

那句話，根本就已經是在道別了吧。那是一位絕不把再見掛在嘴邊、最不擅長和人告別的笨拙男人，竭盡全力說出的親愛證明。

實在是。

我真的太遲鈍了。

我應該要明白的才對。

忍野有說過他沒時間。

那句話應該是在指忍的事情。

忍要離開的時候，那傢伙也故意放走了她。明知故縱。我想應該沒有到教唆忍離家出走的地步吧，總之他認為這件事情是一個好時機。後來因為障貓剛好——不對，應該說是不湊巧——跑來攪局，所以他又追加寫了之後的劇本罷了。簡單來說，忍的失蹤是忍野對我的試煉——不，應該是一種告別吧。

那傢伙八成在我飛奔出去找忍的時候，對我產生了某種確信，隨後他放走了障貓，收拾好行囊離開了這裡。他確信，不管是忍或羽川的事情，我都能夠自己設法處理。

那個夏威夷衫混蛋。

故作灑脫。

我一點都不覺得你很酷喔。

時間已經整整過了一天，現在忍野已經飄流到其他的城鎮，正在那裡努力做蒐集和調查吧。或許他又碰巧救了某位被怪異襲擊的路人。

沒錯。

他肯定出手相救了吧。

「實在是，他是那種人吧。」

我說。

「是啊，是那種人。」

戰場原也說。

「事實上他就是那種人啊。」

羽川也接著說。

「嗯，他肯定是那種人沒錯。」

神原也開口附和。

接著我們全體異口同聲，開口說：

「濫好人。」

忍野咩咩。

他輕浮、愛諷刺人、品味低級、壞心眼、傲慢、容易得意忘形、性格惡劣、個性草率、愛耍小把戲、善變、任性、愛說謊、不誠實——卻是一個十分溫柔的好人。

於是，我們各自踏上了歸途。最先是神原脫離隊伍，接著又和羽川告別，最後我送戰場原返家。直到今天，戰場原才第一次，應該說才終於為我洗手做羹湯。料理的味道，還有她燒菜的功夫，嗯，還是先別告訴各位，一切盡在不言中。

未來，我還會再遇到怪異吧。

我肯定會遇到，也無法忘掉他們。

但是，不要緊。

因為我已經知道了。

知道這個世界存在著黑暗，還有屬於黑暗的居民。

例如我的影子當中也住了一個。

金髮女孩，似乎在裡頭住得很舒適。

這天我回到家時，時間已經不早了，因此我決定吃過飯、洗好澡後，隨即上床睡覺。我兩個妹妹明天肯定也會像平常一樣，叫我起床吧。

明天終於是文化祭了。

我們班上的節目是，鬼屋。

後記

要如何區分興趣和工作，這個問題至今不知困擾過多少人，但我覺得正因為這個問題必須要站在：興趣和工作在人生當中是絕對等價的前提之下來思考，所以才會變成一個難題吧。興趣。然後工作。這兩項確實都是人生當中的大問題。可是仔細去思考的話，把興趣和工作當成二選一的問題去處理，我覺得實在有點不自然。該怎麼說呢，或許應該說早在前提之前，這個問題當中就已經存在著一種必須要把興趣和工作一概而論的基本倫理觀吧。有人說把興趣當成工作不是件好事，但是不工作卻又活不下去。而沒有興趣的人生是很空虛的。既然這樣，把興趣當作工作，或是把工作當作興趣，從效率的觀點來看應該是最值得推崇的吧。那又為什麼有人會說「興趣當作工作不是件好事」呢？這是因為人們總是抱持著一種矛盾，認為：工作是「為了生活」，要是拿來享受就太不莊重了；而興趣則是「為了讓生活加值」，所以必須要去享受才行。但是，你要是把興趣當作工作，興趣依舊是興趣，也不會因為你把一件事情當成興趣在做，那件事就不夠格當成工作。興趣不是工作，工作亦不是興趣。既是興趣，也是工作——能夠如此斷言的生活方式，或許才是最灑脫的吧。

話說，要我不怕各位讀者誤會從實招來的話，這本《化物語》百分之百是因為我的興趣而寫成的小說。當中沒有半點工作上要素。本書原本只是我用來打發日程表上的空白時間，當作消遣而寫成的，就這樣發表出來真的妥當嗎？老實說我心中也感到很猶豫。正因為是憑興趣所寫成的小說，作者喜好的角色排名也能從內容中明顯地看出究竟，這點實在讓我汗顏至極，但是不管是哪一個角色，我在寫他們的對話時都非常高興，這讓我睽違已久地，回想起當初開始寫小說時的事情，實在讓我心有懷念。本集在插畫方面延續上集，同樣是請VOFAN老師為本書添圖繪色。正因為本書是興趣，要結束它總讓我有些留念，總之，上下兩集，合計五個故事將在此告個一個段落，請大家多多指教。接續《化物語（上）》收錄的三篇故事：「黑儀・重蟹」、「真宵・蝸牛」、「駿河・猴子」，本書收錄了兩篇故事：「撫子・咒蛇」、「翼・魅貓」，構成了《化物語（下）》。

這次承蒙各位附和我的興趣，在此獻上最誠摯的感謝之意。

西尾維新

作者介紹

西尾維新（NISIO ISIN）

1981年出生，2002年以《斬首循環》一書榮獲第23屆梅菲斯特獎出道。接著陸續寫出「戲言」系列、「世界」系列、「刀語」系列、化物語、傷物語等超人氣作品，並在年度輕小說排行榜皆取得極高的評價與成績，是目前日本新生代最重要的大眾作家之一。

Illustration

VOFAN

1980年生。目前於台灣版《電玩通》擔任封面連載，同時在《挑戰者月刊》連載彩色詩畫。作品有《OTONA FANTASY　<VOFAN大人幻想畫集>》、《COLORFUL DREAMS》、《全彩街角浪漫譚COLORFUL DREAMS 2》、《全彩街角浪漫譚COLORFUL DREAMS 3》。

書盒子

化物語（下）

（原名：化物語（下））

作者／西尾維新　插畫／VOFAN　譯者／林信帆
執行長／陳君平　榮譽發行人／黃鎮隆
協理／洪琇菁　國際版權／黃令歡、梁名儀
執行編輯／呂尚燁　美術主編／李政儀
企劃宣傳／陳品萱
出版／城邦文化事業股份有限公司　尖端出版
台北市中山區民生東路二段一四一號十樓
電話：（〇二）二五〇〇七六〇〇
傳真：（〇二）二五〇〇二六八三
E-mail：7novels@mail2.spp.com.tw
發行／英屬蓋曼群島商家庭傳媒股份有限公司城邦分公司　尖端出版
台北市中山區民生東路二段一四一號十樓
電話：（〇二）二五〇〇—七六〇〇（代表號）
傳真：（〇二）二五〇〇—一九七九
中彰投以北經銷（含宜花東）／楨彥有限公司
電話：（〇二）八九一九—三三六九
傳真：（〇二）八九一四—五五二四
雲嘉經銷／智豐圖書股份有限公司　嘉義公司
電話：（〇五）二三三—三八五二
傳真：（〇五）二三三—三八六三
南部經銷／智豐圖書股份有限公司　高雄公司
電話：（〇七）三七三—〇〇七九
傳真：（〇七）三七三—〇〇八七
一代匯集／香港九龍旺角塘尾道六十四號龍駒企業大廈十樓B&D室
電話：（八五二）二七八三—八一〇二
傳真：（八五二）二七八二—一五二九
馬新經銷／城邦（馬新）出版集團Cite (M) Sdn. Bhd.
E-mail：cite@cite.com.my
法律顧問／王子文律師　元禾法律事務所
台北市羅斯福路三段三十七號十五樓
二〇一一年二月一版一刷
二〇二三年五月一版十一刷

■中文版■

郵購注意事項：
1. 填妥劃撥單資料：帳號：50003021戶名：英屬蓋曼群島商家庭傳媒(股)公司城邦分公司。2. 通信欄內註明訂購書名與冊數。3. 劃撥金額低於500元，請加附掛號郵資50元。如劃撥日起 10～14日，仍未收到書時，請洽劃撥組。劃撥專線TEL：(03) 312-4212 ・ FAX：(03) 322-4621。E-mail：marketing@spp.com.tw

國家圖書館出版品預行編目資料

化物語 / 西尾維新 著; 林信帆 譯.
—1版.—臺北市：尖端出版, 2010.08
面 ; 公分.—(書盒子)
譯自:化物語
ISBN 978-957-10-4309-8(上集：平裝)
ISBN 978-957-10-4310-4(下集：平裝)

861.57　　99008243